KB163324

더 레이븐

The Raven

더 레이븐

The Raven

에드가 앨런 포 단편집

에드가 앨런 포 지음 | 심은경 옮김

차례

1부 공포

어린 시절부터 난
다른 이들과 달랐어 – 난
다른 이들처럼 보질 않았고 – 난
열정을 평범한 샘물에서 길어 오질 않았어.
– Poe '홀로'

검은 고양이

이제부터 내가 기록하려는 가장 끔찍하고 진실한 이야기를 다른 사람이 믿어 주기를 바라지도 않을 뿐더러 애원하지도 않는다.

사실 내 오감마저 그 사실을 부인하려 드는데, 다른 사람들에게 믿어 달라는 것은 미친 짓일 것이다. 아직 나는 미치지도 않았고 그렇다고 꿈을 꾸고 있는 것도 아니다. 다만 내일 이 세상을 떠날 신세다. 하여 오늘 내 마음의 무거운 짐을 벗어버릴 생각이다.

나는 한 가정에서 일어난 일련의 사건을 솔직하고 간결하게 세상 사람들에게 피력하고자 한다. 이 사건은 나를 공포에 질리게 했고, 고통스럽게 했으며 결국 나를 파멸시켰다. 그 이유를 설명하고 싶지는 않다.

그 사건들은 (내게는 공포만을 주었지만) 다른 사람들에게는 공포보다도 오히려 기이한 느낌을 줄지도 모른다. 그리하여 내가 겪은 이 악몽을 평범한 일로 격하시키는 지성의 소유자가 있을지도 모른다. 그 사람은 나보다 더 냉정하고 논리적이어서 내가 공포에 떨었던 그 상황에서도 아주 자연스러운 인과관계의 연속성을 밝혀낼 것이다.

어렸을 때부터 나는 온순하고 인정 많은 편이었다. 마음이 여려 또래들의 놀림을 받기도 했다. 나는 동물을 특별히 좋아했고 부모님은 다양한 애완동물을 사다 주셨다. 이 동물들과 나는 대부분의 시간을 보냈으며, 그들에게 먹을 것을 주거나 머리를 쓰다듬어 줄 때처럼 행복한 시간은 없었다.

이 특이한 성격은 성장할수록 더욱 두드러져 어른이 되어서는 동물이야말로 내 생활의 낙이 되었다. 주인에게 충실하고 영리한 개에게 애정을 느껴 본 사람들에게는 그 기쁨이 얼마나 큰지 여기서 구구하게 나열할 필요가 없을 것이다. 비이기적이고 희생적인 동물의 세계에는 인간의 천박한 우정과 경박한 신의에 부대껴 본 사람들의 마음에 직접 와 닿는 무언가가 있다.

나는 일찍 결혼했고, 내 아내의 성품도 나와 같았다. 그것만으로도 우리는 마음이 편했다. 내가 애완동물을 좋아하는 것을 보고 아내는 기회만 있으면 귀여운 동물들을 구해 왔다. 차츰 그 수가 늘어 여러 종의 새, 금붕어, 토끼, 작은 원숭이 그리고 고양이 한 마리가 생겼다.

그중 고양이는 온몸이 검고 몸집이 컸으며 놀라울 정도로 영리했다. 무슨 얘기 끝에 그 녀석이 영리하다는 얘기가 나오면 은근히 미신을 믿는 아내는 '까만 고양이는 모두 변신한 마녀'라는 옛 전설을 종종 얘기하곤 했다. 아내가 늘 그 점에 큰 관심을 둔 것은 아니고 갑자기 그 생각이 선뜻 떠올라 말하는 것뿐이다.

플루토는(이것이 고양이의 이름인데 그리스 신화에 나오는 저승의 신 플루톤에서 따왔다) 내가 가장 좋아하는 놀이친구였다. 내가 늘 먹이를 주었고 집 근처 어디든 나와 함께 다녔다. 내가 외출할 때 거리로 따라오지 못하게 하느라 힘이 들 지경이었다.

우리는 수년 동안 친밀하게 지냈는데, 그동안 내 기질과 성격은 폭음의 결과로 (고백하려니 얼굴이 달아오른다) 극도로 바뀌어 버렸다. 나는 점점 변덕이 심하고 화를 잘 내며 타인의 감정은 상관하지 않게 변해 갔다. 아내에게 욕설을 퍼붓고 폭력을 휘두르기까지 했다.

귀여워하던 동물들에게까지 내 성질의 변화가 미치게 되었다. 나는 그들을 돌보기는커녕 학대했다. 다만 플루토에게는 나 자신을 자제할 수 있었다. 토끼, 원숭이, 개 들이 내 곁에 오면 나는 사정 없이 녀석들을 못살게 굴었다. 점차 내 병은 더 깊어져(어떤 병이 음주 벽보다 더할까?) 결국 플루토도, 이제 나이가 들어 까다로워진 플루토 마저 내 극악한 성질에 시달리게 되었다.

어느 날 밤, 자주 다니던 시내의 술집에서 만취가 되어 집에 돌아오니 고양이가 나를 피하는 것 같았다. 나는 고양이를 붙잡았다. 그랬더니 내 난폭함에 놀란 고양이는 내 손에 가벼운 이빨 자국을 남겼다.

일순간에 악마의 분노가 나를 사로잡았다. 내 영혼이 단숨에 내 몸에서 빠져나가면서 술에 찌든 증오가 내 몸을 거머쥐었다. 나는 조끼 주머니에서 작은 칼을 꺼내 불쌍한 고양이의 목을 붙잡고 한 쪽 눈을 태연히 도려냈다! 이 잔인무도한 악행을 써 내려가니 얼굴이 달아오르고 전신이 떨린다.

아침이 되어 정신이 돌아왔을 때(전날 밤의 주독이 가셨을 때) 내가 저지른 죄악에 대한 공포와 회한이 밀려왔다. 그러나 그 감정도 미약하고 일시적인 감정에 지나지 않아서 내 마음의 근본을 흔들 만한 것은 아니었다. 나는 다시 술에 빠져들었고 그 일에 대한 기억은 모두 술에 잠겨 버렸다.

고양이는 천천히 회복되었다. 안구가 빠진 눈언저리는 흉한 꼴이었지만 고통은 느끼지 않는 것 같았다. 고양이는 예전처럼 집 안을 돌아다녔지만 내가 다가가면 극도로 무서워하며 달아나 버렸다.

한때는 친밀했던 동물이 나를 멀리하는 것을 보니 처음에는 서글픈 마음이 들었다. 그러다가 이 마음은 곧 분노로 바뀌었다. 마침내 되돌릴 수 없는 최후의 파멸처럼 비뚤어진 감정이 북받쳐 올랐다. 이러한 감정에 대해서 철학은 아무런 설명도 없다. 이것은 인간의 원초적인 충동의 하나이자, 인간성을 지배하는 감성의 하나임을 나는 확신한다.

해서는 안 된다는 이유를 알기 때문에 오히려 어리석은 죄악을 범하는 것은 아닐까? 법을 지켜야 한다는 이유 때문에 법을 어기고 싶은 충동을 느끼게 되는 건 아닐까? 다시 말해서 내 비뚤어진 기질이 최후의 파멸을 기어이 초래했다.

죄 없는 고양이를 괴롭혀서 결국 죽게까지 한 것은 내 마음에 번민을 일으키고 악을 위해 악을 행하는 헤아릴 수 없는 영혼의 욕망을 낳게 했다. 어느 날 아침, 나는 태연자약하게 고양이의 목에 밧줄을 둘러서 나뭇가지에 매달았다. 눈물을 흘리면서, 마음 한구석에서 일어나는 깊은 회한을 느끼면서 나는 녀석을 매달았다.

고양이가 나를 무척 좋아했던 것을 알기 때문에, 고양이가 나를 화나게 하지 않았다는 것을 알기 때문에, 이 짓이 죄악이라는 것을 알았기 때문에 나는 그놈을 매달았다. 분명 내 불멸의 영혼은(만약 그런 것이 가능하다면) 신의 무한한 자비심으로도 구해 낼 수 없는 심연에 빠지게 될 것을 알기 때문에 그놈을 매달았다.

이런 참혹한 짓을 한 그날 밤, 나는 '불이야!' 하는 소리에 놀라서 잠을 깼다. 침대 위의 커튼은 벌써 불타올랐고 집은 온통 불길에 휩싸였다. 아내와 하녀와 나는 가까스로 빠져나왔다. 모든 것이 파괴되었다. 내 전 재산은 단숨에 날아갔고 나는 절망 속에서 헤매는 신세가 되어 버렸다.

나는 그 재난과 광폭한 행위 사이의 인과관계를 찾아보려는 마음 약한 위인은 아니다. 그러나 일련의 사실을 자세히 기록하는 마당에 비록 그 일부분이라도 불완전하게 남겨 놓고 싶지는 않다.

화재 다음 날, 나는 폐허가 된 그곳을 찾아갔다. 담은 한쪽만 남은 채 모두 무너져 있었다. 겨우 남은 벽은 내 침대 머리판을 마주 보던, 건물 중앙에 있는 그리 두껍지 않은 칸막이 벽이었다. 여기에 두껍게 바른 석회가 불을 견디게 한 것 같은데, 나는 최근에 석회를 발라서 그러려니 추측했다. 이 벽 주위에 많은 사람들이 모여들어 있었다. 그들은 벽의 어떤 한 곳을 세밀하게 조사하고 있는 것 같았다.

"이상한걸!"

"신기한데!"

그들이 내뱉은 이런 표현들이 내 호기심을 자극했다. 다가가서 보니, 흰 벽에 얕게 새긴 듯한 거대한 고양이의 형상이 있었다. 그 인상은 놀라울 정도로 사실적이었다. 목 주위에는 밧줄이 있었다. 맨 처음 이 유령을 보았을 때(그렇게 여길 수밖에 없었다) 나의 놀라움과 공포는 극에 달했다. 다행히 나중에 평장을 되찾기는 했다. 집 근처의 뜰에서 고양이의 목을 매단 것이 기억났다. '불이야!' 하는 외침에 사람들이 즉시 뜰로 모여들었고, 그들 중 누군가가 나무에 매달려 있던 것을 잘라 나를 깨우려고 내 방의 열린 창문으로 던진 게 틀림없을 게다.

다른 벽이 무너지는 바람에 고양이는 새로 바른 석회벽에 밀려들어가 화염과 시체가 뿜어내는 암모니아에 뒤섞여, 지금의 이 모습이 되었을 것이다. 내 이성으로는 그것을 이해했음에도 양심은 그것을 용납하지 않았는지 그 모습은 내게 강한 인상을 남겼다. 그후 여러 달 동안 고양이의 환영이 나를 떠나지 않았다. 후회 같으면서도 후회 같지 않은 모호한 감정이 찾아왔다. 뻔질나게 다니던 선술집에서 혹시 닮은 고양이가 있지나 않나 하고 휘휘 주위를 둘러보게까지 되었다.

어느 날 밤, 선술집에서 멍하니 앉아 있을 때, 진이나 럼을 담는 커다란 술통 위에 웅크리고 있는 어떤 까만 물체가 눈에 띄었다. 그 술통 위를 쭉 바라보고 있었는데, 더 빨리 그것이 눈에 띄지 않았다는 것이 의아했다. 나는 가까이 가서 만져 보았다.

그것은 검은 고양이였다. 아주 큰 녀석으로 플루토만 한 몸집에 한 군데만 빼놓고는 꼭 같았다. 플루토는 몸에 흰털이 없었지만,

이 고양이는 가슴 전체를 덮는 크고 흰 얼룩점이 있었다.

내가 손을 대니까 고양이는 곧 일어나 목을 길게 빼고 몸을 비비며 내가 아는 척하는 것을 좋아하는 것 같았다. 이거야말로 내가 찾고 있던 고양이였다. 주인에게 그 고양이를 사겠다고 했더니 주인은 자기 것이 아니며 어디서 왔는지도 모르고 전에 본 적도 없다고 했다.

나는 고양이를 계속 쓰다듬어 주었다. 내가 일어서니까 고양이도 쫓아올 기미를 보여서 나는 따라오게 내버려 두었다. 집에 오는 중에도 여러 번 허리를 굽혀 머리를 쓰다듬어 주었다. 집으로 돌아오자 고양이는 곧 길들었는지 아내도 무척 귀여워했다.

그러나 나는 곧 싫증을 느끼게 되었다. 뜻밖의 일이었다. 왜 그런지는 몰랐지만 고양이가 나를 사랑하는 것이 오히려 나를 불쾌하고 성가시게 했다. 점차 극도의 증오로 변해 가면서 나는 고양이를 피했다. 치욕과 전에 저지른 참혹한 행위의 추억 때문에 고양이를 육체적으로 학대하지는 않았지만 증오는 커져 갔다. 나는 마치 전염병 환자의 숨결을 피하듯이 고양이를 슬슬 피하게 되었다.

고양이를 집에 데리고 온 다음 날 아침, 그 고양이도 플루토와 같이 한 눈이 없다는 것을 알게 된 것도 내 증오심을 키웠을 것이다. 인정이 많은 내 아내는 한층 더 고양이를 측은히 여기는 것이었다. 아내는 내가 한때 지녔던 성품들, 소박하고 순수한 인정을 많이 갖고 있었다.

내가 고양이를 미워하면 미워할수록 고양이는 나를 더욱더 사랑하는 것 같았다. 고양이는 성가시게 내 뒤를 쫓아다녔다. 어디에 앉든지 으레 쫓아와서 내 의자 아래에 앉거나, 무릎 위에 뛰어올라 몸을 비벼 댔다. 내가 일어나서 걸어가려고 하면 어느새 다리 새로 기어들어와 하마터면 넘어질 뻔했다. 때로는 길고 뾰족한 손톱으로 옷에 매달려 가슴까지 기어올라 왔다. 이럴 때는 일격에 때려죽이고 싶었지만, 전에 범한 죄악이 머리에 떠올랐다. 솔직히 고백하면 고양이가 지독히 무서웠기 때문이다.

이 무서움은 육체적 위해의 공포는 아니었지만 어떻게 정의해야 할지 모르겠다. 고백하기가 좀 부끄러운 일이지만…… 그렇다. 중 죄인의 독방에서조차 고백하기 부끄럽다. 고양이가 내게 끼친 전율과 공포는 보잘것없는 망상에서 생겨난 것이다.

내가 이미 말했던, 이 고양이와 내가 죽인 플루토의 유일한 차이점인 흰 점을 아내는 여러 번 내게 말했다. 이 반점은 크기는 했지만 대단히 희미했는데 알아차리기 어려울 정도로 (내 이성은 그것을 공상이라고 부정하면서 싸웠지만) 뚜렷한 윤곽을 갖게 되었다.

그것은 이름만 들어도 몸이 떨리는 어떤 물체를 닮아 있었다. 그래서 무엇보다 고양이가 꺼림칙했고 무서웠으며, 될 수 있으면 없애 버리고 싶었다. 그것은 소름끼치는 교수대의 모습이었다! 공포와 범죄의, 슬픔과 죽음의 끔찍한 형을 집행하는 형상이었다. 이제 나는 세상 사람들이 알지 못하는 처참한 지경에 이르렀다.

내가 죽여 버린 한 마리 짐승이 성스러운 하나님의 모습대로 만들어진 내게 이렇게 견딜 수 없는 괴로움을 주리라고는! 아! 밤에도 낮에도 나는 쉼의 축복을 받지 못했다.

낮이면 고양이는 한시도 내 곁을 떠나지 않았다. 밤이면 또 밤대로 시시각각 악몽에 시달리다 벌떡 일어나면 내 얼굴에는 고양이의 뜨거운 입김이 훅훅 끼쳐왔다. 천근이나 되는 악마의 화신이 내 가슴을 짓누르는 것이었다!

계속되는 고통에 내 마음속에 남아 있던 선의 자취는 사라졌다. 악한 생각, 가장 어둡고 흉악한 생각이 나의 유일한 친구가 되었다. 나의 신경질적인 기질은 결국 모든 사물과 사람들을 미워하게까지 되었다. 불시에 일어나는 분노의 폭발에 나는 맹목적으로 내몸을 내맡기게 되었는데, 말없이 그 고통을 꾹 참는 희생자는 아! 불쌍하게도 아내였다.

화재로 가난해져 낡은 집에 살고 있던 어느 날, 아내는 지하실에 볼일이 있어 나를 따라 내려오고 있었다. 고양이도 험한 계단을 쫓아 내려와서 하마터면 나를 넘어뜨릴 뻔했다. 나는 격분에 휩싸여 아직까지 참고 있던 두려움도 잊어버리고 도끼를 고양이를 향해 내리치려고 했다.

이 일격은 아내가 온몸으로 저지했다. 나는 악마도 못 당할 만큼의 분노에 싸여 아내의 손을 뿌리치고 아내의 머리에다 도끼를 내리박았던 것이다. 아내는 신음소리도 없이 그 자리에 푹 쓰러졌다. 이 극악한 살해가 끝나자 나는 시체를 감출 방법을 찾았다. 이웃사람의 눈에 띄지 않게 시체를 집에서 끌어 낼 수 없다는 것은 뻔한 일이었다.

여러 계획이 머리에 떠올랐다. 처음에는 시체를 잘게 썰어 불에 태워 버리려고도 생각했다. 다음에는 지하실 마루 밑에 구멍을 파고 그 밑에 파묻어 버릴까도 생각해 보았다. 아니면 마당 우물에 던져 버릴까? 상품처럼 포장해서 상자에 집어넣어 인부를 시켜 지고 나가게 할까 하고 궁리해 보았다.

마침내 그 어느 것보다도 굉장한 계획이 머리에 떠올랐다. 중세 시대 사제들이 희생자를 벽 속에 넣고 발랐다는 기록처럼 나도 벽과 벽 사이에 이 시체를 넣고 발라 버리리라 결심했다.

이러한 목적으로 볼 때 이 지하실은 안성맞춤이었다. 사면의 벽은 아무렇게나 쌓아올린 채 흙손질도 변변히 하지 않고 최근 회로 슬쩍 바른 것인데, 지하의 습기로 아직 굳어지지 않았다. 더욱이 담 한쪽은 돌출부가 있었는데, 장식용 굴뚝이나 난로 같은 것으로 메워 다른 부분과 비슷해 보이는 것이었다. 이 지점에 벽돌을 들어 내고, 시체를 집어넣고, 그전과 같이 발라 버리면 아무도 의심하지 못할 것 같았다.

이 계산은 조금도 틀리지 않았다. 나는 쇠지렛대로 쉽게 벽돌을 들어내고 조심스럽게 시체를 안쪽 벽에 세우고 그대로 버티어 놓은 다음, 힘들이지 않고 원래대로 벽돌을 다시 쌓았다. 그리고 모르타르와 모래를 몰래 구입한 뒤 나는 이전의 것과 거의 비슷한 회반죽을 벽들과 벽돌 사이에 골고루 발랐다. 일이 끝났을 때 나는 승리감과 안도감을 느꼈다. 벽은 조금도 손을 댄 것처럼 보이지 않았다. 마루에 떨어진 티끌도 남김없이 주웠다. 나는 주위를 둘러보며 '흥, 그래도 헛수고는 아니었군.' 하고 혼자 중얼거렸다.

다음은 이 불행의 원인이 된 고양이를 찾는 것이었다. 그놈을 죽여 버리기로 결심했기 때문이다. 그때 고양이가 있기만 했다면 그놈의 운명은 두말할 것도 없었겠지만, 이번의 격노에 질겁하여 고양이는 슬며시 사라졌다. 내가 씩씩거리며 있는 동안 내 앞에 얼씬도 하지 않았다. 미운 고양이가 없어지니 통쾌함과 안도감이 찾아왔다. 내가 고양이를 집에 데리고 온 이후, 적어도 이 날 밤만은 살인죄라는 무거운 짐이 내 혼을 누르고 있었음에도 단잠을 이룰 수 있었다.

사흘이 지나도 고양이는 나타나지 않았다. 괴물은 무서워 영원히 집에서 도망친 것이다! 고양이는 이제 나타날 리 없을 게다! 나의 행복은 더할 나위 없다! 내가 범한 그 무서운 죄도 나를 별로 괴롭히지 않았다. 수차 취조가 있었지만 문제없이 대답할 수 있었고, 가택 수색도 한 번 있었지만 아무것도 발견될 리 없었다. 장래의 행복은 확정적이라고 나는 낙관했다.

이 사건이 있은 후 나흘째 되는 날, 뜻밖에도 한 무리의 경찰들이 달려들어 또 한 번 엄중히 가택 수색을 시작했다. 그러나 시체를 감춘 곳이야 제아무리 날고 긴다 해도 찾아낼 리 없다고 확신하고 있었기에 나는 조금도 당황하지 않았다. 경찰은 나에게 동행할 것을 명하고 집안 구석구석 수색했다. 서너 번이나 지하실로 내려갔지만 심장은 잠을 자고 있는 사람처럼 편안하게 뛰고 있었다. 두 팔을 구부려 가슴 위에 얹고 이리저리 유유히 돌아다녔다. 경찰들은 이제 떠날 채비를 했다. 마음속의 기쁨이 솟아올라 억누를 수가 없었다. 나는 승리의 표시로 한마디라도 더 말해서 나의 무죄를 그들에게 확실하게 하고 싶어 몸이 달아올랐다.

"여러분!"

경관들이 계단을 올라갈 때 참다못해 나는 입을 열었다.

"여러분들의 의심을 풀어 드릴 수 있어서 매우 기쁘게 생각합니다. 건강하시고 안녕히 돌아가시기 바랍니다. 그런데 여러분, 이 집은, 이 집은 아주 잘 지어진 집입니다."

무언가 자꾸 지껄이고 싶은 격렬한 욕구로 나는 내가 무슨 말을 하는지도 몰랐다.

"특별히 지어진 집이라고 할 수 있습니다. 이 벽은……. 아, 여러분들 그만 가시렵니까? 벽들은 말이죠, 아주 견고하게 쌓아 올린 거랍니다."

나는 허세를 피우고 싶은 마음으로 손에 들고 있던 막대기로 아내의 시체가 서 있는 바로 그 부분을 힘껏 내리쳤다.

아, 하느님. 악마의 독니에서 나를 구해 주소서! 때린 소리의 반향이 채 식기도 전에 무덤 속에서 나오는 듯한 소리가 들려왔다! 처음에는 어린아이의 울음소리처럼 막혔다 끊어졌다 하는 소리가 들리던 것이 갑자기 길고 높고 계속적인 잔인한 비명으로 변했다. 그것은 지옥에 떨어진 수난자의 입과, 그에게 형벌을 주고 기뻐 날뛰는 악마들의 입으로부터 동시에 흘러나온 지옥의 고함소리며, 공포와 승리가 반반씩 섞인 슬피 울부짖는 비명이었다.

내 기분 같은 것을 얘기한다는 것은 어리석은 일이다. 정신이 아득해져서 나는 비틀거리며 저쪽 벽으로 넘어질 것 같았다. 계단 위로 올라가던 경관들도 그 순간 깜짝 놀라 잠시 우두커니 서 있더니 다음 순간에는 열두 개의 굳센 손이 달려들어 담을 허물기 시작했다. 담은 한꺼번에 떨어지고 핏덩어리가 말라붙은 부패된 시체가 여러 사람들 눈앞에 우뚝 나타났다.

시체의 머리 위에는 시뻘건 큰 입을 벌리고 불같은 한 눈을 크게 뜨고 있는 그 무서운 고양이가 앉아 있었다. 간교함으로 나에게 살인을 저지르게 하고 비명을 질러 교수대로 나를 끌고 간 장본인이 바로 이 고양이였다. 나는 이 괴물도 시체와 함께 벽 속에다 발라 버렸던 것이다!

아몬틸라도 술통

포르투나토가 아무리 심한 말을 해도 대꾸 한마디 않고 꾹 참고만 있던 나였다. 그러나 그가 감히 나에게 모욕을 주었을 때는 복수를 맹세하지 않을 수가 없었다. 물론 내 성질을 잘 알고 있는 사람들은 내가 그를 위협했을 거라고는 생각하지 않을 것이다. 어쨌든 꼭 원수를 갚아야겠다고 나는 결심했다. 결심은 했지만 위험은 피해야겠다는 생각이 들었다. 그에게 복수는 하되 나에게 해가 돌아오지 않도록 하지 않으면 안 된다. 징벌자가 도리어 벌을 받으면 그것은 앙갚음이 되지 못한다. 마찬가지로 징벌자가 악을 범한 자에게, "이런, 천벌이구나!" 하고 느끼게 하지 못하면 그것 역시 진정한 복수가 되지 못한다.

나는 말과 행동에 있어서 포르투나토에게 나의 선의를 의심할 꼬투리를 전혀 주지 않았다는 걸 밝혀 두어야겠다. 나는 전과 다름없이 여전히 그의 앞에서 싱글벙글했다. 그는 내가 딴 배짱이 있어서 그러는 줄은 꿈에도 몰랐다.

포르투나토는 여러 면에서 훌륭하고 사람들이 두려워하는 인물이었지만, 그에게는 약점이 하나 있었다. 그것은 술맛만 보면 그 술이 무엇인지 알 수 있다고 우겨대는 버릇이었다. 이탈리아인 치고 진짜 감정사의 기질을 가진 사람은 드물다. 그들의 열성은 대부분 시간과 기회에 맞춰 영국인과 오스트리아의 갑부들을 속이는

19

데 사용되었다. 포르투나토도 그림이나 보석 방면에서는 다른 이탈리아인들과 같이 엉터리였지만, 묵은 술을 감정하는 데는 대단했다. 하지만 이 점에서는 나도 그에게 지지 않았다. 나는 이탈리아산 포도주를 감별하는 데 자신이 있어서 포도주를 살 기회만 있으면 대량으로 사들였다.

사육제철의 흥분이 극도에 달했을 때의 어느 날 저녁, 나는 포르투나토를 만났다. 술기운이 핑 돌았는지 그는 대단히 쾌활한 어조로 나에게 말을 걸었다. 그는 광대처럼 몸에 꼭 맞는 얼룩덜룩한 옷을 입고 머리에는 방울이 달린 원추형의 모자를 쓰고 있었다. 나는 그를 만난 것이 어찌나 반가웠던지 그의 손을 꼭 붙잡고 놓을 줄을 몰랐다.

"포르투나토, 잘 만났네. 오늘 아주 멋져 보이는군. 참, 오늘 내가 아몬틸라도 술을 큰 통으로 하나 샀는데 어쩐지 좀 의심스러워."

내가 이렇게 먼저 말을 꺼냈다.

"뭐? 뭐? 아몬틸라도라고? 큰 통으로? 그럴 리가? 카니발이 한창인데!"

"그러니까 의심스럽다는 말이야. 자네한테 물어보지도 않고 술값을 치러 버렸으니 큰 실수를 한 것 같아. 자네도 없고 또 싼 물건을 놓칠까 봐 두려워서 사기는 샀지!"

"아몬틸라도 술이라!"

"아무래도 의심스러워."

"아몬틸라도 술이라!"

"제대로 감정해야겠지."

"아몬틸라도 술이라!"

"자네는 바쁠 테니, 루케시에게 가보려고. 감정할 수 있는 사람이 자네 말고는 루케시밖에 없으니 그 사람이 가르쳐 주겠지."

"루케시는 셰리와 아몬틸라도의 구별도 제대로 못하는 위인인데."

"누가 그러는데 당신 못지않은 명감정가라고 그러던걸."

"자! 그럼 가세."

"어디로 말이야?"

"자네 집 지하실로 말이야."

"아니야. 그렇게 폐를 끼치면 되나. 무척 바쁜 일이 있는 것 같은데. 루케시는……."

"아냐, 아무 일도 없어. 자, 가자고."

"아니야. 일이 문제가 아니라 추위가 걱정이야. 지하실은 아주 축축하고 초석이 깔려 있거든."

"어쨌든 가세. 추위 그까짓 것이야 뭐. 아몬틸라도라고 그랬지? 자네 속았어. 그리고 루케시라고? 그 사람 셰리와 아몬틸라도의 구별도 못해."

포르투나토는 내 팔을 붙잡았다. 검정 비단 마스크를 쓰고 망토로 몸을 꼭 싼 나는 그가 이끄는 대로 내 집으로 걸음을 재촉했다. 집에는 하인도 하나 없었다. 때가 때이니 만큼 축제를 즐기러 나갔다. 내일 아침까지 돌아오지 않을 테니, 집에서 한 발짝도 나가면 안 된다고 단단히 분부를 해뒀는데도 그랬다. 이렇게만 한마디 해두면 내가 사라지자마자 그들도 모두 곧 외출할 것을 나는 잘 알고 있었기 때문이다.

촛대에서 횃불을 두 개 집어 들고 하나는 포르투나토에게 주고, 여러 방을 지나 지하실로 통하는 아치 길로 그를 공손히 안내했다. 내 뒤를 좇아오는 그에게 조심하라고 주의를 주면서 나는 꼬불꼬불한 긴 계단을 내려갔다. 우리는 지하실까지 내려와 몬트레저스 집안의 지하 묘지의 축축한 땅 위에 나란히 섰다.

그가 물었다.

"술통은?"

"좀 더 가야 돼. 그런데 이 벽에 번쩍이는 흰 거미줄 좀 보게."

그는 술에 취해 흐릿해진 두 눈으로 나를 돌아다보았다. 잠시 후 그가 물었다.

"초석이라고?"

"그렇지. 그런데 언제부터 그렇게 기침을 했나?"

"쿨룩…… 쿨룩…… 쿨룩……."

불쌍한 포르투나토는 한참 동안 대답을 못했다.

"괜찮아."

그는 겨우 대답했다. 나는 결연히 말했다.

"자, 돌아가세. 자네 건강이 더 중요하니까. 자네는 부자고 사람들은 자네를 존경하고 사랑하네. 그리고 내가 옛날에 그랬던 것처럼 자네는 행복한 사람이네. 당신에게 무슨 일이 있으면 사람들은 슬퍼할 테니까. 나야 아무래도 상관없지만. 자 돌아가지. 이러다 병 나면 난 책임질 수 없네. 게다가 루케시도 있고……."

"듣기 싫어. 그까짓 기침이 뭐라고. 설마 죽기야 하겠어. 기침으로 죽지는 않아."

"그야 그렇지. 괜히 잔소리할 생각은 없지만 주의하지 않으면 안 되지. 자, 이 메독 한 잔이면 습기가 좀 덜할 거야."

그러면서 나는 바닥에 길게 놓여 있는 술병 중 하나를 집어 들고 마개를 뽑았다.

"자, 마시게."

나는 그에게 잔을 내밀었다. 그는 눈을 가늘게 뜨며 술잔을 입술에 갖다 댔다. 잠깐 쉰 다음 나에게 다정히 고개를 끄덕였는데, 그때 모자에 달린 종이 딸랑딸랑 울렸다.

"여기서 편안히 쉬고 있는 영혼들을 위해 건배!"

그가 말했다.

"나는 자네의 장수를 위해 건배."

그는 다시 내 팔을 잡았고 우리는 앞으로 나아갔다.

"지하실이 제법 넓은데."

"그럼. 몬트레저스 집안은 대가족이었으니까."

"자네 가문의 문장은 어떤 것이었지?"

"하늘빛 바탕에 금빛이 아는 사람의 발이 있고, 그 다리가 일어서려는 뱀을 밟아 누르는데 그 뱀이 발뒤꿈치를 물고 있는 그림이지."

"그럼 좌우명은?"

"나를 해치는 자를 벌하라."

"아주 좋군."

술기운으로 그의 눈은 번득였고 방울은 딸랑딸랑 울렸다. 메독 한 잔으로 내 마음까지 후끈 달아올랐다. 우리는 군데군데 큰 술통이 섞여 있고 사람 뼈다귀가 담벼락처럼 수북이 쌓여 올려 있는 사이를 지나 아몬틸라도 술통을 찾아 앞으로 걸어갔다. 나는 또 한 번 발을 멈추고 포르투나토의 팔꿈치를 잡아당겼다.

"초석이네. 엄청 많군. 지하실 아래에 마치 곰팡이처럼 깔려 있어. 여기가 강바닥 아래라서 그런지 물기가 해골 사이로 흘러내리고 있군. 자, 늦기 전에 돌아가지. 자네 기침이⋯⋯."

"상관없어. 계속 가세. 우선 메독 한 잔을 더 마시고."

나는 마개를 뽑아 그에게 내밀었다. 그는 그것을 단숨에 쭉 들이켰다. 그의 두 눈에는 날카로운 빛이 떠돌고, 웃는 낯으로 나에게 까닭 모를 몸짓까지 하며 병을 위로 냅다 팽개쳤다. 나는 깜짝 놀라 그를 쳐다보았다. 그는 그 이상한 몸짓을 또 한 번 되풀이했다. 그가 말했다.

"모르겠나?"

"모르겠는걸."

"그럼 자넨 가입하지 않았군."

"무슨 말인가?"

"프리메이슨[1]이 아닌가 보군."

---

1) 석공조합에서 유래한 단체로 우애와 세계 평화를 목적으로 하는 비밀 결사. 모차르트와 괴테도 그 일원이었다고 함

"아니야. 난 가입했네."

"자네가? 그럴 리가! 자네가 프리메이슨이라구?"

"그렇고말고."

나는 대답했다.

"그 증거는?"

"이것이네."

나는 망토 자락 아래에서 흙손을 꺼내 보이며 대답했다.

"농담이겠지."

그는 몇 걸음 물러서며 소리쳤다.

"그게 뭐 대순가? 어서 아몬틸라도 술통으로 가세."

"그러지."

나는 흙손을 망토 속에 집어넣은 다음, 한 팔을 그에게 내밀며 대답했다. 그는 내 팔에 무겁게 매달렸다. 우리는 아몬틸라도 술통을 찾아 오르락내리락하며 여러 아치 길을 지나 깊은 토굴에 이르렀다. 그 안은 매우 습해서 우리가 들고 있는 횃불은 환하게 비치지 않고 깜빡거렸다.

이 토굴 제일 끝에 더 좁은 토굴이 하나 보였다. 담벼락에는 파리의 대납골당처럼 해골이 천장까지 잔뜩 채워져 있었다. 토굴 내부 삼면의 벽은 이렇게 해골로 장식되어 있었지만, 나머지 한 면의 담벼락에는 해골이 땅 위에 흩어져 작은 언덕을 이루고 있었다.

해골을 쌓아 둔 그 담벼락 안에 또 다른 공간을 발견했는데, 깊이 1.2미터, 넓이 0.9미터, 높이 2미터 정도 되었다. 그것은 어떤 특별한 목적으로 만들어 둔 게 아니라, 토굴의 지붕을 받쳐 놓은 두 개의 큰 기둥 사이에 저절로 생긴 틈처럼 보였다. 뒤쪽은 단단한 화강암으로 둘러싸여 있었다.

포르투나토가 희미한 횃불을 쳐들어 토굴 구석을 들여다보려고 했지만 좀처럼 보이지 않았다. 희미한 빛으로는 구석을 볼 수가 없었다.

"들어가 보게. 저기 안에 아몬틸라도 술이 있네. 루케시라면……."

"아, 그는 아무것도 모른대도."

내 말을 가로막으며 그는 비틀비틀 그 안으로 들어갔다. 나도 즉각 그 뒤를 쫓아갔다. 이내 그는 구덩이 끝에 이르렀지만, 앞에 바위가 우뚝 가로막혀 있는 걸 보고는 그만 멈칫 섰다.

그 순간 나는 벼락같이 달려들어 그를 바위 위에 잡아매 버렸다. 바위에는 옆으로 60센티미터 간격을 두고 U자형의 못이 두 개 박혀 있었다. 한쪽에는 짧은 쇠사슬이, 다른 한쪽에 는 맹꽁이자물쇠가 달려 있었다. 그의 허리에 쇠사슬을 감고 그것을 바싹 졸라매는 데 몇 초도 걸리지 않았다. 그는 어처구니가 없는지 저항도 못했다. 열쇠를 뺀 다음 나는 재빠르게 그 구덩이에서 밖으로 휙 나와 버렸다.

"자, 손으로 벽을 훑어 보게. 초석이 손에 닿을 테니. 몹시 눅눅하군. 또 한 번 돌아가자고 재촉해 볼까? 안 된다고? 그렇다면 할 수 없군. 자네만 여기 떼어 놓고 나 혼자 돌아갈 수밖에. 하지만 내가 떠나기 전에 자네에게 주의할 점을 알려줘야겠군."

"아몬틸라도!"

그는 아직 놀라움에서 벗어나지 못해 버럭 소리를 질렀다.

"물론 아몬틸라도 술이네."

나는 해골 사이를 이리저리 걸어 다니며 말했다. 뼈 사이에서 건축용 석재와 석회를 골라내었다. 이 재료들을 가지고 나는 흙손으로 분주히 토굴 입구를 틀어막기 시작했다.

첫 번째 열을 쌓아올렸을 때 나는 포르투나토가 술이 깬 것을 알아챘다. 그것은 토굴 저쪽 끝에서부터 얕은 신음소리가 들려오는 걸로 알 수 있었다. 그 목소리는 벌써 취한 사람의 목소리가 아니었다. 그리고는 무거운 침묵이 흘렀다. 나는 계속해서 두 번째, 세 번째 열을 쌓아올렸다. 그러는데 쇠사슬을 흔드는 소리가 쩔렁쩔

렁 들려왔다. 이 소란한 소리는 몇 분 동안 계속되었다. 나는 그 소리를 실컷 듣고 싶어서 일을 쉬고 해골 위에 걸터앉았다.

찔렁찔렁 소리가 뚝 그치고 사방이 고요해졌을 때 나는 또 다시 흙손을 들고 편안하게 돌을 쌓아올렸다. 담은 이제 거의 내 가슴 높이까지 왔다. 나는 잠시 일손을 멈추고 횃불을 돌담 위로 쳐들어 구덩이 속의 사람 쪽을 비춰 보았다.

결박당한 사람의 목에서 갑자기 터져 나오는 날카로운 고함소리는 나를 확 떠밀어 버리는 것 같았다. 나는 소스라치듯 부들부들 떨었다. 다음 나는 장검을 뽑아 구덩이 속을 이리저리 쿡쿡 찔러 보았다. 이만하면 됐다는 생각이 들었다. 튼튼히 쌓아올린 담을 손으로 흔들어 보았다. 꼼짝도 하지 않았으므로 나는 마음이 든든해져 담벼락 쪽으로 바싹 다가가 죽겠다고 떠들어 대는 그의 비명에 보조를 맞춰 주었다. 나는 더 힘 있는 소리로 그를 압도했다. 내가 이렇게 고래고래 퍼부었더니 그는 다시 고요해졌다.

자정쯤 내 일도 대강 끝나게 되었다. 나는 최후의 열한 줄째 담도 절반쯤 끝마쳤다. 이제 돌 하나만 올려놓고 석회만 싹 바르면 그만이었다. 마지막으로 무거운 돌을 낑낑대며 쳐들어서 겨우 제자리에 올려놓았다. 바로 그때 토굴 안에서 내 머리털을 곤두서게 하는 낮은 웃음소리가 들려왔다. 그 뒤를 따라 곧 슬픈 소리가 들려왔는데, 그 소리는 그 고상한 포르투나토의 소리 같지는 않았다.

"하하하, 헤헤…… 참 재밌는 농담이야…… 멋진 농담! 집에 돌아가서도 실컷 웃을 수 있고…… 헤헤헤…… 술을 마시며…… 헤헤헤."

"아몬틸라도 술로 하지."

내가 외쳤다.

"헤헤헤! 그럼 아몬틸라도 술이지. 그런데 너무 늦은 건 아냐? 식구들이 우리를 기다리고 있지나 않을까? 이제 그만 돌아가자고."

"그럼, 이제 돌아가자고."

"제발, 몬트레저스! 부탁이야."

"제발!"

나는 이렇게 대꾸하면서 그의 대답을 기다리고 있었지만 아무 소리도 들리지 않았다. 나는 참다못해 큰 소리로 그를 불러 보았다.

"포르투나토!"

역시 아무 대답도 없었다. 나는 다시 한 번 불러 보았다.

"포르투나토!"

여전히 대답이 없었다. 나는 남은 돌담 틈으로 횃불을 넣어 안으로 떨어뜨렸다. 방울이 달랑달랑 흔들리는 소리 외에는 고요했다. 지하실의 텁텁한 습기로 가슴이 갑갑해졌다. 빨리 일을 끝마치려고 최후의 남은 틈을 마지막 돌로 틀어막고는 그 위를 석회로 싹발랐다. 이 담 밖에다가 해골로 산을 쌓아올렸다. 반세기 동안 이것을 건드릴 사람은 아무도 없다. 그가 길이길이 편히 쉬기를!

절름발이 개구리

그 임금처럼 농담을 좋아하는 사람도 없을 것이다. 그는 마치 농담을 위해서 사는 것 같았다. 그럴싸한 농담을 잘하는 것이 임금의 신임을 얻는 가장 확실하고 빠른 길이었다. 그러므로 그의 일곱 대신 모두가 익살꾼 재간으로는 국내에서 손꼽을 만한 사람들이었다. 그들은 농담에 제일가는 인물들일 뿐만 아니라 몸집이 크고 뚱뚱한 점도 임금을 닮았다. 농담만 하면 저절로 뚱뚱해지는지 혹은 뚱뚱해지면 저절로 농담을 좋아하게 되는지 그 점은 단정할 수 없지만, 바싹 마른 농담꾼이 별로 없는 것만은 확실하다.

임금은 품위 즉 '위트의 정신'은 전혀 신경 쓰지 않았다. 그는 내용이 풍부하면서도 짧은 농담을 특히 즐겼다. 내용만 풍부하다면 길어도 싫어하지는 않았다. 단 너무 미묘한 것에는 곧 싫증을 냈다. 볼테르의 〈자디그〉보다는 라블레의 〈가르강튀아와 팡타그뤼엘〉을 좋아하는 편이고, 대체로 농담보다는 장난이 그의 취미에 더 어울렸다.

이 이야기의 시대에도 직업적인 익살꾼이 궁정에 아주 없지는 않았다. 유럽대륙 열강에서는 여전히 광대들을 두었다. 알록달록한 옷을 입고, 모자를 쓰고, 방울을 단 이 광대들은 임금의 식탁에서 굴러 떨어진 빵부스러기를 재료로 언제든지 날카로운 기지를 발휘해야 했다.

이 임금도 역시 광대를 두었다. 임금은 무엇이든지 익살스러운 것을 찾았다. 자신은 말할 필요도 없이 일곱 대신들의 둔중한 지혜에 알맞은 것을 요구했다.

그러나 임금이 둔 광대, 즉 직업적 익살군은 평범한 광대는 아니었다. 그는 난쟁이며 절름발이라는 사실로 임금의 눈에 세 배의 가치가 있었던 것이다. 그 당시 궁정에는 광대가 있으면 으레 난쟁이도 있었다. 수많은 임금들은 같이 웃어댈 광대와 웃기는 난쟁이가 없으면 어떻게 매일을 보내야 할지(궁정은 다른 데보다도 해가 길다) 고민이었을 것이다. 게다가 익살꾼이라는 작자들은 백에 아흔아홉이 육중하고 뻔뻔스러운 위인들이다. 그러니 그중 하나인 '절름발이 개구리'(이것이 이 광대의 이름이었다)가 이 세 가지의 보물을 한꺼번에 보유하고 있다는 것은 임금에게 적지 않은 만족감을 주었다.

절름발이 개구리라는 이름은 이 난쟁이가 세례 받을 때 대부가 지어 준 것이 아니라, 일곱 대신의 회의 결과 그에게 붙여진 이름이다. 사실 절름발이 개구리의 걷는 꼴이란 뛰는 건지 뒹구는지 알 수 없는, 머뭇거리다가 겨우 한 걸음 떼어 놓는 움직임에 지나지 않았다. 이 움직이는 모양이 흥취를 돋워 임금에게 위안을 준 것은 사실이다. 왜냐하면 (임금 자신은 배가 툭 불거져 나왔고 날 때부터 골통 장군이었지만) 임금은 모든 신하들로부터 훌륭한 체구라는 칭찬을 받고 있었기 때문이다.

두 다리가 뒤틀린 절름발이 개구리가 길과 마룻바닥을 걸을 때는 힘겹게 아기작아기작 걸을 수 있을 정도였지만, 조물주는 하체의 결점 대신 비상한 완력을 그에게 주었는지 나무나 줄타기 그 밖의 올라가는 일에는 놀라운 재주를 가지고 있었다. 그가 이런 운동을 할 때에는 개구리라기보다 다람쥐나 조그마한 원숭이처럼 보였다.

이 절름발이 개구리가 어느 나라에서 왔는지는 알 수 없지만 이름도 들어보지 못한 어느 벽촌이나 먼 곳에서 온 것만은 확실하다. 절름발이 개구리와 그에 못지않게 키가 작은 젊은 처녀(몸매가 날씬한 대단한 무용가였지만)는 지방의 한 장군이 임금에게 바친 진상품이었다.

이러한 사정이니 이 두 난쟁이 사이에 친밀한 애정이 생겼다는 건 자연스러운 일이다. 사실 그들은 장래를 약속한 사이가 되었다. 절름발이 개구리는 많은 재주를 부렸지만 결코 인기가 있는 편은 아니어서 트리페타에게 별로 도움이 되지는 않았다.

그러나 그녀는 (비록 난쟁이지만) 우아하고 요정처럼 아름다웠기 때문에 모든 사람들의 사랑과 감탄을 한 몸에 받고 있었다. 그렇게 해서 그녀는 상당한 영향력을 갖게 되었는데 필요할 때는 절름발이 개구리를 위해 그 영향력을 발휘하는 것도 잊지 않았다.

어느 성대한 연회에(연회의 이름은 잊어버렸지만) 임금은 가면무도회를 열 계획을 세웠다. 가면무도회 같은 종류의 연회가 열릴 때면 절름발이 개구리와 트리페타가 재주를 부리곤 했다. 특히 절름발이 개구리는 야외극을 연출하거나 재미난 배역을 연기하고 의상 준비를 하는 데 뛰어난 재주가 있어서 그가 없이는 진행이 어려울 정도였다.

드디어 연회가 열릴 밤이 되었다. 트리페타의 지휘 아래 홀은 화려하게 장식되었다. 왕궁은 온통 무도회에 대한 기대로 들떠 있었다. 의상과 배역에 대해서는 벌써부터 각자가 결정해 둔 것 같았다. 사람들은 어떤 배역을 맡을지 1주일, 아니 한 달 전부터 미리 정해 두었다.

임금과 일곱 대신을 제외하고는 모든 것이 결정되었다. 왜 그들만 꾸물거리는지, 그것 역시 익살의 배짱에서 나온 것인지, 아니 그 외에 다른 까닭이 있는지는 알 수 없었다. 어쩌면 너무나 뚱뚱해서 무슨 역할을 해야 좋을지 결정을 못한 것인지도 모른다. 어쨌든 시간은 빨리 흘러갔다. 그들은 최후의 방법으로 절름발이 개구리와 트리페타를 불러들였다.

이 두 사람이 임금의 부름을 받고 달려왔을 때, 임금은 일곱 대신들과 같이 술자리를 하고 있었다. 임금은 기분이 언짢아 보였다.

임금은 절름발이 개구리가 술을 싫어하는 것을 알고 있었다. 술은 절름발이 개구리를 마치 미친 사람처럼 흥분시켰기 때문이다. 그런 꼴이 된다는 것은 절름발이 개구리 자신에겐 그다지 유쾌하지 않았다. 그러나 임금은 장난이 하고 싶었다. 절름발이 개구리에게 억지로 술을 먹여 그를 '쾌활하게 만들고' 싶었다.

"가까이 오너라, 절름발이 개구리야."

절름발이 개구리와 트리페타가 방으로 들어오자 임금은 말했다.

"자, 이 술 한 잔을 고향에 있는 네 친구들의 건강을 위해 마셔라(이 말을 듣고 절름발이 개구리는 한숨을 내쉬었다). 너는 새로운 아이디어가 있을 테니, 그걸 좀 듣기로 하자. 우리들도 배역이 필요하단 말이다, 배역이. 좀 신기한 것으로! 여태까지 하던 것과는 색다른 것으로 말이야. 이제 뻔한 것에는 아주 싫증이 났어. 자 들어라. 한잔 들면 좋은 생각이 날 테니까."

절름발이 개구리는 전과 다름없이 임금의 말에 익살로 대답하려고 애를 썼지만 헛수고였다. 그날은 하필 이 불쌍한 난쟁이의 생일날이었다. 더군다나 '고향의 친구'를 위하여 한잔하라는 임금의 명령은 그의 눈에서 눈물이 흐르게 했다. 이 폭군의 손에서 술잔을 공손히 받았을 때 커다란 구슬 같은 쓰라린 눈물이 그 속으로 뚝뚝 떨어졌다.

"하! 하! 하!"

난쟁이가 억지로 술잔을 기울이는 것을 보고 임금은 껄껄 웃었다.

"술이란 참 좋은 것이야! 자, 봐라. 네 눈이 벌써 번쩍이는구나."

그의 큰 두 눈은 번쩍인다기보다 오히려 희미해지고 있었다. 술은 그의 흥분하기 쉬운 뇌를 자극했을 뿐만 아니라 금세 취하게 했다. 그는 술잔을 상 위에 내던지다시피 하고 광기 어린 눈으로 모인 사람들을 휘둘러보았다. 그들은 모두 임금의 장난이 성공한 것을 보고 대단히 흥겨운 모양이었다.

"자, 그러면 해볼까요?"

뚱보 수상이 말을 꺼냈다.

"그렇지. 자, 절름발이 개구리야 도와 달란 말이다. 무슨 배역을 해야 좋겠냐. 응? 우리는 배역이 필요해, 우리 모두 말이야. 하하하!"

이 말은 임금이 농담으로 하는 말인지라 일곱 대신들도 큰 소리로 따라 웃었다. 절름발이 개구리도 따라 웃었다. 희미하고 공허해 보이는 웃음이었다. 임금은 조바심을 내면서 물었다.

"자, 말해 보거라. 무슨 좋은 생각 없느냐?"

"신기한 것을 생각해 내려고 궁리 중이올시다."

술로 정신이 오락가락하는 난쟁이는 좀 건방지게 대답했다.

"궁리 중이라?"

폭군이 버럭 소리를 질렀다.

"그건 대체 무슨 뜻이냐? 아, 알았다. 네가 퉁명을 부리고 있구나. 술을 좀 더 마셔야 되겠단 말이지. 자, 그렇다면 한 잔 더 마셔라. 받아라."

임금은 또 술을 한 잔 가득히 따라 절름발이 개구리에게 내밀었다. 그러나 그는 다만 숨을 헐떡거리며 술잔을 빤히 바라보고 있을 뿐이었다.

"마시라니까, 마시지 않겠다면……."

난쟁이는 머뭇거렸다. 임금은 발끈하여 얼굴빛이 새파래졌다. 일곱 대신들은 능글맞게 웃고 있었다. 트리페타가 죽은 사람처럼 파랗게 질려, 왕좌 앞으로 걸어 나와 그 앞에 엎드려서 친구의 대신해 용서를 빌었다.

폭군은 트레페타의 당돌한 행동에 놀라 잠깐 그녀를 내려다보았다. 무슨 말을 해야 할지 모른 왕은 분노를 터뜨리지 못해 어쩔 줄 모르는 것 같았다. 임금은 그녀를 세차게 떠밀더니 술잔에 가득 찬 술을 그녀의 얼굴에 끼얹었다.

이 불쌍한 소녀는 한숨 한 번 쉬지 못하고 겨우 일어나 상 끝에 있는 자리로 돌아왔다. 잠시 쥐 죽은 듯 고요한 침묵이 흘렀다. 한

장의 나뭇잎, 한 개의 깃털이 떨어지는 소리라도 들렸을 것이다. 이 고요한 침묵은 방 끝에서 들려오는, 어떤 긁는 듯한 소리에 깨졌다.

"뭐야? 그런 소리는 뭐하러 내는 것이냐?"

임금은 무섭게 난쟁이 쪽을 향해 소리쳤다. 난쟁이는 술이 깬 낯으로 폭군의 얼굴을 빤히 쳐다보며 다만 한 마디 이렇게 말했다.

"제가요? 제가요? 천만에 말씀이죠."

대신 하나가 끼어들었다.

"그 소린 밖에서 들린 것 같습니다. 아마 창가에 있는 앵무새가 주둥이를 새장에 비비는 소리였겠지요."

"암, 그렇겠지."

이 말에 임금은 마음이 좀 풀린 것 같았다.

"나는 저 고얀 놈이 이를 가는 소린 줄 알았다."

이 말을 듣고 난쟁이는 웃었다. (임금은 누구의 웃음도 포용할 수 있는 익살꾼이었다.) 그러자 임금은 곧 새까만 이를 드러내며 껄껄 웃었다. 그리고 얼마든지 마시라는 대로 술을 마시겠다고 공언했다. 임금의 분노는 씻은 듯이 사라졌다. 아무 탈 없이 또 한 잔의 술을 쭉 들이켠 후에 절름발이 개구리는 곧 가벼운 마음으로 가면무도회 준비에 착수했다. 그는 태연하게 술이라고는 난생처음 마셔 본다는 듯이 말했다.

"왜 이런 생각이 갑자기 머리에 떠올랐는지도 모르겠습니다만, 폐하께서 트리페타를 밀고 얼굴에 술을 끼얹는 바로 그 순간 그리고 앵무새가 창 밖에서 이상한 소리를 냈던 그 순간, 갑자기 머리에 굉장한 생각이 하나 선뜻 떠올랐습니다. 소인의 고향에서 하는 유희입니다. 우리 고장에서는 가면무도회 때에 흔히 하는 것이지만, 이곳에선 아주 신기할 겁니다. 사람이 여덟 명이 필요한데……."

"됐다. 마침 잘 됐어!"

임금은 때마침 여덟 명이 있는 것이 즐거워 큰 소리로 말했다.

"꼭 여덟 명이 되는구나. 나와 일곱 대신들이 있으니. 자, 대체 어떤 것이냐?"

"우리들은 그것을 '쇠사슬로 묶은 여덟 마리 오랑우탄'이라고 부릅니다. 잘만 하면 참 재미있습니다."

"자, 시작하자."

임금이 앞으로 한 걸음 다가앉으며 눈을 가늘게 뜨고 좋아했다.

"재미있겠는걸!"

임금과 일곱 대신들은 이구동성으로 이렇게 외쳤다.

"소인이 폐하와 대신들을 오랑우탄으로 가장해 드리겠습니다. 만사를 소인에게 맡기십시오. 무도회에 오신 손님들이 정말 오랑우탄이 온 줄로 알게 감쪽같이 가장해 드리겠습니다. 아마 손님들은 모두 놀라 기절할 겁니다."

"오, 그것 참 훌륭한걸! 절름발이 개구리야, 널 한 자리 시켜 주마!"

임금은 신이 났다.

"쇠사슬은 쩔그렁쩔그렁하는 소리로 혼란한 분위기를 높이기 위해서입니다. 폐하와 대신들께서는 다 같이 방금 우리에서 도망쳐 나온 것처럼 보여야 됩니다. 쇠사슬로 묶인 오랑우탄 떼가 일으킨 소동은 폐하도 상상하기 어려우실 겁니다. 진짜 오랑우탄처럼 보이도록 무서운 소리를 고래고래 지르며 잘 차려입은 남녀 손님들 틈으로 돌진해 갑니다. 그 대조야말로 이루 말할 수 없을 겁니다."

"그야 물론이지."

임금은 매우 좋아했다.

밤이 꽤 깊었기 때문에 대신들은 일어나 절름발이 개구리의 계획을 실천에 옮길 준비를 했다. 절름발이 개구리가 임금과 대신들을 오랑우탄으로 가장하는 방법은 매우 간단했지만 충분히 효과적이었다. 문제의 등물은 당시 문명국에서는 거의 볼 수 없는 것이었다. 난쟁이는 그들을 진짜 야생의 오랑우탄처럼 무섭게 가장했고 결과는 대성공이었다.

임금과 대신들은 우선 몸에 꽉 끼는 셔츠와 바지를 입고 온몸에 타르를 새까맣게 칠했다. 대신 중의 하나가 깃털을 사용하면 어떻겠느냐고 제의했지만 난쟁이는 이 제안을 곧 물리쳤다. 그는 오랑우탄의 털을 흉내 내기에는 깃털보다 아마가 더 효과적이라며 눈앞에 실제로 보여 주면서 여덟 명을 설득했다. 모두 온몸에 타르를 바른 뒤 아마를 두껍게 덧붙였다.

우선 임금의 허리에 쇠사슬을 감고 동여맸다. 같은 방법으로 나머지 일곱 대신들을 차례로 묶었다. 쇠사슬 감기가 끝나자 그들은 될 수 있는 한 커다랗게 원을 만들었다. 그리고 절름발이 개구리는 나머지 쇠사슬을 그 원 내부에 십자형으로 둘러쳤다. 이것은 현재 보르네오에서 침팬지나 큰 원숭이들을 잡는 방법에서 따온 것이었다.

가면무도회가 열릴 커다란 홀은 천장이 높은 둥근 방이었다. 천장에 달린 단 하나의 창에서 햇빛이 들어왔다. 무도회를 위해 특별히 설계된 이 방은 밤에는 커다란 샹들리에의 불빛이 화려했다. 샹들리에는 창 중앙에 쇠사슬로 연결되어 있고 평형추로 길이를 조정할 수 있었다.

방 안의 준비는 트리페타의 지휘에 맡겨져 있었다. 그러나 몇 가지 점에서 그녀는 친구인 절름발이 개구리의 냉정한 판단을 따른 것 같았다. 샹들리에를 떼어 낸 것은 절름발이 개구리의 제안이었다. 더운 날씨에 촛농이 흘러내려 손님들의 값비싼 드레스를 망칠수 있었다. 무도회 홀 안이 붐벼 혼잡하면 무도장 가운데에 있는 샹들리에 밑으로 손님들이 들어가지 않는다고 보장할 수 없었기때문이다. 여분의 벽 촛대가 방 이곳저곳에 설치되었다. 그리고 벽을 마주 보고 있는 성모상이 오륙십 개나 되었는데, 성모상의 오른손에 향기가 나는 횃불을 얹어 두었다.

여덟 마리의 오랑우탄은 절름발이 개구리의 지시를 따라 자정이 될 때까지 끈기 있게 기다렸다. 무도회장은 가면을 쓴 사람들로 붐

벴다. 12시를 알리는 종소리가 멎자마자 그들은 일제히 와! 하고
밀려들어 왔다. 아니 굴러들어 왔다. 들어올 때 쇠사슬에 걸려서
넘어지거나 비틀거렸기 때문이다.

방 안에 있던 사람들은 대단히 놀랐다. 임금의 마음은 기쁨으로
흡족했다. 예상했던 것과 같이 손님들 중에는 이 무서운 짐승들을
오랑이탄이라고까지는 생각을 못했다 해도, 적어도 진짜 짐승이라
고 생각했다. 많은 부인들이 놀라 기절했다. 만일 임금이 미리 명
령하여 무도장에서 모든 무기를 압수하지 않았더라면 임금과 신하
들은 그들의 장난 때문에 피로 물들었을지도 모른다. 많은 사람들
이 문 쪽으로 와! 달려갔다.

임금은 그들이 방 안으로 들어오자마자 곧 방을 잠가 버리라고
명령했고, 방 열쇠는 난쟁이의 제안에 따라 난쟁이에게 맡겨 두었
다. 방 안의 소란은 극에 달했고 사람들은 자신의 안전에만 급급
했다. 흥분된 군중들이 서로 밀치고 있어서 대단히 위험한 상황이
었다.

그때 평상시에는 샹들리에에 매달려 있고 불을 켤 때에는 말려
있는 쇠사슬이 서서히 내려오는 것이 보였다. 쇠사슬 갈고리의 끝
은 마루에서 1미터 높이까지 내려왔다.

그 후 얼마 안 되어 방 안을 이리저리 비틀거리며 돌아다니던 임
금과 그의 일곱 대신들은 방 한가운데로, 그 쇠사슬의 끝이 그들의
몸에 닿는 곳까지 오게 되었다. 그들이 방 한가운데로 오게 되었을
때, 그때까지 그들의 뒤를 소리도 없이 바짝 쫓아다니며 소동을 선
동하고 있던 난쟁이가 눈 깜짝할 사이에 십자형으로 가로 잡아맨
그 쇠사슬에 샹들리에를 걸어 두는 쇠갈고리를 집어넣었다.

그러자 삽시간에 눈에 보이지 않는 힘에 끌려 손이 닿지 않을 만
한 높이까지, 샹들리에의 쇠사슬이 위로 끌려 올라갔다. 오랑우탄
들은 얼굴을 서로 맞댄 채 한 덩어리가 되어 끌려 올라갔다.

손님들의 놀라움은 잠시 가라앉았다. 이 모든 것이 잘 꾸며진 익

살로 생각한 사람들은 곤경에 처한 오랑우탄들을 보고 한바탕 웃음을 터뜨렸다.

"저들을 내게 맡겨 두시오."

이때 절름발이 개구리가 소리쳤다. 그의 날카로운 목소리는 이 소란 속에서도 뚜렷하게 들렸다.

"내게 맡겨 두십시오. 잘 보면 저들이 누구인지 알 수 있습니다."

절름발이 개구리는 사람들의 머리 위를 엉금엉금 기어 벽까지 가서 성모상의 횃불을 집어 올렸다. 그러고는 같은 방법으로 방 중앙으로 돌아와 마치 원숭이처럼 날쌔게 왕의 머리 위로 뛰어올랐다. 그리고 다시 쇠사슬 3, 4미터 높이까지 올랐다. 오랑우탄 무리들이 잘 보이도록 횃불을 높이 쳐들고 더욱 크게 외쳤다.

"이들이 누구인지 곧 밝혀 드리겠습니다."

그러자 무도회장의 모든 사람들과 우랑우탄들이 한바탕 크게 웃어 댔다. 그때 절름발이 개구리의 휘파람 소리가 날카롭게 온 방을 울렸다. 그 순간 쇠사슬은 약 10미터 위로 휙 올라갔고 그와 동시에 놀라서 기를 쓰는 오랑우탄들은 천장의 창과 바닥 중간에 대롱대롱 매달렸다.

절름발이 개구리는 쇠사슬이 올라갈 때 몸을 쇠사슬에다 고정한 채 여전히 같은 위치에서 오랑우탄을 내려다보고 있었다. 마치 아무 일도 없었던 것처럼, 그들이 누군지 알아내려는 듯 그들을 향해 횃불을 쑥 내밀고 있었다.

사람들은 이 광경에 놀라 약 1분 동안 죽은 듯한 침묵이 방 안에 흘렀다. 이 침묵을 깨뜨린 것은 전날 임금이 트리페타의 얼굴에 술을 뿌렸을 때 났던 무언가 긁는 듯한 낮고 거친 소리였다. 그러나 이번에는 그 소리의 출처를 의심할 여지가 없었다. 그것은 난쟁이가 어금니를 가는 소리였다. 그는 거품을 물며 이를 갈고 있었다. 임금과 일곱 대신들의 얼굴을 흘겨보며 그는 악마와 같은 분노로 타올랐다.

"아, 이젠 이들이 누구인지 알겠군!"

분노의 불덩이가 된 난쟁이는 임금을 더 자세히 보려는 듯이 횃불을 쳐들어 임금의 전신을 싸고 있는 아마 옷에다 갖다 대었다. 임금의 온몸은 삽시간에 불덩어리가 되어 타올랐다. 일순간 여덟 마리의 오랑우탄들은 갈팡질팡 부들부들 떠는 불길에 휩싸였다. 아래에서 그 광경을 쳐다보던 사람들은 공포로 얼어붙은 채 비명을 질러댔는데, 불타는 그들을 도울 방법은 전혀 없었다.

불길이 더욱 거세어지자 난쟁이는 불길이 닿지 않는 위를 향해 쇠사슬을 기어 올라갔다. 그동안 방 안에는 침묵이 흘렀다. 절름발이 개구리는 이 기회를 놓치지 않고 말을 이었다.

"이들이 누군지 이제 확실히 알았습니다. 이들은 임금과 일곱 대신이지요. 약한 여자를 때리고도 양심의 가책을 느끼지 않는 임금과 임금을 부채질한 일곱 대신이지요. 자, 나로 말하자면, 그저 절름발이 개구리 광대입니다. 이것은 내가 연출한 마지막 광대극입니다."

타르를 칠한 아마 옷은 불에 잘 탔기 때문에 난쟁이의 짧은 연설이 채 끝나기도 전에 복수극은 끝났다. 여덟 구의 시체는 검게 타 악취를 풍기며 서로 구분할 수 없는 한 덩어리가 되어 쇠사슬에 매달려 흔들리고 있었다. 절름발이 개구리는 그 덩어리를 향해 횃불을 던지고 유유히 천장으로 기어 올라가 창밖으로 사라져 버렸다.

트리페타가 무도장 지붕 위에서 이 화장을 도왔음에 틀림없었다. 그들은 둘 다 그들의 고국으로 되돌아갔을 것이다. 그 후로 두 번 다시 그들의 모습을 볼 수가 없었다.

소용돌이 속으로 떨어지다

신의 방법은 섭리와 마찬가지로 자연 속에서도
인간의 것과는 다르다.
우리가 만드는 것은 신이 만드는 것의
광대성과 깊이와 불가지성에 비교도 되지 않는다.
신의 작품에서는 데모크리토스의 우물보다 더 깊은 것을 볼 수 있다.

– 조셉 글랜빌

드디어 우리는 가장 높은 벼랑 꼭대기에 이르렀다. 노인은 너무
나 지쳐서 잠시 동안 말도 하지 못했다. 얼마 후 노인은 입을 열기
시작했다.

"얼마 전만 해도 막내아들에게 지지 않을 만큼 이 길을 쉽게 안내
할 수 있었을 거요. 그런데 한 3년쯤 전에 지금까지 어떤 사람도 겪
어 보지 못한, 아니 살아남아 이 이야기를 전한 사람이 없는 그런
사건이 내게 일어났지요. 그때 내가 겪은 여섯 시간에 걸친 끔찍한
공포가 내 몸과 마음을 망가뜨려 버렸다오. 당신은 나를 늙은 사람
으로 생각하겠지만 사실은 그렇지 않다오.

칠흑같이 까맣던 머리카락이 새하얘지고 사지에 힘이 빠지고 신
경이 약해져 조금만 움직여도 몸이 떨리고 그림자만 봐도 놀랄 정
도로 변한 건 단 하루도 걸리지 않아서였소. 내가 이제는 이 작은
벼랑 아래만 내려다봐도 현기증이 날 정도라는 걸 당신은 아시오?"

노인은 좁은 벼랑길에 아무렇게나 주저앉아 몸무게의 절반 이상이 허공에 떠 있을 정도였다. 떨어지지 않도록 매끄럽게 튀어나온 바위 모서리에 걸친 팔꿈치로 겨우 몸을 지탱하고 있었다. 이 좁은 벼랑은 검게 빛나는 바위로 이루어진 탁 트인 절벽으로 눈 아래로 보이는 바위들에서 4, 5미터 더 높이 솟아 있었다. 나라면 어떤 일이 있어도 그 가장자리 쪽으로는 접근할 엄두도 못 냈을 것이다.

나는 노인의 위험하기 이를 데 없는 자세에 너무 놀란 나머지 땅바닥에 길게 엎드려 주위의 관목들을 꽉 움켜잡고는 하늘을 올려다볼 엄두도 내지 못했다. 게다가 이 무섭게 불어 대는 바람에 산이 뿌리째 뽑힐 것 같은 불안감을 좀처럼 떨쳐 낼 수가 없었다. 한참 지나서야 나는 겨우 일어나 멀리 바라볼 만한 용기를 낼 수 있었다.

노인은 말했다.

"그런 두려움은 극복해야 하오. 당신을 여기로 데리고 온 것은 내가 방금 말한 그 사건의 현장을 가장 잘 보면서 자세한 이야기를 하기 위해서요."

노인은 그의 버릇인 상세한 말솜씨로 말을 이었다.

"우리들이 지금 있는 곳은 노르웨이 해안 바로 옆, 북위 68도, 넓은 노들랜드 주의 황량한 로포덴 지역이오. 우리가 앉아 있는 헬제겐은 구름의 봉우리라는 산꼭대기요. 자, 이제 허리를 좀 펴고 현기증이 나거든 풀이라도 움켜잡고. 그렇지, 그렇게 눈 아래 짙게 끼어 있는 안개 너머로 바다를 내려다보시오."

현기증을 느끼며 바라보니 넓은 바다가 한눈에 들어왔다. 바닷물은 '암흑의 바다'라는 누비아 지리학자의 말이 얼핏 떠오를 정도로 짙은 잉크 빛을 띠고 있었다.

인간의 상상력으로는 이보다 더 황량한 풍경을 상상하지 못할 것이다. 눈길이 닿는 오른쪽과 왼쪽에도 오싹할 만큼 시커먼 벼랑이 마치 세상의 방벽처럼 튀어나와 있었다. 벼랑의 음울함은 희고 무시무시한 머리를 끝없이 부딪치며 솟구쳐 오르는 파도에 의해 한 층 더 강조되고 있었다.

우리가 위치한 꼭대기에서 바다 방향으로 뾰족하게 나 있는 건너편의 8, 9킬로미터 정도 거리에는 음산하게 생긴 작은 섬 하나가 있었다. 아니, 섬을 둘러싸고 있는 거친 파도를 통해 그 섬을 식별할 수 있었다는 것이 더 적절할 것이다. 그 섬에서 3킬로미터쯤 육지에 더 가까운 곳에는 더 작은 섬이 또 하나 있었다. 이곳은 무서울 만큼 험준한 불모지였고 그 주위를 어두운 바위 무더기들이 일정하지 않은 간격으로 빙 둘러싸고 있었다.

멀리 있는 섬과 해안 사이의 바다에는 무언가 심상치 않은 모습이 있었다. 때마침 강한 바람이 육지 쪽으로 불어와 멀리 앞바다에 있던 범선이 보조 돛을 두 겹으로 접은 채 나아가지 못하고 있었다. 범선 자체가 보이지 않을 만큼 바람은 계속 불어왔다. 거기에는 일정한 물굽이 같은 것이 없이 빠르고 노한 물결만이 바람과 반대 방향으로 내달리고 있었다. 바위 근처 외에는 물거품도 거의 일지 않았다.

노인이 말했다.

"멀리 있는 섬을 노르웨이 사람들은 바르라고 부른다오. 중금에 있는 것이 모스쾨, 북쪽으로 1.5킬로미터 거리에 있는 것이 압바렌이지요. 그 너머로 이슬레젠, 하트홀름, 카일드홀름, 수아르벤 그리고 부크홀름이오. 모스쾨와 바르 사이에 있는, 더 멀리 있는 것이 오테르홀름, 플리맨, 샌드플레진 그리고 스톡홀름이오. 이것은 모두 실제 지명이지만 어째서 일일이 이름을 붙여야 했는지 잘 모를 일이오. 그런데 무슨 소리가 들리지 않소? 바다에 무언가 달라진 것이 보이지 않소?"

우리가 헬제겐의 꼭대기에 도착한 지 10분쯤 지나고 있었다. 우리는 로포덴의 내륙에서 올라왔기 때문에 올라가는 동안에는 바다를 전혀 보지 못했다. 노인의 말대로 나는 차차 높아지는 어떤 소리를 들었다. 그것은 미국의 대평원에서 들리는 거대한 들소 떼의 울음소리 같았다. 그와 동시에 조금 전까지만 해도 뱃사람들이 말하는 '삼각파도'가 일었던, 눈 아래 바다가 동쪽으로 향하는 조류로 급히 바뀌고 있는 것이 보였다. 보고 있는 사이에도 이 조류는 그 속도가 무시무시하게 빨라졌다. 시시각각 흐름이 빨라져 곤두박질치듯 맹렬해졌다.

5분 후에는 바르 섬까지의 전 해역이 걷잡을 수 없을 만큼 날뛰었는데 그중에서도 가장 사납게 포효하는 곳은 모스퇴와 해안 사이였다. 거기에는 거대한 수면이 주름져 수천의 수로로 갈라지고 있었다. 물결들은 경련을 일으키듯 솟아오르고 끓어오르는 소리를 내면서 거대한 소용돌이가 되어 빙빙 돌았다. 그 소용돌이는 절벽에서 떨어지는 폭포에서나 볼 수 있을 속도로 소용돌이치면서 동쪽으로 돌진하고 있었다.

몇 분이 지나자 이 광경에 또 하나의 급격한 변화가 생겼다. 바다 전체가 다소 잠잠해지더니 소용돌이가 하나씩 사라지고 이제까지 전혀 볼 수 없었던 곳에 거대한 물거품 줄기가 뚜렷하게 나타났다. 이 물줄기들은 아득히 멀리까지 퍼지더니 앞서 가라앉은 소용돌이의 선회운동과 어우러지면서 또 다른 거대한 소용돌이를 이루는 것 같았다.

갑자기, 느닷없이 지름이 1.5미터도 더 되는 원 모양을 한 소용돌이가 나타났다. 빛나는 물보라로 된 널따란 띠가 소용돌이의 둘레를 이루고 있었다. 신기하게도 그 가공할 만한 깔때기 속으로는 물보라 한 방울 흘러들지 않았다.

깔때기 내부는 시야가 닿는 한도 내에서는 매끄럽고 반짝이는 흑진주 빛의 물 벽이었고, 수평선에서 45도 정도 경사를 이룬 채 어지러운 속도로 몸부림치듯 빙빙 돌고 있었다. 장대한 나아아가라 폭포가 분노하여 하늘을 향해 뿜어 올리는 것과는 견줄 수 없는,

비명과 노호가 뒤섞인 무서운 소리를 바람에 실어 보내고 있었다.

산은 저 밑바닥까지 전율했고 바위도 흔들거렸다. 나는 정신이 산란해져서 납작 엎드린 채 돌부리를 움켜잡았다. 나는 간신히 겨우 노인에게 말했다.

"이것이, 이것이 바로 노르웨이 서북쪽의 소용돌이라는 말스트롬이군요."

"그렇게도 부르지요. 우리 노르웨이 사람들은 중간에 있는 모스쾨 섬의 이름을 따서 모스쾨스트롬이라고 부르고요."

전에 이 소용돌이에 대해 들어온 이야기로는 도저히 상상도 할 수 없었던 광경이었다. 가장 상세하다고 할 수 있는 요나스 라무스의 글도 이 광경의 장대함이나 공포 혹은 보는 사람을 당혹하게 하는 불가사의한 느낌의 일부분도 제대로 전해 주지 못했다. 이 저자가 어느 지점에서 어떠한 시간에 그걸 보았는지는 모르지만, 적어도 헬제겐 꼭대기에서 폭풍이 몰아치는 가운데 바라본 것이 아닌 것만은 확실하다.

어쨌든 저자의 설명 속에는 그 장관을 인상적으로 전해 주기엔 너무나 미약하긴 하지만, 그런 대로 인용해 쓸 만한 구절은 몇 가지 있다.

'로포덴과 모스쾨 사이의 수심은 35길에서 40길 사이다. 그러나 반대편인 바르로 향하면 수심은 급속히 얕아져 평온한 날씨에도 거길 지나가려면 암석에 부딪칠 위험을 각오해야 한다. 만조 때에는 로포덴과 모스쾨 사이의 해안으로 물줄기가 거친 속도로 부딪쳐 온다. 그 조수가 맹렬하게 바다로 빠져 나갈 때의 소리는 요란한 폭포라도 당할 수 없을 정도다.

그 소리는 수십 킬로미터 떨어진 곳까지도 들리고, 그 소용돌이와 심연의 깊이는 얼마나 대단한지 어떤 배라도 그 속으로 빨려 들어가면 바위에 부딪쳐 산산조각이 나고야 만다. 그리고 나서 조수가 완만해지면 배의 파편이 다시 떠오른다. 그러나 바다가 이렇게 잔잔할 때란 조수의 간만이 바뀔 때뿐이며, 그것도 잔잔한 날씨에만 그렇다. 단 15분 정도 지속되다가 차차 본래의 사나움으로 되돌아간다.

물결이 가장 거칠어지고 폭풍으로 그 맹위가 고조될 때에는 1킬로미터 내로 다가가는 것조차 위험하다. 여러 척의 보트, 요트, 선박들이 이에 대한 대비 없이 그 안으로 들어섰다가 조수에 휩쓸려 갔다. 고래들이 그 물줄기에 너무 접근해서 사나운 힘에 삼켜지는 일도 종종 일어난다. 그때 거기서 고래들이 벗어나려고 몸부림치며 울부짖는 소리는 뭐라고 말할 수 없을 정도다. 전에 곰 한 마리가 로포덴에서 모스쾨로 헤엄쳐 건너가던 중 이 조류에 휩쓸려, 끔찍하게 울부짖던 소리는 해안까지도 들릴 지경이었다.

전나무나 소나무의 큰 둥치들이 그 조류에 빨려 들어간 뒤 심하게 갈라지고 쪼개져 마치 거친 털이 곤두선 것처럼 너덜너덜해져서 떠오르곤 한다. 이것은 그 소용돌이의 밑바닥이 울퉁불퉁한 바위들로 이루어져 있고 나무 뭉치들이 그 바위에 거세게 부딪쳤음을 보여 준다.

이 조류는 바다의 간만에 의해 조정되는데 여섯 시간마다 만조와 간조가 반복된다. 1645년 사순절 전 둘째 일요일의 이른 아침에는 바닷물이 얼마나 무섭게 날뛰었던지 해안에 늘어선 집들의 석재가 다 무너져 내렸다.'

수심에 대해서는, 소용돌이 바로 근처에서 어떻게 확인할 수 있었는지 나는 알 길이 없다. '40길'이란 모스쾨나 로포덴의 해안에 인접한 수로 부분을 가리키는 게 분명하다. 모스쾨스트롬 중심부의 깊이는 헤아릴 수 없을 정도로 깊을 것이다.

이 사실은 헬제겐 산꼭대기에서 그 소용돌이의 심연을 언뜻 보는 것만으로도 충분하다. 이 산꼭대기에서 불이 흐른다는 지옥의 강을 내려다보며 고래나 곰 이야기를 믿기 어려운 것처럼 기록한 요나스 라무스의 고지식함에 실소를 금할 길이 없었다.

이 세상에서 가장 큰 전함이라도 이 죽음 같은 소용돌이의 영향권 안에 들면, 폭풍우 앞의 깃털처럼 즉시 통째로 사라질 것이 분명하기 때문이다.

이 현상을 설명하려고 시도한 사람은 많았지만 지금으로서는 완전히 다르고 만족스럽지 못한 면이 있다. 일반적으로 받아들여지는 생각은 다음과 같다.

'그것은 페로우 군도 사이의 세 개의 작은 소용돌이와 마찬가지로 오르내리는 파도의 충돌에 의해 생기는 것으로, 낙하할 때 물을 가두는 바윗 암초에 막혀 폭포처럼 떨어진다. 그러므로 조수가 높이 올라갈수록 더 깊이 떨어지며, 이 모든 것의 자연적 결과는 소규모의 실험으로도 충분히 알 수 있는 엄청난 흡인력을 가진 소용돌이가 생긴다.'

이것은 〈대영 백과사전〉에 나오는 해설이다. 키르쉐와 다른 사람들은 말스트롬 수로 중심이 세계를 관통하는 심연이며, 어딘가 아주 멀리 있는 곳으로(어떤 예에서는 보스니아만으로) 통해 있다고 상상한다.

이 견해는 사실 터무니없는 것이긴 하지만, 소용돌이를 응시하고 있는 동안의 상상력으로는 가장 쉽게 동조할 수 있는 것이었다. 노인에게 이 말을 하자, 자신은 그렇게 생각하지 않지만 대개의 노르웨이 사람들이 그런 생각을 품고 있다고 했다.

사뭇 놀란 나는 그것을 이해할 수 없다고 했다. 논문에서는 결정적일지 모르나 이 심연을 바라보노라면 전혀 설득력이 없는 우스꽝스러운 말로 보였다.

노인이 말했다.

"자, 이제 소용돌이는 잘 보았을 테지요. 이 바위를 돌아서 바람도 자고 파도소리도 울리지 않는 쪽으로 갑시다. 그러면 내가 모스쾨스트롬의 이야기를 들려 드리지요."

그가 원하는 곳으로 자리를 옮기자 노인은 말을 이었다.

"나를 포함해 우리 삼형제에게는 한때 70톤 정도의 스쿠너 식 돛을 단 어선이 있었어요. 그 배로 우리는 바르와 가까운 모스쾨 건너편의 섬 사이에서 고기를 잡았소. 바다에 맹렬한 소용돌이가 있을 때면 늘 고기를 많이 잡았지요. 물때만 잘 잡고 나설 배짱만 있으면 만선이 되었죠.

로포덴 해안 어부들 중에서 정기적으로 그 섬에 나가는 사람들은 우리뿐이었다오. 대개의 어장은 남쪽으로 훨씬 떨어진 곳에 있었소. 거기서는 큰 위험없이 언제나 고기를 잡을 수 있었으니까 모두 그쪽을 더 좋아했소. 그러나 이곳 바위 사이의 선택된 지점은 어종도 다양했고 수량도 훨씬 많았죠. 그래서 종종 우리는 단 하루 만에 소심한 무리들이 1주일 넘게 잡을 수 있는 어획량보다 더 많이 잡곤 했소.

사실 우리는 절박한 도박을 한 것이오. 밑천이라고는 목숨을 건 배짱뿐이었소. 우리는 어선을 이곳보다 해안 쪽으로 8킬로미터 더 올라간 후미진 곳에 매어 두었지요. 그리고 날씨 좋은 날 조수간만의 15분을 이용해 모스쾨스트룀의 중심 수로를 가로질러 소용돌이 훨씬 위로 가 오테르홀름이나 샌드플레젠처럼 소용돌이가 그리 맹렬하지 않은 곳 근처에 닻을 내리곤 했소. 여기서 우리는 다시 조수간만이 바뀔 때까지 있다가 닻을 올리고는 집으로 향했다오.

갈 때와 올 때 옆바람이 계속 부는 날이 아니면 즉, 돌아오기 전까지 바람이 그치지 않을 것 같다는 확신이 드는 날이 아니면 우리는 절대 이 모험 길에 나서지 않았소. 또 그 날씨 계산을 잘못한 일도 없었소.

6년 동안 바람이 전혀 없어 밤새도록 닻을 내린 채 머물러 있었던 적도 두 번 있었지만 이 근처에서는 정말 드문 일이었죠. 그리고 한번은 우리가 도착한 직후 불어닥친 강풍 때문에 거의 1주일 동안 굶어 죽을 뻔한 일이 있었는데 수로가 너무 거칠어 섬에 머물러 있어야 했던 적이 있었죠.

오늘 나타나 내일 사라질 이 조류의 수많은 갈래 중 하나를 지나 플레멘의 바람 없는 곳에 들어가 운 좋게 닻을 내리지 못했다면 우리는 먼 바다로 떠내려가고 말았을 거요. 소용돌이가 얼마나 사납게 우리를 몰아쳤던지 닻줄이 얽혀 배가 질질 끌려 다녔으니 말이오.

그 어장에서 우리가 겪은 고생은 20분의 1도 다 말할 수 없을 거요. 아무튼 좋은 날씨에도 아주 고약한 장소니까. 그래도 우리는 사고 없이 모스쾨스트롬의 공격을 피할 수 있었소. 우연히 조수간만이 빠르거나 늦어져 심장이 터질 것 같은 때도 가끔 있었지만 말이오. 때로는 바람이 출발할 때 생각했던 것보다 강하지 않고 조류 때문에 배를 어쩌지 못할 때도 있었소.

맏형에게는 열여덟 살 된 아들이 있었고 내게도 건장한 두 아들이 있었소. 그들은 노를 젓거나 나중에 고기 잡을 때 큰 도움이 되지요. 그러나 우리들은 그 모험을 감행할망정 그 어린 녀석들을 위험 속에 몰아넣을 마음은 전혀 없었다오. 어쨌거나 그것이 소름이 끼치게 위험한 일이었으니까 말이오.

이제부터 내가 얘기하려는 사건이 일어난 날은 며칠 지나면 만 3년이 된다오. 18xx년 7월 10일은 이곳 사람들이 잊으려야 잊을 수 없는 날이지요. 이제껏 그날처럼 폭풍이 무섭게 몰아친 적은 없었으니 말이오. 그러나 그날 오전 아내 그리고 오후 늦게까지도 남서풍이 잔잔하게 불고 해가 빛나서 가장 나이 많은 어부조차 무슨 일이 일어날지 전혀 예측할 수 없었소.

두 형제와 나, 우리 셋은 오후 2시쯤 섬으로 건너갔는데, 순식간에 싱싱한 고기들로 배가 가득 찼죠. 그날은 가장 고기를 많이 잡은 날이었죠. 닻을 올리고 집으로 향한 것은 7시였소. 8시로 알고 있던 조수간만 소용돌이의 가장 험한 곳을 건너기 위해서였소.

우리는 오른쪽으로 부는 상쾌한 바람과 함께 출발했소. 그리고 한동안 위험 따위는 꿈에도 생각 못하고 화살처럼 나아갔죠. 위험을 느낄 만한 이유는 조금도 없었으니까 말이오.

그런데 갑자기 헬제겐 너머에서 미풍이 불어와 돛대에 부딪치는 것이었소. 이것은 매우 이례적인 현상이라서 나는 약간 불안해지기 시작했소. 우리는 바람을 거슬러 가보려고 했지만 소용돌이 쪽으로는 전혀 나아가질 않았소. 그래서 내가 막 정박지로 되돌아가자고 제안하려던 참인데, 수평선 전체가 이상한 구릿빛 구름으로 뒤덮이면서 놀라운 속도로 퍼지는 게 아니겠소.

그동안 우리를 가로막았던 미풍은 사라지고 우리 배는 잔잔한 바다 위를 이리저리 표류했소. 그런 상태도 우리에게 생각할 여유를 줄 만큼 계속되지는 않았소. 1분도 못되어 폭풍이 엄습했고 2분도 못 되어 하늘은 완전히 먹장구름으로 뒤덮였소. 하늘이 흐려지고 물줄기가 뿜어 오르고 해서 배 안에서도 서로의 얼굴을 알아볼 수 없을 만큼 주위가 캄캄해졌소.

그때 불어닥친 폭풍을 설명하려고 한다는 건 어리석은 일일 게요. 노르웨이에서 제일 늙은 뱃사공이라도 이런 일을 겪은 적은 없었을 거요. 폭풍에 붙잡히기 전에 우리는 돛을 늦추어 두었지만, 폭풍의 입김이 불어닥치자마자 두 개의 돛대가 마치 톱으로 자른 것처럼 부러져 날아가 버렸소. 안전을 위해 동생이 자신의 몸을 묶어 두었던 큰 닻도 함께 날아가 버렸지.

우리 배는 물에 뜬 가벼운 깃털 같았소. 배는 이물 가까이에 작은 승강구가 하나 있을 뿐 완전히 평평한 갑판이었소. 이 승강구는 소용돌이를 지날 때 삼각파도에 대비해서 늘 닫아 두었소. 그렇게 하지 않았더라면 우리는 그때 가라앉았을 것이요. 몇 분 동안 완전히 물속에 잠겨 있었으니 말이오. 형이 어떻게 그 참변을 모면했는지는 모르겠소. 확인할 기회가 없었으니 말이오.

나는 앞돛을 늦추자마자 갑판에 엎드렸소. 이물의 좁은 난간에 발을 버티고 앞돛 아래 가까이에 매달린 고리 볼트를 꽉 쥐었소. 그건 거의 본능적인 동작이었지만 내가 할 수 있었던 최선이었을 거요. 너무 당황해서 아무 생각도 할 수 없었으니 말이오.

잠시 동안 우리는 완전히 물에 잠겨 있었는데, 나는 내내 숨을 참고 고리 볼트에 매달려 있었소. 숨을 더 참을 수 없어서 두 손은 그대로 쥔 채 무릎으로 일어나 목을 물 위로 내밀었소. 이윽고 우리의 작은 배는 물에서 나온 개처럼 몸을 털고 바다 위로 얼마간 떠올랐소. 나는 나에게 닥친 무감각 상태에서 깨어나 정신을 추스르고 대책을 강구하려는데 누군가가 내 팔을 붙잡는 것이었소. 바로 형이었지. 나는 너무나 기뻤소. 형이 바다에 빠졌을 거라고 생각하고 있었으니까 말이오. 그러나 다음 순간 이 기쁨은 공포로 뒤바뀌고 말았소. 형이 내 귀에 입을 바싹 대고서 '모스쾨스트롬이다!'라고 외쳤기 때문이오.

그 순간 내 심정이 어땠는지 아무도 모를 거요. 나는 발작을 일으키는 사람처럼 전신을 부들부들 떨었소. 형의 그 한마디가 무엇을 의미하는지 나는 잘 알고 있었소. 이 바람에 휩쓸려 가면 우리는 큰 소용돌이에 휘말려 살아날 가망이란 전혀 없으니까!

당신도 알겠지만 소용돌이 수로를 지날 때 우리는 늘 소용돌이의 훨씬 위쪽을 지나갔소. 그것도 조수간만이 바뀔 때까지 기다리고 조심해야 했었지요. 그런데 우리는 지금 바로 그 소용돌이 자체를 향해, 지금 같은 폭풍우 속으로 곧장 달려가고 있었던 거지요. 나는 생각했소. '아직 희망이 있을지도 몰라. 조수간만에 즈음해서 도착할지도.' 그러나 다음 순간 그런 희망을 품다니 얼마나 어리석으냐고 나 자신을 나무랐소. 설사 90문의 대포를 실은 군함의 열 배나 더 큰 배라 하더라도 도저히 살아날 수 없다는 것을 나는 잘 알고 있었소.

그 무렵 폭풍우의 첫 번째 맹위는 한풀 가라앉았소. 아니 어쩌면 그 폭풍에 쫓겨 내달리느라 그다시 심하게 느끼지 못했는지도 모르겠소. 어쨌든 처음엔 바람의 힘에 눌려 거품만 일으키던 바다가 그야말로 산더미처럼 높이 솟아올라왔죠. 하늘도 심상치 않았소. 사면 여전히 먹장처럼 새카만데, 바로 머리 위 하늘이 둥그렇게 뚫리면서 씻은 듯 맑은 하늘이 보였소. 그렇게 맑고 짙푸른 하늘은 이제까지 본 적이 없을 정도였죠. 그 사이로 이제까지 본 적도 없고 상상도 못한 눈부신 광채를 뿜으며 보름달이 빛나는 것이었소. 그 달빛은 우리 주위의 모든 것을 아주 뚜렷하게 비춰 주었소. 그런데 그 달빛이 비추고 있는 광경이란!

나는 형에게 말을 하려고 한두 번 애를 썼지만, 요란한 소음은 갈수록 심해져 형의 귀에 대고 목청껏 외쳐도 형은 전혀 듣지 못하는 것 같았다오. 이윽고 형은 송장처럼 새파랗게 질린 얼굴로 고개를 내젓더니 '잘 들어!'라고 말하려는 듯 손가락 하나를 세워 보였소.

처음에는 형이 무슨 말을 하는지 몰랐지만 곧 끔찍한 생각이 머리를 스치는 것이었소. 나는 주머니에서 시계를 꺼냈소. 바늘이 움직이지 않았소. 시계를 달빛에 비쳐본 나는 눈물을 흘리며 멀리 던져 버렸소. 시계는 7시에서 멎어 있었던 거요! 조수간만의 시간은 지났소. 소용돌이가 다시 거대하게 일어날 때였소! 배가 튼튼하고 짐이 무겁지 않으면 강풍 속에서도 파도는 배 밑으로 미끄러져 나가죠. 육지 사람들에게는 낯설게 들리겠지만. 이것을 뱃사람들 말로는 파도를 탄다고 하지요.

그때까지 우리는 제법 영리하게 파도를 탔던 거요. 그런데 거대한 파도가 후미 돌출부 바로 아래에 있던 우리에게 다가와 하늘 높이 밀어 올렸소. 파도가 그렇게 높이 솟아오를 수 있다고는 믿지 않았소. 그리고 그다음에 우리는 쏴 하고 휩쓸리듯 미끄러져서 곤두박질쳤소. 그때 나는 꿈에 높은 산에서 떨어질 때처럼 메스껍고 어지러웠소. 위로 솟구쳐 있는 동안 나는 재빨리 주위를 훑어보았소. 그렇게 한 번 훑어보는 것으로 우리의 위치를 볼 수 있었소.

모스쾨스트룀은 바로 앞 40미터 정도 떨어진 곳에 있었소. 여느 때의 그것과는 전혀 딴판이었소. 지금 당신 눈앞에 있는 저 소용돌이가 물방앗간의 물줄기와 전혀 다른 것처럼 말이오. 우리가 지금 어디에 있는지, 앞으로 어떻게 될 건지 몰랐다면 나는 그 장소를 전혀 알아보지 못했을 거요. 하지만 알아봤기 때문에 나는 공포에 질려 눈을 질끈 감았소. 눈꺼풀이 마치 경련이라도 일어난 것처럼 단단히 맞붙어 버렸죠.

우리가 갑자기 파도에 가라앉아 물거품에 둘러싸인 것은 채 2분도 지나지 않았을 때일 거요. 배는 왼쪽으로 반 바퀴 휙 돌더니 마치 번개처럼 새로운 방향으로 돌진하기 시작했소.

동시에 으르렁거리던 물소리가 어떤 날카로운 소리에 완전히 잠기고 말았소. 그 소리는 수천 척의 기선 배기관이 한꺼번에 증기를 내뿜는 것 같은 소리였소. 우리는 이제 소용돌이를 둘러싸고 있는 파도의 띠에 들어서고 말았소.

나는 물론 단번에 우리가 심연의 한복판으로 떨어질 거라고 생각했죠. 우리가 무서운 속도로 떠밀려 갔기 때문에 그 심연 속은 아주 흐릿하게 보였소. 배는 가라앉을 낌새는 없었고 마치 물거품처럼 파도의 표면을 달릴 뿐이었소. 배의 오른쪽에 소용돌이가 있고 왼쪽에는 방금 지나온 바다가 불끈 솟아올라 있었소. 그 바다는 우리와 수평선 사이를 가로막는 굽이치는 거대한 벽 같았소.

이상하게 들릴지 모르지만, 우리가 그 심연의 턱밑에 이르자 나는 그곳으로 다가갈 때보다 더 편안해짐을 느꼈소. 이제 희망은 전혀 없다고 각오했더니 처음의 공포심이 많이 없어진 거죠. 완전한 자포자기가 오히려 배짱을 심어 준 거라고 나는 생각했소.

허풍으로 들릴지도 모르지만 그때 나는 이런 생각을 했다오. 이런 식으로 죽을 수 있다니, 이 얼마나 멋있는 일인가! 이렇게 놀라운 신의 위력을 보면서 내 한 목숨을 아까워하다니 얼마나 어리석은가 하고 말이오. 그 생각이 머리를 스쳤을 때는 부끄러움으로 내 얼굴이 빨개졌을 거요.

잠시 후 나는 소용돌이 자체에 대한 강렬한 호기심에 사로잡혔소. 내 앞에 놓여 있는 그 어떤 희생을 치르더라도 그 심연을 탐험해 보고 싶다는 강렬한 소망을 느꼈다오. 그때 나의 가장 큰 슬픔은 내가 보게 될 그 신비를 뭍에 있는 친구들에게 결코 전할 수 없을 거라는 점이었소. 물론 최후의 궁지에 빠져 있는 인간의 마음속에 이런 생각이 떠올랐다는 건 기이한 일이 분명하오. 나중에 나는 곧잘 생각했죠. 배가 그 소용돌이 주위를 도는 바람에 내 머리도 살짝 이상해졌는지도 모른다고 말이오.

내게 의식을 되찾아준 또 하나의 상황이 있었소. 그것은 그때 우리의 위치에 바람이 미치지 않았다는 것이었소. 당신도 이미 보아서 알겠지만, 파도의 띠는 다른 해수면보다 상당히 낮고 그 수면이 높고 검은 산등성이처럼 우리 위로 솟아 있었소.

거대한 강풍이 부는 바다에 있어 본 적이 없다면 바람과 물보라가 함께 일으키는 마음의 혼란을 상상도 못할 것이오. 바람과 물보라는 눈을 못 뜨게 하고 귀를 마비시키고 목을 졸라 심신을 무력하게 하지요.

그러나 이때 우리는 그런 고통에서 거의 해방이 된 셈이었소. 사형을 구형받을 중죄인이 사형이 정해지기 전에는 금지되었던 사소한 자유를 허락받는 것처럼 말이오.

우리가 그 띠를 몇 번이나 돌았는지는 알 수가 없소. 아마 한 시간 동안 표류했다기보다는 날아다니는 것처럼 빙빙 돌았을 것이오. 점점 파도의 띠 한가운데로 들어가 무서운 안쪽 가장자리로 차츰 가까워지고 있었소. 그동안 나는 고리 볼트를 절대 놓지 않았소.

형은 고물 쪽에서 배 돌출부의 물고기 바구니 밑에 단단히 붙들어 맨 빈 물통을 잡고 있었소. 그 물통은 강풍이 처음 몰아닥쳤을 때 갑판 위에 있던 것으로 바다로 날아가지 않은 유일한 물건이었소. 소용돌이 가장자리로 다가가자 형은 이 물통을 놓고 무서움을 견딜 수 없는 듯 고리로 다가와 내 손을 떼어 내려고 했소. 고리는 두 사람이 꽉 붙들 만큼 크지 않았기 때문이오.

형의 이런 모습을 보았을 때만큼 마음이 슬퍼진 적은 없소. 형이 그런 짓을 하는 건 너무 큰 공포에 사로잡혀 미치광이가 되었기 때문이란 걸 알고 있었지만 말이오. 나는 그런 일로 형과 다툴 생각은 없었소. 우리 둘 중 누가 잡는다 해도 마찬가지라 생각했소. 그래서 나는 형님이 고리를 잡게 한 뒤 배 뒤쪽의 물통으로 갔소. 다행히 별로 어렵지 않았소. 배가 계속해서 일정한 방향으로 돌고 소용돌이의 거대한 회전에 앞뒤로 흔들릴 뿐 좌우는 평형을 이루고 있었기 때문이오.

내가 겨우 자리를 잡자마자 배는 오른쪽으로 심하게 기울어 심연 속으로 거꾸로 떨어져 갔소. 나는 급히 기도의 말을 중얼거리고는 이제 모든 것이 끝났다고 생각했었소.

구역질이 날 정도로 아래로 떨어지는데 나는 본능적으로 통을 더욱 단단히 움켜잡고 눈을 감았죠. 몇 초 동안은 눈 뜰 용기조차 나지 않았소. 그러면서 나는 당장 파멸에 부닥칠 걸 예상했고 내가 벌써 단말마의 고통을 맛보고 있어야 할 텐데 그렇지 않은 것이 이상하게 느껴졌소. 시간은 자꾸 흐르는데 나는 아직도 살아 있었소. 떨어지는 느낌은 이미 그쳤고, 배의 움직임은 한쪽으로 많이 기울어졌다는 것 외엔 물거품의 띠에 있었을 때와 같았소. 나는 용기를 내어 다시 한 번 주위를 둘러보았소.

그때 주위를 둘러보면서 내가 느꼈던 그 경외, 공포 그리고 감탄의 심정을 나는 결코 잊지 못할 거요. 배는 광활한 둘레와 엄청난 깊이를 가진 깔때기의 안쪽 중간쯤 내려간 표면에 마치 마술에 걸리기라도 한 것처럼 걸려 있었고, 깔때기의 아주 매끄러운 비탈은 눈이 핑핑 돌 만큼 무서운 속도로 회전하지만 않았더라면, 앞서 말한 그 구름 사이에 둥글게 터진 틈으로 보름달의 광선이 황금빛 밀물처럼 그 검은 벽을 따라 쏟아져 내려와 그 심연의 안쪽 깊숙이까지 드리워져 있지만 않았더라면, 흑단으로 착각할 정도였소.

처음에 나는 정신이 없어서 아무것도 제대로 볼 수가 없었소. 처음 느낌은 그저 무섭도록 장엄하다는 것뿐이었소. 차츰 정신이 돌아오니 내 눈길은 무의식적으로 아래로 떨어졌소. 소용돌이의 경사면에 배가 걸려 있어서 아래쪽은 아무런 장애물이 없었소.

배는 완전히 좌우 평형을 이루고 있어서 갑판이 수면과 평행이 되어 있었소. 하지만 수면 자체가 45도 이상의 각도로 기울어져 있어 우리는 한쪽으로 완전히 기울어 있었소. 그런 상태인데도 불구하고 배가 평평하게 떠 있을 때처럼 발을 바닥에 붙여 놓기가 수월하다는 사실에 놀라지 않을 수 없었소. 아마도 우리의 회전 속도 때문이었다고 생각하오.

달빛은 그 깊은 만의 맨 밑바닥까지 비치고 있는 것 같았지만 아무것도 똑똑히 보이지 않았소. 일체의 것을 뒤덮은 짙은 안개 그리고 그 위에 회교도들이 말하는 시간과 영겁을 잇는 단 하나의 통로인, 흔들거리는 좁은 다리처럼 걸려 있는 장엄한 무지개 때문이었죠. 그 안개 혹은 물보라는 깔때기의 커다란 벽들이 심연의 밑바닥에서 서로 합류할 때 부딪쳐서 생기는 것임에 틀림없었소. 하지만 그 안개로부터 하늘로 솟아오르는 무시무시한 소리에 대해서는 감히 설명할 엄두도 못 내겠소.

위쪽 물거품 띠에서 심연 속으로 미끄러지자 우리는 경사면을 꽤나 멀리까지 내려갔었소. 그러나 더 내려갈수록 속도가 비례하지는 않았소. 우리는 그저 빙빙 돌았소. 가끔 어지러운 회전으로 우리는 몇 백 미터나 멀리 보내졌다가 때로는 소용돌이를 거의 한 바퀴 다 돌았소. 한 바퀴씩 돌 때마다 내려가는 속도가 느려진다는 걸 분명히 인식할 수 있었소.

우리가 떠 있는 넓은 액체 흑단을 둘러보자 소용돌이에 사로잡혀 있는 것이 우리 배만이 아니었소. 우리 위쪽과 아래쪽에 배의 파편이나 건축용 목재나 나무 밑동 그 밖에도 가구, 부서진 상자, 톱과 막대기 같은 자질구레한 것들이 잔뜩 보였소. 최초의 공포 대신에 이상한 호기심이 나를 사로잡았다는 건 이미 말한 바 있소. 무서운 종말에 점점 더 가까이 가자 호기심은 더욱 커지는 것 같았소.

나는 우리와 함께 표류하는 수많은 물건들을 자세히 바라보게 됐소. 난 정신착란에 빠져 있었음이 분명했소. 왜냐하면 아래의 물거

품 쪽으로 떨어져 가는 여러 물체들의 하강 속도를 비교해 보는 데
서 즐거움을 찾기까지 했으니까 말이오.

나는 '이번은 틀림없이 저 전나무가 바닥으로 떨어져 사라질 차
례야'라고 중얼거릴 때도 있었는데, 다음 순간 네덜란드 상선의 잔
해가 그것을 앞질러 먼저 떨어지는 걸 보고 실망했소. 이런 추측을
거듭하고 그때마다 번번이 빗나가고 난 뒤 나는 한결같은 오산에
대해 반성을 하게 되었소. 그러자 갑자기 내 손발이 다시 떨리고
심장이 두근두근 뛰기 시작했소.

나를 그렇게 만든 건 새로운 공포가 아니라 가슴을 설레게 하는
희망의 서광이었소. 이 희망은 일부는 기억에서 또 일부는 그 순간
의 관찰에서 솟아난 것이오. 나는 모스쾨스트롬에 빨려 들어갔다
가 튀어나와 로포덴 해안에 흩어져 있었던 다양한 표류물들을 생
각해 냈던 거요. 그 물체들의 태반은 엉망으로 찌그러져 있었소.
마치 전면에 가시가 박힌 것같이 보일 정도로 마멸되고 울퉁불퉁
했소. 그런데 모양이 전혀 상하지 않은 것도 있었다는 것이 머릿속
에 떠오른 거요.

그 차이를 설명할 방법은 한 가지뿐이었소. 즉 울퉁불퉁한 조각
들만 완전히 빨려 들어간 것이며 다른 것들은 아주 늦은 조수 때
소용돌이 속으로 들어갔거나, 혹은 소용돌이 속으로 들어간 뒤에
어떤 이유로 너무 천천히 떨어져 바닥에 닿기도 전에 밀물이나 썰
물이 왔기 때문일 것이라는 추측이었소. 어느 쪽이든, 나는 그렇게
해서 그들이 좀 더 일찍, 또는 좀 더 빠른 속도로 완전히 삼켜진 것
들과 같은 운명을 겪지 않고 다시 수면 위로 떠오를 수 있다고 생
각했소.

나는 또한 세 가지 중요한 관찰을 했소. 첫째 일반적으로 부피가
큰 것일수록 하강 속도가 빠르고, 둘째 같은 크기의 물건이 두 개
있을 경우 한쪽은 구형이고 다른 한쪽은 다른 모양이라고 한다면,
구형인 쪽이 떨어지는 속도가 빠르고, 셋째 같은 크기의 것이라도

한쪽이 원통형이고 다른 한쪽이 다른 모양이라면 원통형 쪽이 하강 속도가 느리다는 점이었소.

목숨을 건진 뒤 이 고장의 늙은 교장 선생하고 이 문제에 대해 여러 차례 이야기를 나눈 적이 있었죠. 내가 원통형이니 구형이니 하는 말을 배운 건 이 선생한테서였소. 그때 선생은 내가 관찰한 것이 물에 뜨는 파편들의 형체에 따른 당연한 결과라면서 왜 그렇게 되는가를 설명해 주었소. 그 이유는 다 잊어 버렸지만. 그리고 소용돌이 속을 맴돌 때 원통형의 물체는 부피가 똑같고 모양이 다른 물체보다 소용돌이의 흡인력에 대한 저항력이 커서 빨려 들어가기가 매우 어려운데, 어째서 그렇게 되는지도 설명해 주더군요.

나의 관찰을 강력히 뒷받침해 주고 나에게 이것을 이용해야겠다는 의욕을 용솟음치게 해준 놀라운 사실이 또 하나 있었소. 그것은 매번 돌 때마다 우리가 통이나 부서진 배의 닻 같은 것을 지나왔고, 소용돌이의 신비에 눈을 떴을 때 같은 높이에 있던 많은 것들이 이제는 우리보다 더 위에 있으며 본래 있던 자리에서 거의 움직이지 않았던 것이오.

나는 더 이상 망설이지 않았소. 지금 붙들고 있는 물통에 내 몸을 단단히 묶고서, 통을 돌출부에서 떨어지도록 잘라 내어 통째 물속에 뛰어들려고 마음먹었소. 나는 신호를 보내 형을 불러, 우리 곁으로 가까이 온 떠다니는 통을 가리키며 내가 하려는 것을 형에게 이해시키려고 전력을 다했소.

마침내 형이 내 의도를 알아챈 것 같았소. 정말 알아챈 건지 아닌지는 모르겠지만 어쨌든 형은 절망한 듯 고개를 저을 뿐 고리 볼트에서 떠나려고 하지 않았소. 형을 강제로 끌어온다는 건 불가능한 일이었고, 더 이상 우물쭈물하고 있을 때도 아니었소. 그래서 나는 안간힘을 다해서 형은 형의 운명에 내맡기고, 배 돌출부에 붙들어 매놓은 밧줄로 내 몸뚱이를 통에 붙들어 맨 뒤 주저함 없이 바다에 뛰어들었소.

결과는 내가 바랐던 그대로였소. 이 이야기를 하는 사람이 바로 나 자신이니 내가 그곳을 빠져나왔다는 건 당신도 아는 사실이고, 또 어떻게 내가 피해 나오게 되었는지도 당신에게 들려주었으니 이제 내 이야기를 빨리 끝맺도록 하겠소.

내가 배에서 뛰어나온 후 한 시간쯤 지났을까? 나보다 훨씬 아래로 떨어진 배는 계속해서 서너 번 무섭게 회전하더니 사랑하는 형을 태운 채 그 아래 거품의 소용돌이 속으로 거꾸로 떨어져 영원히 자취를 감추고 말았소. 나를 붙들어 맨 통이 심연과 배에서 뛰어내린 지점의 중간에서 조금 더 내려갔을 때 소용돌이 상태에 큰 변화가 생겼소.

거대한 깔때기의 비스듬한 경사가 시시각각 완만해지고, 소용돌이의 회전 속도가 계속 줄어들었소. 거품과 무지개가 점점 사라지면서 심연의 밑바닥이 서서히 솟아올랐소. 조금 전까지 모스쾨스트롬의 심연이 생기고 있었던 그 위쪽 로포텐의 해안이 잘 내다보이는 해면까지 떠올라왔을 때에는 하늘은 맑게 개고 바람은 잔잔해졌고 보름달은 찬란한 광채를 뿌리며 서쪽으로 기울고 있었소. 드디어 조수간만이 바뀌는 시간이었소.

그러나 폭풍의 여파로 바다에는 아직 산더미 같은 파도가 일고 있었소. 나는 소용돌이의 수로 쪽으로 떠밀려 갔고, 몇 분 뒤에는 해안의 아래쪽으로 떠내려가 어부들의 어장에 다다랐소. 한 척의 배가 나를 구해 주었죠. 그때 나는 피로로 기진맥진했고 위험이 사라졌어도 공포의 기억 때문에 한참 동안 입술을 뗄 수가 없었소.

나를 배 위로 끌어올려 준 건 매일 만나고 오랫동안 알던 사람들이었지만 그들은 나를 전혀 알아보지 못했소. 마치 유령의 나라에서 온 방랑자를 보는 듯이 말이오. 그 전날까지만 해도 까마귀처럼 새까맣던 내 머리털이 지금 보는 것처럼 하얗게 변해 버렸던 거요. 얼굴 인상까지도 완전히 달라졌다고 그들은 말한다오.

나는 그들에게 자초지종을 이야기해 주었지만, 그들 누구도 내 말을 믿어 주지 않았소. 지금 당신에게도 이 이야기를 하지만, 역시 로포덴의 낙천적인 어부들보다 내 이야기를 더 믿어 주리라고는 거의 기대하지 않소."

2부 **추리**

창작은 영감에 따른 것이 아니라
아름다움의 이지적 건축이다.

−Poe

도둑맞은 편지

지혜 중에서 너무 예민하게 기피해야 할 것은 아무것도 없다.

- 세네카

18xx년 바람 부는 가을날의 어둠이 막 깔리고 난 후, 나는 파리 교외 생포브르 생제르맹 뒤노가 33번지에 있는 친구 C. 오귀스트 뒤팽의 조그마한 3층 서재에서 그와 함께 해포석 파이프를 입에 물고 명상에 잠기는 두 가지 사치를 누리고 있었다.

우리들은 한 시간이나 깊은 침묵 속에 잠겨 있었다. 두 사람 다 밖에서 보면 방 안의 공기를 무겁게 짓누르는 담배 연기의 소용돌이에 넋이 나간 것처럼 보였을 것이다. 그러나 나는 조금 전, 아직 해가 남아 있을 때에 우리들 사이에서 화젯거리가 되었던 문제를 마음속에 떠올리고 있었다. 그것은 모르그 가 사건과 마리 로제 살인사건의 이면에 얽힌 비밀이었다. 그래서 방문이 활짝 열리고 우리가 잘 아는 파리 경찰국장 G 씨가 들어왔을 때 이게 무슨 우연의 일치일까 하는 생각이 들었다.

우리는 반가이 그를 맞아들였다. 겉모습이 야비해 보이긴 해도 유쾌한 사람인데다가 그를 수년간 못 만났기 때문이었다. 그때까지 어둠 속에 그냥 앉아 있었으므로 뒤팽은 램프에 불을 켜려고 일어섰다. 매우 성가신 일을 의논하러, 아니 그보다 내 친구의 의견을 들으러 왔다고 G가 말했다.

뒤팽은 램프에 불을 붙이려던 손을 멈추고 말했다.

"깊이 생각해야 할 문제라면 어둠 속이 더 낫겠군."

그리고 그는 다시 앉았다.

"또 당신의 그 이상한 버릇이 나오는군요."

경찰국장이 말했다. 그는 무엇이든 자기가 이해할 수 없는 것은 모두 이상한 것으로 여겨 버리는 버릇이 있었다. 결국 이상함투성이 속에서 살아온 셈이었다.

"그렇고말고요."

뒤팽은 그에게 담배를 권하고 안락의자를 그쪽으로 밀어 주었다.

"그런데 그 성가시다는 사건은 대체 어떤 사건입니까? 또 살인사건은 아니겠죠?"

"아니오. 이번엔 좀 다릅니다. 사실 아주 단순한 사건이니 우리 손으로 충분히 처리할 수 있다고 확신합니다만, 참으로 이상한 사건이라서 뒤팽 씨가 그 사건의 전말을 듣고 싶어 할 것 같아서요."

"단순하면서도 이상하다고요?"

"그렇습니다. 그러나 꼭 그렇다고만도 할 수 없지요. 사실 사건이 너무 단순해서 손댈 방법이 없어요. 그래서 더 성가시단 말입니다."

"당신들을 성가시게 하는 것의 정체는 아마도 그 극단적인 단순함 때문인 것 같군요."

"무슨 그런 소릴! 하하."

경찰국장은 유쾌하다는 듯이 큰 소리로 웃었다. 뒤팽이 말했다.

"틀림없이 아주 간단한 미스터리일 겁니다."

"아니, 그런 새로운 학설도 있습니까?"

"너무 지나치게 자명하다는 말입니다."

"하하하, 뒤팽 씨한테는 역시 못 당한단 말이야."

경찰국장은 재미나다는 듯 웃음을 터뜨렸다.

"그런데 그 사건이라는 건 어떤 겁니까?"

이번엔 내가 물었다.

"이야기하지요."

경찰국장은 진지하고 심각한 듯 담배를 한 모금 깊이 들이마시며 의자 깊숙이 고쳐 앉았다.

"그럼 요점만 이야기하겠습니다. 그전에 부탁해 둘 것은 이 사건을 절대 비밀로 해달라는 겁니다. 만일 내가 누구에게든 말했다는 게 알려지면 나는 옷을 벗어야 될 테니까요."

나는 말했다.

"얘기해 보시지요."

그러자 뒤팽이 말했다.

"아니면 그만두셔도 좋습니다."

"그러면 시작하겠습니다. 어느 고위층을 통해서 왕궁에서 매우 중히 여기는 서류가 없어졌다는 정보를 들었습니다. 누가 그것을 훔쳤는지 알고 있어서 의심의 여지도 없다고 했습니다. 훔치는 현장을 보았고 또 그 서류가 아직도 훔친 자의 손 안에 있다는 것도 확실하다고 합니다."

뒤팽이 물었다.

"어떻게 그것을 알 수 있습니까?"

"그 서류의 성질로 보아 그것이 범인의 손을 떠나 다른 사람에게 넘어갔을 경우 즉, 그가 원하는 일에 사용할 경우에 곧 일어날 결과가 아직 나타나지 않고 있다는 것을 미루어 보아 확실히 그렇다고 추측할 수 있습니다."

내가 말참견을 했다.

"무슨 말씀인지 좀 자세히……."

"네, 이야기하지요. 그 서류는 현재의 소유자에게 큰 위력을 발휘하는 어떤 부서에 대해 행사할 수 있는 권력을 준답니다."

경찰국장은 외교적인 말투를 쓰기 좋아했다.

뒤팽이 말했다.

"무슨 말씀인지 아직 잘 모르겠군요."

"모르겠다고요? 홈…… 만약 제3자에게 그 편지가 폭로되면 고위층 인사의 명예에 치명적일 겁니다. 이 점을 이용해서 그 편지의 소유자가 높으신 분에게 권세를 부리게 된다는 말입니다."

"그러나 그 권세를 부리려면 편지를 잃어버린 사람이 훔친 자를 알고 있다는 걸 그자 또한 알고 있어야 되지 않겠습니까? 범인이 아무리 뻔뻔스럽더라도……."

내가 끼어들었다.

"그 도둑은 수단방법을 가리지 않는 D 장관이랍니다. 훔친 방법이 아주 대담하고 교묘했지요. 문제의 서류는 한 장의 편지인데 그 도둑맞은 분이 왕궁 내실에 혼자 있을 때 받은 것이었지요. 그 귀부인이 편지를 읽고 있는데 마침 다른 고위층 인사가 들어왔습니다. 그분한테는 특히 숨기고 싶은 편지라 얼른 책상 서랍에 넣으려고 했지만 뜻대로 되지 않아 편 채로 책상 위에 놓았다고 합니다.

그러나 겉봉이 위로 나오고 편지는 가려져 들키지 않았는데, 바로 그때 D 장관이 들어왔지요. 그의 고양이 같은 눈은 재빨리 그 겉봉 주소의 필적을 알아보고는 수신인의 얼굴에 떠도는 놀란 빛으로 편지에 무슨 비밀이 있다는 걸 대뜸 알아챈 겁니다.

언제나처럼 재빨리 사무를 처리한 다음, 그는 그 편지와 비슷한 편지를 꺼내 펴들고 읽는 척하다가 그 편지 옆에 바싹 대놓고 또다시 15분쯤 공무상에 대한 이야기를 하더니 나갈 때는 슬쩍 그 편지를 들고 나가 버렸습니다.

편지 주인인 그분은 그것을 보았지만, 그 앞에 높은 분이 있었으니 장관의 행위를 막거나 나무라지도 못했지요. 장관은 자기 편지를 책상 위에 놓고 귀부인의 편지를 가지고 유유히 나간 거죠."

뒤팽이 나에게 말했다.

"자, 여보게. 자네가 말한 권세를 부리기에 필요한 여러 조건이 모두 나온 셈이군. 편지 주인이 훔친 자를 알고 있다는 걸 그 역시 알고 있으니까.

"그렇지요. 그렇게 얻어진 권세가 수개월 동안 위험하게도 정치적인 목적에 사용되고 있었군요. 도둑맞은 분은 어떻게 해서든 그 편지를 찾아야겠다는 필요를 절실히 느끼고 있지만, 공공연히 할 수는 없는 일이니 결국 이 사건을 내게 모두 맡겼습니다."

담배 연기의 소용돌이 속에 파묻혀 뒤팽이 말했다.

"당신보다 총명한 탐정은 바랄 수도 상상할 수도 없었겠지요."

"괜히 추어올리지 마세요. 하긴 아마 그럴지도 모르지만."

내가 말했다.

"경찰국장님 말씀처럼 편지가 D 장관 손 안에 아직 있는 건 확실합니다. 힘을 지니기 위해서는 편지를 가만히 가지고 있는 것이 유리할 테니까요. 편지를 무엇에 써 버리면 그만 권세가 없어질 게 아닙니까?"

경찰국장이 동의했다.

"그렇습니다. 그렇게 확신하고 나는 수사를 해나갔습니다. 내가 맨 처음 한 일은 장관 저택을 철저히 수색하는 것이었습니다. 단 장관에게 들키지 않고 수색하는 것이 문제였지요. 만약 우리 계획이 그의 의심을 사게 되면 위험한 일이 생길지도 모르니 조심하라는 주의를 받았습니다."

"하지만 그런 수색쯤이야 누워서 떡 먹기겠죠. 파리 경찰은 지금까지 그런 일을 많이 해왔지 않습니까?"

내가 되물었다.

"네, 그렇지요. 그래서 나는 걱정하지 않았습니다. 더욱이 D 장관의 습관이 이 일에 아주 도움이 됐지요. 그는 밤새도록 집을 비워 두더군요. 얼마 안 되는 하인들은 주인 방에서 멀리 떨어진 방에서 자고 있고, 대부분 나폴리 사람들이었으므로 술을 놓으면 금방 곯아떨어졌지요.

아시다시피 나는 온 파리의 어떤 방, 어떤 서랍이든지 다 열 수 있는 열쇠를 가지고 있습니다. 그리고 석 달 동안 내내 내가 직접 장관의 집 안을 수색했지요. 내 명예에 관계되는 일이고, 이것은 좀 큰 비밀이지만 보수도 막대하니까요.

그러나 훔친 녀석이 나보다도 훨씬 지능적인 것을 알고는 그만 수색을 단념했습니다. 편지가 숨겨져 있을 만한 곳은 하나도 빼놓지 않고 조사했다고 생각합니다만."

내가 반문했다.

"만약 그 편지가 장관 손 안에 아직까지 있다 해도 혹시 집 밖에 감춰 뒀는지도 모르지 않습니까?"

뒤팽이 내게 말했다.

"그건 거의 불가능할 거야. 두 가지 특수한 조건, 그러니까 왕궁의 사정과 D 장관이 관련되어 있다는 음모의 분위기로 미루어 보아 편지를 금방 꺼내 사용할 수 있도록 준비해 두는 것이 편지를 가지고 있는 일 못지않게 중요할 걸세."

내가 물었다.

"금방 꺼내 쓸 수 있도록 한다는 건 무슨 뜻인가?"

"찢어 버리기 쉽게 한다는 말이지."

"옳지, 그렇다면 편지는 확실히 집 안에 있겠군. 장관이 몸에 지니고 다닐 가능성은 전혀 없을 테니까."

경찰국장이 말했다.

"네, 그렇습니다. 도둑인 척하고 두 번이나 그를 지키고 있다가 내가 직접 엄중히 몸을 뒤져보았습니다."

뒤팽이 대꾸했다.

"그런 성가신 일은 안 해도 좋았을 걸 그랬군요. 장관도 바보는 아닐 테니 그런 일쯤이야 각오하고 있었겠죠."

"바보는 아니지요. 장관은 시인입니다. 나는 시인을 바보의 이웃 사촌쯤으로 생각하고 있습니다."

해포석 파이프에서 천천히 입을 떼고 연기를 내뿜으면서 뒤팽은 말했다.

"그렇겠군요. 나도 서투른 시 나부랭이를 지어 본 적이 있기는 합니다만."

내가 말했다.

"수색 방법을 좀 자세히 설명해 주십시오."

"네, 꽤 많은 시간을 들여서 모든 방을 샅샅이 뒤졌지요. 나는 이런 일에 오랜 경험을 가지고 있으니까요. 방 하나를 조사하는 데 일곱 밤씩 걸려 가면서 차례로 집 안을 모두 조사했습니다. 우선 방마다 가구를 조사하고 서랍은 모두 열어 보았습니다. 아시다시피 잘 훈련된 형사에게는 비밀 서랍 같은 게 있을 수 없으니까요. 이런 종류의 수색에서 우리 눈을 속일 수 있는 비밀 서랍이 있다고 생각하는 사람은 그야말로 얼뜨기지요.

사실은 아주 간단합니다. 어떤 캐비닛이든 거기에 상당한 용적이 있습니다. 우리는 세밀한 자를 가지고 있어서 50분의 1라인도 우리 눈을 속일 수 없지요. 캐비닛 다음에는 긴 바늘로 찔러 보았습니다. 책상은 위쪽의 널빤지까지 뜯어보았고요."

"왜 그런 일까지?"

"가끔 책상이나 그 비슷한 구조의 가구 뚜껑을 뜯고 물건을 감추는 일이 얼마든지 있으니까요. 또는 다리에 구멍을 뚫고 그 속에 물건을 넣은 다음 감쪽같이 뚜껑을 덮는 일도 있더군요. 침대 다리의 끝과 위쪽도 그런 목적에 사용됩니다."

내가 물었다.

"구멍 같은 거야 두들겨 보면 알지 않겠습니까?"

"천만에요. 물건을 넣은 다음 그 가장자리에 솜을 잔뜩 틀어넣으면 그만이지요. 그뿐만 아니라 우리는 조금이라도 소리를 내면 안 되었으니까요."

"하지만 이제 말씀하신 그 방법으로 의심스러운 가구를 하나도 빼놓지 않고 낱낱이 뜯거나 조각조각 분해할 수야 없겠지요. 편지 한 장쯤이 얼마나 되겠어요? 돌돌 말면 큰 뜨개질바늘 정도밖에 안 될 텐데요. 그까짓 거야 의자 다리 같은 틈새에라도 집어넣을 수 있지 않습니까? 그렇다고 해서 의자라는 의자를 전부 뜯어보지는 않으셨겠지요?"

"그야 그렇지요. 그러나 더 교묘한 방법으로 조사했습니다. 집 안의 모든 의자와 가구 틈을 도수가 높은 확대경으로 살펴보았습니다. 최근에 뜯어본 듯한 흔적만 있으면 곧 눈에 띄니까요. 톱밥 한 개도 사과만 하게 똑똑히 보이니까요. 아교 붙인 곳이 좀 떨어져 있다든가, 틈이 좀 이상하게 뒤틀려 있으면 곧 조사의 대상이 되었지요."

"물론 화장대도 보셨겠지요? 판자와 유리 사이 그리고 커튼과 카펫은 물론이고 침대와 침구도 조사해 보셨겠죠?"

"물론이지요. 가구를 모두 철저히 조사한 다음 집 자체의 조사로 순서를 옮겼습니다. 집의 전 면적을 여러 조각으로 나누어 빠뜨리는 부분이 없도록 번호를 매긴 다음, 바로 옆에 붙은 두 채의 집도 포함해 온 집 안을 1제곱인치씩 확대경으로 살펴보았습니다."

"옆에 붙은 두 채의 집까지요? 참 대단한 수고를 하셨군요."

"네, 그랬지요. 보수가 막대하니까요."

"집 주위의 마당도 보셨겠죠?"

"마당은 전부 벽돌이 깔려 있습니다. 그래서 큰 수고는 하지 않았지요. 벽돌 사이의 이끼를 조사해 보았는데 별로 수상한 곳이 없었습니다."

"그리고 장관의 서류와 도서실의 책도 조사하셨겠죠?"

"그렇습니다. 모든 포장과 소포도 열어 보았고, 책도 여느 경관들이 하듯이 다만 흔들어 보는 것이 아니라 한 권씩 일일이 페이지를 펼쳐 보았습니다. 책 표지도 그 앞뒤를 정확히 재보고 하나하나 확대경으로 철저히 조사했지요. 다시 제본한 티가 있었다면 그것이 눈에 띄지 않을 수는 없지요. 또한 서점에서 최근 배달된 몇 권의 책은 위로 바늘을 넣어 세밀히 찔러 보았습니다."

"카펫 아래 마룻바닥도 조사하셨습니까?"

"물론이지요. 카펫을 모두 들어서 확대경으로 마루판자 사이를 조사했습니다."

"벽지는요?"

"네. 조사했지요."

"지하실도요?"

"물론입니다."

"그렇다면 무슨 착오가 있었나 보군요. 그 편지는 집 안에는 없는가 봅니다."

경찰국장도 맞장구쳤다.

"아마 그런가 봅니다. 뒤팽 씨, 이제 어떻게 해야 하겠습니까? 좋은 의견 없겠습니까?"

"다시 한 번 철저히 저택 안을 조사해 보는 수밖에 없겠지요."

"소용없는 일입니다. 집 안에 그 편지가 없는 게 확실합니다."

"나에게 그 이상 더 좋은 의견은 없습니다. 혹시 그 편지 모양을 아십니까?"

"알고말고요!"

경찰국장은 수첩을 꺼내 잃어버린 편지의 내용과 겉모양에 대해 큰 소리로 자세히 설명했다. 그러고 나서 그는 곧 가버렸다. 나는 그때처럼 낙심한 그의 얼굴을 본 적이 없었다.

그 뒤 한 달쯤 뒤 그가 또 찾아왔는데, 우리는 전에 그가 왔을 때와 똑같이 이때에도 담배 연기 속에서 생각에 잠겨 있었다. 그는 파이프를 들고 의자에 앉아 이것저것 이야기를 시작했다. 마침내 내가 이렇게 물었다.

"G 씨, 도둑맞은 편지는 그 뒤 어떻게 되었습니까? 장관을 이길 수 없으니까 싹 단념해 버렸습니까?"

"그 작자, 정말 지긋지긋한 녀석입니다. 뒤팽 씨 말대로 다시 집 안을 조사해 보았습니다만, 역시 내 생각대로 헛수고였습니다."

뒤팽이 물었다.

"제공된 보수가 얼마라고 하셨죠?"

"그야 막대하죠. 두둑한 보수입니다. 얼마라고 정확히는 말 못하 겠지만 그 편지를 누구든 나에게 주는 사람이 있다면 5만 프랑을 내 개인 수표로 서슴지 않고 내놓겠다는 것을 이 자리에서 분명히 얘기해 두겠습니다. 그 편지의 중요성은 날이 갈수록 더해져 요즘 와서는 보수가 두 배로 뛰었습니다. 그러나 세 배가 된다 하더라도 난 더 이상 아무것도 할 수가 없습니다."

뒤팽이 해포석 파이프를 빨며 느리게 말했다.

"하지만 G 씨, 난 당신이 이 사건에 최선을 다했다고는 생각하지 않아요. 이 사건에 좀 더 노력을 기울여야 하지 않을까요?"

"어떻게, 어떤 방법으로 말입니까?"

"글쎄요, (뻐끔뻐끔 파이프를 빨며) 당신은 이 사건에서 다른 사람의 충 고를 좀 더 들었으면 좋았을 겁니다. 애버니디(유명한 영국 외과의사)를 아십니까?"

"모릅니다."

"어느 돈 많은 구두쇠가 애버니디를 찾아와 돈도 내지 않고 슬그 머니 진찰을 받을 작정으로, 둘이서만 마주 앉게 되었을 때 일상적 인 얘기를 주고받다가 이런 환자가 있다면 어떤 요법을 쓰면 될까 요? 하는 식으로 자기 병세를 의사에게 물었답니다. 구두쇠가 '그 런 증세에 선생님께서는 무슨 약을 쓰라고 하시겠습니까?' 했더니 '무엇을 쓰냐고요? 그야 물론 의사의 충고를 써야지요.' 하고 애버 니디가 대답했답니다."

다소 낭패스러운 얼굴로 경찰국장은 말했다.

"그러나 나는 서슴지 않고 다른 사람의 의견도 듣고 보답도 하겠습니다. 이 사건을 도와주는 사람에게는 누구에게나 5만 프랑을 내놓겠습니다."

"그럼, 지금 말씀하신 금액의 수표를 써 주십시오. 수표에 서명만 하면 당장 편지를 드리겠습니다."

뒤팽은 서랍을 열고 수표책을 꺼내 놓으며 대답했다.

나는 깜짝 놀랐다. 경찰국장은 마치 벼락 맞은 사람처럼 잠시 말도 못하고, 꼼짝도 못하며, 믿을 수 없다는 듯 입을 벌린 채 튀어나올 듯한 눈으로 뒤팽을 쳐다보고 있었다. 그러더니 약간 정신이 드는지 펜을 들고 몇 번이나 머뭇머뭇하다가 수표를 멍청히 쳐다보더니, 5만 프랑이라고 써 넣고 사인한 뒤팽에게 건네주었다.

뒤팽은 수표를 자세히 살펴본 다음, 지갑에 집어넣고 책상 서랍을 열어 편지를 꺼내더니 경찰국장에게 주었다. 그는 몹시 기뻐하며 그것을 꼭 움켜쥔 다음 떨리는 손으로 편지를 펴들어 급히 그 내용을 읽더니 인사 한마디 없이 방에서 나가 버렸다. 뒤팽이 수표를 써 달라고 말한 때부터 그는 한마디도 못했다.

그가 사라지자 뒤팽은 설명을 시작했다.

"파리의 경찰은 그 방면에 아주 유능하네. 인내심도 있고, 교묘하게 교활하며, 직무상 필요한 지식은 모두 가지고 있지. 그래서 G가 장관의 집 안을 조사한 수색 방법을 얘기했을 때, 그가 노력한 범위 내에서는 충분한 조사를 했다고 전적으로 그의 말을 믿었지."

"그가 노력한 범위 내에서란 말이지?"

"그렇지. 그런 방면에서는 최상의 방법으로 절대 안전하게 실행했을 테니, 편지가 그들의 수색 범위 안에 있었다면 반드시 눈에 띄었겠지."

나는 웃음 지었으나 뒤팽은 진심으로 얘기하는 것 같았다.

"사용한 방법도 훌륭했고 실행도 빈틈없었지. 한 가지 옥의 티라고 한다면, 이번의 수색 방법은 장관에게는 적합하지 않았다는 점이야. 경찰국장이 자랑하는 아주 교묘한 수단이라는 게 사실은 '프로크루스테스[2]의 침대'와 같은 것으로 그는 그 수색에 자기 계획을 억지로 두들겨 맞췄던 거지.

그는 당면한 사건에 대해 지나치게 얕게 생각하거나 또는 지나치게 깊게 생각하여 늘 실패만 하고 있어. 이런 점에 있어선 초등학생이 그보다 훨씬 더 영리하지. 나는 여덟 살쯤 된 어떤 아이를 잘 알고 있는데 그 애는 '짝수냐? 홀수냐?' 놀이에서 너무도 잘 알아맞혀서 여러 사람의 칭찬을 받았어.

그 놀이는 돌로 하는 간단한 건데, 한 아이가 여러 개의 돌을 쥐고 '짝수냐? 홀수냐?' 하고 묻는단 말이야. 맞히면 맞힌 애가 따고 틀리면 묻는 애가 따게 되는 거라네. 내가 얘기한 애는 학교 애들의 돌을 전부 딴 거야. 그 아이만의 맞히는 추리법이 있었거든. 그것은 다른 애들의 꾀를 관찰해서 잘 추측한 데 지나지 않네.

가령 다른 애가 아주 바보라 치세. 그 애가 손을 들고 '짝수냐, 홀수냐' 한단 말이야. 이 아니는 처음에 '홀수'라고 해서 졌네. 그러나 다음에는 이기지. 이 아이는 '이 바보가 처음에는 짝수로 이겼으니 이 바보의 머리로는 둘째 번에는 기껏해야 홀수를 쥘 거다. 그러니 이번에는 홀수라고 해야지' 이렇게 생각하고 '홀수!'라고 해서 이긴단 말일세.

상대가 이보다는 좀 나은 바보라면 이 아이는 이렇게 추리하지. '이 녀석은 내가 먼저 홀수라고 했으니 둘째 번에는 아까 그 바보처럼 짝수를 홀수로 바꿔 볼까 생각하겠지만, 그것이 너무 단순한 변화라는 생각이 들어서 결국 처음처럼 짝수로 갈 것이다.' 그래서 그 아이는 '짝수' 하고 불러서 결국 이긴단 말이지.

자, 이 아이의 추리법을 다른 아이들은 '요행수'로 단정하는데 그게 정말 요행일까? 이것이 아이들 사이에서 '재수가 좋다'는 말을 듣는 그 아이의 추리법인데, 자, 끝까지 이 논법을 분석하면 어떻

---

2) 고대 그리스의 강도. 자기가 붙잡은 사람을 자기 침대에 뉘어 놓고 몸이 침대보다 크면 잘라 버리고 짧으면 침대만큼 잡아 뽑아서 죽였다고 함

게 되겠나?"

"그야 추리자의 지력과 상대 아이의 지력이 일치한 것뿐 아닐까?"

"바로 그걸세. 그래서 내가 어떻게 그리 잘도 알아맞히냐고 물었더니 그 애가 이렇게 대답하더군. '누구든지 그 애가 얼마나 영리할까, 바보일까, 착할까, 나쁠까, 그 순간 그 애가 무슨 생각을 하고 있을까, 그런 것이 알고 싶을 때는 내 얼굴 표정을 그 애의 표정에 될 수 있는 대로 정확하게 맞춰요. 그런 다음 그 표정에 따라서 내 마음에 어떤 생각이나 감정이 떠오르나 하고 기다려요.'

이 초등생의 대답에는 위대한 사상가 라 로슈푸코, 라 브뤼에르, 마키아벨리, 캄파넬라 등이 연구한 모든 허위의 심각성보다도 더 깊은 것이 있는 것일세."

"그러니까 자네 말은, 추리자의 지력과 상대방 지력의 일치는 이쪽이 상대방의 지력을 확실히 추측하고 있느냐 없느냐에 달려 있다는 말이군."

"그 실제적인 가치는 거기에 달려 있지. 경찰국장과 그 부하들이 여러 번 실패한 원인은 우선 이 일치가 없었던 것과, 상대방의 지력을 잘못 계산한 것 아니, 오히려 아무 계산도 하지 않은 데 있네. 그들은 다만 자기네 재주만 믿고 감춘 물건을 찾는 일에는 자기들이 감추었을 법한 방법에만 빠져 있었어. 그들의 재주는 보통 사람들의 흔한 재주의 충실한 대표라는 의미에서는 괜찮은 거지. 그러나 교활하고 노련한 악한의 머리 회전이 그들의 재주와 다를 때는 그들은 악한에게 넘어가겠지. 상대방의 지력이 그들의 지력 이상인 경우에는 언제든지 넘어가고, 또 그 이하일 때도 마찬가지야.

그들은 수색의 원칙에서 임기응변이 없었네. 어떤 비상사태에 부닥쳤을 때, 그 원칙을 좀 바꿔 보려고도 하지 않고, 고작 한다는 짓이 그들의 수단을 확대하거나 확장하려는 정도지.

예를 들면 G의 경우에도 행동의 원칙에 전혀 변화가 없었네. 구멍을 파보고, 송곳으로 쑤셔 보고, 두들겨 보고, 확대경으로 자세히 조사해 보고, 집 안을 각 제곱인치로 나누어 번호를 매긴 것 같은 조사가 전부였지.

그런 정도는 경찰국장이 오랜 재직 중에 습득한 보통 인간의 지력을 바탕으로 한 수색 방법 중 하나거나 몇 개의 원칙을 과장해서 응용한 것뿐이지. 그는 누구나 다 의자 다리에 구멍을 파고 그곳에 편지를 감추지는 않는다 하더라도, 적어도 사람 눈에 띄지 않는 구멍이나 틈에 당연히 편지를 감출 거라고 생각한 거라네.

자네는 어떤가? 그런 성가신 구멍 따위에 감추는 일은 보통 사람들도 흔히 하는 방법이지. 그렇게 감춰진 물건은 금세 드러나기 쉽지. 그러니 발견해 내는 것은 수색자의 날카로움에 있는 게 아니라 오로지 주의와 열성과 결심에 있는 거야.

아무리 중대한 사건일지라도 내가 말한 수색의 특징은 전혀 변함없이 그대로 이루어지지. 따라서 도둑맞은 편지가 경찰국장의 수색 범위 안에 있기만 하면 그것은 꼭 발견되고 말지. 안타깝게도 경찰국장은 속아 넘어갔어. 그의 실패 원인은 장관이 시인으로 평판이 있었기 때문에 그를 바보라고 가정해 버린 점이야. '모든 시인은 바보'라고 생각하고, 이 전제에서 추론을 했으니 그는 판단이 개념을 끌어 내지 못하는 오류를 범한 것일세."

"그러나 장관이 정말 시인일까? 형제가 둘 다 학자로 이름을 날리고 있다는 것은 알지만. 장관은 미분학에 대한 저술이 있다고 기억하는데. 그는 수학자지 시인은 아닐 걸세."

"아냐, 그건 자네 오해야. 난 장관을 잘 알고 있는데 그는 시인이면서 수학자야. 추리력도 좋지만 그가 수학자일 뿐이었다면 경찰국장의 함정에 빠졌을 걸세."

"여보게, 그렇다면 세상의 말과는 모순되지 않나? 자네는 수 세기 동안 내려오는 정설을 무시하는 건 아니겠지? 수학적 추리법은 오랫동안 최상의 것으로 인정되지 않았나?"

"단언할 수 있는 것은⋯⋯."

뒤팽은 샹포르(프랑스 문인)의 말을 인용하여 대답했다.

"'모든 세속적 관념 또는 모든 세속적 관례는 대다수가 대중의 의견에 적응되는 것이므로 어리석을 뿐이다.' 수학자는 자네가 말한 그 통속적인 오류를 보급하느라 전력을 다해온 셈일세. 그것이 진리가 되었다고 해도 오류는 역시 오류거든. 예를 들면 그들은 이런 것에 쓰기에는 좀 어울리지 않는 기술을 가지고 '분석'이란 말을 대수학에 교묘하게 대응하고 있지.

이 특수한 기만의 장본인은 프랑스인일세. 그러나 만일 용어에 어떠한 중요성이 있어 가치를 유도한다면 라틴어의 Ambitus(빙빙 돌아다닌다는 뜻)가 거기서 나온 영어의 Ambition(야망)을, religio(예의 범절을 지킨다는 뜻)가 영어의 religion(종교), homines honesti(저명인사)가 영어의 honorable men(존경할 만한 훌륭한 사람들)을 의미하지 않는 것처럼 분석이 꼭 대수학을 의미하는 것은 아닐세."

"자넨 파리의 대수학자에게 선전포고를 하는 것인가? 어쨌든 어서 얘기를 계속해 보게."

"나는 순수한 논리적 형식 외에 특수한 형식에서 비롯된 추리의 효력 또는 가치에 항의하는 것일세. 수학적 연구에서 유도된 이론에 대해서 나는 특히 반대하네. 수학은 형식과 수량의 과학이고, 수학적 추리는 형식과 수량에 대한 관찰에 적용된 논리에 지나지 않으니까.

소위 순수 대수학이라는 것의 진리를 추상적 또는 보편적 진리라고 가장하는 점이 큰 오류일세. 그리고 이 오류가 놀랄 만큼 일반적으로 통용되고 있다는 사실에 대해 정말 감탄하지 않을 수 없네. 수학의 공리(公理)는 보편적 진리의 공리는 아닐세.

형식과 수량의 관계에서 진리라고 여기는 것이 윤리학에서는 큰 오류가 되는 경우가 많지. 윤리학에서는 부분의 총화가 전체와 같다는 이론은 대개 진리가 아닐세. 화학에서도 공리는 소용이 없네. 동기를 고려해 보면 알지. 저마다 일정한 가치를 가진 두 개의 동기는 그것을 합치더라도 반드시 두 배의 가치를 가진다고는 할 수 없으니까.

형식과 수량의 관계 범위 안에서만 가치가 있는 수학적 진리는 그 밖에도 얼마든지 있네. 그러나 수학자는 습관상 그들의 유한한 진리가 절대적으로 보편적 적응성을 가지고 있는 것처럼 주장하고, 세상 사람들도 그렇게 생각하고 있는 것일세.

브라이언트(영국 고고학자)가 그의 해박한 〈신화학〉에서 '우리는 아무도 이교도의 우화를 믿지 않는다. 그러면서도 우리는 으레 그것을 망각하고 그것을 실화처럼 인정하면서 그런 우화로부터 추론한다'라고 한 말은 똑같은 오류의 근원을 지적한 말일세.

하지만 그는 자신이 이교적인 대수학자들의 경우는 이도교의 우화를 믿고 있으며, 그들의 추론은 망각이라기보다는 두뇌의 혼란에서 나오고 있는 걸세. 요컨대 나는 등근(等根) 이외의 것으로 신용할 수 있는 수학자, 혹은 x^2+px가 절대 무조건으로 q와 같다는 것을 슬그머니 자기의 신조로 삼지 않는 수학자를 아직까지 만난 적이 없네.

혹시 이런 수학자의 한 사람에게 x^2+px가 q와 같지 않은 때가 있을 수 있다고 주장해 보게. 그리고 그것을 그에게 이해시킨다 해도 곧 달아나지 않으면 큰일 나네. 자네를 때려죽이려고 할 테니까."

내가 그의 마지막 얘기를 듣고 웃고만 있었더니 뒤팽은 다시 말을 이었다.

"내 얘기의 취지는…… 만일 D 장관이 수학자에 불과했더라면 경찰국장은 이 수표를 나에게 줄 필요는 없었을 걸세. 그러나 나는 그가 수학자이면서 시인인 것을 알았네. 나는 그런 여러 사정을 감안해서 내 눈높이를 그의 능력에 맞춰 봤지. 나는 아첨꾼이면서 대담한 음모가인 그를 알고 있었네.

이런 사람은 경찰의 뻔한 조사를 잘 알고 있었을 테고, 거리에 경찰이 잠복해 있다는 것도 예측하고 있었을 거야. 그리고 결과는 그가 예측한 바와 딱 들어맞았지. 물론 가택 수색도 마찬가지였을 테고, 그가 가끔 밤에 집을 비운 것을 경찰국장은 하늘이 도왔다면서 좋아했지만, 사실은 경찰에게 충분한 수색 기회를 주어서 편지가 집 안에 없다는 확신을 (G는 결국 그렇게 생각했지) 한층 빨리 심어 주기 위한 계략에 지나지 않았다고 나는 생각했네.

경찰의 상투적 수색에 대해 내가 자네에게 길게 설명한 생각쯤은 장관의 머리에도 떠올랐겠지. 그러니 그는 평범한 은닉 방식은 피한 거야. 그 저택 안이 아무리 복잡하고 눈에 띄지 않는 곳이라도 경찰국장의 바늘과 송곳과 확대경 앞에서는 날마다 열고 닫는 벽장과 같다고 생각 못할 만큼 그는 바보가 아니지.

결국 나는 그가 오히려 어수룩한 방법을 선택할 줄 알았어. 의식적으로 그런 방법을 택하지는 않을지라도 말일세. 맨 첫날 우리들이 경찰국장을 만난 날, 이 사건이 너무 단순해서 그를 괴롭히는 건지도 모른다고 내가 말했을 때 총감이 배가 터질 듯이 웃어 댄 것을 자네는 기억하고 있겠지."

"그렇지, 생각나네. 참 유쾌하게 웃었지. 허파에 바람 든 사람처럼."

"물질계에는 비물질계와 비슷한 것이 얼마든지 있거든. 그러니 은유와 직유가 문장을 꾸며 줄 뿐만 아니라 토론에 힘을 주는 역할도 한다는 수사학의 독단이 얼마쯤 진리의 색채를 띠게 되는 것일세.

이를테면 타성의 원칙 같은 것은 물리학이나 형이상학에서 같은 것으로 간주되지. 물리학에서 볼 때 큰 물체는 작은 물체보다 움직이기에 더 힘이 들고 거기에 따르는 운동량은 이 힘에 정비례하는데, 이 사실은 형이상학에서도 마찬가지지. 즉, 우수한 지력은 열등한 지력보다 동작이 더 강하고 불변적이며 효과적이지만 초기 동작에서는 움직이지 않고 귀찮아하고 주저하게 되는 거야.

자네는 혹시 거리의 상점에 걸려 있는 간판 중에서 어떤 것이 제일 눈에 잘 띨까 하고 생각해 본 적이 있나?"

"아니, 한 번도 없는데."

"지도를 펴놓고 하는 지명 찾기 놀이가 있네. 한 사람이 어떤 지명을 부르면 상대편은 그 지명을 찾는 거지. 읍, 강, 주 또는 나라, 아무튼 지도 위의 어떤 지명이라도 상관없네. 장난에 서투른 풋내기는 괜히 깨알만 한 지명으로 상대편을 골리려 하지만, 익숙한 사람은 큰 글자로 지도 한끝에서 한끝까지 펼쳐 있는 이름을 고른다네. 마치 아주 큰 글자로 쓴 거리의 간판이나 광고처럼 도리어 사람들 눈에 띄지 않지. 그리고 이러한 것을 보지 못하고 지나가는 물리적 착각은 때때로 사람들이 지나치게 명백한 것에는 도리어 생각이 미치지 않고 지나치고 마는 부주의와 비슷한 걸세.

그러나 이것은 경찰국장의 이해력 이상이나 이해력 이하의 함정이었지. 경찰국장은 장관이 그 편지를 누구에게도 들키지 않도록 사람들 바로 코밑에다 감춰 두리라고는 꿈에도 생각지 못한 거야.

D 장관의 대담하고도 당돌하며 영리한 술수를 생각하면 생각할수록, 그가 그 편지를 필요로 할 때 언제든지 곧 집어들 수 있는 곳에 두어야 한다는 사실과, 그 편지가 경찰의 수색 범위 안에 은닉되지 않았다는 경찰국장의 결정적인 증거에 따라 나는 장관이 편지를 감추려 애썼다는 흔적을 남기지 않으려는 영리하고 사려 깊은 방법을 택하리라고 생각했지.

나는 이러한 생각으로 가득 차서 어느 맑게 갠 아침, 푸른 안경을 쓰고 갑자기 장관 댁을 방문했지. 장관은 집에 있더군. 여전히 하품이나 하며 노곤해하고 무료해 보였지. 세상에 그 사람처럼 정력가는 없을 걸세. 우선 나는 요즘 갑자기 눈이 나빠져 안경을 쓸 수밖에 없었다고 불평하면서 그의 주의를 돌려놓고, 주인의 이야기에 귀 기울이는 척하면서 방 안을 살펴보았지.

그의 옆에 있는 큰 책상이 내 시선을 끌더군. 그 위에는 여러 통의 편지와 서류, 두서너 개의 악기와 책들이 두서없이 놓여 있었어. 한동안 자세히 살펴보았지만, 의심할 만한 것은 아무것도 없었네. 방 안을 휘휘 둘러보다가 마침내 내 눈은 벽난로 한복판 아래의 조그마한 구리 집게로부터 더러운 파란 리본이 매달리고 끝이 번드레한 철사로 꾸며진 마분지 편지꽂이로 떨어졌네.

서너 구분으로 나눠진 이 편지꽂이에는 몇 장의 명함과 한 통의 편지가 들어 있었지. 그 편지는 더럽게 구겨져 있고, 찢어 버리려다가 다시 그대로 꽂아 둔 것처럼 가운데가 둘로 찢어져 있었어. 그 편지에는 까맣고 큰 봉인이 있고, D라는 기호가 뚜렷하게 있고, 가느다란 여자 필적으로 D 장관에게 보낸 것이었네. 그것은 편지꽂이 맨 윗자리에 아무렇게나 내던져진 듯 꽂혀 있었지.

나는 이거야말로 내가 찾고 있는 편지가 틀림없다고 생각했네. 물론 이 편지는 경찰국장이 우리에게 설명한 것과는 전혀 달랐지. 이 편지의 봉인은 크고 까만 D라는 기호였네. 경찰국장이 말한 편지는 봉인이 작고 붉은색이며 S 집안의 공작 문장이었지. 또 이 편지의 주소는 가는 여자 필적으로 씌어 있는데, 그 편지는 어느 왕족이 보낸 거라고 말하지 않았나? 결국 편지의 크기만 같았다네.

그러나 편지의 외양이 다른 것과, 손때 묻고 더럽고 찢어진 편지 모양 자체가 D의 빈틈없는 일상생활의 습관과 모순되어 있는 점, 그 편지를 보는 사람에게 아무 쓸모없는 것처럼 보이게 하려는 계획의 암시, 또 편지가 모든 방문자의 눈에 띄는 곳에 아무렇게나 놓여 있는 점 등이 내가 이미 도달한 결론과 완전히 일치했네. 이런 사실은 수색할 목적으로 온 나에게 대번에 의심을 품게 했지.

나는 되도록 오랫동안 눌러앉아 그의 흥미를 끌기 위해 노력했지. 그를 감동시킬 만한 문제를 끌어내어 열렬한 토론을 벌이면서도 편지에 한순간도 주의를 떼지 않았지. 조사를 계속하는 동안 나는 편지의 겉모양과 편지꽂이에 꽂혀 있는 모양들을 머릿속에 깊이 새겨 넣었네. 그러고는 결정적인 점을 발견하게 되었지. 이젠 조금도 망설일 필요가 없어진 걸세. 편지 모서리를 유심히 살펴보니 필요 이상으로 구겨져 있더란 말이야. 딱딱한 종이를 한 번 접어 그 위를 집게로 누른 다음 그 꺾인 자리를 반대쪽으로 다시 꺾을 때 나타나는 갈라진 모양을 하고 있었네. 이것만으로 충분했지. 편지를 장갑처럼 뒤집어 주소를 고쳐 쓰고 다시 봉인한 것이 확실했어. 나는 장관에게 작별인사를 하고 일부러 금으로 만든 담뱃갑을 책상 위에 놓고 돌아왔네.

다음 날 아침, 나는 담뱃갑을 찾으러 가서 어제 우리가 했던 얘기를 다시 꺼내 열심히 토론했지. 이때 갑자기 창문 밖에서 권총 소리 같은 쾅 하는 소리와 함께 비명과 놀라는 소리들이 들려왔네. D는 재빨리 창문을 열고 밖을 내다보았네. 그 순간 나는 재빨리 편지꽂이로 가서 그 편지를 꺼내 주머니에 넣은 다음 똑같이 생긴 가짜 편지로 바꿔 놨네. 그것은 빵으로 만든 봉인으로 D 기호를 흉내 내어 집에서 미리 만들어 가지고 간 것이었지.

거리의 소동은 한 미친 남자의 총기 난사였어. 부인과 아이들에게 대고 쏘았다는데 총탄 없이 공포를 쏜 게 밝혀져 홧김이나 주정 탓으로 돌려 버리고 그냥 풀어 주었네. 나도 편지를 손에 넣고는 곧바로 D의 뒤를 쫓아 창 옆에 가 있었지. 남자가 가버린 뒤 D는 다시 자리로 돌아왔고 나는 인사를 하고 그 집을 떠났네. 물론 거리의 소동은 내가 시킨 일이었지.”

“그런데 왜 가짜 편지 같은 걸 거기 넣었단 말인가? 자네가 처음 방문했을 때 살짝 빼오지 않고.”

“아니야. D는 물불을 가리지 않는 대담한 작자거든. 또 그의 집에는 그를 위해 목숨을 바칠 하인들도 있으니 어림없지. 만일 자네 말대로 했다간 내가 그 후 어떻게 됐는지 아무도 알지도 못하게 될 거야. 그러나 이 문제 말고도 나에겐 다른 목적이 있었네. 내가 정치적 편견을 가진 것은 자네도 잘 알고 있지?

이번 사건에서 나는 귀부인의 한 당원으로 활동했네. 한 18개월 동안 장관은 그 귀부인은 자기 손아귀에 움켜쥐고 있었는데, 이번에는 그가 그 귀부인에게 무릎을 꿇을 차례지. 편지가 아직도 자기 손 안에 있는 줄 알고 그는 여전히 제멋대로 행동할 게 아닌가? 그러다간 단번에 정치적 파멸을 초래하게 되지. 그 꼴이야말로 절벽에서 굴러 떨어지는 아찔한 상황이 될 걸세.

'지옥으로 떨어지기는 쉽다'[3]라는 말이 있지. 그러나 카탈라니(이탈리아 성악가)가 성악에 대해 말한 것 중에 저음에서 고음으로 올라가며 노래하는 편이 그 반대보다 훨씬 쉽다고 말했듯이 올라가는 것이 떨어지는 것보다야 훨씬 기분 좋은 일이지.

이 경우에서 나는 추락하는 자에게는 아무 동정도 하기 싫단 말일세. 조금도 가엾게 여겨지지 않아. 그는 무서운 괴물에다가 파렴치한 천재야. 그러나 경찰국장이 말하던 그 귀부인의 반항에 부딪혀 내가 편지꽂이에 꽂아 놓은 그 편지를 펴보게 될 때 그가 무슨 생각을 할지 정말 궁금하군."

"어째서? 자네가 뭔가 다른 걸 써 넣었나?"

"그럼. 그냥 백지만 넣기도 좀 뭣하니까. 그것은 D를 모욕하는 것만 같았어. 언젠가 D가 빈에서 나를 크게 곯린 적이 있었네. 그때 나는 불쾌함을 누르고 다만 언제든지 이 일을 갚아 주겠다고 벼르고 있었지. 그래서 그가 이번에 자신의 모략보다 한 발 앞선 사람이 누군지 궁금해질 것 같고, 또 실마리를 주지 않는 것도 예의가 아닌 듯싶어서 내 필체는 그도 잘 알고 있으니 백지에 이렇게 써 주었지.

이런 무참한 계획은
아트레에게는 적당하지 않을지라도
티에스트에게는 어울리리라.

3) 베르길리우스의 〈아에네이스〉에서 인용

이 글은 크레비용(프랑스 시인)의 명작 〈아트레와 티에스트〉[4] 가운
데 한 구절이라네."

---

4) 티에스트는 아트레의 아내를 유혹한 죄로 국외 추방을 당하는데, 아트레가 화해하자고
하면서 술자리를 베풀고는 티에스트의 두 아들을 죽여 그 고기를 그에게 먹인 뒤 사실
을 고백하여 복수했다는 그리스 전설을 극화한 것

황금벌레

저런, 저런. 저 녀석이 미친 듯이 춤추고 있네.
어미 거미에게 물렸구나.

— 아더 머피 '모두 글렀다'

수년 전 나는 윌리엄 레그랜드라는 사람과 친밀하게 지내고 있었다. 그는 위그노교도 집안사람으로, 한때는 큰 부자로 호화로운 생활을 했지만 계속된 불행으로 인해 이제는 빈궁한 처지가 되었다. 그런 재난의 끝이면 으레 따르기 마련인 비난을 피하려고 그는 선조 대대로 살아온 뉴올리언스 시를 떠나 사우스캐롤라이나 주 찰스턴 언저리에 있는 설리번 섬으로 이사했다.

그곳은 매우 이상하게 생긴 섬이었다. 섬 전체가 거의 모래로만 되어 있고, 길이는 5킬로미터 가까이 되었고, 섬의 넓이는 어디를 가도 500미터를 넘지 않는 듯했다. 황새들이 즐겨 모여 드는 갈대밭과 넓은 늪 사이를 졸졸 흐르는 조그만 강이 하나 있을 뿐이었다. 식물은 워낙 드물어 앙상한 것들뿐이었고, 굵직한 나무는 통눈에 띄지 않는다.

몰트리 요새가 우뚝 서 있는 서쪽에는 여름 한때 찰스턴의 먼지와 더위를 피해 온 사람들이 사는 쓸쓸한 몇 채의 초라한 집들과 대머리의 몇 안 되는 머리카락처럼 종려나무가 몇 그루 있을 뿐이었다. 이 서쪽 끝과 굳은 흰 모래로 덮인 해안선을 제외하고는 섬 전체가 영국 원예가들이 사랑하는 향기로운 도금양 떨기나무로 울창하게 덮여 있었다. 이 나무들은 키가 6미터나 되는데 헤치고 들어갈 수 없을 만큼 빽빽하게 우거져 있어서 나무향기로 가득 차 있었다.

레그랜드는 이 숲 속에서 가장 먼 구석, 즉 섬 동쪽에서 그리 멀지 않은 곳에 오두막집 한 채를 지어 그곳에 살고 있었다. 그는 흥미와 존경을 일으킬 만한 장점이 많아서 우리 둘은 점점 친해졌다. 그는 많은 교육을 받았고 명석한 두뇌를 가지고 있었지만, 염세병에 걸려 열심히 이야기하다가도 갑자기 우울해지는 버릇이 있었다. 그는 꽤 많은 장서를 가지고 있었지만 독서에 열중하지는 않았다. 그의 중요한 오락은 사냥과 낚시 그리고 바닷가와 숲속을 이리저리 돌아다니며 조개껍데기나 곤충을 채집하는 일이었다. 특히 곤충 채집 표본은 슈밤메르담(네덜란드 곤충학자) 같은 대곤충학자도 탐낼 만한 것이었다.

그가 곤충 채집을 나갈 때는 꼭 주피터라는 늙은 하인을 데리고 다녔다. 이 흑인은 레그랜드 집안이 몰락하기 전에 벌써 해방된 몸이었지만, 젊은 '윌 도련님'을 쫓아다니는 것을 마치 자기의 특권처럼 생각해서 위협도 하고 달래기도 했지만 그만두려고 하지 않았다. 아마도 레그랜드의 친척들이 그의 불안한 정신을 염려해서 그를 감독하고 보호하려고 그런 외곬적인 생각을 주피터에게 깊이 새겨 넣어 주었는지도 모른다.

설리반 섬은 위도상으로 겨울에도 그리 춥지 않았고 가을에는 불을 피우지 않고도 계절을 넘길 수 있었다. 그런데 18xx년 10월 중순 무렵 아주 추웠던 날이 하루 있었다. 그날 저녁, 해가 저물기 전에 나는 상록수 밑을 지나 여러 주일간 만나지 못한 레그랜드를 찾아갔다. 그때 나는 이 섬에서 15킬로미터쯤 떨어져 있는 찰스턴에 살고 있었는데, 요즘보다는 훨씬 교통이 불편한 시절이었다.

그의 집에 도착해서 늘 하던 버릇대로 문을 두드렸지만 아무 대답이 없었으므로, 내가 알고 있는 열쇠통에서 열쇠를 꺼내 문을 열고 안으로 들어갔다. 난로에는 불이 활활 타오르고 있었다. 좀 이상한 일이었지만 별 생각 없이 나는 외투를 벗고 탁탁거리며 타는 장작 앞으로 의자를 끌어다 놓고 걸터앉아 주인이 돌아오기를 기다렸다.

그들은 해가 진 지 얼마 안 되어 돌아왔고 나를 진심으로 반가이 맞아 주었다. 주피터는 입을 대문짝만 하게 벌리고 웃어 대면서 저녁 식사로 뜸부기 요리를 하겠다고 떠들썩하게 수선을 피웠다. 레그랜드는 갑자기 무엇엔가 열중하는 그 발작이 일어난 것 같았다. 아직 세상에 알려지지 않은 신종 쌍조개껍데기를 발견하고, 주피터의 도움으로 진귀한 벌레를 한 마리 잡았는데 그것에 대해서 내일 아침에 내 의견을 듣고 싶다고 했다. 나는 불을 쬐던 손을 비비며, 벌레가 뭐 그리 대단한 거냐고 속으로 투덜거리며 물었다.

"왜 오늘 밤에는 안 되나?"

"아, 그야 자네가 오늘 밤에 올 줄 알았나! 자넬 만난 지 꽤 오래되었잖아. 그러니 바로 오늘 밤에 자네가 오리라고는 생각도 못 했지. 오는 길에 요새의 G 중위를 만나 어리석게도 그걸 빌려 주었네. 그래서 오늘 밤에는 자네에게 보여 줄 수 없단 말일세. 오늘 밤 우리 집에서 쉬게. 그러면 내일 새벽에 주피터를 보내 찾아오게 할테니까. 세상에서 가장 아름다운 것일세."

"뭐가 아름답다는 거야? 새벽 말인가?"

"정신 나간 소리! 아니야! 벌레 말이지. 번쩍이는 황금빛이 도는데 큰 호두알만 하다네. 등쪽 끝에는 시커먼 점이 두 개 있고 또 그 반대쪽에는 긴 점이 한 개 있지. 더듬이는⋯⋯."

주피터가 말을 가로챘다.

"더듬이 같은 건 없답니다. 도련님도 원. 그렇게 얘길 해도. 그건 진짜 황금벌레예요. 안팎이 모두 황금빛이 돌아요. 날갯죽지만은 그렇지 않았지만⋯⋯ 내 평생에 그놈 무게의 반이라도 되는 벌레는 본 적도 없지요."

레그랜드는 흥분했는지 지나칠 만큼 열심히 대답했다.

"흠, 그렇다고 그 새 요리를 타게 내버려 두지는 않겠지? 그 빛깔은……."

그는 나를 돌아보았다.

"주피터가 저렇게 생각하는 것도 무리는 아니야. 자네도 그런 빛은 아마 본 적이 없을걸. 내일 아침에 실제로 보여 주기 전까지는 뭐라고 말할 수가 없지만 그 형태는 말할 수 있지."

그는 조그만 책상 쪽으로 가서 앉았다. 그 위에는 펜과 잉크만이 있을 뿐 종이가 없었다. 서랍 안을 찾아보았지만 거기에도 종이는 한 장도 없었다.

"괜찮아, 이걸로도 돼."

그는 조끼 주머니에서 때 묻은 양피지 종이를 꺼내 그 위에 펜으로 형태를 대강 그렸다. 그동안 나는 의자에 앉아 불을 쬐고 있었다. 그림이 다 되었을 때 레그랜드는 앉은 채 그것을 나에게 내밀었다. 내가 그것을 받았을 때 밖에서 크게 울부짖는 소리가 들리더니 뒤이어 이내 문을 긁는 소리가 들렸다. 주피터가 문을 열어 주니까 레그랜드가 기르는 뉴펀들랜드 종 개가 뛰어들어 나의 어깨에 매달려 계속 핥고 야단이었다. 내가 이 집에 올 때마다 귀여워해 주었기 때문이다. 개의 반가운 인사가 끝나고 내가 그 종이를 들여다보자마자 적잖이 놀라지 않을 수 없었다.

"음, 이건 참 이상한 벌레군. 처음 보는데. 아직까지 이런 모양은 보지 못했어. 해골 말고는. 사실 내가 이제까지 봐 온 것 중에서 해골이랑 제일 닮았는데."

레그랜드는 내 말을 그대로 흉내 냈다.

"해골! 그렇겠군. 종이 위의 그림은 그렇게 보일지도 모르지. 위쪽에 있는 두 개의 검은 점이 눈처럼 보이고 아래쪽의 긴 점은 입처럼 보일지도. 그리고 전체 모양이 타원형이니까."

85

"그럴지도 모르겠군. 아무튼 자네 그림이 좀 서투르니 진짜를 보지 않고는 뭐라고 말할 수 없네."

"음, 그럴까? 난 꽤 잘 그리는 편인데, 적어도 그런 것쯤은. 대가한테서 배우기도 해서 그림은 남한테 떨어지지 않는다고 자부하고 있는데……."

그는 약간 부루퉁하게 말했다.

"그렇다면 자네는 농담을 하는 거야. 이거야 누가 보든지 틀림없는 해골이네. 생리학적인 상식으로 봐도 틀림없이 해골이야. 그리고 자네가 발견한 벌레가 꼭 이런 모습이라면 그거야말로 정말 이상야릇한 신종 벌레겠군. 아, 이것을 소재로 해서 아주 스릴 있는 미신을 만들어 낼 수 있을지도 모르겠네. 그 벌레를 '해골풍뎅이(*Scarabaeus Caput Hominis*)'라 뭐 그 비슷한 이름을 붙이면 어떻겠나? 생물학에는 그런 명칭이 얼마든지 있으니까. 그건 그렇고 자네가 말하는 그 더듬이는 어디 있지?"

이 말에 왠지 흥분한 레그랜드가 말했다.

"그려 두었잖나, 거기에. 실물에 붙어 있는 것처럼 똑같게 그려 놓았으니 알 수 있을 텐데 그러네."

"그런가? 자네는 그렸을지 모르지만, 내 눈에는 보이지 않는걸."

나는 그가 화를 낼까 봐 더 이상 아무 말도 하지 않고 그 종이를 돌려주었다. 그러나 속으로는 갑작스럽게 돌변한 사태에 깜짝 놀랐다. 그의 퉁명스러운 태도에 당황하기도 했지만, 풍뎅이 그림에서 더듬이를 전혀 찾아 낼 수 없었고 그 그림은 사실 볼품없고 흔해빠진 해골 그림이었다.

레그랜드는 불쾌한 얼굴로 그 종이를 받았다. 그리고 그것을 불속에 집어넣을 작정인지 구겨 버리려다가 흘끗 그림을 다시 한 번 보고는 갑자기 무엇에 시선이 쏠린 모양이었다. 갑자기 얼굴이 새빨개지더니 곧 새파랗게 질렸다.

그는 앉은 채 꼼꼼하게 종이를 살피더니 벌떡 일어나 책상에서 촛불을 집어 들고 방 저쪽 구석에 놓인 트렁크 위에 걸터앉아 이리저리 그 종이를 뒤집어보며 세밀하게 조사했다. 내게는 말 한마디 없었지만, 나는 그의 태도에 적잖이 놀랐다. 괜히 쓸데없는 소리를 해서 그의 화를 돋우지 않는 게 좋을 성싶었다. 조금 있다가 그는 윗옷 주머니에서 지갑을 꺼내 종이를 그 속에 조심스럽게 집어넣은 다음 책상 서랍 속에 넣고 자물쇠를 채웠다. 그는 이제 얼마쯤 진정되었지만 그 열광하던 태도는 씻은 듯이 사라졌다. 또 무언가에 정신이 쏠려 있는 것 같았다.

밤늦도록 그는 점점 더 깊이 생각에 빠져 내가 아무리 농담을 해도 그의 기분을 명랑하게 할 수 없었다. 전에도 여러 번 그 집에서 묵은 적이 있어서 오늘 밤도 자고 갈 작정이었지만, 주인이 이 모양이니 나는 그만 떠나는 게 상책일 것 같았다. 그는 굳이 자고 가라고 붙잡지는 않았지만, 내가 그의 집을 떠날 때는 여느 때와 다르게 내 손을 힘주어 잡았다.

한 달이 지난 뒤, 주피터가 찰스턴으로 나를 찾아왔다. 나는 이 선량한 흑인이 이때처럼 어깨를 축 늘어뜨리고 낙심해 있는 모습을 본 적이 없었다. 나는 그 친구의 신변에 무슨 큰일이 생긴 게 아닐까 걱정했다.

"웬일인가, 주피터? 무슨 일 있나? 주인은 편안하신가?"

"그게 좀……. 사실 편치 못하답니다."

"편치 못하다고? 그거 정말 안됐군. 어디가 불편하신가?"

"그게, 아무 데도 아픈 덴 없다고 그러시는데. 그러면서도 여간 편치 못한 것 같아서요."

"여간 편치 못하다? 왜 더 빨리 말하지 않았나? 집에 드러누워 있나?"

"아니오. 누워 계시지는 않습니다만 그게 오히려 더 걱정입니다. 전 도련님 일로 걱정이 되어 미칠 것만 같네요."

"주피터, 난 도무지 이해가 안 되는군. 주인이 편치 않은 자네가 뭐라는지 도무지 알 수 없는 것 같은데, 주인이 자네한테는 어디가 아프다는 얘기도 안했단 말인가?"

"없었어요. 아무리 알아보려고 해도 소용없었죠. 윌 도련님은 아무렇지 않다고 말씀하시지만 정말로 아무렇지 않으면 왜 머리를 숙이고 어깨를 들먹들먹하면서 도깨비처럼 새파란 얼굴로 돌아다니는 걸까요? 그리고 밤낮 이상한 숫자만 계속 쓰고 계시니……."

"뭘 계속 쓰고 있다고, 주피터?"

"석판 위에다 이상한 부호와 숫자만 쓰고 있어요. 그런 별난 건 처음 봅니다. 주인을 밤낮 감시하지 않으면 안 될 지경입니다. 요전 날은 동이 트기도 전에 슬그머니 나갔는지 종일 들어오지 않더군요. 들어만 오면 아주 혼을 내주려고 굵은 몽둥이까지 준비해 놓았는데, 주인이 핼쑥해져서 들어오는 걸 보고는, 그만……."

"그런 짓을 해서야 주인이 견뎌 내겠나? 그건 그렇고 왜 그런 병이 걸렸는지, 왜 주인이 그런 짓에 빠져 있는지 자넨 아는 게 없나? 혹시 지난번 내가 다녀온 뒤로 무슨 일이 생겼나?"

"아니오, 그런 건 없었어요. 아마 그전에 무슨 일이 있었나 본데. 바로 나리가 다녀가신 그날 말입니다."

"아니, 그게 무슨 말인가?"

"그 벌레 말입니다."

"뭐, 뭐라고?"

"아, 그 벌레가……. 확실히 그놈이 윌 도련님의 머리 어딘가를 물었나 봅니다."

"주피터, 왜 그렇게 생각하는 거지?"

"그 발톱만 봐도 그렇고, 그 주둥아리. 난 그런 끔찍한 녀석은 처음 봤어요. 가까이 가면 아무거나 차고 물고 뜯고 난린데, 윌 도련님이 맨 먼저 붙잡았다가 곧 질겁해서 놔 버렸지요. 아마 그때 물렸나 봐요."

"그럼 자네 주인이 정말 그 벌레한테 물려서 병이 났다고 생각한

단 말이지?"

"생각하는 게 아니라 틀림없어요. 그놈한테 물리지 않고서야 어떻게 내내 황금 꿈만 꾸겠습니까? 전에도 그 이야기를 들어서 저는 알고 있거든요."

"주인이 황금의 꿈을 꾸는지 어떻게 알았나?"

"어떻게 아느냐고요? 그야 주인이 잠꼬대까지 하는데 모르겠어요?"

"음, 그래? 그렇다면 자네 말이 맞겠군. 그건 그렇고 무슨 바람이 불어서 우리 집까지 왔나?"

"왜 왔느냐고요?"

"레그랜드가 무슨 부탁이라도 했는가?"

"아니오. 이 편지를 가지고 왔어요."

주피터는 나에게 쪽지 한 장을 주었다. 거기에는 이런 사연이 적혀 있었다.

친애하는 벗에게

왜 자네는 오랫동안 내게 와 주지를 않는 건가? 내가 전에 자네에게 좀 냉정하게 굴어서 그러는 것은 아니겠지? 그럴 리는 없을 줄 믿네.

자네와 헤어진 후 큰 골칫거리가 하나 생겼네. 자네에게 얘기할 것이 있는데, 어떻게 얘기해야 좋을지 모르겠군.

나는 요즘 며칠 동안 몸이 좀 피로웠는데, 그 늙은 주피터가 어찌나 염려하는지 견디지 못할 지경일세. 이런 얘기를 자네는 얼마나 믿어 줄는지? 얼마 전 나는 주피터 몰래 혼자 산 속에서 하루를 보낸 적이 있었는데, 그 때문에 주피터는 나를 혼내 준다면서 큰 몽둥이를 준비해 두었다네. 그날 내 안색이 핼쑥한 탓에 괜찮았지, 그렇지 않았으면 큰일 날 뻔했네.

자네가 다녀간 뒤로 여태껏 채집은 그리 늘지 못했네. 될 수 있으면 어떻게 해서든 주피터와 함께 와 주었으면 좋겠네. 꼭 와 주게. 중대한 사건으로 오늘 밤 자네를 꼭 만나고 싶네. 정말 중요한 사건이네.

월리엄 레그랜드

그의 편지에는 불안감이 떠돌았다. 필체도 여느 때와는 판이하게 달랐다. 대체 그는 무슨 꿈을 꾸고 있는 것일까? 도대체 무엇이 그의 머릿속을 어수선하게 만들었을까? 도대체 어떤 '정말 중요한 사건'에 휘말리게 된 것일까?

주피터의 말로 미루어 보면 결코 좋은 일 같지는 않았다. 나는 거듭되는 불행의 압력이 기어이 레그랜드의 이성을 흐트러뜨린 게 아닌지 염려되어 곧바로 주피터와 함께 떠날 준비를 했다. 부두에 도착하자 방금 사온 듯한 한 자루의 큰 낫과 세 자루의 삽이 우리가 탈 보트 안에 놓여 있는 것이 눈에 띄었다.

"이건 뭔가?"

"우리 도련님의 낫과 삽이지요."

"물론 그렇겠지. 그런데 이걸 어디에 쓰려고 그러나?"

"월 도련님이 가게에 가서 사오라고 졸라서 견딜 수가 있어야죠. 이걸 사느라고 돈을 한 짐이나 뺏겼어요."

"아 글쎄, 자네의 월 도련님이 이 낫과 삽을 무엇에 쓰려고 그러느냐 말일세."

"저야 알 수 있나요? 도련님도 모를걸요. 모두가 다 그놈의 벌레 새끼 탓이라니까요."

황금벌레에 쏠려 있는 주피터에게 더 자세한 대답을 얻을 것 같지 않아 나는 보트를 타고 출발했다. 순풍을 탄 보트는 잠깐 동안에 몰트리 요새 북쪽에 있는 조그마한 포구에 도착했다. 약 3킬로미터를 걸어 우리는 오두막집에 닿았다.

도착한 때는 오후 3시쯤이었다. 레그랜드는 우리를 애타게 기다리고 있었다. 그는 신경질적인 열정으로 내 손을 꽉 잡았다. 이런 악수는 나를 놀라게 했고, 전부터 품고 있던 의혹을 한층 더 강하게 했다. 그의 얼굴은 무서우리만큼 헬쑥해지고 움푹 들어간 두 눈은 이상한 광채를 발하고 있었다. 그의 건강에 대하여 두서너 마디 물어 본 뒤, 그만 말문이 꽉 막혀 버려서 나는 G 중위에게서 그 벌레를 찾아왔느냐고 물었다. 그는 몹시 흥분한 얼굴로 대답했다.

"아 그럼, 다음 날 아침 대번에 찾아왔지. 무슨 일이 있어도 다시
는 그 황금벌레를 안 내놓겠네. 주피터의 말이 맞았어."

"무슨 말이?"

나는 슬픈 예감을 느끼며 물었다.

"진짜 황금벌레라고 한 얘기 말이야."

그의 진심에서 우러나온 말투에 나는 가슴이 덜컥했다. 그는 의
기양양한 미소를 띠며 말을 이었다.

"이 벌레가 내 운명을 바꿔 줄 거야. 우리 집 재산을 되찾게 해줄
거란 말이야. 그러니 그놈을 끔찍하게 아끼지 않을 수가 없지. 복
덩이가 굴러들어왔으니까. 그걸 잘 이용하면 돈방석 위에 올라앉
을 수 있을 거야. 주피터, 가서 그놈을 이리 가지고 와!"

"뭐라고요? 그 벌레를요? 도련님이 가서 가지고 오세요. 난 싫
어요."

그러자 레그랜드는 엄숙하고 위엄 있는 태도로 일어나 유리 상
자 속에서 벌레를 꺼내 왔다. 그것은 아름다웠고, 생물학자들에게
도 알려지지 않아 학문적 견지에서 보더라도 상당히 귀중한 종류
였다. 잔등 한끝에는 두 개의 둥근 흑점이 있고, 다른 끝에 또 하나
의 긴 흑점이 있었다.

몸을 둘러싼 껍질은 무척 단단하고 광채는 마치 반짝반짝 닦아
놓은 황금 같았다. 무게도 꽤 무거웠으니 주피터가 그렇게 생각
한 것도 당연하다 싶었다. 그러나 이 친구가 어째서 주피터의 의견
과 일치하게 되었을까? 그것은 아무리 생각해도 알 수 없는 일이었
다. 내가 황금벌레를 다 관찰했을 때 레그랜드가 장엄한 말투로 말
했다.

"이 행운과 벌레에 대한 내 계획을 더 진전시키기 위해서 자네의
충고와 도움을 좀 구하려고 오라고 한 걸세……."

그의 말을 가로막으며 내가 목소리를 높였다.

"여보게, 레그랜드. 자네는 확실히 병들었어. 아무래도 몸조리를 하는 게 좋겠네. 좀 눕게나, 누워. 자네 병이 완쾌될 때까지 내가 이삼 일 자네 옆에 있어 주겠네. 열이 있어 보이는데 좀 재어 보세."

나는 그의 머리를 짚어 보았지만 열은 전혀 없었다.

"흠, 열은 없지만 병일지도 모르네. 어쨌든 이번만은 내 말을 듣게. 우선 눕게나. 그다음엔……."

그는 내 말을 가로막았다.

"그건 자네 오해일세. 나는 지금 많이 흥분한 상태기는 해도 건강은 더할 나위 없이 좋아. 자네가 정말 내 건강이 염려된다면 이 흥분 상태에서 나를 좀 건져 주게."

"내가 어떻게 하면 되겠나?"

"그야 간단해. 나와 주피터가 이제 본토에 있는 산으로 탐험을 떠나려고 하는데 믿을 만한 사람의 도움이 필요하네. 그 사람이 바로 자네지. 알겠나? 성공하든 실패하든 자네가 도와주기만 하면, 자네가 염려하는 내 흥분 상태는 진정될 거야."

"얼마든지 도와주지. 그런데 이 지긋지긋한 벌레가 자네 탐험과 무슨 관계가 있나?"

"그야 있고말고."

"그렇다면 난 그런 어리석은 탐험대에는 낄 수 없겠네, 레그랜드."

"안타깝군. 정말 유감이야. 그럼 우리끼리 갈 수밖에 없지."

"자네들끼리 간다고? 아, 이 사람 정신 나갔군! 가만있게. 자넨 집을 얼마나 비울 생각인가?"

"어쩌면 오늘 밤 내내 비워 둘 거야. 지금 떠나면 무슨 일이 있어도 새벽까지는 돌아올 거야."

"그럼 꼭 약속해 주겠나? 자네의 이 정신 나간 벌레 사건이 자네 마음이 시원하도록 해결되면 집에 돌아와서 내 말을 의사의 말처럼 알고 잘 따르겠다는 것을?"

"약속하지. 자, 그러면 빨리 떠나세. 우물쭈물하고 있을 때가 아니니까."

무거운 마음으로 나는 그의 뒤를 따라나섰다. 우리는 오후 4시쯤 집을 떠났다. 주피터는 낫과 삽을 들고 갔다. 그는 혼자서 연장들을 다 들고 가겠다고 고집 부렸다. 그의 주인이 들고 가는 게 위험해 보여서 그러는 것 같았다. 그는 우리가 뭐라고 말해도 대꾸하지 않고 내내 '그놈의 빌어먹을 벌레놈'만 중얼거리며 걸어갔다.

나는 램프를 두 개 들고 걸었다. 레그랜드는 아무것도 들지 않고 벌레만으로 만족한 듯 짧은 가죽 끈 끝에 녀석을 매어서는 걸어가면서 요술쟁이처럼 이리저리 그것을 휘둘렀다. 이것이 아무래도 이 친구가 정신 이상이라는 확실한 증거 같아서 나는 눈물이 날 지경이었다. 일단 더 확실한 증거가 나타날 때까지 그냥 내버려 두는 게 나을 것 같았다.

그래서 우리의 탐험 목적이 뭐냐고 물어봤지만 헛일이었다. 나를 졸라서 끌고 온 것만 대견한 듯 그는 다른 세세한 문제에 대해서는 대답조차 하기 싫어하는 눈치였다. 내가 뭘 물어볼 때마다 똑같은 대답만 돌아왔다.

"이제 곧 알게 될 텐데 뭐……."

우리는 보토를 타고 섬 끝에 있는 작은 강을 건너갔다. 본토 해안에 배를 대고 언덕을 기어올라 사람 발자국 하나 없는 험하고 쓸쓸한 곳을 지나 북쪽으로 걸어갔다. 레그랜드는 전에 표시해 둔 것을 찾기 위해 여기저기서 발길을 잠깐 멈출 뿐이었다.

두어 시간쯤 걸었을까, 여태까지 걸어온 길보다 더욱 황량한 곳에 이르렀을 즈음 해가 서산으로 막 기울었다. 그곳은 사람의 힘으로는 도저히 다가갈 수 없을 듯한 산꼭대기에 있는 평지였다. 산 아래서부터 꼭대기까지 나무가 울창했고, 땅 위에는 큰 바위가 우뚝우뚝 흩어져 솟아 있고 그 대부분이 주위의 나무에 걸려 골짜기로 굴러 떨어지지 않는 것 같았다. 사방을 둘러싼 깊은 골짜기는 주위 경치를 한층 더 장엄해 보이게 했다.

우리가 기어올라간 높은 평지는 온통 가시덤불로 덮여서 낮이 없었다면 한 걸음도 전진하기 어려웠다. 주피터는 선두에서 높이 솟은 백합나무 가장자리까지 가시덤불을 잘라 헤쳐서 길을 내주었다. 백합나무는 곁에 서 있는 열 그루 남짓한 백양나무와 더불어 우뚝 서 있었다. 줄기와 잎이 퍼진 아름다운 모습과 멀리까지 뻗은 나뭇가지의 늠름한 모양이 꿋꿋한 자태를 이루어 백양나무보다도 아니, 내가 이제까지 보아 온 그 어떤 나무들보다도 훌륭해 보였다.

레그랜드는 주피터를 돌아보면서 이 나무에 올라갈 수 있겠느냐고 물었다. 주피터는 망설이며 한참 동안 대답이 없었다. 그러더니 겨우 앞으로 나아가 그 나무기둥 둘레를 한 바퀴 천천히 돌며 자세히 살펴보았다. 그러고는 한마디 했다.

"네, 도련님. 제 평생 못 올라가는 나무는 없었지요."

"음 그래, 그럼 되도록 빨리 올라가. 날이 곧 어두워지니까."

"어디까지 올라가란 말씀인가요?"

"우선 원줄기로만 올라가, 그다음은 올라간 뒤에 가르쳐 줄 테니까. 잠깐 기다려! 이놈을 가지고 올라가야지."

주피터는 질겁해서 뒷걸음치며 소리를 질렀다.

"그놈이요? 그 벌레 말이에요? 그까짓 걸 가지고 올라가라고요? 죽어도 난 싫어요."

"너같이 덩치 큰 사람이 그깟 쏘지도 않는 벌레 하나 붙잡는 게 무서워? 자, 그럼 이 가죽 끈 끝을 붙잡고 올라가 봐. 아니 그래도 싫어? 자꾸 버티면 이 삽으로 머리를 갈겨 버릴 테다."

주피터는 혼이 난 후에야 겨우 복종하는 눈치였다.

"아유, 도련님. 농담이었어요. 내가 고까짓 걸 무서워할까 봐요? 자, 이리 줘요! 그까짓 것!"

그러면서도 가죽 끈 한끝을 조심조심 붙잡고 되도록 멀찌감치 몸에서 떼면서 올라갈 준비를 했다. 미국의 삼림 수목 가운데서도 가장 장엄한 백합나무는 어릴 때는 줄기가 꼿꼿이 위로만 길게 자라지만, 후에는 껍질에 울퉁불퉁한 혹이 생기면서 조그마한 곁가지가 잔뜩 나온다. 보기보다는 올라가기가 훨씬 힘들 것이다.

주피터는 두 팔과 두 무릎으로 큰 줄기를 꽉 껴안고 두 손으로 혹을 움켜잡고, 발가락으로는 다른 혹을 디디면서 가까스로 첫 번째의 굵은 가지에 올라갈 수 있었다. 이 고비만 넘기면 그다음은 쉽게 오를 수 있을 것 같아 보였다. 사실 올라갔댔야 겨우 지상 20미터 정도지만, 위험 지대는 지나간 셈이었다.

"윌 도련님, 이제 어디로 갈까요?"

"제일 굵은 가지로 올라가. 이쪽으로, 이쪽."

주피터는 재빠르게 주인이 가라는 대로 갔다. 점점 높이 올라가자 우거진 나뭇가지에 덮여 그는 보이지 않았다. 좀 있더니 큰 소리로 부르는 소리가 들렸다.

"더 위로 올라가야 되나요?"

"얼마나 올라갔지?"

"꽤 올라왔어요. 나무 위로 하늘이 보이는 걸요."

"하늘은 아니야. 자, 내 말을 잘 들어야 해. 줄기를 내려다보면서 그 아래에 있는 나뭇가지를 세어 봐. 가지를 몇 개나 지났지?"

"하나, 둘, 셋, 넷, 다섯. 이쪽으로 다섯 개요."

"그럼 하나 더 올라가."

곧 일곱 번째 가지라는 소리가 들려왔다. 점점 흥분되는 듯 레그랜드도 소리쳤다.

"자, 주피터, 이제는 그 가지 끝까지 나가 봐. 이상한 것이 눈에 띄면 곧 알려 줘야 돼."

나는 이 가엾은 친구의 발작에 대해 옅은 희망을 품고 있던 마음이 싹 사라져 버렸다. 그가 미친 것은 분명한 사실이었다. 나는 어떻게 하면 그를 집으로 데리고 갈 수 있을까 골똘히 궁리했다. 그때 주피터의 소리가 또 들려왔다.

"이 가지는 위험해서 끝까지 갈 수 없어요. 저쪽이 썩어 버렸어요."

"썩은 가지야?"

"그래요, 도련님. 아주 푹 썩어서 말라비틀어졌네요."

매우 실망한 듯 레그랜드가 말했다.

"이제 어떻게 하면 좋을까?"

드디어 말할 수 있는 기회가 생겨서 나는 반가웠다.

"뭘 어째, 이 사람아. 자네는 빨리 돌아가서 눕게. 그게 상책이야! 날도 저물어 가고 또 약속한 말도 잊지 않았겠지."

그는 내 말을 귓전으로도 듣지 않고 위만 올려다보며 외쳤다.

"주피터, 내 말이 들리나?"

"네, 윌 도련님, 똑똑히 들려요."

"그러면 칼로 깎아 봐. 아주 썩었는지 어떤지."

"확실히 썩었어요."

조금 있다가 주피터가 대답했다.

"그러나 대단치는 않아요. 나 혼자 같으면 더 갈 수 있을 것 같은데."

"혼자 같으면이라니! 그건 무슨 소리야?"

"벌레 말이에요. 너무 무거운 벌레니까 여기서 그만 떨어뜨려야겠어요! 저 혼자라면 이 가지가 부러지기야 하겠어요?"

"아니, 뭐야. 이 우라질 녀석이!"

호통은 쳤지만 레그랜드는 속으로 안심이 되는 모양이었다.

"왜 그런 쓸데없는 소릴 하는 거야? 그놈을 떨어뜨리기만 해봐. 응, 주피터, 알았지?"

"알았어요, 도련님. 도련님은 왜 괜히 그런 욕을 하세요."

"그러니 시키는 대로 해. 괜찮은 데까지 벌레랑 같이 조심해서 가 봐. 무사히 내려오면 상으로 은돈 한 닢을 줄 테니까."

"지금 가고 있는 중이예요. 거의 끝까지 왔어요."

주피터가 곧 대답했다.

레그랜드는 기쁜 나머지 쇳소리로 외쳤다.

"끝까지 갔어? 나뭇가지 끝까지 갔단 말이지?"

"나뭇가지 끝까지 갔단 말이지?"

"예. 조금만 가면 끝이에요. 도련님, 오 오, 이게 뭐지? 나무 끝에 뭐가 있어요."

뛸 듯이 기뻐하면서 레그랜드는 소리를 질렀다.

"그래! 그게 뭐야?"

"해골바가지요. 누가 이런 데다 대가리를 놓고 갔는지, 까마귀가 살은 다 파먹었어요."

"해골이랬지? 됐어! 나뭇가지에 어떻게 잡아 매여 있지? 뭐로 매어 있어?"

"네, 도련님, 잘 볼게요. 이거 참, 이상하네요. 해골 가운데다 큰 못을 쳐서 나무에 박았어요."

"음, 그럼 주피터, 꼭 내 말대로 해야 돼. 알았지? 조심해서 해골 왼쪽 눈을 봐."

"네, 도련님. 아니 그런데 눈이 없는데요."

"이 바보야! 어느 게 왼손이고 어느 게 오른손인지는 알고 있지?"

"네, 그야 알지요. 장작 패는 손이 왼손이지요."

"그렇지! 넌 왼손잡이니까. 그러면 네 왼손과 같은 쪽에 있는 눈이 왼쪽 눈이야. 이제 해골의 왼쪽 눈이 어딘지 알겠지? 왼쪽 눈이 있는 자리를 찾았나?"

한참을 아무 대답도 없더니 주피터가 물었다.

"그러면 해골의 왼손과 같은 쪽에 있겠지요? 그런데 해골에는 손이 없는데요. 하하, 농담입니다. 이제 찾았어요. 음, 이게 왼쪽이군. 그걸 어떡하라고요?"

"벌레를 그 속으로 집어넣고 가죽 끈 끝까지 늘어뜨려 봐. 그 끝을 놓치지 않도록 단단히 조심해서 해."

"했어요, 도련님. 구멍으로 요놈을 늘어뜨리는 것쯤이야 어려울 것 있나요. 보세요, 내려갔지요?"

이런 대화를 나누는 동안 주피터의 모습은 전혀 보이지 않았지만, 그가 내려 보낸 가죽 끈에 매달린 녀석은 우리가 서 있는 곳을 아직은 희미하게 비추고 있는 석양의 마지막 빛을 받아 잘 닦은 황금덩어리처럼 반짝였다.

황금벌레는 나뭇가지에 걸리지 않고 축 늘어뜨려졌다. 그대로 손을 놓아 버리면 바로 우리 발밑에 떨어졌을 것이다. 레그랜드는 곧 낫을 들고 바로 벌레 아래 3미터 정도의 동그라미를 그리며 그 안의 풀들은 모두 쳐버렸다. 그는 주피터에게 끈을 떨어뜨리고 곧 내려오라고 소리쳤다.

레그랜드는 벌레가 떨어진 바로 그 점 위에 말뚝을 박고, 주머니에서 줄자를 꺼내 그 끝을 말뚝에서 가장 가까운 나무기둥에 매고는 말뚝까지 죽 끌고 와서 나무와 말뚝 두 점을 기점으로 확정된 방향을 향해 또 다시 15미터 정도 끌고 갔다.

한편 주피터는 큰 낫으로 가시덤불을 헤쳐 나갔다. 이렇게 해서 정해진 두 번째 지점에 다시 말뚝을 세웠다. 이 말뚝을 중심으로 그 둘레에 지름 1.2미터쯤의 원을 그렸다. 레그랜드는 삽을 집어 들더니 주피터와 내게도 한 자루씩 주며 되도록 빨리 그곳을 파라고 재촉했다.

나는 이런 일에 별로 흥미를 느끼지 못해서 그의 부탁을 거절하고 싶은 충동을 느꼈다. 더욱이 밤이 점점 다가오고 오늘의 일로 무척 피곤해졌기 때문이다. 그러나 어떻게 피할 길이 없었고, 공연히 이 실성한 친구의 머리를 더 혼란케 하지 않을까 염려가 되었다.

만일 주피터가 도와준다면 억지로라도 이 미친 친구를 집으로 끌고 가겠지만, 나는 주피터의 기질을 잘 알고 있었다. 나와 주인의 싸움에서 그가 내 편이 되는 일은 바랄 수 없다는 것을. 레그랜드가 땅속에 묻힌 보물에 대한 수없이 많은 남국의 미신에 홀린 게 확실했다. 황금벌레를 발견한 일, 주피터가 고집스럽게 그것을 '진짜 황금벌레'라고 주장했기 때문에 그의 공상이 한층 더 굳어진 것이다. 게다가 광기가 있는 사람인지라 이러한 암시로도 자극을 받기 쉽고 오래된 선입견과 일치될 때에는 더 그러한 것이다.

나는 그때 이 불쌍한 친구가 '황금벌레가 내 운명을 바꿔 줄 걸세'라고 한 말이 머리에 떠올랐다. 순간 마음이 서글퍼지면서 혼란스러웠다. 일단 하기 싫은 마음을 꾹 누르고 도와주자, 그러면 눈앞에 드러난 증거를 보고 그도 망상에서 깨어날 수 있으리라고 생각했다.

램프에 불을 켜고, 확실한 목적을 위해 일하는 사람처럼 흥이 나서 우리는 일하기 시작했다. 램프의 빛이 우리의 몸과 삽 위로 떨어졌을 때, 허리를 구부리고 일하는 우리의 모습은 그림처럼 아름다웠다. 하지만 우연히 이곳을 지나는 사람이 이 모양을 보았다면, 얼마나 이상하고 의심스러워할까?

우리는 묵묵히 두어 시간 동안 구덩이를 팠다. 우리의 꼴이 재미났던지 개가 짖어 대는 것이 큰 골칫거리였다. 개가 큰 소리로 짖어서 지나가는 사람이 보게 될까 봐 레그랜드는 걱정이었지만 나로서는 어서 그런 사람이 나타나 이 미친 친구를 집으로 데려갈 수 있었으면 하는 마음에 은근히 반가웠다. 주피터가 목을 길게 뽑으며 구덩이 밖으로 튀어나가, 바지 멜빵을 풀어 개 주둥아리를 꽉 잡아매어 주위가 잠잠해졌다. 주피터는 킥킥 웃으며 구덩이 속으로 다시 돌아왔다.

두 시간 후에 우리는 1.5미터 깊이까지 파내려갔지만 보물이 묻혀 있는 것 같지 않았다. 잠시 쉬기로 했다. 나는 이 연극이 여기서 끝나기를 바랐다. 레그랜드는 많이 실망한 듯 보였지만 땀을 닦고 잠시 깊은 생각에 잠겨 있다가 다시 구덩이를 파기 시작했다.

지름 1.2미터의 원 안을 전부 팠지만 보물의 기미는 보이지 않았다. 범위를 좁혀서 60센티미터쯤 더 아래로 파보았지만 보물은 나타나지 않았다. 마침내 레그랜드는 얼굴 가득히 실망에 젖어 구덩이 밖으로 기어나와 벗어 놓은 윗옷을 마지못해 느릿느릿 입기 시작했다.

기어이 레그랜드는 얼굴 가득 쓰라린 실망의 빛을 나타내며 구덩이 밖으로 기어 나와 일 하기 전에 벗어 놓은 저고리를 느릿느릿 마지못해 입기 시작했다. 나는 그를 진심으로 가엾게 생각했다. 그 동안 나는 아무 말도 하지 않았다. 주피터는 주인의 명령으로 도구를 주워 모으기 시작했다. 그러고는 개를 풀어 준 뒤 묵묵히 집으로 향했다.

열두어 걸음이나 걸었을까, 갑자기 레그랜드가 큰 소리로 욕을 하면서 주피터에게 달려들어 그의 멱살을 잡았다. 깜짝 놀란 주피터는 눈과 입을 벌릴 대로 벌리고 무릎을 꿇고 땅에 넘어졌다. 그의 삽도 나뒹굴었다.

"그래, 이 주리를 틀 녀석! 말해 봐. 당장 대답해! 어느 게 왼쪽 눈이야, 응?"

한마디 한마디가 레그랜드의 악문 이 사이에서 새어나왔다. 오른쪽 눈을 손으로 가리키며 주인이 눈을 빼버리지나 않을까 벌벌 떨면서 주피터가 외쳤다.

"아이고, 살려 주세요. 도련님. 이게 왼쪽 눈이지요."

"내 그럴 줄 알았다. 어째 그럴 것 같더라니! 자, 이젠 됐다."

레그랜드는 소리를 지르며 주피터를 떼밀고는 껑충껑충 뛰면서 기뻐했다. 주피터는 일어나 주인 얼굴과 얼굴을 얼빠진 사람처럼 번갈아 쳐다볼 뿐이었다.

"자, 그럼 다시 되돌아가야겠어! 아직 절망은 이르거든."

레그랜드는 앞서서 백합나무로 되돌아갔다. 우리가 나무 밑까지 왔을 때 그는 말했다.

"주피터, 이리 와. 그 해골바가지는 얼굴을 어느 쪽으로 하고 못에 박혀 있었지?"

"바깥쪽을 향해 있었어요. 그러니까 까마귀가 눈깔을 파먹을 수 있었겠죠."

"그렇지, 그러면 네가 벌레를 떨어뜨린 것은 이 눈이야? 이 눈이야?"

레그랜드는 그의 손으로 주피터의 눈을 번갈아 짚어보며 물었다.

"이쪽 눈이에요, 도련님. 왼쪽 눈이에요. 도련님 말씀대로."

주피터가 가리킨 것은 오른쪽 눈이었다.

"알았다. 다시 한 번 해봐야겠어."

이 말을 듣고 나는 이 미친 친구의 머리에 어떤 질서가 있음을 이해했다. 아니 이해한 것처럼 느껴졌다. 그는 황금벌레가 떨어진 곳에 박혔던 말뚝을 뽑아 거기서부터 7센티미터 서쪽 지점에 옮겨 박고, 전과 같이 백합나무 기둥에서 가장 가까운 나무에서 말뚝까지 줄자를 대고 다시 그것을 일직선으로 15미터 지점까지 연장해서 그곳에 표적을 만들었다. 그곳은 아까 우리들이 판 지점보다 몇 미터 떨어져 있었다.

새 지점 주위에 전보다는 좀 더 큰 원을 그리고 우리는 다시 그곳을 파기 시작했다. 나는 무척 피곤했는데도 무엇이 내 마음에 이런 변화를 일으켰는지는 모르겠지만, 내가 맡은 일에 싫증을 느끼고 있지 않았다. 나는 까닭 모를 흥미를 느끼게 되었다. 아니, 흥분까지 했다. 어쩌면 레그랜드의 뜻밖의 태도에서 나온 선견지명이나 숙려 같은 것에 내가 약간의 감동을 받았는지도 모르겠다. 그리고 이 불쌍한 친구를 미치게 한 가공의 보물이 정말로 나오지나 않을까 하고 신이 나서 파고 있는 내 자신에 스스로 놀랐다.

한 시간 반이나 계속해서 파내려 가면서 내 머릿속으로는 터무니없는 망상을 떠올리고 있을 때 또다시 개가 맹렬하게 짖어 댔다. 우리의 일은 잠시 멈춰야만 했다. 아까와는 달리 개도 이번에는 재미가 나서 짖어대는 것만은 아닌 듯했다. 주피터가 주둥이를 막아

버리려고 했지만 개는 필사적으로 반항하면서 구덩이 속으로 뛰어 들어 미친 듯이 발톱으로 흙을 파헤치기 시작했다.

곧 두 개의 완전한 해골이 된 사람 뼈다귀 무더기가 나타났다. 그 밖에 몇 개의 금속 단추와 썩은 양털 먼지 같은 것도 섞여 나왔다. 삽으로 그 위를 두어 번 헤적여 보니 스페인풍의 커다란 주머니칼이 나왔다. 좀 더 파 보았더니 이곳저곳에서 금화와 은화가 네다섯 닢 나왔다.

이것을 보고 주피터는 기뻐서 어쩔 줄 몰라 했지만, 그의 주인 얼굴에는 몹시 실망한 빛이 보였다. 그는 우리들에게 어서 더 파라고 재촉했다. 이 말이 그의 입에서 나오자마자 나는 부드러운 흙 속에 절반쯤 묻힌 굵은 철굴레에 발끝이 걸려 비틀거리며 넘어졌다.

우리들은 그야말로 열심이었다. 나는 내 평생에 이처럼 열렬히 흥분된 10분간을 경험한 적이 없다. 10분 동안에 장방형 나무궤를 하나 파냈는데, 그 모양이 조금도 변형되지 않고 매우 단단한 것으로 미루어 분명 무슨 광화작용 그러니까 염화제2수은 처리를 한 것 같아 보였다.

그 궤는 길이 1.3미터, 넓이 1미터, 깊이 90센티미터쯤 되었다. 징을 박고 궤 전체에 격자 모양을 한 연철 테두리가 십자형으로 견고하게 둘려 있었다. 뚜껑 가까운 양쪽에 큰 쇠고리가 셋씩, 모두 여섯 개가 달려 있어 운반하기 쉽게 되어 있었다. 우리 셋은 힘껏 들어 보았지만 겨우 밑바닥이 조금 움직였을 뿐이었다. 세 명의 힘으로는 꼼짝도 하지 않을 것 같았다. 다행히 뚜껑에는 빗장이 잠겨 있었다.

우리는 잔뜩 가슴을 졸이고 손을 떨면서 빗장을 쑥 잡아 뺐다. 순식간에 헤아릴 수 없을 값어치의 진귀한 보물이 번쩍거리며 우리 눈앞에 나타났다. 등불 빛이 구덩이 속으로 쏟아지자 아무렇게나 틀어박혀 있는 황금과 보석의 찬란한 광채는 눈을 뜨지 못할 정도였다.

이것을 본 순간 느꼈던 감정은 여기 쓰지 않겠다. 물론 놀라움이 가장 강렬했다. 레그랜드는 어찌나 흥분했는지 말 한마디 하지 못했다. 주피터의 얼굴은 잠시 죽은 사람처럼 새파랗게 질렸다가 흑인의 얼굴이 더 이상 창백해질 리 없을 만큼 창백해졌다. 벼락이라도 맞아 정신을 잃은 사람처럼 보였다.

조금 후에 주피터는 무릎을 꿇고 걷어올린 팔뚝을 팔꿈치까지 보물 속에 파묻으며 마치 훈훈한 물속에 두 팔을 담그고 있는 듯 잠시 그대로 있었다. 기어이 그는 한숨을 깊이 내쉬며 혼잣말로 중얼거렸다.

"음, 그래. 그놈의 황금벌레가 이런 복을 가지고 오다니! 어여쁜 벌레! 아이고, 가엾어라, 그 조그만 녀석을 난 욕만 했군그래. 이 흑인 놈아, 부끄럽지도 않니? 대답 좀 해봐!"

나는 결국 레그랜드와 주피터를 재촉해서 빨리 보물을 나르지 않으면 안 되었다. 밤이 꽤 깊어가고 있었고 날이 새기 전에 이 보물을 모두 집으로 운반하려면 급히 서둘러야 했다. 그러나 우선 무엇부터 손을 대야 좋을지 알 수가 없었다. 방법을 찾느라 많은 시간이 걸렸고 우리도 흥분을 가라앉히기 힘들었다.

결국 우리는 보물을 3분의 2쯤 꺼내 가볍게 한 다음 겨우 궤를 구덩이 밖으로 끄집어낼 수 있었다. 꺼낸 보물을 가시덤불 속에 감춰놓고 주피터가 개에게 우리가 돌아올 때까지 어떤 일이 있어도 그곳을 떠나지 말고 지켜야 하고 짖어서는 안 된다고 명령했다. 그런 다음 우리는 급히 궤를 가지고 집으로 돌아왔다. 새벽 1시쯤 우리는 무사히 돌아오긴 했지만 너무나 힘이 들었다. 곧바로 다시 돌아간다는 것은 도저히 불가능했다.

2시까지 식사와 휴식을 취하고는 다행히 찾아낸 세 개의 튼튼한 자루를 가지고 우리는 산으로 갔다. 4시 조금 전에 또다시 구덩이로 돌아와 남은 보물을 셋으로 나누고는 집으로 향했다. 집에 돌아와 보물을 내려놓았을 때에는 동쪽 하늘이 훤해지며 먼동이 트기 시작했다. 우리들은 완전히 녹초가 됐지만 너무나 들떠서 잠을 이룰 수가 없었다. 이럭저럭 불안한 가운데 서너 시간 눈을 붙인 다음, 모두 약속이라도 한 듯 벌떡 보물을 살피기 시작했다.

보물은 궤 가장자리까지 가득 들어 있었고 그것을 모두 조사하는 데는 그날 하루 종일과 다음 날 밤늦게까지 걸렸다. 모든 게 뒤죽박죽된 채로 쌓여 있었다. 종류별로 나눠 보니 처음 예상했던 것보다 훨씬 더 많았다. 그때 시세에 따라 되도록 정확히 따져 보니 45만 달러가 넘는 듯했다.

은화는 한 닢도 없고 모두 각양각색의 고대 금화뿐이었다. 프랑스, 스페인, 독일, 영국의 기니 금화가 조금 그리고 한 번도 보지 못한 화폐도 몇 종류 있었다. 닳아빠져 인각조차 뚜렷하지 않은 크고 무거운 화폐도 있었지만 미국 화폐는 하나도 없었다.

보석 평가는 더 어려웠다. 다이아몬드는 모두 110개나 되고 작은 것은 하나도 없었다. 루비 18개, 에메랄드 310개, 사파이어 21개, 단백석 1개로 이 보석들은 받침대도 없이 궤 속에 뒤죽박죽 섞여 있고, 금화 속에서 나온 받침대도 어느 보석의 것인지 알 수 없을 만큼 망치로 두들긴 자국이 남아 있었다.

그 밖에 순금 장식품은 거의 200여 개나 되는 반지와 귀고리, 금줄 등 거의 30개쯤 되고 83개나 되는 대형 십자가, 5개의 화려한 황금 향로, 역시 화려한 부조 모양의 포도 잎사귀와 주신(酒神)들의 모습을 그린 대형 술잔, 정교하게 부조한 칼집, 그 외 이제는 생각도 잘 나지 않는 자잘한 물건이 수없이 많았다. 이 보물들의 무게는 160킬로그램 이상이었다. 나는 이 계산 속에 197개의 진귀한 시계는 넣지 않았다. 그중 세 개는 그 한 개 값만 해도 500달러는 충분했지만 너무 오래되어 시계로는 쓸모가 없었다. 세공도 다소 부식되었지만 모두 보석이 풍부하게 박혀 있고 고가의 상자 속에 들어 있었다. 우리들이 그날 밤에 감정해 본 보물의 시가는 150만 달러가 넘었다. 그 후 장식품과 보석들을(조금은 집에서 쓰려고 남겨 두고)

팔고 보니 우리가 너무 과소평가한 것을 알았다.

이럭저럭 조사가 끝나고 흥분이 좀 가라앉았을 때, 내가 이 기이한 수수께끼를 매우 궁금해 하는 걸 알고 레그랜드는 자세히 설명하기 시작했다.

"자네 생각나나? 내가 자네에게 그 벌레 그림을 그려서 건네주던 날 밤 말일세. 그때 그 그림을 자네가 해골 같다고 해서 내가 화내지 않았나? 처음엔 그 말을 농담으로 알았어. 잔등에 검은 점이 있으니까 그럴지도 모른다고. 그런데 자네가 내 그림이 서툴다고 했지. 나는 그림을 꽤 잘 그리는 편인데, 그 말을 듣고 보니 화가 울컥 치밀었네. 그래서 자네가 나에게 그 양피지 조각을 돌려주었을 때 화풀이로 그놈을 구겨서 불 속에 던지려고 했지."

"그 종이쪽지 말이지?"

"아니야. 겉이 꼭 종이 같아서 종이인 줄 알고 그 위에 그림을 그리려고 했는데 그때 퍽 얇은 양피지인 걸 알았지. 무척 더러웠어. 그것을 구겨 버리려는 찰나에 나도 그림을 보게 되었어. 분명이 벌레를 그렸는데 대신 해골이 있는 걸 발견했을 때 내가 놀란 모습은 자네도 생각날 거야. 난 너무 놀라서 아무것도 분간할 수가 없었어. 전체 윤곽에서는 비슷한 점이 있었지만 세세한 점은 너무도 달랐지.

나는 곧 촛불을 들고 방 한구석으로 가서 앉아 양피지를 뚫어지게 살펴보았네. 뒤집어서 뒤를 보니 내가 그린 그림이 그대로 있지 않겠나? 바로 내가 그린 그림 뒤에 눈에 띄지 않았던 해골 그림이 있었는데 윤곽이나 면적까지도 내가 그린 그림과 흡사하다는 우연한 일치에 놀라지 않을 수 없었지.

이런 기묘한 우연에 난 사실 정신을 잃었네. 그런 경우에는 누구나 마음을 빼앗기겠지. 우리 마음이란 우연에 어떤 인과관계를 엮어 보려고 애쓰지. 그것이 잘 안 될 경우에는 일시적인 마비 상태에 빠지고. 내가 그런 실신상태에서 깨어났을 때 우연의 일치보다 더 한층 놀라운 어떤 확신이 머리에 떠올랐네.

내가 벌레를 그릴 때는 양피지 뒷면에 아무 그림도 없었던 게 분명히 생각났거든. 틀림없네. 어느 쪽이 깨끗한지 양쪽을 다 뒤집어 보았으니까. 그때 만약 해골이 있었다면 내 눈에 띄었겠지? 어쩐지 이 점이 신기했다네.

이때 벌써 내 머릿속 한구석에는 어젯밤의 탐험에서 그토록 큰 행운에 대한 예감이 희미하게나마 싹트는 것 같았지. 나는 곧 일어나 양피지를 집어치우고 나 혼자 있게 될 때까지 더 이상 생각을 하지 않기로 작정했네.

자네가 돌아가고 주피터마저 곯아떨어졌을 때, 나는 이 사건을 차근차근 연구해 보았지. 먼저 양피지가 내 손에 들어오게 된 경로부터 시작했지. 우리가 그 벌레를 발견한 곳은 이 섬에서 1.6킬로미터쯤 동쪽에 떨어진 본토 해안이었고 만조 표시가 있는 조금 위 지점이었네.

내가 그 벌레를 잡다가 물려서 그만 놓쳐 버렸지만 조심성 많은 주피터는 자기한테 날아온 그놈을 붙잡기 전에 나뭇잎이나 종이 같은 것으로 싸서 붙잡으려고 주위를 휘휘 둘러보았지. 그의 눈과 내 눈이 동시에 양피지 조각에 떨어진 것은 바로 그 순간이었지. 난 그때 그것을 꼭 종이로만 알았지. 그것은 한 모퉁이만 조금 나와 있고 반은 모래 속에 묻혀 있었어. 그 주위에는 대형 범선형 보트 모양인 선체의 파편이 있었고. 이 난파선은 오랫동안 그곳에 있었던 것처럼 보였네.

결국 주피터가 그 양피지를 집어 녀석을 싸서 내게 주었지. 그 뒤 곧 집으로 돌아가는데 도중에 G 중위를 만났어. 내가 그에게 녀석을 보여 주니 요새로 가져가 잘 살펴보고 싶으니 빌려 달라는 거야. 내가 승낙했더니 그는 그놈을 양피지에 싸지도 않고 조끼 주머니에 바로 집어넣더군.

그 양피지는 그가 벌레를 이리저리 살피고 있는 사이 내 손 안에 그대로 있었지. 중위는 내 마음이 변할까 봐 곧장 가버렸어. 자네도 알다시피 생물에 대해서라면 중위는 기를 쓰고 덤비는 작자니까. 나도 무의식적으로 양피지를 내 주머니 속에 집어넣었던 모양이고.

그날 밤 내가 황금벌레의 그림을 그리려고 책상에 가니 늘 놓여 있는 곳에 종이가 없었어. 자네도 기억할 거야. 서랍 속에도 한 장 없었지. 헌 종이라도 있을까 하고 주머니를 뒤져보니 바로 그 양피지가 손에 잡히더군. 양피지가 내 손에 들어온 경로를 이렇게까지 자세히 설명하는 건 그 상황이 내게 깊은 인상을 주었기 때문이야.

자네는 나를 공상가라고 생각할 게 틀림없지만 나는 그때 어떤 연결고리를 떠올렸어. 큰 쇠사슬의 두 고리를 이어 본 셈이지. 바닷가에는 보트가 놓여 있고, 거기서 멀지 않은 곳에 양피지가 있었고 그 위에는 해골이 그려져 있다! 자네는 물론 '그게 어디 연관성이 있느냐?'고 묻겠지만 나는 다만 해골은 누구나 다 아는 해적의 표시라는 것만 대답하겠네. 해골 깃발은 해적 행위를 할 때 다는 거지.

그것은 종이가 아닐 양피지라고 내가 그랬지. 양피지는 질겨서 잘 찢어지지 않지. 중요한 것만 양피지에 기록하는 법이야. 그림을 그리거나 글씨를 쓰는 평범한 용도에는 종이가 쓰이지. 이렇게 생각해 보니 해골이 무슨 관계가 있는 것 같았어. 게다가 더 유심히 살펴보니, 한 귀퉁이는 떨어져 나갔지만 양피지의 본 모양은 장방형이었어. 그건 누군가가 오래 보존해야 할 중요한 사실을 기록할 때나 선택하는 양피지 조각이었지."

내가 그의 말을 가로막았다.

"자네가 벌레를 그릴 때는 그 양피지 위에 해골이 없었다고 했잖나? 그럼 자네는 보트와 해골 사이에 어떤 연관을 찾았나? 그 해골은 자네도 인정하다시피 자네가 그림을 그린 뒤에야 나타난 거니까."

"바로 그 점이야. 그러나 그 비밀을 풀기는 그리 어렵지 않았네.

나는 유일한 결론을 얻을 수 있었어. 예를 들면 다음과 같이 차근 차근 추리해 봤지. 내가 황금벌레를 그릴 때는 확실히 양피지에 해 골이 없었지. 그림을 그리고는 곧 자네에게 주고, 자네가 나한테 다시 돌려줄 때까지 나는 줄곧 자네를 쳐다보고 있었지. 물론 자네 가 그린 것도 아니니 그렇다면 저절로 해골 그림이 그려져 있었다 는 말이야.

그래서 나는 그때까지 일어난 모든 일들을 하나도 빠짐없이 떠올 려보려고 했네. 그 결과 한 가지 생각난 것이 있었어. 그날은 날씨 가 추워서 난로를 피웠지. 나는 운동을 해서 몸이 따뜻해져서 책상 옆에 앉았지만, 자네는 난로에 바싹 다가앉아 있었지.

내가 자네에게 양피지를 주고 자네가 그것을 보려고 했을 때 뉴 펀들랜드 종인 울프가 뛰어들어 와서 자네 등 위로 막 뛰어올랐 지. 자네가 왼손으로 개를 쓰다듬으며 옆으로 떼어 놓을 때 보니, 오른손은 양피지를 쥔 채 불 가까이 닿아 있더군. 불이 붙지나 않 을까 하고 자네에게 주의시키려는데 그때 자네는 그것을 보기 시 작했네.

이런 상황을 쭉 생각해 보니, 양피지 위에 해골이 똑똑히 나타난 원인은 불기운 말고는 아무것도 없다는 게 명백하지. 열기를 받았 을 때만 나타나도록 종이와 양피지에 글자를 쓸 수 있는 화학적 방 법이 오늘날에도 있고, 또 오랜 옛날부터 있어 온 것은 자네도 잘 알 것일세. 산화코발트를 왕수와 그 네 배의 물로 묽게 하면 초록 색이 되지. 또 코발트 가죽을 초석에 녹이면 빨간색이 되고, 이런 색은 이것을 쓴 원료가 식으면 없어졌다가 열을 가하면 다시 나타 나지.

그래서 이번에는 조심조심 해골을 살펴보았네. 그랬더니 양피지 끝에서 가장 가까운 그림의 구석이 다른 데보다 뚜렷해졌지. 열의 작용이 불완전하거나 균등하지 않았단 말일세. 나는 곧 불을 켜서 양피지의 모든 부분에 낱낱이 갖다 대 보았지. 처음에는 해골의 희미한 선이 뚜렷해졌고 시간이 지나면서 종이 왼쪽 구석, 즉 해골이 그려진 곳에서 대각선 쪽에 염소 같은 것이 나타났네. 자세히 보니 새끼 염소 같더군."

나는 큰 소리로 웃었다.

"하하. 150만 달러는 비웃기에는 너무 큰돈이니까. 그러나 쇠사슬의 세 번째 고리는 영 어울리지가 않아. 자네가 말하는 해적과 염소 사이에는 아무 관계가 없는 것 같군. 염소야 농부의 것이지, 해적과 무슨 상관이야."

"나는 그 그림이 염소라고는 하지 않겠네."

"새끼 염소라고는 했지. 아무튼 같은 얘기 아닌가?"

"거의 같지만 똑같지는 않지. 자네는 키드 선장[5] 이야기를 들은 적 있나? 나는 이 동물 그림을 보자마자 상형문자적 날인으로 추측했네. 일종의 서명이지. 그야 양피지 위의 위치가 그런 힌트를 주긴 했지. 그것과 대각선 구석의 해골 그림도 마찬가지로 소인이나 봉인일 것 같았네. 그러나 그 외에 내가 상상한 증서의 본문이 없는 것에는 나도 낙심천만이었지만."

"그럼, 자네는 날인과 서명 사이에 글자가 있을 거라고 예상했었군?"

"암 그렇지. 터놓고 말하면 어쩐지 큰 복덩어리가 굴러들어온 것만 같았어. 이유는 모르겠지만 그건 아마 확신이라기보다 소망이었을 거야. 그때는 그 황금벌레가 순금이라고 말한 주피터의 말이 얼마나 인상적이었는지 자네는 모를 거야. 그리고 그 뒤 연속으로 나타난 사건과 우연히도 일치되었지. 이건 아무리 생각해도 참 이상하네. 이런 일이 홰 하필이면 1년 365일 중에 꼭 그날, 불을 피울 만큼 추운 날 일어났는지 말이야. 만일 난롯불을 피우지 않았고 개도 뛰어들지 않았다면 나는 해골이 있는 것이나 보물을 얻을 줄 꿈

5) 17세기 말의 유명한 해적. 부하를 죽인 죄로 1701년 런던에서 처형됨. 영어로 새끼 염소를 키드라고 함

109

엔들 알았겠나? 모든 게 참 신기하고 놀랍기만 하네."

"어서 본론을 시작해 보게. 갑갑해 죽겠네."

"그러지. 자네도 키드와 그 부하들이 대서양 연안 어디에 금을 파묻어 두었다는 소문은 들었겠지. 풍문이라도 어느 정도 사실 근거가 있었을 거야. 그리고 그 소문이 계속 퍼진다는 건 묻힌 보물이 그대로 있기 때문이겠지. 만일 키드가 그 약탈품을 잠시 감춰 뒀다가 곧 다시 파냈다면 소문도 달라졌을 거야.

자네도 알다시피 떠도는 소문은 모두 보물을 찾는 이야기뿐이지, 어디 보물을 찾았다는 얘기가 있던가? 만약 해적이 보물을 꺼냈다면 이 소문은 그만 사라졌겠지. 보물의 위치를 표시한 비망록을 잃어버린 사건이 부하에게 알려진 것 같아. 그래서 보물이 숨은 곳을 꿈에도 모르는 부하들이 그것을 찾으려고 서둘렀지만 헛수고만 하게 되어 지금 세상에 떠도는 소문의 씨가 된 것 같아. 자네는 해안에서 고귀한 보물을 캐냈다는 소문을 들은 적이 있나?"

"전혀."

"그러나 키드의 보물이 막대하다는 건 세상이 다 아는 사실일세. 나는 그것이 여태 땅속에 묻혀 있을 거라고 믿었지. 우연히 내 손에 들어온 그 양피지야말로 보물 지도라는 거의 확신에 가까운 희망을 가졌지."

"그래서 그다음은 어떻게 됐나?"

"불을 세게 한 뒤에 양피지를 다시 쬐어 보았지만 아무것도 나타나지 않았어. 그때 문득 때가 묻어서일까 싶었지. 양피지 위에 더운 물을 가만히 부어서 살며시 씻어 양은 냄비 속에 해골 그림이 있는 쪽을 아래로 놓고 그 냄비를 숯불 풍로 위에 놓았네. 3, 4분쯤 지나 냄비가 달아올랐을 때 양피지를 꺼내 보니 아! 그때는 정말 기뻤네. 몇 줄의 숫자 같은 것으로 여기저기 얼룩점이 나타나 있지 않겠나? 그래서 다시 냄비 속에 넣고 또 1분 정도 그대로 두었지. 꺼내 보니까 전체가 나타나더군. 이게 지금 자네가 보는 그대로야."

레그랜드는 양피지를 다시 데워서 내게 주었다. 다음과 같은 숫
자가 해골과 염소 사이에 붉은빛으로 희미하게 보였다.

53‡‡†305))6*;4826)4‡.);806*;48+8¶60))85;;]8*;:‡*8
†83(88)5*†;46(;88*96*?;8)*‡(;485);5*†2:*‡(;4956*
2(5*-4)8¶8*;4069285);)6+8)4‡‡;1(‡9;48081;8:8‡1;
48+85;4)485+528806*81(‡9;48:(88:4(‡?34;48)4‡;161;:
188;‡?;

나는 양피지를 돌려주면서 말했다.
"난 뭐가 뭔지 전혀 모르겠어. 이 수수께끼는 골콘다(인도의 유명한
다이아몬드 산지)의 보석을 모두 준다 해도 도저히 풀 수 없겠어."
"자세히 보면 그리 어렵지 않네. 이건 암호니까 어떤 의미를 가
지고 있지. 키드에 대한 소문으로 미루어 그가 어려운 암호를 만들
위인이라고는 생각되지 않았어. 나는 분명 간단할 거라고 짐작했
어. 물론 뱃사공들의 머리로는 열쇠 없이 풀 수 없겠지만."
"그래 자네는 곧 풀었단 말인가?"
"이것보다 만 배나 어려운 것도 푼 적이 있지. 나는 인간의 지혜
로 된 수수께끼에 흥미가 많았지. 인간의 지혜로 된 수수께끼니 같
은 인간의 지혜로 풀면 되는 거지. 먼저 연관 있는 숫자를 찾아내
고 나면 그다음을 추측하는 건 어렵지 않네.
어떤 비밀 서류나 다 그렇겠지만, 이 경우에도 첫 번째 문제는
그 암호가 어느 나라 말로 쓰였나 하는 걸세. 암호 해석의 원칙은,
암호가 간단할수록 그 말의 특성에 따라 이리저리 달라지기도 하
니까. 일반적으로 그 말을 찾아 낼 때까지는 풀려는 사람이 알고
있는 언어를 개연율에 따라 하나씩 실험해 보는 수밖에 달리 방법
이 없어.
하지만 이번 경우에는 서명이 있었으니 시행착오가 줄어든 셈이

지. '키드'라는 발음과 같은 말을 쓰는 건 영어 말고는 없으니까. 이 힌트가 없었다면 나는 먼저 스페인어나 프랑스어로 시작했을 거야.

자네도 보다시피 단어와 단어 사이에 구분이 없지 않나? 나누어 져만 있어도 일은 쉬웠을 텐데. 그럴 때는 우선 짧은 단어의 대조와 분석에서부터 시작하면 되지. 만일 단문자의 단어가 a나 1자가 나오면 그때는 별 문제가 안 되지. 그러나 이 암호에는 구절이 없으니 내가 맨 처음 한 일은 가장 많이 나온 문자와 가장 적게 나온 문자를 찾는 것이었네. 모든 글자를 세어서 이런 표를 만들었지.

8=33번

;=26번

4=19번

‡와)=16번

*=13번

5=12번

6=11번

†와1=8번

0=6번

9와 2=5번

:와 3=4번

?=3번

¶=2번

-와 .=1번

자, 영어에서 제일 많이 나오는 글자는 e라네. 그다음에는 a o i d h n r s t u y c f g l m w b k p q x z의 순서지. e는 많이 나와서 아무리 짧은 글에도 거의 대부분 들어 있네. 나는 여기서 벌써 추측 이상의 확실한 기초를 얻었지.

이 표가 일반적으로 쓰이는 것은 말할 나위도 없지만 이 암호에서는 일부분만 쓰면 되네. 가장 많은 글자는 8자니 우선 이것을 알파벳의 e라고 가정하고 시작하지.

이 가정을 확실하게 하기 위해 8이 중복되어 나타나는 것을 조사해 보세. 영어에는 erk 연속해서 곧잘 나오니까. 예를 들면 meet, fleet, speed, seen been, agree 같은 단어처럼. 그런데 여기서 암호가 짧은데도 5번 이상이나 중복되는 것이 있네. 그래서 8을 e로 지정했지. 영어 단어 중에 가장 평범한 것이 the지. 그럼 8로 끝난 똑같은 순서로 배열된 세 글자가 반복되나 어떤가 보자고. 만일 그런 글자가 되풀이된다면 그야말로 the를 나타낸다고 봐도 좋을 테니까.

조사해 보니 그렇게 배열된 게 7개 있고 그 자가 ; 48일세. 그래서 ;는 t를, 4는 h를, 8은 e를 나타내고…… 맨 끝의 e는 이제 확정되었다고 봐도 상관없었네. 이렇게 해서 비약적인 결과를 얻은 셈이지.

그런데 한 단어가 정해지면 그걸로 해서 더욱 중요한 점, 즉 다른 단어의 어두와 어미를 몇 개쯤 알 수 있네. 예를 들면 ;48의 결합 중에서 끝에서 둘째 번에 있는, 암호 끝으로부터 멀지 않은, ;(88;4)를 예로 들어보세. ;48 바로 다음에 있는 ;는 어떤 단어의 어두임을 알 수 있네. 그리고 그다음에 이어지는 다섯 부호 가운데 네 개는 안 셈이지. 그러면 알 수 없는 것은 점으로 찍어 두고 알아낸 글자만 고쳐 써보세.

t · eeth

이때 th는 t로 시작되는 단어의 한 부분일 수 없으니 th를 따로 떼어도 상관없어. 이 공간에 넣을 글자로 알파벳을 모두 살펴보아도, 이 th가 단어의 한 부분이 되는 단어는 도저히 만들 수 없단 말일세. 그래서 th를 떼어 버리고 t · ee로 줄일 수 있지.

그런 다음 필요에 따라 알파벳을 차례차례 넣어 보니, 오직 하나

tree라는 글자가 나오더군. 그래서 이 r이라는 또 하나의 글자를 얻어 the tree라는 단어가 되었지.

이 단어의 조금 뒤를 보면 ;48의 결합이 눈에 띄네. 그 앞 단어의 어미에 붙은 것으로 생각하고 써보면 이렇게 되지.

the tree;4(↕ ? 34 the

거기에 이미 아는 글자를 넣으면 이렇게 되고.

the tree thr↕ ? 3h the

자, 다음에는 불명한 글자를 공간으로 두거나 점을 찍으면 다음과 같네.

the tree thr…h the

그러면 through라는 단어가 떠오르지. 그리고 이것으로 ↕는 o, ?는 u, 3은 g를 나타낸다는 것을 쉽게 유추할 수 있지. 그렇게 우리가 이미 알고 잇는 글자의 결합을 자세히 보면 암호문 첫머리에서 이런 배열이 눈에 띄지.

+83 = 88, 즉 ·egree가 되지.

이것은 보나마나 degree라는 단어의 끝부분이고 +가 d임을 알 수 있지. degree부터 네 글자 다음에 이런 결합이 눈에 띄네.

;46(;88*

아는 글자를 꿰맞추고 모르는 것은 점으로 두면 이렇게 되지.

th·rtee·

이건 thirteen이라는 단어를 나타내는 배열일세. 그 결과, 6과 *로 표시된 i와 n의 두 자를 알 수 있지. 이번에는 암호의 제일 첫 번을 보면 다음과 같은 결합이 눈에 띄네.

53↕ ↕ +

앞서와 같이 옮겨 보면

·good

그리고 이것은 첫 번째 글자가 a이며, 처음 두 단어가 a good임을 확증하네. 따라서 5는 a임을 알 수 있지. 이제 혼란을 피하기 위해 밝혀진 것만을 표로 정돈해 보면 다음과 같네.

5 = a
† = d
8 = e
3 = g
4 = h
6 = i
* = n
↕ = o
(= r
; = t
? = u

이렇게 우리는 가장 중요한 글자 11개를 찾아낸 셈이지. 더 이상 해석 방법을 세밀히 이야기할 필요는 없겠지. 이런 성질의 암호는 문제없이 풀 수 있다는 것을 자네에게 이해시키고 또 그 해석법의 논리적 근거도 충분히 이야기한 셈이니까. 그러나 이 암호는 암호문으로서는 아주 간단하다는 것을 알아주게. 이제 암호의 전문을 살펴보세.

주교저택악마의자의좋은안경북동미북41도13분큰줄기일곱째가지동쪽해골왼쪽눈으로부터쏜나무에서직선으로총알이닿는점을지나바깥15미터.

"글쎄. 난 아직도 이 수수께끼를 모르겠어. 악마 의자나 저택 같은 말에 무슨 뜻이 있는 거야?"

"사실 그냥 봐서는 이해하기 어렵다네. 나는 우선 이 문장을 끊어 보았네."

"구두점을 달았단 말이지?"

"그 비슷한 거지."

"어떻게 구두점을 알 수 있었나?"

"구절 없이 글을 쓴 건 작자가 암호를 풀기 어렵게 하려고 수를 쓴 거라고 생각했지. 좀 모자라는 머리로 그런 짓을 할 때는 좀 지나치게 하는 법이거든. 띄어쓰기나 구두점을 생각하는 것보다는 붙여 쓰기가 쉽지. 여기도 암호가 한 군데에 뭉쳐 있어. 그래서 좀 끊어 보았지."

A good glass in the Bishop's hostel in the devil's seat /

forty-one degrees and thirteen minutes /

northeast and by north / main branch seventh limb east side /

shoot from the left eye of the death's-head /

a bee-line from the tree through the shot fifty feet out

주교 저택 악마 의자의 좋은 안경 /

41도 13분 /

북동미북 / 큰 줄기 동쪽 일곱째 가지 /

해골 왼쪽 눈에서 쏜 나무에서 직선으로 총알이 닿는 점을 지나 15미터 밖

"그래도 난 감이 안 잡히는군."

"나 역시 캄캄했네, 며칠 동안은. 일단 설리번 섬 근처에 '주교 저택'이라는 집이 있는지 열심히 찾아다녔네. 물론 '저택(Hostel)'이라는 오래된 말은 집어치우고 '호텔'을 찾아봤지. 그래도 영 알 수가 없어서 수색 범위를 넓혀서 좀 더 조직적으로 조사해 보려고 결심했어. 어느 날 아침 이 '비숍(bishop, 주교)'이라는 이름은 이 섬에서 6킬로미터쯤 북쪽에 있는 베소프(bessop)라는 유서 깊은 집안과 연관이 있지 않을까 싶었지.

나는 근처의 농장으로 가서 나이 든 흑인들에게 여러 가지를 물어 봤어. 어느 노파가 '보숍 성'이라는 이름을 들은 적이 있다면서 그것은 성이 아니고 그냥 높은 바위라는 거야. 안내만 해주면 후하게 사례하겠다고 했더니 노파는 잠시 머뭇거리다가 나서더군. 덕분에 쉽게 그곳을 찾았지. 난 노파를 보내고 혼자서 거기를 살펴보았네. 그 '성'은 절벽과 바위가 아무렇게나 모여서 된 것인데, 그중 가운데 바위 혼자 높이 서 있는 것이 다른 것들과 달라 보이더군. 그래서 그 바위 꼭대기까지 올라갔는데 그다음에는 어찌해야 할지 몰랐지.

이리저리 둘러보다가 내가 서 있던 꼭대기에서 90센티미터쯤 얕은 바위의 동쪽으로 불쑥 튀어나온 좁은 바위를 발견했어. 이 돌선반은 45센티미터쯤 튀어나왔고 넓이는 30센티미터에 지나지 않았지만, 그 위가 움푹 들어간 모양이 꼭 옛날 조상들이 쓰던 잔등이 움푹 들어간 의자와 닮은 것 같았네. 이거야말로 암호에 있는 '작은 의자'라고 확신했지. 나는 벌써 수수께끼를 다 푼 것 같았네.

그리고 '좋은 안경'은 망원경인 것 같았지. 뱃사람들 사이에서 안경은 그것이니까. 그래서 '41도 13분'이나 '북동미북'은 망원경의 조준점을 의미할 거라는 생각이 들더군. 이제 모든 답을 얻은 것 같아 나는 급히 집에 돌아와 망원경을 들고 다시 그 바위로 올라갔네.

돌선반으로 내려가 보니, 일정한 자세를 취하지 않고서는 도저히 앉을 수 없겠더군. 이 사실은 내 예상을 더욱 확실하게 해주었지. 41도 13분이란 수평선 방향이 북동미북이라는 말로 수평선상의 고도를 나타내는 말이라고 생각했어. 가지고 있는 회중용 자석으로 곧 알 수 있었지.

그다음은 대강 추측으로, 41도의 앙각을 찾아서 망원경을 조심스레 올렸다 내렸다 했더니 저쪽 하늘 높이 우거진 나무들 사이로 쑥 솟아오른 한 나무가 눈에 띄었어. 그 틈새 한복판에서 흰 점을 발견했는데, 처음엔 뭔지 모르겠더군. 망원경의 초점을 조절해서 자세히 들여다보니 사람의 해골 모양이 뚜렷하게 보였네.

그래서 난 수수께끼가 풀렸다고 믿었지. '큰 줄기 일곱째 가지 동쪽'이란 나무 위 해골의 위치를 가리키는 말이고 '해골 왼쪽 눈으로부터 쏜다'는 말은 묻힌 보물의 수색에 대한 해설을 달아 준 것일 테니까. '총알이 닿는 점'을 지나 나무줄기에서 가장 가까운 곳에서 줄을 긋고 다시 일직선으로 15미터 아래 지점, 거기에 보물이 묻혀 있을 거라고 확신하게 됐네."

"하하. 자네 설명을 들으니 정말 명쾌하군. 그 '주교 저택'을 떠난 다음에는 어떻게 했나?"

"난 일단 나무 생김새를 기억해 두고 집으로 돌아왔지. 그런데 내가 그 '악마 의자'를 떠나자마자 그 둥근 틈이 없이 없어지는 게 아니겠나? 몇 번이나 다시 뒤돌아보았지만 사라져 버렸어. 이 계획에서 가장 교묘한 부분은 나뭇가지 사이의 틈새가 바위 앞쪽의 좁은 선반이 아닌 곳에서는 절대로 보이지 않는다는 사실이지. 신기해서 나도 여러 번 실험해 보았지만 매번 그렇더군.

"이 주교 저택에 갈 때도 주피터를 데려갔지. 내가 보름 내내 멍하니 있는 걸 눈치 채고는 나를 혼자 두면 안 되겠다고 걱정했거든. 다음 날 새벽에 나 혼자만 살짝 빠져나와서 그 나무를 찾으러 산으로 갔네. 한참을 헤매다 겨우 찾아서 집에 돌아오니 주피터는 나를 혼내 주겠다고 벼르고 있었지. 그다음에 시작된 탐험은 자네도 잘 알 테고."

"이건 내 생각인데, 맨 처음에 잘못 판 것은 주피터가 해골 눈의 왼쪽과 오른쪽을 혼동해서 그런 게 아니었나?"

"그랬지. 그 실수로 '총알이 닿는 점' 그러니까 나무에서 가장 가까운 말뚝의 위치에서 7센티미터의 오차가 생긴 거야. 만일 보물이 총알이 닿는 점 바로 아래에 묻혀 있었다면 상관없었겠지만, 나무의 가장 가까운 곳과 총알이 닿는 점은 직선 방향을 나타내고 있었으니 15미터를 이어 나간 후에는 오차가 크게 벌어진 거지. 보물이 어딘가 이 부근에 꼭 묻혀 있으리라는 신념이 없었더라면 우리는 헛수고만 했을 거야."

"해골 눈에 대한 것은 해적 깃발에서 키드가 암시를 받은 걸 거야. 내게는 아주 시적으로 느껴지는군."

"그렇게도 생각되겠지. 하지만 그보다 상식적인 것도 시적인 것 못지않게 이 사건과 연관되어 있다고 생각하네. 악마 의자에서 그 조그만 표적이 보이려면 흰색 물건이 아니면 곤란했을 거야. 그뿐 아니라 날씨가 어떻든지 흰 빛깔 그대로 있으면서 더욱더 희게 보이는 것으로는 사람 두개골보다 더 좋은 게 없지."

"그건 그렇고, 자네의 과장된 말투나 황금벌레를 휘휘 흔들어대던 모습은 정말 이상했다네! 난 자네가 완전히 미친 줄 알았거든. 그런데 왜 자네는 해골 눈으로 총알이 아니라 그 벌레를 떨어뜨렸나?"

"솔직히 말하면, 자네가 나를 너무 미친놈 취급하기에 한바탕 자네를 골려 주려고 그런 걸세. 그래서 괜히 그런 짓을 하면서 사건을 슬쩍 오리무중에 빠뜨려 봤지. 자네가 그 벌레가 무척 무겁다고 해서 나무에서 벌레를 떨어뜨려 봤지. 자네가 내게 힌트를 준 셈이야. 하하."

"아. 그랬군. 아직도 한 가지 궁금한 게 있네. 우리가 구멍을 팔 때 나온 사람 뼈다귀는 어떻게 된 걸까?"

"그것은 나도 좀 미심쩍네만, 이렇게 된 것 같네. 만약 내가 상상하는 무참한 행위가 실제로 있었다면 끔찍한 일이지. 키드가 정말 이 보물을 감췄다면 당연히 부하들에게 시켰을 거야.

일이 끝나자 그는 참가한 사람들을 없애 버리는 게 좋겠다고 생각했겠지. 그의 부하들이 구덩이를 열심히 파고 있을 때 곡괭이로 두어 번 후려갈기면 충분했을 테니까. 아니면 한 열 번쯤 내리쳤을까? 그야 알 수 없는 일이겠지만."

모르그 가 살인사건

사이렌들이 어떤 노래를 불렀는지
아킬레스가 여자들 틈에 몸을 숨겼을 때
어떤 가명을 썼는지 그것은 어려운 문제지만
추측이 전혀 불가능한 것은 아니다.
　　　　　　　　　　　- 토마스 브라운 경

　분석적인 것으로 알려진 정신 기능 자체는 사실 분석이 거의 불
가능하다. 그것은 오로지 결과로써 판단할 수밖에 없다. 그러나 단
한 가지 알 수 있는 것은 남보다 뛰어난 분석력을 지닌 인간에게
그것은 늘 생생한 기쁨의 원천이라는 점이다. 체력이 좋은 사람이
운동에서 기쁨을 발견하듯이, 분석가는 '해명하는' 지적 활동에 푹
빠져든다.
　분석가는 그런 능력을 발휘할 수 있는 일이라면 뭐든 마다않고
좋아서 어쩔 줄 모르는 것이다. 수수께끼나 어려운 문제, 암호 해
독 등을 좋아하고 이것들을 해결할 때는 보통 사람의 눈에는 거의
초인적으로 보이는 예민함이 드러난다. 사실 그가 내리는 결론은
논리적인 순서를 거쳐 얻어진 것이지만 언뜻 보기엔 직관으로만
여겨질 뿐이다.
　분석 능력이 수학 연구, 특히 그 최고 분야인 '분석학'에 의해 크
게 고양될 수 있다는 것은 사실이다. 그러나 그것이 역행적인 조작

을 활용한다는 것만으로 당연한 것처럼 분석학이라고 부르는 것은 잘못이다. 왜냐하면 계산이 곧 분석은 아니기 때문이다. 예를 들어 체스를 두는 사람은 계산은 하지만 분석은 하지 않는다. 따라서 체스를 두는 일이 지능을 높이는 데 유용하다는 이론은 매우 의심스럽다. 물론 나는 한 편의 논문을 쓰려고 하는 것은 아니다. 단지 다소 기괴한 이야기를 하기 전에 생각나는 대로 내 하찮은 의견을 피력하려는 것뿐이다.

내가 주장하고 싶은 것은 고도의 사색 능력은, 교묘한 체스에서보다는 한결 단순한 체커에서 더욱 결정적이고 유용하게 발휘될 수 있다는 점이다. 체스에서는 말이 제멋대로 이동하고 말의 의미도 갖가지로 변한다. 그것은 단지 복잡할 뿐인데 흔히 아주 심원한 것으로 착각하기 쉽다. 하긴 체스에서는 주의력이 중요하다. 한순간이라도 산만해지면 제대로 판을 보지 못해 큰 손해를 입거나 낭패를 보게 된다. 말을 이동하는 방법이 복잡다단하므로 제대로 보지 못할 가능성은 배로 커진다. 그러므로 이기는 것은 대개 집중력이 뛰어난 사람이지 명석한 사람이 아니다.

반대로 체커에서는 말의 움직임이 일정하여 변칙적인 움직임은 거의 없으니 실수로 보지 못할 가능성은 적어서 집중력은 크게 문제가 되지 않는다. 따라서 명석한 쪽이 유리하다.

좀 더 구체적으로 이야기해 보자. 체커 게임 중에 판 위에 말이 킹 네 개만 남게 되었다고 하자. 이렇게 되면 실수하여 보지 못하는 경우는 없을 것이며 승패는 두 사람이 적수라 치고 무언가 허점을 찌르는 움직임으로 나가느냐의 여부, 즉 지력을 강력히 이용하느냐의 여부로 결정될 것이 분명하다. 평범한 수를 다 쓰고 나면 분석가는 상대의 마음속에 뛰어들어 자기를 상대와 일치시킨다. 그러면 상대방이 실수를 하거나 성급한 오산에 빠질 수 있는 묘수(때로는 어처구니없이 단순한 수)를 종종 발견하게 된다.

휘스트(둘씩 짝을 지어 넷이 하는 카드놀이)는 오래전부터 계산력을 길러

121

준다고 알려져 왔다. 흔히 머리가 좋다는 사람들이 체스는 시시하다고 거들떠보지도 않으면서 휘스트에는 이상할 만큼 열중하는 것을 볼 수 있다. 사실 휘스트만큼 고도의 분석력을 단련하는 데 도움이 되는 놀이는 없다. 세계 제일의 체스 고수는 단지 체스의 고수에 지나지 않는다. 그러나 휘스트에 능하다는 것은 머리의 우열을 겨루는 인간 활동의 여러 중대사에서도 성공할 능력을 갖추고 있음을 의미한다.

여기서 능하다는 것은 게임에서의 완벽성이라는 뜻이며, 그 완벽성에는 정당한 이점을 얻는 요령을 완벽하게 알고 있다는 자질도 포함하고 있다. 이러한 요령은 그 수와 형태가 갖가지라서 평범한 사고로는 도저히 도달할 수 없는 사고의 깊은 구석에 숨어 있는 경우가 많다.

주의 깊은 관찰이란 곧 명석한 기억력을 의미한다. 따라서 집중력이 있는 체스의 명수라면 휘스트도 꽤 잘할 것이며, 또 호일(영국의 트럼프와 체스의 대가)의 법칙도 (이 역시 단순한 게임의 조작에 바탕을 두고 있는 이상) 충분히 이해할 수 있을 것이다. 때문에 분석가의 수완이 발휘되는 것은 단순한 법칙의 한계를 넘어선 차원에서다.

그는 말없이 관찰하고 추리한다. 그런데 그런 분석은 상대방도 할 것이다. 그렇다면 획득된 정보의 폭에 틈이 생기는 것은 추리보다는 관찰의 질에서 생긴다는 말이 된다. 이때 필요한 것은 무엇을 관찰할 것이냐를 알고 있느냐는 것이다. 분석가는 결코 생각의 범위를 국한하지 않는다. 게임만이 목적이라고 해서 게임 이외의 사항에서 연역하는 일을 거부하지는 않는 것이다.

그는 자기편 얼굴 표정을 살핀 다음 그것을 상대편의 얼굴과 상세히 비교 검토한다. 그는 각자의 카드 분류법, 흔히 으뜸 패는 으뜸 패끼리, 같은 패는 같은 패끼리 분리하는 방법을 그들이 손에 든 카드에 던지는 시선을 통해 알아낸다. 게임이 진행되는 다른 상대의 표정 변화를 일일이 관찰하여 자신 있는 표정, 놀란 표정, 의

기양양한 표정, 아까운 표정의 차이에서 사고의 재료를 수집한다. 트릭을 집어 드는 태도에서 그것을 잡은 자가 또 하나의 짝을 맞출 수 있는지 어떤지를 판단한다. 카드를 테이블에 던지는 동작으로 상대방의 가장된 테도 속에 무엇이 숨어 있는지를 간파한다.

슬쩍 또는 무심코 내뱉는 한마디, 우연히 카드 한 장이 떨어지거나 뒤집혀졌을 때 당황하는지 아니면 태평한 얼굴을 유지하는지 그리고 카드를 세고 배열하는 순서, 당황, 망설임, 서두름, 몸의 경련, 이 모두가 한편으로는 직관적인 그의 지각력에 사태의 진상을 간파하는 단서를 제공해 주는 것이다. 게임을 한두 차례 또는 세 차례쯤 치르고 나면 그는 각자가 가지고 있는 패를 완전히 알아채고 그다음부터는 마치 상대방 모두의 카드를 본 것처럼 정확하게 차례대로 패를 뽑아 가는 것이다.

분석력을 단순한 솜씨와 혼동해서는 안 된다. 분석가가 잘하는 것은 당연하지만 잘하는 인간이 반드시 분석가는 아니기 때문이다. 잘한다는 것은 보통 구성이나 결합 능력에 의한 것으로, 골상학자들은 이것을 원시적인 능력의 하나로 보고 독립된 기관의 작용으로 간주하고 있고, (나는 잘못된 견해라고 생각하지만) 또 이 능력은 그 밖의 점에서는 백치에 가까운 지능의 소유자에게서 자주 볼 수 있어 정신분석가들의 관심을 끌기도 했다.

솜씨와 분석력의 차이는 바로 공상과 상상의 차이와 비슷하면서도 큰 차이가 있다고 할 수 있다. 사실 잘한다는 말을 듣는 사람은 항상 공상적이고, 진정으로 상상을 하는 사람은 늘 분석적이라는 것을 알 수 있을 것이다.

이제부터 하는 이야기는 위에서 언급한 명제를 설명해 주는 주석 같은 역할을 하리라 생각한다.

나는 18xx년 봄과 초여름에 걸쳐 파리에 머무르는 동안, C. 오귀스트 뒤팽이라는 남자를 알게 되었다. 이 젊은 신사는 명문 출신이었는데 잇단 불운으로 기세가 꺾여 세상 밖으로 나가 활약할 의욕이나 가세를 일으켜 볼 마음을 상실한 상태였다. 다행히 채권자들의 호의로 유산 일부가 아직 그의 명의로 되어 있어 거기서 나오는 수입으로 검소한 생활을 했기에 그럭저럭 입에 풀칠할 정도는 되었다. 책을 사보는 것이 유일한 사치였지만 파리에서 책은 쉽게 손에 넣을 수 있었다.

그를 처음 알게 된 것은 몽마르트르 거리의 어느 이름 없는 도서관에서였다. 우연히 우리 둘 다 진귀한 책을 찾고 있었던 인연으로 가까이 사귀게 되었다. 우리는 자주 만났다. 프랑스인은 자기 일을 화젯거리로 삼을 때는 정말 솔직해진다. 그가 털어놓은 그의 자세한 집안 내력에 나는 아주 큰 흥미를 느끼게 되었다. 그의 광범위한 독서량에도 감탄했지만 그의 뜨거운 정열과 자유분방한 상상력은 내 영혼을 불타오르게 할 정도였다.

당시 나는 어떤 물건을 찾기 위해 파리에 있었는데, 그러한 나에게는 이 사람과의 교제가 더할 수 없이 유익한 일이라고 느꼈고 그런 느낌을 그에게 고백했다. 그러다가 결국 내가 파리에 있는 동안 둘이서 함께 기거하는 데 의견이 일치했다. 주머니 사정은 내가 다소 나은 편이었으므로 집세와 가구 일체의 비용은 내가 부담하기로 하고, 포브르 생제르망의 황량한 구석에 있는 고색창연한 낡은 저택을 빌렸다. 무슨 이유인지 물어보지는 않았으나 어떤 종류의 미신 때문에 오랫동안 사는 사람이 없었던 이 저택을 우리는 우리 두 사람에게 공통된 다소 환상적이고 우울한 성격에 맞는 스타일로 꾸며 놓았다.

이 집에서의 두 사람의 일상생활이 세상에 알려졌다면 우리는 틀림없이 미치광이로 취급되었을 것이다. 하기야 무해한 미치광이겠지만. 우리는 완전히 세상과 인연을 끊고 살고 있었다. 외부 사람은 일체 출입시키지 않았다. 물론 이 은신처의 소재에 대해서는 오래된 지인에게도 알려지지 않도록 주의했고, 뒤팽 쪽은 파리에서 소식을 끊은 지 이미 오래였다. 우리는 둘만의 세계에 갇혀 살았던 것이다.

뒤팽은 밤에 매혹되는 공상벽(어떻게 부르면 좋을까?)이 있었는데 나는 차차 그의 공상벽에 물들어 마침내 나 자신도 이 분방한 변덕에 푹 빠지게 되었다. 밤의 여신이 늘 함께 있어 주기를 바랄 수는 없었지만 그 존재를 위조할 수는 있었다.

먼동이 트는 즉시 우리는 이 낡은 집의 육중한 덧문을 전부 내리고 촛불을 두 개 켠다. 강한 향료를 넣은 이 촛불은 희미하고 무시무시한 태양빛마저 내몰았다. 이렇게 준비를 한 후, 독서하고 글을 쓰고 이야기를 나누는 등 분주히 꿈속을 헤매다 보면 시계가 진짜 밤의 도래를 알려 주었다. 그러면 우리는 팔짱을 끼고 거리로 뛰어나가 낮의 화제를 계속하거나, 밤늦게까지 멀리 돌아다니며 이 대도시의 요기어린 빛과 그림자가 교차하는 곳에서 조용한 관찰이 주는 정신의 무한한 흥분을 구하곤 했다.

그럴 때마다 (그의 풍부한 상상력을 예상하고는 있었지만) 뒤팽의 특이한 분석력을 재인식하고 감탄하게 되었다. 물론 그는 그의 분석력을 자랑하는 일은 없었지만, 분석하는 과정의 기쁨을 터놓고 얘기했다. 그는 소리 없는 웃음을 웃으며 대개의 인간은 가슴에 창을 열어 놓고 있는 것과 같다면서 나에게 호언장담한 적도 있다.

게다가 실제로 내 마음을 훤히 꿰뚫어보고 있다는 놀라운 증거를 보여 주었다. 그럴 때의 그의 태도는 냉담하면서도 신들린 듯 보였다. 눈에서 표정이 사라지고 그 음성도 중후한 테너에서 갑자기 고음이 되어 히스테리라도 일으키는 것처럼 들렸다. 이러한 그를 바라보고 있으면 나는 곧잘 고대 철학의 '이중영혼설'이 생각나서 창조적인 뒤팽과 분석적인 뒤팽이라는 두 사람의 뒤팽을 가상하면서 혼자 묘한 공상에 잠겼다.

여기서 미리 밝혀 둘 것은 이렇게 써왔다고 해서 괴담을 늘어놓을 심산도, 공상 소설을 쓸 속셈도 아니라는 점이다. 내가 이 프랑스인에 대해서 말한 것은 그에게 단순한 흥분이라기보다는 일종의 병적인 예지에서 생겨난 결과였던 것이다. 어쨌든 그의 예리함은 구체적인 예를 드는 것이 가장 좋을 것이다.

어느 날 밤, 우리는 팔레 로와얄 부근에서 가까운 지저분한 거리를 거닐고 있었다. 둘 다 깊은 생각에 잠겨 15분 동안은 서로 말 한 마디 하지 않았다. 그런데 갑자기 뒤팽이 이런 말을 꺼냈다.

"맞아. 바로 그거야! 확실히 그쪽은 치수가 너무 짧아. 역시 희극이 어울린다고."

"그래, 그건 그렇지."

나도 모르게 무심코 고개를 끄덕였는데 (너무 생각에 열중하고 있었으므로) 처음에는 그의 말이 마침 내가 생각하고 있었던 것에 딱 들어맞는 대답이었다는 것도 알아차리지 못했다. 그러다 문득 제정신으로 돌아와 나는 몹시 놀랐다.

"이것 보게, 뒤팽."

나는 정색을 하고 말했다.

"이건 의외야. 아니 놀랐다고 해도 좋지만. 어쨌든 내 귀를 믿지 못할 지경이야. 도대체 자네는 어떻게 알았지? 내가 지금 생각하고 있었던 것을……."

여기서 나는 말을 끊었다. 내가 누구 일을 생각하고 있었는지 그가 정말로 알고 있었는지를 확인하고 싶었기 때문이다.

그는 말했다.

"샹틸리 일이지. 그보다 왜 입을 다물고 있었나? 그 키 작은 남자는 비극에 맞지 않는다는 생각을 하고 있었지?"

내가 생각하던 바로 그대로였다. 샹틸리는 생드니가에서 구둣방을 하던 남자인데, 연극에 심취해서 크레비용의 비극 '크레스크세스'의 주역까지 시도했지만, 보기 좋게 망신만 당했다.

"부탁이니 말해 주지 않겠나?"

나는 다급히 말했다.

"어떻게 그리 정확하게 내 심중을 간파할 수 있는지, 그 방법을 말이야."

사실 나는 가슴이 철렁했지만 고백할 마음이 생기지 않았다.

"그 과일 장수 말이야. 자네에게 그 구두 수선공은 크세르크세스는커녕 다른 어떤 역과도 어울리지 않는다고 결론을 내리게 한 건 말이지."

"과일 장수? 이거 놀랍군. 난 과일 장수는 한 명도 모르는데."

"우리가 이 거리로 들어섰을 때 자네와 부딪친 남자, 그 사람 말일세. 한 15분쯤 전에 말이야."

그의 말을 듣고 보니 생각이 났다. 우리가 C 거리에서 이 거리로 들어섰을 때 커다란 사과 바구니를 머리에 얹은 과일 장수와 내가 부딪쳐 하마터면 쓰러질 뻔했다. 하지만 그렇다고 그것이 샹틸리와 무슨 관계가 있다는 건지 나는 전혀 짐작이 가지 않았다.

뒤팽의 모습에는 허풍의 낌새는 눈곱만큼도 없었다.

"자, 그럼 설명하지. 확실한 이해를 돕기 위해 우선 과일 장수와 충돌했던 때부터 조금 전 내가 입을 연 순간까지 자네의 사고를 거꾸로 더듬어 보기로 하지. 우선 큰 흐름만 들어 보면 이렇게 되지. '샹틸리, 오리온 별자리, 니콜스 박사, 에피쿠로스, 스테레오토미(절석법, 截石法), 거리의 포석, 과일 장수' 하는 식으로 말이야."

생각해 보면, 인간이 인생의 어느 시점에 이르러 자신의 생각이 어떻게 그런 결론에 도달했는지, 그 과정을 거슬러 올라가는 데 흥미를 느끼지 않는 경우는 드물 것이다. 확실히 그것은 흥미진진한 일이고, 처음 해본 사람은 그 출발점과 도착점 사이에 생기는 거의 무한대의 거리와 모순이 존재한다는 사실에 아연해질 것이다. 그러니 내가 뒤팽의 말을 듣고 그 정확성을 인정하지 않을 수 없었을 때, 내 놀라움이 어떠했는지는 상상하기 어렵지 않을 것이다.

그는 말을 이었다.

"내 기억이 틀림이 없다면 C 거리를 지나가기 직전 우리는 말 이야기를 하고 있었지. 그것이 우리의 마지막 화제였어. 이 거리에 들어왔을 때 머리에 커다란 광주리를 인 과일 장수가 우리 옆을 휙 스쳐갔지. 그 순간 자네는 포장용 돌무더기 위로 쓰러졌지. 보도는 수리 중이었고 길가에 돌이 쌓여 있었어. 자네는 돌에 발이 걸려서 발목을 살짝 삔 것 같았어. 순간 눈살을 찌푸리며 한두 마디 중얼 거렸는데, 힐끔 돌무더기 쪽을 돌아보더니 다시 묵묵히 걷기 시작했지. 내가 자네의 동작을 특별히 지켜보고 있었던 건 아니야. 그냥 최근에 뭐든 관찰하지 않고는 배길 수가 없다네.

자네는 계속 시선을 아래로 떨군 채 여전히 언짢은 표정으로 보도의 패인 구멍이나 바퀴 자국 같은 걸 살피면서 걷고 있었지. (그래서 자네가 아직 돌에 대해서 생각하고 있구나 하고 생각했던 거야.) 우리는 라마르틴이라는 작은 길에 들어섰지? 그 길은 시험적으로 석판을 겹쳐 붙여 대갈못으로 고정시킨 특별한 방식으로 포장되어 있었어. 거기에 오자 자네 얼굴이 갑자기 환해졌어. 그리고 입술이 약간 움직였지. 그걸 보고 자네가 '스테레오토미'라는 말을 중얼거렸다고 생각했다네. 이런 식의 포장법을 이렇게 부른다고 중얼거렸다고 생각했어.

또 자네가 이 '스테레오토미'란 말을 생각했다면 그다음엔 '어토미(원자)' 더 나아가 '에피쿠로스의 철학설'까지 생각이 미쳤을 게 분명해. 왜냐하면 바로 어제도 우린 이 문제를 논했으니까. 그때 내가 말했지? 이 위대한 그리스 철학자가 막연하게 추측한 것이 최근 우주 성운 기원설에 의해 확실하게 증명되었다고. 그럼 자네는 틀림없이 오리온 별자리의 대성운을 올려다보지 않을 수 없을 거야. 그런데 정말 자네는 하늘을 올려다보더군. 나는 생각의 궤도를 제대로 더듬어 왔다고 자신을 얻었지.

그런데 어제 '뮈제'에 실렸던 그 샹틸리에 대한 신랄한 비평 기사 말인데, 그걸 쓴 사람이 비극 역을 한답시고 그 구두 수선공이 일부러 이름까지 바꾼 걸 비아냥거리면서 우리가 자주 화제에 올렸던 라틴어 시구를 인용했더군.

'첫 글자는 예전의 음을 잃었도다.'

이 구절은 옛 우리온(urion)이 지금의 오리온(orion)이 됐다는 걸 말하고 있지. 이 얘기는 언젠가 했을 거야. 그래서 이 구절과 연관된 그 신랄한 비평을 보고 자네가 이걸 떠올렸으리라 생각했지.

따라서 자네가 오리온과 샹틸리를 결부할 거라는 게 분명했네. 자네가 그 두 가지를 결부했다는 걸 자네 입술에 문득 떠오른 미소로 알았지. 자네는 그 불쌍한 구두 수선공의 낭패를 생각했지. 그때까지 자네는 몸을 움츠리고 걷고 있었는데, 갑자기 허리를 쭉 펴더군. 그래서 자네가 샹틸리의 작은 키를 생각하고 있었던 게 확실해졌네. 내가 자네의 생각에 끼어들어, '과연 그 작자는 키가 작아, 샹틸리는 만담이나 하는 무대에 알맞다'고 말한 것도 바로 그때였어."

이런 일이 있은 뒤, '가제트 데 트리뷰노' 석간을 읽고 있는데 다음과 같은 기사가 눈길을 끌었다.

기상천외한 살인사건

'오늘 새벽 3시경 생로쉬 구의 시민들은 끔찍한 비명에 잠이 깼다. 비명은 모르그 가의 한 주택가, 레스파네 부인 모녀가 거주하는 집 4층에서 새어나온 것 같았다. 문이 열리지 않아 다소 늦어지긴 했지만, 현관문을 쇠막대기로 부수고 열 명의 이웃 사람과 두 명의 경관이 함께 건물로 뛰어들어 갔다. 그때 이미 비명은 멈추었지만, 건물 위층에서 뭔가 맹렬히 다투는 듯한 거친 외침 소리가 두세 번, 분명히 들렸다고 한다.

두 번째 층계참에 도착했을 땐 이 소리 역시 그쳤고 주위는 고요해졌다. 일행은 흩어져서 각 방을 조사했다. 4층 뒤쪽의 큰 방에 들어가 보니(문은 안에서 잠겨 있었으므로 억지로 비틀어 열고 들어갔는데), 눈 뜨고 볼 수 없는 비참한 광경이 펼쳐져 그 자리에 있던 사람들을 몸서리치게 했다.

살림살이는 마구 부서져 정신없이 흩어져 있고 방 안은 발 들여놓을 틈조차 없었다. 침대는 하나밖에 없는데 침구는 방 한가운데에 팽개쳐져 있었다. 의자 위에는 피로 물든 면도칼 하나가 떨어져 있었다. 벽난로 선반 위에는 흰머리가 섞인 길고 헝클어진 머리카락이 두세 줌 뿌리째 뽑혀 있었으며, 이것 역시 피가 묻어 있었다.

바닥에는 나폴레옹 금화 4개, 토파즈 귀걸이 1개, 은수저 3개, 양은 티스푼 3개, 금화 약 4,000프랑이 든 주머니 2개 등이 흩어져 있었다. 구석에 놓여 있는 큰 책상 서랍은 열려 있었고, 물건은 아직 많이 남아 있었지만 마구 흐트러져 있었다. 침구(침대가 아닌) 밑에서 발견된 소형 철제 금고는 뚜껑이 열려 있었고, 열쇠는 자물쇠 구멍에 꽂혀 있었다. 금고 안에는 두세 통의 낡은 편지와 책 몇 권이 남아 있을 뿐이었다.

레스파네 부인의 모습은 어디에도 보이지 않았다. 그런데 벽난로에 심한 검댕이 보여 굴뚝 속을 조사한 결과, 딸의 시체가 거꾸로 처박혀 있었다. 머리를 밑으로 한 채 좁은 구멍 속에 아주 깊이 박혀 있었다. 몸에는 아직 온기가 남아 있었지만 살펴보니 온몸이 심하게 긁혀 있었다. 분명 난폭하게 시체를 쑤셔 넣으면서 생긴 것으로 짐작되었다. 얼굴도 심하게 긁혀 벗겨져 있었고 목에는 새까만 멍과 함께 깊은 손톱자국이 있어 교살된 것으로 짐작되었다.

집 안을 샅샅이 수색했으나 그 이상은 발견되지 않았다. 뒤편의 포장된 작은 안뜰로 내려가 보니 부인의 시체가 있었다. 시체는 목이 거의 동강 나 몸을 들어 올리자 머리가 굴러 떨어졌다. 머리와 몸통 모두 무참히 난자되어 있었고 특히 몸통은 도저히 형태를 알아볼 수 없을 정도였다.

이 소름끼치는 살인사건에 대해 현재까지 어떤 실마리도 발견하지 못한 것 같다.'

이튿날 조간 신문은 다음과 같은 상세한 기사를 게재했다.

모르그 가의 참극

'근래에 보기 드문 이 흉악한 사건에 대해서 다수의 참고인이 취조를 받았으나 사건 해결의 단서는 무엇 하나 발견되지 않았다. 오늘까지 수집한 모든 증언은 다음과 같다.

— 세탁부 폴린 뒤브르의 증언

증인은 피해자인 두 모녀의 세탁물을 받아가고 있었기 때문에 최근 3년간 피해자와 왕래가 있었다. 모녀 사이는 좋았던 것 같다. 아주 다정해 보였다. 요금 지불도 꼬박꼬박했다. 모녀의 생활이나 수입에 대해서는 아무것도 모른다. 레스파네 부인은 생계를 위해 점을 봐주고 있었던 것 같고, 재산을 모아 놓았다는 소문도 있었다. 세탁물을 받으러 가거나 갖다 주러 가곤 했지만 집 안에서 타인을 본 일은 없다. 따로 고용인을 두지도 않았다. 4층 이외에는 살림살이를 갖춘 곳은 없는 것 같았다.

— 담배 가게 주인 피에르 모로의 증언

레스파네 부인은 4년 가까이 증인 가게의 담배와 코담배를 조금씩 사가고 있었다. 증인은 이 지역 토박이고 피해자 모녀는 참극이 벌어진 집에서 6년 넘게 살고 있었다. 전에 살던 사람은 보석상으로 위층의 방을 여러 사람에게 세놓고 있었다. 집은 레스파네 부인의 소유였기 때문에 그녀는 임차인이 멋대로 세놓는 것을 질색하여 결국 자신이 옮겨와 살게 되었고 후에는 방을 절대로 임대하지 않았다. 두 모녀는 활발한 교제는 피하고 있었지만 돈은 꽤 갖고 있다는 소문이었다.

이웃의 소문으로는 레스파네 부인이 점을 봐주고 있다고 하는데 증인은 별로 믿지 않았다. 모녀와 그 외에 운송업자가 한두 번, 또 의사가 방문하는 것을 수차례 본 것 말고는 출입하는 사람을 본 적이 없다.'

그 외에 다수의 이웃이 대체로 비슷한 내용의 증언을 했다. 이 집에 자주 드나들었다는 평판이 있는 자는 없었다. 마담 레스파네와 딸의 친척이 생존하고 있는지의 여부는 알 수가 없다. 길 쪽으로 면한 창의 덧문이 열려져 있는 일은 좀처럼 없었다. 건물 뒤쪽의 창은 그 4층 뒤쪽 방의 창을 제외하고는 닫혀 있었다. 집은 좋은 건물이었으며 그다지 낡지 않았다.

— 경관 이시도르 뒤제의 증언

증인은 오전 3시경 통보를 받고 그 집으로 달려갔는데, 이삼십 명의 사람이 건물 입구에 떼 지어 들어가려고 하고 있었다. 결국 문을 총검(쇠막대기가 아님)으로 비틀어 열었다. 문은 겹문 즉 여닫이문으로 빗장이 걸려 있지 않아 힘들이지 않고 열 수 있었다. 비명은 문이 열릴 때까지 계속되다가 갑자기 그쳤다. 그것은 한 사람 또는 그 이상의 사람이 극심한 고통으로 지르는 크고 긴 비명 같았다.

증인은 선두에 서서 계단 위로 올라갔다. 첫 번째 층계참에 이르자, 격하게 싸우는 듯한 두 사람의 목소리가 들렸다. 하나는 굵고 탁한 음성, 또 하나는 몹시 날카롭고 이상한 목소리였다. 굵은 음성에서 나오는 말 중 몇 마디는 분간할 수 있는 프랑스어였다. 여자의 목소리가 아닌 것은 확실하다. 알아들은 말은 '젠장, 빌어먹을'이었다. 날카로운 목소리는 외국인의 소린데 남자 소린지 여자 소린지는 알 수 없었다. 내용은 알 수 없었으나 스페인어였다고 생각된다. 증인이 말한 실내의 상황과 시체 상태에 대해서는 어제 보도된 바와 같다.

— 이웃의 은세공사 앙리 뒤발의 증언

증인은 처음에 집 안으로 들어간 사람 중 하나인데, 대체로 경관 뒤제의 증언과 같다. 증인은 집 안으로 들어가자마자 다시 문을 닫았다. 심야에도 불구하고 몰려온 군중들을 몰아내기 위해서였다. 날카로운 쪽의 소리는 이태리어였다고 증인은 생각한다. 프랑스어가 아닌 것은 확실하지만 남자 목소리였는지는 분명치 않다. 여자였을지도 모른다. 증인은 이탈리아어를 모르고 한마디도 알아들을 수 없었지만, 억양으로 보아 이탈리아어였을 거라고 확신한다.

피해자는 두 증인과 모두 아는 사이로 얘기를 나눈 일이 자주 있었다. 때문에 날카로운 목소리가 피해자의 목소리가 아니었다는 것은 확실하다.

— 식당 주인 오덴하이메르의 증언

이 증인은 자진하여 증언에 응했다. 프랑스어를 몰라 통역을 거쳐 증언을 받았다. 증인은 암스테르담 태생이었다. 우연히 피해자의 집 앞을 지나치다가 비명 소리를 들었다. 한 10분쯤 지속되는 길고 높은 비명 소리였다. 소름이 끼치도록 고통스러운 소리였다.

마찬가지로 집 안에 들어갔던 사람들 중 하나인데, 단 한 가지를 제외하고는 여태까지의 증언과 일치했다. 날카로운 소리가 남자 목소리이고 더구나 프랑스어였다고 확신하는 점이 다르다. 하지만 말은 알아듣지 못했다. 빠르고 높은 음조에 고저의 변화가 심했고 화를 내는 것도 같고 공포의 비명으로도 들렸다. 날카롭다기보다도 귀에 거슬리는 목소리였다. 거친 목소리 쪽은 몇 번이나 되풀이해서 '제기랄, 빌어먹을!'이라고 하고 한 번은 '지독한 놈!'이라고도 외쳤다.

— 드롤렌느 거리의 미뇨 부자, 은행장 줄 미뇨(아버지)의 증언

레스파네 부인에게는 다소의 재산이 있었다. 당 은행과는 8년 전 봄부터 거래가 있었다. 틈틈이 예금을 했었다. 예금 인출은 전혀 없다가 죽기 사흘 전에 처음으로 그녀 자신이 와서 4,000프랑의 금액을 찾아 갔다. 전액 금화로 지불하되 행원 한 사람에게 그 돈을 집까지 가져다주게 했다.

— 미뇨 부자 은행의 은행원, 아돌프 르봉의 증언

당일 정오쯤 증인은 4,000프랑이 든 두 개의 주머니를 들고 레스파네 부인을 따라 그녀 집까지 갔다. 문이 열리고 딸이 나와서 주머니 하나를 받고 부인은 다른 한쪽 주머니를 받았다. 곧바로 인사를 하고 집을 나섰는데 그때 거리에는 사람이 없었다. 뒷골목에 위치해 있어서 인적이 드문 곳이다.

— 양복점 주인 윌리엄 버드의 증언

집 안으로 들어간 일행의 한 사람이다. 영국인이며 파리에 산 지 2년이 되었다. 선두에 서서 계단을 올라갔으며 말다툼 소리는 확실히 들었다. 굵은 목소리는 프랑스인의 음성으로 몇 마디 알아들은 말도 있었지만 모두 기억할 수는 없다. 그러

나 '빌어먹을! 지독한 놈!'이라는 두 마디는 확실하게 들었다.

동시에 몇 사람이 뒤얽혀 다투는 듯한 소리가 났다. 날카로운 목소리는 매우 높은 소리였으며, 거친 목소리보다 한 단계 높았다. 영국인의 목소리가 아닌 것은 확실하고, 독일인이 아니었을까 싶다. 혹은 여자 목소리였을지도 모른다. 증인은 독일어를 모른다.

네 명의 증인은 당시의 기억을 다시 떠올려 보고 다음과 같이 증언했다.

레스파네 양의 시체가 발견된 방의 문은 사람들이 올라갔을 때 안쪽에서 잠겨 있었다. 신음소리는 물론 아무 소리도 나지 않았다. 문을 열고 들어갔을 때 인기척은 없었다. 창은 뒤쪽이나 앞쪽이나 모두 닫혀져 있었고 안에서 꼭 잠겨 있었다. 두 개의 방을 연결하는 문의 하나는 잠겨 있었으나 자물쇠는 걸려 있지 않았다. 앞쪽 방에서 복도로 통하는 문에는 자물쇠가 걸려 있었으나 열쇠가 안에 꽂혀 있는 채였다.

건물 앞쪽에 있는 4층 복도의 막다른 작은 방의 문은 열려 있었다. 이 방에는 낡은 침대가 있고 상자 등이 쌓여 있었다. 모두 일일이 들어내고 굴뚝과 집 안을 샅샅이 수색했다. 이 집은 4층 건물로 다락방이 붙어 있었다. 다락방의 문은 단단히 못 박혀져 있었다. 최근 몇 년간 열렸던 흔적이 전혀 없었다.

말다툼하는 소리를 듣고 방문을 비틀어 열기까지 경과한 시간에 대한 증인의 진술은 저마다 달랐다. 누구는 3분이라고 어떤 사람은 5분이라고 했다. 문을 여는 데 시간이 좀 걸렸던 것이다.

— 장의사 주인 알폰조 가르시오의 증언

증인은 모르그 가의 거주자이며 스페인 태생으로 사건 당일 집 안으로 들어갔던 사람이다. 단 2층에는 올라가지 않았다. 매우 신경이 예민해서 지나치게 흥분할까 봐 염려됐기 때문이다. 다투는 소리는 들었다. 거친 목소리는 프랑스인이었는데 말은 잘 알아듣지 못했다. 날카로운 목소리는 영국인, 이것은 틀림없다. 영어는 모르지만 억양으로 그렇다는 걸 알았다.

— 과자점 주인 알베르토 몬타니의 증언
앞장서서 계단을 올라간 사람 중 하나다. 문제의 목소리를 들었다. 거친 목소리는 프랑스인이었다. 조금은 알아들을 수 있었는데 뭔가 야단치는 듯한 어조였다. 날카로운 쪽의 말은 전혀 알 수가 없었다. 굉장히 빠른 어조로 높낮이의 변화가 심했다. 러시아어같이 느껴졌다. 전반적으로 다른 증언과 같다. 증인은 이탈리아인으로 러시아인과 얘기한 적은 없다.

이후 몇몇 증인이 다시 호출을 받고 추가 증언을 했다.

4층 각방의 굴뚝은 너무 좁아서 사람이 통과할 수는 없다. 청소라 해도 굴뚝 청소부가 사용하는 원통형 솔로 위아래를 쑤실 뿐이다. 일동이 계단을 오르는 사이 누군가 뒤로 내려갔을 수도 있지만 그럴 만한 뒷문을 걸코 없다. 레스파네 양의 시체는 굴뚝 안에 말뚝처럼 꽉 박혀 있어서 네댓 명이 겨우 잡아 끌어내릴 수 있었다.

— 의사 폴 뒤마의 증언
새벽녘에 검시를 위해 호출되었다. 두 모녀의 시체는 레스파네 양의 시체가 발견된 방의 침대 위에 안치되어 있었다. 딸의 시체는 타박상이 심하고 피부가 벗겨져 있었다. 좁은 굴뚝 안에 억지로 쑤셔 넣었으니 그럴 만도 했다. 목에도 심한 찰과상이 있었고, 턱 바로 밑에는 손톱자국으로 보이는 납빛의 반점과 함께 몇 줄인가 깊이 할퀸 자국이 나 있었다. 얼굴 피부는 처참할 정도로 변색되어 있었고 안구는 튀어나와 있었다. 혀는 반쯤 물려 잘려나갔고, 명치 부분엔 무릎으로 세게 차이기라도 했는지 멍이 크게 들어 있었다.
그의 의견으로는 레스파네 양은 몇 사람의 범인에 의해 교살되었다는 것이다. 모친의 시체는 무참히 난자되어 있었다. 오른쪽 다리와 오른팔 뼈는 부서져 있었고, 왼쪽 목뼈와 왼쪽 늑골은 심하게 꺾여 있었으며 전신이 타박상을 입어서 변색되어 있었다. 가해 방법에 대해서는 단정할 수 없다. 무거운 곤봉이나 굵은 철봉,

135

혹은 의자, 아니면 크고 무거운 둔기를 아주 힘센 남자가 휘둘렀다고 한다면 이런 상처가 났을지 모른다. 여자의 힘으로는 설사 어떤 흉기를 사용했다 해도 이런 상처가 날 수는 없다. 부인의 머리는 증인이 봤을 때는 완전히 몸통에서 떨어져나가 있었고 처참하게 부서져 있었다. 목은 뭔가 상당히 예리한 칼날, 아마 면도칼 같은 것으로 베었을 것이다.

외과의사 알렉상드르 에티엔느도 소환되어 뒤마 씨와 함께 시체를 조사했는데 그의 증언도 뒤마 씨의 견해와 같았다.

그 밖에도 몇 사람이 추가로 조사를 받았지만 새로운 사실은 나오지 않았다. 여러모로 기괴하고 수수께끼 같은 이 살인사건은 파리에서도 전대미문의 일이자 경찰도 완전히 손을 든 상태로 단서조차 찾을 수 없는 미궁의 사건이었다.

그날의 석간은, 생로쉬가는 아직도 흥분이 가라앉지 않은 상태이며, 문제의 현장은 신중하게 재수사를 하고, 증인에 대한 조사도 다시 실시됐지만 아무 성과가 없었다는 보도를 했다. 마지막에 아돌프 르봉이 기존의 보도 사실 외에 그를 범인으로 단정할 만한 단서가 없음에도 불구하고 체포, 구류되었다고 보도했다.

뒤팽은 이 사건의 경위에 각별한 관심을 기울이는 것 같았다. 이 사건에 대해서 그는 입을 다물고 있었지만 그의 태도에서 나는 짐작할 수 있었다. 그가 이 사건에 대해 내 의견을 구한 건 르봉이 체포되었다는 소식을 접한 후였다.

이 사건을 불가해한 수수께끼로 보는 점에서는 나도 파리 시민과 같은 의견이라고 할 수 있었다. 범인을 찾아낼 방도는 전혀 알 수가 없는 것이다.

"이런 수박 겉핥기식 수사로 방법을 판단해서는 안 되지."

뒤팽은 말했다.

"명민하다고 소문난 파리 경찰도 단지 잔재주만 피울 뿐이야. 그들의 수사 절차에는 진정한 방법론이라는 게 없어. 그냥 임기응변

일 뿐이야. 그들은 다양한 수사 기법을 가지고 있지만 그 기법이라는 것도 이 사건과는 너무나 맞지 않아. 그래서 생각이 난 건데, 음악을 더 잘 들을 수 있도록 실내복을 갖고 오게 했다는 그 쥬르댕 선생의 얘기 말이야. 하긴 그들이 훌륭한 성과를 올리는 경우도 있지만 그건 부지런히 움직인 덕분에 불과한 거야. 그러니까 꾸준히 움직여도 안 된다면 수사 계획 자체도 소용이 없어지지.

가령 비독 말일세. 그는 육감도 좋고 끈기도 있는 남자였지. 그러나 지혜가 없는 탓에 조사에 열심이면 열심일수록 도리어 실패만 하게 된 거라네. 대상을 너무 코앞으로 가져와서 오히려 제대로 보지 못한 거지. 한두 가지 점은 더 잘 보였겠지만 그러는 동안에 문제 전체를 간과하게 되거든.

즉 사물에는 지나친 생각이라는 게 있다는 걸세. 진리는 항상 우물 속 깊이 있다고 할 수 없어. 오히려 진리는 의외로 피상적인 데 있다고 나는 믿네. 깊이는 우리들이 진리를 찾아 헤매는 계곡 사이에 있는 거지 산꼭대기에 있지 않다네.

이런 오해는 육안에 의한 천체 관측에서도 볼 수 있다네. 별이란 건 옆 눈으로 보는 것이 그러니까 망막의 바깥쪽을 별을 향해 돌려서 보는 것이(안쪽보다는 바깥쪽이 약한 빛을 더 잘 느끼니까) 별을 가장 확실하게 보는 법이네. 눈을 정면으로 향함에 따라 빛은 오히려 약해지는 거지. 물론 그 편이 빛이 들어오는 양은 크지만, 빛을 포착하려면 전자의 방법이 훨씬 나은 것이라네. 통찰이 깊은 것도 정도가 지나치면 도리어 사고를 흩뜨리고 약하게 한다네. 정면으로 너무 오래 뚫어져라 쳐다보고 있으면 하늘의 큰 샛별도 사라질지 모르는 일이야.

그런데 이번 사건 말이지. 어디 한번 우리가 독자적인 조사를 해 보지 않겠나? 조사한다는 것은 즐거운 일이거든. (즐겁다는 말을 이런 식으로 쓰는 건 어울리지 않는다고 생각했지만 아무 말도 하지 않았다.) 게다가 내가 전에 르봉에게 신세진 일도 있어서 그 은혜는 잊지 않고 있지.

그러니 현장을 한번 직접 둘러보지 않겠나? 다행히 나는 경찰국장 G 씨를 알고 있다네. 필요한 허가를 받는 건 어렵지 않을 거야."

허가를 얻어 우리는 곧 모르그 가로 갔다. 그것은 리슐리유가와 생로쉬가 사이에 있는 초라한 거리였다. 우리가 사는 곳에서는 상당히 떨어져 있어서 도착했을 때는 이미 오후를 훌쩍 넘긴 시간이었다.

집은 곧 찾았다. 호기심으로 집을 기웃거리는 사람들이 아직 길 저편에 모여 닫힌 창을 올려다보고 있었기 때문이다. 파리에서 흔히 볼 수 있는 지극히 평범한 집이었다. 현관문이 있고 그 옆에는 유리창이 달린 문지기 방이 있었다. 창은 미닫이문으로 되어 있었고 거기에 '문지기 방'이라고 쓰여 있었다. 집에 들어가기 전에 우리는 건물을 지나 오솔길로 들어가, 모퉁이를 돌아서 집의 뒤편으로 나왔다. 그 사이에도 뒤팽은 문제의 집뿐만 아니라 그 부근까지 아주 세심한 주의를 기울여 조사하고 있었다.

우리는 다시 발길을 돌려 집 앞으로 와서 벨을 울리고 허가증을 보이자 형사는 곧 안으로 들여보내 주었다. 계단을 올라가 레스파네 양의 시체가 발견되었다는 방으로 들어가자 아직 두 사람의 시체가 그대로 놓여 있었다. 방 안의 모습은 현장 그대로 보존되어 있었다.

'가제트 데 트리뷰노'지가 보도한 것 외에 새로운 건 아무것도 없었다. 뒤팽은 피해자는 물론, 방 안 구석까지 세심하게 조사했다. 그리고 나서 우리는 다른 방들과 안뜰에도 나가 보았다. 그동안 경관 한 사람이 줄곧 따라붙었다. 우리는 어두워질 때까지 조사에 열중한 뒤 그 집을 나왔다. 돌아가다가 뒤팽은 불쑥 어느 신문사에 잠깐 들렀다.

앞에도 말했듯이 뒤팽의 변덕이란 당해 낼 도리가 없는 것이어서 나는 그냥 내버려 두고 있다. 그런데 그때도 무슨 바람이 불었는지

다음 날 정오까지 그는 살인사건에 대해서는 입도 뻥긋하질 않았다. 그러다가 갑자기 내게 물었다. 그 처참한 현장에서 뭔가 묘하고 특이한 점을 발견하지 못했느냐고. '묘하고 특이한 점'이라는 말에 특히 힘을 준 그의 모습에는 나를 오싹하게 하는 것이 있었다.

"아니, 특별히 이상한 점이라고는 아무것도 없었어. 신문에 나와 있는 것 외에는 전혀!"

"그 가제트의 기사는 말이지, 이 처참한 사건의 특이점을 언급하지 않은 것 같아. 뭐 신문의 그런 시시한 보도 따위는 아무래도 좋아. 내가 보기엔 이 사건을 해결 불가능한 것으로 간주하게 하는 이유가 실은 이 사건의 해결을 쉽게 만들 것 같단 말이야. 즉 그 이유란 사건의 외관상의 특징을 말하는 거지. 경찰이 갈피를 잡지 못하고 있는 건 사건 자체보다도 그렇게 흉악하게 죽이지 않으면 안 되는 동기를 추측하기 힘들어서라네.

뭔가 언쟁하는 소리를 들었다는 것, 위층에서는 레스파네 양의 시체 외에는 누구 하나 보이지 않았다는 것, 게다가 올라간 사람들 눈에 띄지 않고서는 집 밖으로 나갈 길이 없다는 사실들을 제대로 연관 지어 생각할 수 없기 때문에 어려워 보이는 거지.

'방 안이 마구 어질러져 있고, 시체가 굴뚝 속에 거꾸로 처박혀 있고, 부인의 몸은 사정없이 난자되어 있다'라는 사실들 말일세. 이런 사정과 정황들이 한데 얽혀 평소 명민함을 자랑하던 경찰들조차 그야말로 손을 들 수밖에 없겠지.

말하자면 단지 색다르다는 것과 매우 난해하다는 것을 혼동해서 흔한 오류에 빠져 버린 거야. 인간의 이성으로 진상을 찾아 탐색해 나갈 때는 이런 흔하디흔한 면에서 일탈한 점이야말로 실마리가 될 수 있는 거지. 따라서 우리가 지금 하고 있는 수사에서 주목해야 할 점은, '무엇이 일어났는가?'보다는 오히려 '지금까지 일어난 적이 없는 어떤 일이 일어났는가?'에 있다네.

나는 이 사건을 곧 풀어 보겠네. 아니 실은 이미 다 푼 상태기는 하지만 말이야. 즉 경찰의 눈에 해결 불가능하게 보이는 것일수록 도리어 쉽다고 할 수 있지."

나는 어안이 벙벙하여 말없이 그를 바라보고 있었다.
"나는 지금 누구를 기다리고 있다네."
그는 방문 쪽을 바라보면서 말을 이었다.
"그 남자는 아마도 이 범행의 장본인은 아닐지 모르지만 어느 정도 관계가 있는 사람이야. 이 범행의 최악의 부분과는 관계가 없겠지만. 이 가정이 맞으면 다행이야. 이 가정에 입각해서 수수께끼를 푸는 것이 나의 의도니까. 그 사나이는 여기에, 이 방으로 곧 올 걸세. 오지 않을 수도 있겠지만 틀림없이 올 거야. 만약 그가 오면 그를 잡아 둘 필요가 있어. 자, 여기 자네의 권총일세. 어떻게 사용하는지는 잘 알겠지?"

나는 거의 멍한 태도로 권총을 받아들었다. 그 사이에도 뒤팽은 독백처럼 계속 중얼거리고 있었다. 이럴 때 그가 신이 들린 사람처럼 된다는 건 이미 말했다. 보기에는 분명 나에게 얘기를 하고 있는데, 목소리는 크지 않아도 마치 멀리 있는 사람에게 이야기하는 듯한 독특한 억양을 띠고 있었다. 그의 눈은 표정을 잃은 채 단지 벽만 응시하고 있었다.

"그런데 계단에서 일행이 들었다는 그 다투던 듯한 비명 말인데, 그것이 살해당한 모녀의 목소리가 아닌 것은 증언으로 완전히 증명되었지. 그러니까 모친이 먼저 딸을 살해해 놓고 자신도 자살한 것이 아닌가 하는 의혹은 완전히 풀린 거야. 나는 살인 수법을 생각해 보자는 것이네. 레스파네 부인의 힘으로는 도저히 딸의 시체를 굴뚝에 처박을 수는 없을 것이고, 부인의 몸에 난 상처 또한 자살이라는 것과는 전혀 어울리지 않아. 이렇게 보면 살인은 제3자가 되는 거지. 그리고 이 제3자의 목소리야말로 말다툼의 그 목소리임에 틀림없어.

자, 여기에서 그 목소리를 생각해 보세. 증언 자체는 별 문제가 안 되고, 문제는 그 증언 속에 특이한 점이 한 가지 있다네. 자네는 그 증언에서 이상한 점을 발견하지 못했나?"

나는 거칠고 탁한 목소리가 프랑스인 같다는 점에서는 모든 증인의 의견이 일치하는데, 날카로운 아니 한 증인이 귀에 몹시 거슬린다고 한 그 음성에 대해서는 의견이 가지각색이었다는 점을 지적했다.

"그것은 증언 자체지. 증언의 특이점은 아니라네. 결국 자네는 어떤 이상한 점도 느끼지 못한 것 같군. 정말 주의할 만한 점이 있었다네. 자네가 말한 대로 거친 목소리에 대해서는 증인의 의견이 모두 일치했어. 만장일치였지.

문제는 날카로운 목소리에 대해서 특이한 점이란 의견이 다르다는 것이 아니라 이탈리아인, 영국인, 스페인인, 네덜란드인, 프랑스인 증인 모두 그것을 한결같이 '외국인의 목소리'라고 증언했다는 점이야. 모두 자기 나라 말이 아닌 것만큼은 확신하고 있어.

또 이렇게도 생각하고 있지. 자신이 그 언어를 알고 있는 나라 사람이 아니라고. 그 반대인 셈이지. 프랑스인은 스페인인의 목소리였다고 하고, 만약 자신이 스페인어를 알고 있었더라면 조금은 알아들을 수 있었을 거라고 했지. 네덜란드인은 그것을 프랑스인의 소리라고 주장했는데 진술서를 보면 프랑스어를 몰라 통역을 통해서 조사받았다고 되어 있지. 영국인은 독일인의 목소리였다고 했지만 이 남자 역시 독일어는 모른다는 거야. 스페인 사람 말로는 확실히 영국인의 목소리였다고 하지만 그것은 억양으로만 판단한 것뿐이야. 이탈리아인은 러시아인의 목소리라고 믿고 있는데 러시아인과 얘기한 적은 한 번도 없다고 했네. 게다가 또 한 명의 프랑스인으로 말하자면, 앞의 프랑스인과는 또 다르네. 이쪽은 확실히 이탈리아인이었다고 단언했어. 하긴 이탈리아어를 모르니까 단지 억양만으로 판단한 스페인 사람과 마찬가지지.

그 목소리란 게 도대체 얼마나 불가사의하기에 이런 기묘한 증언들을 했을까? 유럽 5개국 사람 누구도 짐작을 못한다고 하니 말이야! 하지만 혹 아시아인의 목소리 아니, 아프리카인의 목소리였을지도 모르지. 요컨대 얼마든지 다른 경우도 생각할 수 있어. 그런데 파리에는 아시아인이나 아프리카인은 별로 없거든. 그런 추측도 부정하지는 않겠지만, 일단 다음 세 가지 점을 주의해 주었으면 하네.

즉 어떤 증인은 '날카롭다기보다는 귀에 거슬리는 목소리'라고 했고, 다른 두 명은 '빠른 말투로, 높낮이의 변화가 심한 목소리'였다고 진술했다는 것. 어느 증인도 말, 적어도 말 같은 소리는 하나도 귀에 들어오지 않았다는 점에서는 모든 증인이 일치하고 있는 거지.

한 가지 내가 주저 없이 말할 수 있는 것은 말이야. 이런 증언 즉 거친 목소리와 날카로운 목소리에 대한 이 증언들만 가지고 합리적인 추론을 할 수 있다면, 앞으로 이 사건의 해결에 방향을 부여할 실마리가 될 거라고 장담한다는 것이네. 내가 말하려는 추론은 유일하게 올바른 추론이고 따라서 혐의의 실마리란 거기에서 나오는 유일한 결과라는 거지. 그 혐의의 실마리가 무엇인지는 아직 말하지 않겠네. 단지 꼭 기억해 두었으면 하는 것은, 사건 현장에 대한 조사에 어떤 경향을 부여해 줄 만큼 충분히 설득력이 있다는 점이네.

자, 우리 두 사람이 그 방에 갔다고 가정해 보세. 우선 첫째로 무엇을 찾아볼까? 물론 범인들의 도주 방법일 거야. 둘 다 초자연적인 현상 같은 건 믿지 않는 편이지. 즉 레스파네 모녀는 망령에게 살해된 건 아니야. 범인은 실체가 있는 어엿한 존재지.

자, 그렇다면 범인은 도대체 어떻게 도망간 것일까? 다행히 이 점에 대해서는 오직 하나의 추리 방법이 있고, 그 방법이 어쨌든 확고한 결론으로 이끌어 줄 걸세. 먼저 가능한 탈출 방법을 하나씩 검토해 보세.

첫째, 사람들이 계단을 올라갔을 때 범인이 레스파네 양의 시체가 발견된 방이나 적어도 옆방에 있었던 것은 확실해. 그렇다면 우리가 찾아야 할 출구는 이 두 방밖에는 없지. 경찰은 바닥, 천장, 벽의 돌 등 모든 곳을 다 뜯어봤어. 그 어떤 비밀 출구라도 경찰의 눈을 피할 수는 없었을 거야. 그러나 나는 그들의 눈을 믿지 않고 내 눈으로 확인해 봤지. 역시 비밀의 출구는 없었어. 두 개의 방에서 복도로 통하는 문은 둘 다 자물쇠가 잠겨 있었고 게다가 열쇠는 안쪽에 있었지.

다음에는 굴뚝이야. 이것은 난로에서 3, 4미터까지는 보통 넓이인데, 더 위쪽으로 가면 커다란 고양이라도 빠져나갈 수가 없을 정도야. 그러니까 지금 말한 출구들이 모두 불가능하다면 다음은 창문밖에 없지. 그런데 이것도 앞쪽 방의 창문이라면 길에 있던 군중이 알아채지 못했을 리 없어. 그렇다면 범인은 뒤쪽 창에서 나갔음이 틀림없지. 그런데 이렇게 명료한 방법으로 이런 결론에 도달한 이상, 그것이 불가능할 것 같다는 이유만으로 포기하는 건 추리가로서 말이 안 되는 일이지. 우리가 할 일은 이렇게 불가능해 보이는 일이 사실은 결코 그렇지 않다는 걸 증명하는 것이네.

그 방에는 창문이 두 개 있지. 하나는 가구로 가려져 있지 않아 창 전체가 드러나 있지. 다른 하나는 아주 큰 침대의 머리 부분이 바짝 붙어 있어서 아래쪽이 보이지 않아. 첫째 창문은 안으로 단단히 잠겨 있어서 밀어 올리려고 애를 썼지만 소용없었어. 창틀 왼쪽에 송곳으로 낸 커다란 구멍이 있는데 큰 못이 단단히 박혀 있었거든. 다른 쪽 창문도 마찬가지로 못이 박혀 있어서 창틀은 꼼짝도 하지 않았지. 그런데 이것으로 경찰은 창으로 탈출했을 리는 없다고 단정해 버린 거야. 따라서 못을 뽑고 창문을 열어 본다는 건 생각조차 하지 않은 거야. 하지만 내 조사는 더 면밀했다네. 이유는 불가능해 보이는 현상이 실은 그렇지 않다는 걸 증명하는 필연적인 열쇠가 있다고 생각했기 때문이지.

143

나는 귀납적으로 생각을 밟아 나갔어. 범인은 두 창문 중의 어느 한쪽으로 도망친 게 분명해. 그렇긴 하지만 범인은 실제로 그렇게 되어 있었던 것처럼 안에서 창틀을 고정시킬 수는 없었을 거야. 경찰은 이 점이 명료하기 때문에 이곳의 조사를 중지했던 거지. 분명 창문은 잠겨 있었네. 그렇다면 창문이 저절로 잠겼다는 얘기밖에 안 돼. 나는 전면이 드러나 있는 창 쪽으로 가서 못을 빼고 창틀을 올려 보려고 했지만 역시 내 힘으로는 움직일 수가 없었어. 그때 '어딘가에 분명히 비밀 용수철이 숨어 있을' 거란 생각이 들더군. 다시 잘 찾아보니 곧 숨겨진 용수철이 보였어. 나는 그것을 바로 눌러 봤지만 일단 발견한 것만으로도 충분했으므로 창틀을 올려 보지는 않았어.

나는 못을 원상태로 박아 놓고 자세히 관찰했지. 만약 사람이 이 창문으로 나갔다면, 창문을 닫았을 수도 있고 또 용수철도 자연히 걸렸을 거야. 그러나 못을 제자리에 다시 꽂아 넣을 수는 없었을 걸세. 이것은 명백한 사실이니 내 조사 범위는 또 하나 좁혀졌네. 범인은 다른 쪽 창문으로 도망친 것이 틀림없는 거지. 그러면 양쪽 창틀의 용수철이 같다고 한다면, 아마도 같겠지만 다음은 양쪽 못에, 혹은 그 박아 넣은 방식에 뭔가 틀림없이 차이가 있을 거야. 나는 침대 위로 올라가 침대 머리판 너머로 다른 한쪽의 창틀을 유심히 살펴보았지. 머리판 뒤로 손을 넣어 보니 용수철이 만져졌고 나는 바로 눌러 보았다네. 예상대로 그것은 첫째 창의 용수철과 꼭 같았네. 그래서 이번에는 못을 조사해 봤어. 아주 단단했고 똑같은 방식으로 박아 놓았더군.

자네는 내가 낭패를 보았다고 생각하겠지? 만약 그렇게 생각한다면 귀납법의 본질을 오해하는 거라네. 사냥에서 '냄새를 잃었다'고 말하는 실수는 한 번도 없었어. 나는 냄새나는 뒤꽁무니를 놓친 일이 없네. 이 경우 역시 사슬의 고리는 하나도 끊어지지 않았네. 나는 비밀의 실체를 추적해서 궁극의 결과에 이르렀지. 그리고 그 결과는 바로 못이었네. 그 못은 다른 쪽 창의 것과 거의 똑같았네. 하지만 그 사실은 (결정적인 것으로 보일지는 모르지만) 더듬어 온 실마리의 선이 드디어 이때, 이 부분에서 거의 종착점에 도착했다고 생각하니 전혀 문제가 되지 않았다네.

'틀림없이 이 못에 뭔가 이상한 점이 있을' 거라고 나는 생각했어. 그래서 못을 쥐고 잡아당겨 보았지. 과연 4분의 1 정도 다리가 붙은 채 못 머리가 떨어지는 게 아닌가. 나머지는 부러진 채로 구멍 속에 남아 있었는데, 그 부러진 면이 녹슬어 있는 점으로 보아 꽤 오래된 것 같았어. 망치로 두드려 아래 창틀에 박을 때 부러진 것 같더군. 나는 그 못 머리를 빠진 구멍에 가만히 꽂아 봤다네. 보기에는 보통 못과 다르지 않았어. 부러진 데가 전혀 보이지 않는 거야. 나는 용수철을 누르고 창틀을 10센티미터 정도 살짝 올려 보았지. 못 머리가 확실히 구멍에 꽂힌 채 창을 따라 올라오는 것이 아니겠나. 이번에는 창을 닫아 보았다네. 그러자 못은 다시 원상태로 하나가 되는 거야.

여기까지의 수수께끼는 풀린 셈이야. 가해자는 침대에 면한 창문으로 도망친 거지. 범인이 나갈 때 창문이 저절로 닫히고 (또는 일부러 닫아서) 용수철로 고정된 거지. 그런데 경찰은 창문이 용수철에 걸려 있었던 못으로 고정된 것으로 착각해서 더 이상 조사할 필요가 없다고 생각한 것 같아.

다음 문제는 어떻게 내려갔는가 하는 건데, 이 해답은 자네와 함께 집 주위를 걷는 동안에 찾았지. 그곳엔 문제의 창문에서 170센티미터쯤 떨어진 지점에 피뢰침이 하나 있었지. 이 피뢰침을 타고 올라 침입하기는 힘들 거야. 창문 안으로 들어가기는커녕 창에 손이 닿는 것조차 불가능해 보이니까.

그때 문득 깨달은 것은, 그 4층 창의 덧문이 좀 특이한 문, 파리의 목수들이 '페라드'라고 부르는 종류라는 걸 발견했네. 그것은 요즘에는 드물지만 리용이나 보르도의 유서 깊은 저택에서는 흔히 볼 수 있는 것이지. 모양은 보통 문(접는 문이 아니라 하나로 된 문)과 같지만, 아래 절반이 격자 식으로 되어 있어 손으로 붙잡기가 좋다네. 문제의 덧문들은 폭이 1미터 정도로 폭이 넉넉했지. 우리가 집 뒤쪽에서 보았을 때 덧문은 둘 다 반쯤 열려 있었지. 말하자면 벽에서 직각으로 떨어져 있었다는 말일세.

아마 경찰도 나처럼 건물 뒤쪽을 조사했겠지. 하지만 그렇다고 해도 이 페라드의 폭을 정면에서 길이만 보느라 (사실 그렇게 했음이 틀림없겠지만) 폭의 크기를 그냥 지나쳤거나, 적어도 폭도 고려해야 한다는 사실을 잊은 거야. 사실 여기로 탈출한다는 것은 불가능하다고 단정해 버렸으니 자연히 이 부분의 조사가 소홀해졌지.

그런데 침대 머리 쪽에 있던 창의 페라드를 벽까지 힘껏 열면 피뢰침까지의 거리가 60센티미터 정도 된다는 것을 나는 똑똑히 봤네. 게다가 약간의 용기와 뛰어난 운동 신경만 있으면 피뢰침에서 창문으로 들어가는 일도 가능하다고 봤어. 75센티미터쯤 손을 뻗치면 (페라드가 완전히 열려 있다고 치고) 문의 격자 부분을 잡는 것쯤 문제가 아닐 테고, 거기서 피뢰침을 잡고 있던 나머지 손을 떼고 벽에다 발을 단단히 대고 쿵하고 힘껏 차면 문이 닫혔을 거야. 만약 그때 창문이 열려 있었다면 방 안으로 뛰어들 수도 있었을 거야.

이런 아슬아슬하고 어려운 곡예를 성공하기 위해서는 대단히 뛰어난 운동 신경이 필요하다는 점을 특히 명심해 주기 바라네. 지금까지는 이런 것도 불가능하지는 않다는 점을 우선 증명하는 것이었는데, 또 제일 중요한 문제는 그런 곡예가 가능한 민첩함이란 인간이라기보다는, 글쎄, 거의 신의 경지에 가깝다고나 할까? 하는 것이야.

하긴 자네는 그 법률 용어를 빌어서 '자기의 주장을 변호하기 위해 이 행위에 필요한 능력을 과대평가하기보다 오히려 과소평가해야 하는 것이 아니냐'고 말할지도 모르지. 법률 쪽이라면 그럴지 모르지만, 이성적 추리의 세계에서는 그렇지가 않다네.

나의 궁극적인 목적은 진실뿐이니까 말일세. 내 현재의 바람은 내가 말한 거의 초인간적인 운동 신경과 그 국적에 대해 모두 의견이 달랐고, 목소리에서 말 같은 음절은 한마디도 발견할 수 없었던, 아주 기괴하고 날카롭고(또는 귀에 거슬릴 정도로 거칠고), 높낮이가 일정치 않은 음성, 이 두 가지를 자네가 연관 지어 생각해 주었으면 하는 거라네.”

이 말을 듣자 뒤팽이 무슨 말을 하려고 하는지 막연하게나마 알 것 같은 윤곽이 얼핏 내 머리를 스쳤다. 나는 이해할 수 있는 단계에 올라온 듯싶었다. 그러나 이해할 수는 없었다. 마치 기억이 날 듯 날 듯하다가 끝내 기억이 나지 않는 그런 경우처럼…… 내 친구는 이야기를 계속했다.

“자, 이제 내가 도주 방법에서 침입 방법으로 바꾼 의도를 자네도 알겠지. 그것은 사실 둘 다 같은 장소에서 같은 방법으로 행해졌다는 걸 분명히 하자는 데 있었지. 이제 실내로 눈을 돌려 보자고. 그리고 방의 모습을 살펴보세.

우선 옷장 서랍 말인데 옷가지들은 많이 남아 있기는 했지만 굉장히 헝클어져 있었다는 얘기였어. 하지만 그 얘기도 단순하고 어리석은 추측일 뿐이야. 서랍 속에 남아 있던 물건이 원래 그대로가 아니라고 어떻게 장담할 수 있나?

레스파네 모녀는 거의 은둔 생활을 하고 있었네. 사귀는 사람도 없었고 좀처럼 외출도 하지 않았으니 옷을 자주 갈아입을 필요도 없었을 거야. 게다가 남아 있는 건 두 사람의 소유품 중에서 가장 값나가는 것들이었어. 만약 도둑이 훔쳤다고 하면 어째서 가장 비싼 것을 훔치지 않았을까? 아니 왜 전부 가져가지 않았을까, 응?

무엇보다 귀찮은 옷은 훔쳐 가면서 왜 4,000프랑이나 되는 금화는 내버려 두고 갔단 말인가? 황금을 내버렸단 말이야. 은행가 미뇨 씨가 말했던 금액의 거의 전부가 그대로 주머니 속에 든 채 방바닥 위에 놓여 있었단 말이지. 그러니 그 집 현관문에서 돈을 직접 건넸다는 경찰의 증언이나 동기 따위는 빨리 잊어버리게나. 우연의 일치 그러니까 어떤 사람이 거금을 받은 지 사흘도 못 되어 살해당했다 같은 일 말이야. 그 몇 배나 놀랄 만한 우연의 일치가 거의 매 시간마다 일어나고 있지만 짧은 관심조차 끌지 못하니까 말이야.

일반적으로 개연성의 이론(확률론), 즉 인간 연구의 여러 대상들에게 빛나는 성과를 올린 확률론을 배우지 못한 자칭 사색가들에게 이 우연의 일치란 놈은 항상 걸림돌이 되지. 이번 경우에도 만약 금화가 분실되었다면 사흘 전에 돈을 건네받았다는 건 확실히 우연 이상의 무엇이었을지도 몰라. 즉 그 동기론을 뒷받침해 주었을지도 모르지. 그러나 이번 경우의 실제 상황을 생각해 봤을 때, 만약 돈이 범행 동기였다면 그 범인은 돈도 동기도 완전히 포기해 버린 얼간이로 보이네.

지금까지 짚어본 점들 즉, 기괴한 음성, 초인간적인 민첩함, 흉악한 살인사건이면서도 동기를 전혀 짐작할 수 없다는 것들을 염두에 두고 이 범행을 다시 생각해 보지 않겠나.

우선 한 여자가 목이 졸린 채 굴뚝 속에 거꾸로 처박혀 있었네. 보통 살인범이라면 이런 식의 살인 방법은 쓰지 않지. 적어도 시체를 그렇게 처리하는 일은 없을 거야. 시체를 굴뚝 속으로 쑤셔 넣었다는 게 너무 극단적이고 변태적이라고 생각하지 않나? 아무리 극악무도한 인간이라도 인간의 통념으로는 도저히 설명할 수가 없어. 또 하나, 그 시체를 끌어내는 데도 대여섯 사람이 달라붙어서 겨우 가능했다니까 범인의 힘이 도대체 얼마나 엄청난가 말일세.

어마어마한 힘의 증거는 얼마든지 있네. 벽난로 위에는 사람의 황갈색 머리털의 굵은 뭉치가 있었네. 뿌리째 뽑힌 것으로 말이야. 이삼십 개의 머리털이라도 이런 식으로 뽑아내려면 상당한 힘이 필요할 거야. 문제의 머리털 뭉치를 자네도 보았지. 지금 생각해도 소름이 끼치네만 그 뿌리 끝에는 머리 살점이 찢어져서 들러붙어 있었어. 그것은 단번에 몇 십만 개나 되는 머리털을 잡아 뜯었으니 얼마나 엄청난 힘이 가해졌을지 이만큼 확실한 증거는 없지.

그리고 부인의 목 말인데, 단순히 잘라진 정도가 아니라 완전히 머리와 목이 분리되었네. 흉기는 겨우 면도날 한 개였지. 이런 동물적인 잔인함을 다시 한 번 유의해 주기 바라네. 부인의 타박상에 대해서는 말하지 않겠네. 뒤마 씨와 에티엔느 씨는 둔기에 의한 타박상 같다고 했지. 두 사람 모두 정확하다고 할 수 있어. 그런데 그 둔기라는 건 바로 안뜰에 깔린 포석이지.

즉 피해자의 시체는 그 침대 가의 창문을 통해 포석 위로 떨어졌던 거야. 이것은 지금 생각하면 아주 사소한 것이지만 경찰들은 놓치고 말았어. 이유는 그 덧문의 폭을 계산하지 못했던 것과 같아. 즉 그 못이란 게 맹점이 되어서 창문이 열렸었다는 건 꿈에도 생각 못한 거지.

여기에서 어질러진 방까지 종합해서 살펴보면, 거의 마무리 단계에 온 셈이네. 놀라운 민첩성, 초인간적인 완력, 동물적인 잔인함, 동기 없는 잔학한 행위, 인간의 짓이라고 보기 힘든 기괴함, 어느 나라 사람도 이해 못한 음성, 의미 있는 말 한마디도 듣지 못했다는 점 등. 자 어떤가, 그 결과는? 이제까지의 내 설명에 자네는 어떤 인상을 받았나?"

이 말을 듣고 나는 등골이 오싹해졌다.

"미친놈이군. 혹시 근처의 정신병원에서 도망친 흉악한 놈의 소행이 아닐까?"

"그래, 어떤 점에서는 자네 생각도 틀린 건 아니지."

그는 대답했다.

"그러나 미치광이의 음성이란 건 심한 발작이 일어났을 때에도 그 계단에서 들린 기묘한 목소리 같지는 않을 거야. 미치광이라도 어느 나라 사람일 테고 말하는 내용은 뜬금없는 헛소리라고 해도 음절은 제대로 되어 있었을 거야. 게다가 아무리 미치광이라도 머리털까지 지금 내가 쥐고 있는 것 같은 것은 아니야. 레스파네 부인이 꼭 쥐고 있었던 걸 내가 빼왔다네. 자네는 이게 도대체 무엇으로 보이나?"

"뒤팽! 이건 정말 기이한 털이야. 인간의 털이 아니야."

나는 얼굴에 핏기를 잃고 외쳤다.

"아니, 나도 인간의 털이라고는 하지 않았어. 그러나 이 문제를 판가름하기 전에 보게. 내가 베껴 둔 스케치를 좀 보게나. 이건 어떤 증언에는 레스파네 양의 목에 새겨진 '검은 타박상과 깊은 손톱자국'이라고 되어 있고, 뒤마와 에티엔느의 증언에는 '손톱자국으로 생각되는 납빛의 반점'이라고 되어 있는 것의 스케치라네."

그는 탁자 위에 종이를 펼치면서 계속 말을 이었다.

"이 그림에서 보면 얼마나 강하게, 꽉 붙잡았는지 알 수 있네. 손가락이 미끄러진 흔적은 요만큼도 없네. 처음에 붙잡았던 무시무시한 힘 그대로 피해자가 죽을 때까지 늦추지 않았던 것 같아. 이 손톱자국 하나하나에 자네의 손가락을 한번 대보게나."

나는 시도해 봤지만 소용없었다.

"이렇게 하면 제대로 했다고 할 수가 없을 거야. 이 종이는 평면으로 펼쳐져 있는데 인간의 목은 원통형이니까 말이지. 마침 여기 토막 난 막대기가 있군. 꼭 목둘레 정도의 굵기야. 자, 이 종이를 여기에 말고 다시 한 번 해보게나."

나는 그대로 해보았으나 역시 할 수 없다는 건 더욱 분명해졌다. 나는 말했다.

"아무리 생각해도 이건 인간의 손이 아니군."

"자, 퀴비에(프랑스의 동물학자)의 책에서 이 부분을 한번 읽어 보게나."

그것은 동인도 제도에 사는 황갈색 오랑우탄에 대해서 해부학적으로 상세하게 서술한 기사였다. 이 동물의 거대한 체구, 엄청난 힘과 운동 신경, 난폭함, 모방 본능 등은 누구나 잘 알고 있다. 나는 순간적으로 이 살인사건의 처참함의 의미를 이해할 수 있었다.

"이 손가락에 대한 설명은 이 스케치와 정확히 일치하는군. 여기에 쓰여 있는 이런 오랑우탄이 아니라면 그림과 같은 손톱자국은 생길 수 없을 거야. 그리고 이 황갈색 머리털 역시 책에 있는 오랑우탄과 똑같아. 그런데 말이야, 나는 아직도 이 무시무시한 사건이 잘 이해가 되지 않네. 거기엔 분명히 말다툼하던 두 목소리가 있었잖아. 그중 하나는 프랑스인의 목소리가 틀림없었을 텐데."

"그렇지, 바로 그래. 이 목소리에 대해서는 여러 증언이 일치했지. 바로 '지독한 놈!'이란 말. 그런데 이 말의 의미는 증인 중의 한 사람(과자점 주인 몬타니)의 말처럼 확실히 무언가를 야단치거나 타이르는 목소리였을 거야. 여기에서 나는 이 두 마디 말에 수수께끼를 완전히 해결할 희망을 걸었던 걸세.

어쨌든 이 참극을 알고 있는 프랑스인이 틀림없이 한 사람 있다고 말이야. 하긴 이 남자는 아마 이 범행과 직접적으로는 아무 관계가 없을 거야. 혹은 그 남자가 방까지 쫓아왔을지도 모르지. 그런데 거기서 소동이 벌어져서 다시 붙잡지 못한 게 아닐까 싶네. 오랑우탄은 아직도 잡히지 않았네. 이런 추측은 이제 이만해 두기로 하세. 내 지력으로는 더 깊은 사고를 감당하기 어렵고 또 그것을 타인에게 이해시키기도 쉽지 않으니까.

그리고 이것 역시 추측으로 말하는 건데, 만약 프랑스인이 이 범행과 무관하다고 하면 필시 이 광고, 내가 지난밤 돌아올 때 '르몽드'지(해운업계 신문으로 선원들이 많이 읽는다)에 부탁하고 온 이 광고를 보면 그 남자는 모습을 드러낼 것 같네."

그는 이렇게 말하면서 내게 신문 한 장을 건네주었다. 그 광고에는 이렇게 쓰여 있었다.

'이달 xx일, 새벽(사건 발생일) 보아 드 불론느에서 보르네오산 오랑우탄 한 마

151

리가 포획되었음. 만약 소유자(말타 섬의 선박 선원으로 추측)임을 충분히 증명하고, 또 포획 및 보호에 소요된 약간의 비용을 배상한다면 오랑우탄을 즉시 돌려주겠음. 포브르 생제르망 xx가 xx번지 3층으로 방문하기 바람.'

"하지만 어떻게 그 남자가 뱃사람이고, 또 말타 섬의 선원이란 걸 알아냈지?"

"알긴 뭘 알아. 나도 모른다네. 단지 여기에 잘라진 리본 조각이 있는데, 모양이나 기름이 배어 있는 게 선원들이 즐겨 하는 긴 변발을 묶는 데 쓰는 것이야. 묶는 방식도 뱃사람들 외에는 하기 힘든 것이고 더구나 이건 말타 섬사람들의 독특한 방식이거든. 이것을 피뢰침 밑에서 주웠는데 피해자의 것이 아님은 확실해. 이 리본으로 나는, 그 프랑스인이 말타 섬 선박을 타는 뱃사람일 거라고 짐작한 거지. 설사 이 추리가 틀렸다고 해도 이런 광고를 내는 건 상관없을 거야. 틀렸다 해도 그 자는 단지 내가 뭔가 착각했다고 생각할 뿐, 더 파고들지는 않을 테니까.

그런데 만약 정확하다면 이건 대단한 소득이지. 물론 살인과는 무관해도 어쨌든 사건을 알고 있는 자로서는 광고를 보고 오랑우탄을 찾으러 오길 주저할 걸세. 아마 이렇게 생각할 거야. '나는 결백해. 그리고 돈도 없어. 오랑우탄은 값진 물건이고 나한테는 한 밑천이 될 텐데 그깟 위험이 두렵다고 큰돈을 잃을 수는 없지. 다시 그놈을 손에 넣을 수 있는 기회가 왔어. 그놈은 불론느 숲에서 잡혔다니까 살인 현장에서도 꽤 멀어. 경찰은 아무 단서도 못 잡고 거의 단념했으니 그런 짐승이 했으리라고 누가 생각하겠어?

그리고 무엇보다 나는 이미 짐승의 소유주라고 알려져 있는 거야. 광고주가 어느 정도까지 알고 있는지는 모르겠지만. 그건 그렇고 내가 소유주로 알려졌는데도 값나가는 재산을 인수하러 가지 않는다면 그 짐승에게 혐의를 씌워 달라는 것과 같지. 나도 그렇고 그 짐승도 의심받는 건 이롭지 않지. 그러니 일단 오랑우탄을 인수하고 사건의 관심이 수그러들 때까지 가만히 숨겨 두자'고 말이야."

그때였다. 계단을 올라오는 발소리가 들렸다.
"자, 권총을 준비하게."
뒤팽이 말했다.
"단 내가 신호할 때까지 절대 쏴서는 안 되네. 보여서도 안 돼."
현관문은 열려 있었고 방문객은 벨을 울리지 않고 들어와 몇 계단 올라온 것 같았다. 그런데 갑자기 생각이 바뀌었는지 잠시 후 다시 내려가는 발소리가 들렸다. 뒤팽은 서둘러 문간까지 갔다. 그때 다시 올라오는 발소리가 들렸고 이번에는 단호한 걸음걸이로 올라와 우리의 방문을 두드렸다.
"들어와요."
뒤팽은 쾌활하고 친근감 있는 어조로 말했다.
한 남자가 들어왔다. 과연 뱃사람이었다. 키가 크고 근육이 단단한 남자였다. 무지막지해 보였지만 그다지 나쁜 인상은 아니었다. 새카맣게 그을린 얼굴은 수염으로 뒤덮여 있었다. 큰 나무 막대기를 하나 쥐고 있었지만 다른 무기 같은 건 없어 보였다. 그는 좀 어색하게 허리를 구부리며 '안녕하슈' 하고 인사를 했는데 뇌샤텔 지방 사투리가 있었지만 파리 태생임을 알 수 있었다.
"자, 앉으세요."
뒤팽이 말했다.
"오랑우탄 일로 오셨겠지요? 정말 대단한 걸 갖고 계셔서 부럽군요. 아주 훌륭한 것이에요. 상당히 값이 나가겠죠? 몇 살쯤 됐나요?"
겨우 무거운 짐을 벗었다는 투로 선원은 긴 한숨을 쉬고 분명한 어조로 대답했다.
"잘 모르겠지만, 기껏 네댓 살 정도겠죠. 여기에 있습니까?"
"아, 아닙니다. 여기에는 사육 시설이 없어서 말이죠. 이 근처 뒤

153

부르가의 마차 대여점 축사에 맡겨 놓았어요. 내일 아침에 인도해 드리지요. 물론 진짜 주인이라는 건 증명할 수 있겠지요?"

"물론 그렇고말고요."

"막상 넘겨 드리자니 서운한 생각이 듭니다."

뒤팽이 말했다.

"그거야 여러 가지로 폐를 끼쳤으니 그 놈을 잡아 주신 보답은 기꺼이 하겠습니다. 터무니없는 걸 요구하지만 않는다면 말입니다."

"알겠습니다. 자, 그럼 뭘 받기로 할까요? 아, 그래! 사례는 이렇게 해줬으면 좋겠군요. 그 모르그 가 살인사건에 대해서 당신이 알고 있는 정보를 모두 받기로 할까요?"

뒤팽은 이 마지막 말을 매우 낮은 어조로 조용히 말했다. 그리고 천천히 문 쪽으로 다가가 문을 잠그고 열쇠를 호주머니에 넣었다. 그러고는 권총을 꺼내서 태연하게 탁자 위에 가만히 내려놓았다.

순간 선원의 얼굴은 숨이라도 막힌 듯 새빨개졌다. 그는 벌떡 일어서서 즉시 막대기를 잡았지만 다음 순간 털썩 의자에 주저앉더니 새파랗게 질려서 벌벌 떨기 시작했다. 한마디도 하지 못했다. 나는 이 남자가 정말 불쌍해 보였다.

"이것 보세요."

뒤팽은 부드럽게 말했다.

"당신은 혼자서 괜히 겁을 먹고 있는 거요. 우리는 당신을 어떻게 하려는 게 아닙니다. 해를 입힐 마음은 털끝만큼도 없어요. 신사로서, 프랑스인으로서 맹세하겠소. 당신이 모르그 가 살인사건에 결백하다는 건 알고 있소. 그래도 어느 정도 연루됐다는 사실은 부인하지 못할 거요. 이만큼 말했으니 이제 당신도 알았으리라 생각하지만, 이 일에 대해서 나도 중요한 정보를 가지고 있소. 당신이 상상도 못할 만큼 말이요.

요컨대 사태는 이렇게 되었소. 당신이 도망칠 만한 짓, 즉 죄가 될 만한 일은 하나도 저지르지 않았소. 도둑질도 하지 않았소. 벌받지 않고 물건을 훔칠 수 있었는데도 말이오. 그러니 감출 이유가 없지요. 하지만 당신이 알고 있는 것을 모조리 털어놓을 의무가 있소. 그것은 명예의 문제지요. 당신이 범인을 지적할 수 있는 처지에 있는 죄 때문에 지금 한 무고한 남자가 수감되어 있어요."

뒤팽이 차근차근 설명하는 동안 선원은 안정을 되찾았다. 처음의 대담한 태도는 완전히 사라져 버렸다. 이윽고 그는 입을 열었다.

"아, 맙소사! 내가 알고 있는 건 모조리 말하겠소. 하지만 내가 말하는 것의 절반도 믿지 못할 거요. 믿어 주길 바라는 내가 바보지요. 어쨌든 나는 결백합니다. 이렇게 된 이상 모든 걸 속 시원히 말하겠소."

요컨대 그의 얘기는 이랬다.

그는 최근 인도네시아를 항해하고 돌아왔다. 거기에서 그는 일행과 함께 보르네오에 상륙하여 오지 탐험에 나섰다. 그때 그와 친구 한 사람이 우연히 오랑우탄을 잡았다. 얼마 후 이 친구가 죽어서 오랑우탄은 그의 소유가 되었다.

귀항 도중에 오랑우탄은 감당할 수 없을 정도로 난폭해서 애를 먹었지만 그럭저럭 무사히 파리의 집까지 데리고 왔다. 이웃 사람들의 곱지 않은 시선 때문에 오랑우탄을 숨겨 두고 녀석이 선상에서 발에 가시가 박혀 생긴 상처가 나을 때까지 기다리기로 했다. 언젠가는 팔 작정이었던 것이다.

그 참극이 있었던 날 밤, 아니 이미 새벽이었지만 그가 선원 동료들과 한바탕 마시고 귀가해 보니 오랑우탄이 그의 침실을 차지하고 있었다. 옆의 작은 방에 꼭 가두어 두었는데, 그걸 부수고 침실에 들어왔던 것이다. 면도칼을 손에 쥐고 얼굴 전체가 비누 거품 투성이가 되어 거울 앞에 앉아 면도하는 흉내를 내고 있었다. 주인이 그렇게 하는 것을 옆방 열쇠 구멍으로 엿보고 있었던 것이다. 이 난폭한 짐승이 위험한 흉기를 갖고 사용하는 방법도 알고 있으니 이만저만 큰일이 아니었다.

그는 너무 놀라 잠시 동안 어쩔 줄 모르고 있었다. 이 짐승이 사납게 날뛸 때에도 채찍을 사용하면 온순해졌으므로 이번에도 그 수를 쓰기로 했다. 그런데 채찍을 보자마자 오랑우탄은 문 밖으로 뛰쳐나가 계단을 내려가다 때마침 열려 있던 창문을 통해 밖으로 달아나고 말았다.

선원은 초조한 마음으로 열심히 뒤를 쫓았다. 그 짐승은 여전히 면도칼을 손에 쥔 채 이따금 멈춰 서서 추적자에게 어서 오란 듯이 손짓하며 잡힐 듯하면 또 달아났다.

때는 이미 오전 3시, 거리는 고요히 잠들어 있었다. 모르그 가 뒤쪽 샛길에 접어들었을 때 이 쫓기던 짐승은 레스파네 부인의 집 4층 방의 열려 있는 창문에서 새어 나오는 불빛을 보았다. 높은 건물로 다가가서 눈 깜짝할 사이에 피뢰침을 기어올라 벽 쪽으로 열려 있던 페라드를 잡고, 휙 하니 침대 위로 뛰어내렸다. 이 놀라운 곡예는 1분도 걸리지 않았다. 페라드는 오랑우탄이 뛰어들어간 반동으로 다시 처음처럼 열렸다.

선원은 당혹스러웠다. 오랑우탄이 한 짓은 스스로 함정에 뛰어든 것과 같아서, 도망치려면 다시 피뢰침을 타고 내려오는 수밖에 없을 테니 내려올 때를 기다렸다 붙잡으면 되겠다 싶었다. 그러나 한편으로 집 안에서 무슨 짓을 저지를지 큰 걱정이 됐다. 그것을 생각한 선원은 안절부절못하고 계속해서 짐승을 뒤쫓았다.

피뢰침은 어렵지 않게 오를 수 있었다. 그러나 다음 순간 왼쪽 멀리에 창문을 엿볼 수 있는 높이까지 올라갔을 때 그는 온몸이 경직되었다. 눈앞의 끔찍한 광경에 사지가 얼어붙어서 자칫하면 떨어질 뻔했다. 모르그 가의 고요와 단잠을 깨운 것은 바로 그때였다. 레스파네 모녀는 잠옷을 입고 철제 금고를 방 한가운데로 끌어내고 서류 정리를 하고 있는 듯했다. 금고는 열렸고 그 안의 내용물은 모두 방바닥 위에 꺼내져 있었다. 희생자들은 창을 등지고 앉아 있었던 모양이다. 비명을 지른 건 오랑우탄이 들어오고 나서 좀 지난 후였기 때문에 녀석의 침입을 바로 깨닫지는 못한 것 같다. 페라드가 덜컥거린 것도 바람 탓이라고 생각했을 것이다.

선원이 엿보았을 때 오랑우탄은 레스파네 부인의 머리털을 잡고 (머리를 빗은 후였는지 풀어져 있었다) 이발소 흉내를 내며 얼굴에 면도칼을 휘두르고 있었다. 딸은 쓰러진 채 꼼짝도 하지 않았다. 이미 실신했던 것이다. 오랑우탄은 처음에는 악의가 없었던 것 같다. 그런데 부명의 비명과 몸부림이 (그 사이에 머리털이 한 움큼 빠진 것인데) 오랑우탄을 화나게 했다.

그 강력한 팔로 부인을 한번 꽉 움켜쥐자 그녀의 머리는 몸통에서 거의 떨어져 버렸다. 피를 보자 놈의 분노는 광기로 불타올랐다. 놈은 눈에 핏발을 세우고 이를 갈며 이번에는 딸을 덮쳤다. 날카로운 손톱을 그녀의 목에 깊이 박고 숨이 끊어질 때까지 놓지 않았다.

마침 그때 놈의 희번덕거리는 눈이 침대 머리 부분을 향했고, 창문 저편으로 공포에 질린 주인의 얼굴이 힐끗 보였다. 그 순간, 무서운 채찍의 기억이 아직 남아 있었던 오랑우탄의 분노는 공포로 변했다. 매를 맞을 만한 짓을 했다고 알아차리고 이 피비린내 나는 행위를 감춰야겠다고 생각했는지 놈은 몹시 흥분해서 이 방 저 방 뛰어다니다가 가구를 두들겨 부수고 침대의 침구를 마구 끌어냈다. 그러더니 딸의 시체를 들어 올려서 굴뚝 속으로 박아 넣고는 부인의 시체를 창문에서 거꾸로 내던졌다.

오랑우탄이 찢어진 시체를 안고 창문 가까이 다가왔을 때 선원은 혼비백산하여 거의 미끄러지듯이 떨어져 뒤도 돌아보지 않고 집으로 도망쳐 온 것이다. 범행의 결과도 끔찍했지만 공포에 질려서 오랑우탄의 운명 따위는 까맣게 잊어버린 것이다. 계단을 오르던 일행이 들었다는 소리는 다름 아닌 오랑우탄의 험악한 고함 소리에 뒤섞여 선원이 내뱉은 목소리였던 것이다.

이제 더 이상 덧붙일 말은 없다. 오랑우탄은 방의 문이 부서지기 전에 피뢰침을 타고 재빨리 도망쳤고, 창문은 그때 다시 닫혔을 것이다. 오랑우탄은 그 후 선원에게 잡혀서 파리의 동물원에 고가로 팔렸다고 한다.

르봉은 우리가 경찰청에 가서 사정을 설명하자 곧 석방되었다. 경찰국장은 뒤팽에게 호의를 가지고 있기는 했으나 사건의 결말이 불쾌했던지 분함을 감추지 못하고, 쓸데없는 참견은 좋지 않다며 듣기 싫은 소리를 구시렁거렸다.

"내버려 둬. 마음대로 떠들라고."

대꾸할 필요도 없다고 생각한 뒤팽이 말했다.

"그렇게 해서라도 속이 풀린다면 말이야. 이번 싸움에서 그쪽을 지게 했으니 그걸로 족하네. 그 자가 사건 해결에 실패한 건 그의 생각이 모자랐던 것뿐이니까. 그 국장 선생은 너무 잔머리를 굴리거든. 그 자의 지혜는 수술이 없는 꽃과 같아. 라베르나 여신상처럼 머리만 있고 몸은 없어. 그렇지 않으면 대구처럼 머리와 어깨만 있거나.

그래도 그는 꽤 괜찮은 남자야. 머리가 좋은 척 말을 둘러대고 거들먹거리는 수완이 제법 괜찮단 말이야. 여기 그의 수완을 말하는 명구가 하나 있는데 들어보겠나? '있는 것을 부정하고, 없는 것을 설명한다[6]!'"

6) 루소의 〈신 엘로이즈〉 중에서 인용

마리 로제 수수께끼
– '모르그 가 살인사건'의 속편–

현실적인 일과 병행되는 일련의 관념적인 일들이 있다.

단 양자가 일치하는 경우는 거의 없다.

인간이나 주변 사정이 관념적 일들을 변질시키기 때문에

그것은 매우 불완전한 것으로 보이며,

그 결과도 역시 불완전한 것이 되어 버린다.

종교개혁도 마찬가지다. 프로테스탄트주의 대신 루터주의가 왔다.

– 노발리스 〈도덕경〉

아무리 냉정한 사색가라고 해도 때로는 자기도 모르게 흥분한 상태에서 초자연적인 존재를 막연하게나마 믿어 본 적이 있을 것이다. 그것은 마치 우연의 일치라고 하기에는 이성과 지성이 도저히 이해할 수 없는, 놀랄 만한 우연의 일치에 맞닥뜨렸을 경우다.

지금 말한 반쪽짜리 신앙에는 사상이라고 불릴 만한 힘은 없기 때문에 이런 감정을 완전히 극복하기 위해서는 소위 기회의 원리, 전문적인 용어로 확률 계산에 의존할 수밖에 없다. 이 확률 계산은 원래 수학적 개념인데, 우리는 모든 학문 중에서 가장 엄밀하고 정확한 이 개념을 가져와서 불확실한 그림자 아니 공허한 유령 같은 사변 철학의 문제에 적용하는 편법을 쓰고 있는 셈이다.

내가 이제 밝히려고 하는 이 특이한 사건은 시간적인 순서로 보면 정말 이해하기 함든 일련의 우연의 일치 중 첫 번째 매듭이다. 두 번째 매듭은 최근 뉴욕에서 일어난 메리 세실리아 로저스 살인 사건이라는 것은 모든 독자가 인정할 수 있으리라.

1년 전, 내가 '모르그 가 살인사건'이라는 글에서 내 친구인 슈발 리에 C. 오귀스트 뒤팽의 특별한 성격 몇 가지를 묘사하려고 했을 때, 나는 또다시 같은 화제를 다루리라고는 꿈에도 생각지 못했다. 그의 성격 묘사가 내 의도였으며, 그 의도는 뒤팽의 특성을 예증하기 위해 인용한 살인사건을 소개하면서 잘 전달되었다. 다른 예들을 더 인용할 수도 있었겠지만, 그렇다고 그 이상을 밝히지는 못했을 것이다. 그런데 이번 사건은 놀랄 만한 진전을 보였고 다소 강박에 의한 자백의 성격이긴 하지만 좀 더 상세히 써야겠다는 생각을 하게 됐다. 내가 들은 소문에도 불구하고 내가 이미 오래전부터 알고 있는 사실을 밝히지 않고 침묵한다면 그게 더 이상한 것이 되리라.

레스파네 모녀의 죽음에 얽힌 참극이 어느 정도 정리되자, 뒤팽은 그 사건을 깨끗이 잊어버리고 다시 원래의 말없는 몽상가로 돌아갔다. 다행히 나도 공상가적인 기질이 있어 그와는 죽이 잘 맞았다. 우리 둘은 여전히 포브르 생제르망에서 '내일은 내일의 바람이 불겠지, 오늘은 오늘 속에서 안주하며' 따분한 주변의 일은 꿈결처럼 흘려보내고 있었다.

물론 이 꿈같은 생활이 전혀 방해받지 않은 것은 아니었다. 모르그 가 살인사건에서 뒤팽이 파리 경찰청에 깊은 감명을 줬다는 것은 더 말할 필요도 없다. 경찰청 탐정들 사이에 뒤팽의 이름은 거의 일상용어가 되어 버렸다. 그 수수께끼 사건을 해결하면서 보여준 명료한 귀납적 추리에 대해 그는 나 이외에 누구에게도, 심지어 경찰총장에게조차 전혀 얘기하지 않았다.

그 사건은 거의 기적으로 간주되었으며 그의 분석력도 단지 직관이라는 평판을 얻었을 뿐이었다. 원래 그는 솔직한 사람이라서 이런 편견을 깨부수고 싶었을 것이다. 하지만 그의 게으른 기질 탓에 자기가 흥미를 잃은 사건을 다시 들춰내고 싶어 하질 않았다. 어쨌든 그는 경찰의 주목을 받게 됐고, 경찰청에서 그에게 협력을 요청한 사건도 적지 않았다. 마리 로제라는 젊은 여인의 살인사건도 실은 그런 사건들의 대표적인 예다.

이 사건은 저 모르그 가 사건이 있은 지 2년쯤 후에 일어났다. 세례명과 성이 '담배 파는 소녀'와 비슷한 이 '마리'라는 여성은 에스텔 로제라는 과부의 외동딸이었다. 아버지는 그녀가 어렸을 때 죽었고, 그 후 살인사건이 일어나기 1년 반 전까지 두 모녀는 파베 생탕드레가에서 살고 있었다. 어머니는 거기서 여관을 경영했고 마리도 돕고 있었다.

마리가 스물두 살이 되었을 때, 르 블랑이라는 향수 가게 주인이 그녀의 미모에 눈독을 들이게 되었다. 그의 가게는 팔레 로와얄의 지하에 있었는데, 단골들은 주로 그 주변에 어슬렁대는 사기꾼이나 투기꾼들이었다. 르 블랑은 마리 같은 미인을 가게에 두면 매상이 팍팍 올라갈 거라면서 마리 어머니에게 보수를 후하게 주겠다는 등 좋은 조건을 제시했다. 어머니는 내키지 않는 눈치였지만 마리 자신은 오히려 흔쾌히 승낙했다.

르 블랑의 예상은 적중했다. 그의 가게는 이 명랑한 여점원의 매력과 미모 덕에 당장에 유명해졌다. 그녀가 가게에서 일한 지 1년쯤 지났을 때였다. 어느 날 갑자기 그녀가 자취를 감추는 바람에 남자 고객들은 당황했고 주은 이유조차 짐작하지 못했다. 어머니는 불안과 걱정으로 반미치광이가 되었다.

1주일이 지나자 신문은 기다렸다는 듯이 이 사건을 보도했고 경찰도 본격적으로 수사에 참수하려던 즈음, 마리는 어느 맑게 갠 아침, 가게의 카운터 앞에 홀연히 나타났다. 건강해 보였지만 다소 슬픈 빛을 띤 얼굴이었다. 사사로운 질문을 제외하고는 일체의 조사가 곧 중지되었다. 르 블랑은 전과 마찬가지로 자기는 아무것도 모른다고 했다. 마리는 어머니와 입을 맞춰 시골에 있는 친척 집에서 지냈다고 대답했다. 이렇게 해서 사건은 일단락되었고 사람들의 기억에서 잊혀졌다. 아무튼 귀찮은 추궁을 피하기 위해서인지, 마리는 가게를 그만두고 다시 파베 생탕드레가의 어머니 집에서 살게 되었다.

그 후 5개월쯤 지났을 때, 그녀의 친구들은 그녀가 또다시 사라졌다는 소식에 놀라움을 금치 못했다. 사흘이 지나도록 아무 소식이 없었다. 나흘째 되던 날, 센 강의 생탕드레가 구역 바로 맞은편 강가에 그녀의 시체가 떠 있는 것이 발견되었다. 그곳은 룰르관문 근처의 외진 동네에서 그리 멀지 않은 곳이었다.

타살이라는 것을 한눈에 알 수 있었다. 살해 방법이 너무나 참혹했고 피해자가 젊은 미인이었다는 점 그리고 그동안 그녀의 평판이 좋았던 점 등이 소문에 민감한 파리 시민들의 호기심을 불러일으켰다. 내 기억에 이런 사건 중에 이렇게 널리, 이렇게 강한 충격을 준 사건은 없었던 것 같다. 수주일 동안 사람들이 이 화제에만 몰두하여 중요한 정치 문제조차 잊을 정도였다. 경찰청장도 특별히 신경을 썼고 파리 시내의 경찰력이 동원되었다.

처음 시체가 발견되었을 때는 워낙 수사가 빨리 시작되기도 해서 범인은 머지않아 잡힐 거라고 예상했다. 그러다가 현상금의 필요성이 제기된 것은 1주일이나 지난 후였고, 액수도 겨우 1,000 프랑에 불과했다. 물론 그동안에도 수사는 진행되고 있었다. 많은 사람들을 취조했지만 결과는 아무것도 없었다. 오히려 단서 하나 잡지 못하는 경찰에 대한 시민들의 분노만 더해 갈 뿐이었다.

열흘이 지나자 현상금을 두 배로 올리는 것이 좋겠다는 의견이 나왔다. 그렇게 또 2주일 동안 아무런 성과 없이 지나자 잠재해 있던 경찰에 대한 반감이 폭발하여 몇 차례의 심각한 소동까지 일어났다. 드디어 경찰청장도 '범인을 찾는 경우'에는 2만 프랑, 다수의 연루자 있을 경우에는 '범인들 중 어느 한 명만 찾아도' 같은 액수의 현상금을 주기로 했다.

이 현상금 공고에는, 만일 공범일지라도 범인을 밀고하는 증거 자료를 가지고 출두할 경우에는 무죄 방면하겠다는 약속까지 있었다. 게다가 공고가 게시된 벽면에는 경찰청의 현상금 외에 시민위원회에서도 1만 프랑을 추가 지급하겠다는 민간 게시물도 붙어 있었다. 이렇게 해서 현상금의 총액은 3만 프랑이 되었다. 이는 피살된 여자의 사회적 신분이나 대도시에서 벌어지는 흉악 범죄를 고려해 볼 때 엄청난 금액이라고 할 수 있었다.

이제 이 살인사건의 수수께끼가 곧 풀리리라는 걸 아무도 의심하지 않았다. 용의자가 한두 명 잡히기도 했지만 연루자라고 단정할 결정적 증거를 잡지 못해서 모두 석방되었다. 세상을 떠들썩하게 만든 사건이 어영부영 3주가 지나가는 동안, 뒤팽과 나의 귀에는 전혀 들어오질 않았다. 우리는 당시 어떤 연구에 몰두하느라 거의 한 달이나 만남도 외출도 하지 않았고 신문도 볼까 말까 할 정도였다. 우리가 이 사건을 알게 된 것은 경찰청장 G가 우리를 찾아왔을 때다.

18xx년 7월 13일 오후에 그는 우리를 찾아와 밤늦게까지 머물다 갔다. 그는 한 달간의 범인 검거 노력이 모두 실패로 끝났다는 사실에 매우 화가 나 있었다. 자신의 명성과 세상의 눈이 쏠리고 있는 이 수수께끼를 밝혀내기 위해서라면 어떤 희생도 사양하지 않겠다고 했다. 결국 그는 뒤팽의 솜씨에 대한 최상의 아부와 함께 후한 제안까지 덧붙이면서 긴 이야기를 맺었다.

뒤팽은 그의 아부는 끝까지 부정했지만 제안은 즉시 받아들였다. 이렇게 얘기가 마무리되자 경찰청장은 이 사건에 대한 자신의 견해를 설명하기 시작했다. 그는 이따금 증거 자료에 대한 장황한 주석을 덧붙이곤 했는데 중요한 것은 우리가 그 증거들을 아직 하나도 손에 넣지 못했다는 점이다. 그는 쉴 새 없이 자신의 박학다식을 자랑하면서 이야기를 펼쳐 나갔다.

나는 밤이 깊었고 졸리다는 뜻을 몇 번이나 넌지시 표현했지만, 뒤팽은 늘 앉아 있던 팔걸이의자에 미동도 없이 앉아서 경찰청장의 말을 경청하는 듯 보였다. 얘기가 시작될 때부터 그는 쭉 안경을 쓰고 있었는데, 그 파란 안경알 속을 들여다보니 그 따분한 7, 8시간 동안 그가 숨소리 하나 내지 않고 푹 자고 있었음을 충분히 알 수 있었다.

이튿날 아침, 나는 경찰청에 가서 지금까지 수집된 일체의 증거에 대한 완전한 보고서를 입수하고, 여러 신문사를 돌며 이 사건에 대한 기사들을 빠짐없이 받아 왔다. 그중 확실한 반증이 있는 것을 제외하고 나니 다음과 같은 정보가 추려졌다.

마리 로제는 18xx년 6월 22일 일요일 아침 9시경 파베 생탕드레가의 어머니 집을 나섰다. 그때 그녀는 데 드롬가에 사는 숙모 집에 간다는 얘기를 오직 자크 생퇴스타쉬라는 남자에게만 했다고 한다. 데 드롬가는 센 강변에서 가까운 곳으로 마담 로제의 여관에서 3킬로미터 정도 떨어진 곳에 있는데, 짧고 폭도 좁지만 번화한 거리였다. 생퇴스타쉬는 마리의 약혼자이자 마담 로제 여관에서 숙식하고 있었다. 그는 저녁에 마리를 마중 나가 함께 집에 올 예정이었다고 한다. 그런데 오후가 되자 폭우가 쏟아졌다. 생퇴스타쉬는 비 때문에 마리가 숙모 집에서 자고 올 거라고 생각하고(전에도 그런 경우가 있었으므로) 마중을 나갈 필요가 없다고 생각했다.

날이 저물자 일흔이 되어 많이 쇠약해진 마담 로제가 '그애를 두 번 다시 볼 수 없을 거야'라고 중얼거리는 것을 들었지만 그 당시는 별로 신경 쓰지 않았다. 그는 월요일이 되어서야 마리가 데 드롬가에 가지 않았다는 것을 알았다. 아무 소식도 없이 하루가 지나자 그때서야 파리 시내와 교외의 몇몇 짐작 가는 곳을 뒤져보기 시작했다. 하지만 소식이 들어온 것은 실종 후 4일째 되는 날이었다.

이 날, 6월 24일 수요일, 보베라는 남자가 동료 한 명과 함께 파베 생탕드레가의 센 강 맞은편에서 룰르관문 근처를 찾아보던 중 어부들이 강물에 떠내려 온 시체를 건져 올렸다는 소식을 듣게 되었다. 보베는 시체를 보고는 잠시 망설이다가 향수 가게 점원이 틀림없다고 말했다. 그의 동료들도 한눈에 그렇다고 말했다.

시체는 얼굴이 온통 검붉은 피로 범벅이 되어 있었는데, 그 일부는 입에서 나온 피였다. 단순한 익사자와는 달리 거품은 전혀 물지 않았다. 세포 조직의 변색은 없었으나 목 주위에는 타박상과 손자국이 있었다. 두 팔은 가슴 위에 모아진 상태로 굳어 있었다. 오른손은 주먹을 꼭 쥐고, 왼손은 반쯤 벌어져 있었다.

왼쪽 손목에는 두 줄로 피부가 둥그렇게 벗겨져 있었는데 그것은 두 가닥의 줄 자국이거나 아니면 한 가닥의 줄을 두 번 감은 자국인 게 분명했다. 오른쪽 손목의 일부와 등 전체, 특히 양쪽 어깨뼈 근처도 심하게 벗겨져 있었다. 물론 시체를 끌어올릴 때 어부들이 끈으로 묶긴 했으나 이 상처는 그때 생긴 것은 아니었다. 목의 피부는 심하게 부어 있었다. 베인 자국이나 얻어맞은 타박상은 전혀 없었다. 거의 눈에 띄지 않을 만큼 단단하게 목을 감고 있는 레이스 조각이 발견되었다. 그것은 완전히 살 속에 파묻혀 있고, 왼쪽 귀밑에서 매듭이 지어져 있었는데 이것만으로도 충분히 사인을 짐작할 수 있었다. 부검의는 그녀는 성폭행 당했을 뿐이라고 확신 있게 말했다.

옷은 심하게 찢겨지고 몹시 흐트러져 있었다. 겉옷은 밑단에서 허리 부분까지 30센티미터 정도 조각이 찢겨 있었지만 떨어져 나가지는 않고 그것으로 허리를 세 번 돌려 감고 등에서 매듭이 지어져 있었다. 윗옷의 바로 밑에 드레스는 얇은 모슬린 천이었는데 45센티미터 정도로 천을 가늘게 잘라낸 모양이 아주 고르고 꼼꼼했다. 잘라낸 천 조각으로 목 주위를 느슨하게 감아 풀어지지 않게 꼭 묶어 놓았다. 이 모슬린 천과 레이스 위로는 부인용 모자 끈이

묶여 있었고, 끈 끝에는 모자가 달려 있었다. 이 모자 끈을 묶은 방식은 여자들이 흔히 하는 방식이 아니라 풀매듭 즉 선원매듭이라 불리는 방식이었다.

시체의 신원이 확인되었으므로 가수용소에 보내는 절차를 거치지 않고 관례에 따라 건져낸 장소에서 멀지 않은 곳에 서둘러 매장됐다. 이 일은 보베 씨 덕에 비밀에 붙여졌다. 세간에서 떠들어 대기 시작한 것은 5, 6일이 지나고 나서였다. 게다가 어느 주간지가 이 사건을 알리는 바람에 시체를 다시 파내 새로 검시를 해야 했다. 그래도 더 새로운 사실은 드러나지 않았다. 단지 이번에는 입고 있던 옷을 어머니와 친지들에게 보여 그녀가 집을 나갈 때 입고 있었던 옷이라는 확인을 받았을 뿐이다.

한편 민심의 동요는 점점 더 고조되었다. 몇몇 혐의자가 체포되고 석방되었다. 특히 생퇴스타쉬가 혐의가 컸다. 그는 처음에 마리가 집을 나간 일요일에 자기가 어디 있었는지 확실히 대답하지 못했다. 그러나 나중에 그날의 행동에 대해 한 시간 단위로 자세히 설명한 진술서를 경찰청장에게 제출했다. 시간은 흘러가고 낭설만 떠돌았으며 기자들은 추측 기사들만 '제안'하느라 바빴다.

이들 제안 가운데 특히 주목을 끈 것은 마리 로제가 아직 살아 있다는 것, 즉 센 강에서 발견된 시체는 불우한 다른 여성의 시체라는 것이었다. 여기서 이런 추측들의 주요 내용들을 독자들에게 소개하는 것도 좋을 것 같다. 다음은 이슈에 민첩한 '레투알'지의 기사를 요약한 것이다.

'로제 양은 18xx년 6월 22일 일요일 아침, 데 드롬가에 사는 숙모 집을 방문하겠다면서 집을 나섰다. 그 후 그녀의 모습을 본 사람은 아무도 없다. 그녀의 행적이나 소식은 완전히 베일에 가려졌다. (중략)

지금까지 그녀가 집을 나선 이후 그녀를 보았다는 사람은 없다. (중략)

6월 22일 오전 9시 이후 그녀가 생존해 있다는 증거는 없지만 그때까지 살아 있었다는 증거는 확실한 상태다. 수요일 정오에 룰르관문 부근 강변에 여자의 시체가 떠내려 온 것이 발견되었다. 이것이 로제 양의 시체라면 로제 양이 어머니 집을 나와 세 시간 후 강물에 던져졌다고 가정해도 발견된 건 집을 나온 지 사흘, 단 사흘밖에 안 된다는 이야기가 된다. 만일 그녀가 살해된 것이 사실이라 해도 범인들이 한밤중이 되기 전에 시체를 강물에 던졌다고 보기에는 무리가 있다. 이런 흉악한 범죄는 되도록 깊은 밤을 택하는 것이 보통이기 때문이다.

따라서 만일 강에서 발견된 시체가 마리 로제 양이라면 그것은 겨우 이틀 반 혹은 길어야 사흘 동안 물속에 있었을 것이다. 익사체, 혹은 폭력에 의해 살해된 후 즉시 물속에 던져진 시체가 부패되어 물위로 떠오르기까지는 6일에서 10일이 걸린다고 한다. 간혹 시체가 있는 곳에 대포를 발사하면 5, 6일이 되기 전에 떠오르는 경우가 있으나 방치하면 다시 가라앉는다. 따라서 이 사건에서는 자연스러운 경과와 다른 촉발이 무엇이었냐는 점이다. (중략)

만일 살해된 후 시체가 화요일 밤까지 지상에 방치되었다면, 강변에서 범인들의 증거가 발견되었을 것이다. 또 살해된 지 이틀 후 강에 던져졌다면 그렇게 빨리 시체가 떠오르는지 역시 의심스럽다. 흉악한 범죄를 저지른 범인들이 시체에 무거운 물건을 매달지 않고 강 속에 던졌다고는 생각하기 어렵다.'

이 기자는 시체는 아마도 '사흘이 아니라 적어도 15일 동안 물속에 있었을 것이다. 실제로 보베 씨가 신원을 확인하는 데 애를 먹었을 만큼 부패 정도가 심하지 않았는가'라고 주장한다. 이 점에 대해서는 반증이 있다. 기사를 조금 더 살펴보기로 하자.

'다음으로 보베 씨가 이 시체를 의심할 여지없이 마리 로제 양으로 단정했는데 무엇을 근거로 한 것인가? 그는 옷의 소매를 잘라내고 그녀의 신체적 특징을 찾아냈다고 한다. 사람들은 대부분 그 특징이란 것이 상처 자국 같은 것이리라고 상상했다. 그런데 그는 팔을 비비고 '털'이 있음을 발견한 것이었다. 이렇게 애매한 말이 어디 있겠는가? 그것은 소매 속에 팔이 있었다고 하는 것만큼이나 무가치한 증언이다.

그날 밤 보베 씨는 집에 돌아가지 않았고, 수요일 밤 7시에 마담 로제에게 딸의 검시가 아직 진행 중이라는 말을 전했을 뿐이다. 어머니 마담 로제는 노령에다 상실감으로 인해 현장에 갈 수 없었다고 하자. 그러나 시체가 마리였다고 믿었다면 친구나 친척 중에 누구든지 현장 검시에 입회하려고 했겠지만 실제로는 아무도 가지 않았다. 파베 생탕드레가에서도 이 일에 대해 의논한 흔적은 없었다.

심지어 같은 건물에 사는 주민들마저 아무 얘기도 듣지 못했다고 한다. 마리 양의 약혼자이자 마담 로제의 여관에서 하숙하고 있는 생퇴스타쉬 씨조차 그녀의 죽음을 다음 날 아침 보베 씨가 그를 찾아와 알려줄 때까지 알지 못했다고 진술했다. 깊은 슬픔의 소식을 이렇게 냉정하게 받아들일 수 있을까?'

신문은 마리의 친지들이 시체가 마리라는 의견과는 맞지 않게 냉담한 반응을 보였다는 인상을 심어 주려고 애를 썼다. 결국 신문이 주장하는 바는 이렇다. 마리는 그녀의 정조에 대한 비난을 피하기 위해 친구들의 묵인 아래 파리를 떠난 것이며, 주변 사람들은 센 강에 그녀와 비슷해 보이는 시체가 떠오른 것을 기회 삼아 사람들에게 그녀가 죽었다고 믿게 하려고 했다는 것이었다. 그러나 '레투알'지는 너무 성급했다. 신문이 주장하는 것처럼 그녀의 주변 사람들은 결코 냉담하지 않았다.

마담 로제는 노파는 심신이 극도로 쇠약해 있었고 어떤 의무도 감당할 수 없을 만큼 흥분해 있었다. 생퇴스타쉬도 이 소식을 듣고 너무나 큰 상실감에 이성을 잃고 거의 광란 상태가 되었다. 그래서 보베 씨가 그의 친척들에게 그를 감시하고 재검시에 절대 입회하지 못하도록 부탁했던 것이다.

게다가 '레투알'지는 그들의 논조를 뒷받침하려고, 시체의 재매장이 시의 공급으로 이루어졌다든가, 집안 묘지에 합장하자는 제의를 가족들이 단호히 거절했다든가, 장례식에 가족이 한 명도 참석하지 않았다든가 하는 사실을 강조했지만 이 모든 것은 충분한 반증이 있었다. 이 신문의 다음 호는 보베에게 혐의를 뒤집어씌우고 있다. 기자는 이런 주장을 하고 나섰다.

'이제 사태의 양상은 변했다. 어느 날 마담 B라는 여성이 마담 로제의 집에 있을 때, 보베 씨가 외출하려다가 마담 로제에게, 오늘 헌병이 찾아올 텐데 자신이 돌아올 때까지는 헌병에게 아무 말도 해서는 안 되며 모든 걸 자신에게 맡겨 달라는 얘기를 들었다고 한다. (중략)

이런 정황으로 미루어보아 모든 비밀은 보베 씨가 간직하고 있는 것 같다. 이번 사건은 그 없이는 단 한 걸음도 나아갈 수 없다. 어느 쪽으로 가든 그와 부딪칠 것이다. (중략)

무슨 이유인지 그는 이번 사건에 자기 이외의 사람은 관여하지 못하게 할 생각인 듯 남자 친척들을 멀리했다. 이런 그의 행동이 매우 수상하다고 친척들이 이의를 제기했다. 그는 친척들이 시체를 보는 것 또한 극도로 꺼렸다고 한다.'

게다가 보베 씨의 혐의는 다음 사실 때문에 사실처럼 보이기도 했다. 마리 로제가 실종되기 며칠 전, 보배 씨의 사무실을 찾은 한 남자의 얘기에 따르면 그가 없는 동안 문의 열쇠 구멍에 장미 한 송이가 꽂혀 있었고 옆에 걸려 있던 칠판에 '마리'라는 이름이 쓰여 있는 것을 보았다는 것이었다.

한편 다른 여러 신문들은 그녀가 불량배들에게 희생되었다는 것, 즉 그들이 그녀를 강 건너로 납치해서 폭행하고 살해했다는 의견을 피력하고 있었다. 그러나 두터운 독자층을 가진 '르 코메르시에르'지는 세상의 통념을 강하게 반대하는 기사를 냈다. 이 신문의 기사도 소개해 보겠다.

'수사의 중심이 룰르관문에 쏠려 있는 한 우리는 방향을 잘못 잡았다고 할 수밖에 없다. 피해자처럼 다수의 시민들에게 얼굴이 알려진 여인이 누구의 눈에도 띄지 않고 대낮에 세 블록이나 걸어간다는 것은 불가능하다. 그녀를 아는 사람은 모두 그녀에게 관심을 갖고 있었을 것이므로 만약 누가 그녀를 보았다면 기억하고

있을 것이다. 게다가 그녀가 집을 나섰을 때는 거리가 붐비는 시간이었다. (중략)

　룰르관문에 가든, 데 드롬가에 가든 적어도 그녀를 아는 십여 명의 사람들과 마주치지 않았을 리가 없다. 그러나 그날 밖에서 그녀를 봤다는 증인이 아직 한 명도 없고, 또 그녀가 외출했다는 것도 단지 본인이 그렇게 말했다는 얘기만 있을 뿐 아무 증거가 없다.

　피해자의 상의에서 찢어낸 천으로 몸을 둘둘 말아 묶은 것으로 미루어 그녀는 짐처럼 옮겨진 것 같다. 만일 룰르관문에서 살해당했다면 이렇게 할 필요는 없었을 것이다. 시체가 관문 근처에 떠 있었다는 것이 반드시 그 장소에서 물에 던져졌다는 증거가 될 수는 없다. (중략)

　피해자의 페티코트 일부가 폭 30센티미터, 길이 60센티미터의 크기로 찢겨졌고 그것으로 후두부를 한 바퀴 감아 턱 밑에서 묶어 놓은 것은 아마도 비명을 지르지 못하게 하기 위한 것으로 보인다. 이는 분명 손수건을 갖고 있지 않은 자들의 소행임에 틀림없다. '

　그런데 경찰청장이 우리를 찾아오기 하루나 이틀 전쯤 중요한 정보가 경찰청에 입수됐다. 그건 적어도 '르 코메르시에르'지의 논거를 뒤집을 만한 것이었다.

　마담 드뤽이란 부인의 두 아들이 룰르관문 부근의 숲을 거닐다가 우연히 나무가 우거진 곳에 들어갔는데 거기에 큰 돌 서너 개가 등받이와 발받침이 있는 의자 모양으로 놓여 있었고 위쪽 돌 위에 흰 페티코트가, 아래쪽 돌 위에 실크 스카프가 놓여 있었다는 것이다. 이외에도 양산과 장갑, 손수건 등도 발견되었고 손수건에는 마리 로제라는 이름이 수놓여 있었다.

　또 주위의 가시덤불 위에는 찢어진 옷 조각이 걸려 있었다. 땅바닥에는 나뭇가지가 부러지고 발자국이 어지럽게 찍혀 있는 것으로 보아 격투가 벌어졌음이 확실했다. 숲과 강 사이에는 나무 울타리가 망가져 있고 땅에는 무언가 무거운 것을 끌고 간 자국이 남아 있었다고 한다.

다음은 이 발견에 대한 주간지 '르 솔레이유'의 기사인데, 이는 파리 신문 전체의 논조라고 해도 좋을 것이다.

'분명 이 유품들은 적어도 3, 4주 동안 거기 있었던 것으로 보인다. 비를 맞아서 심하게 곰팡이가 나 있었다. 주위의 풀은 무성히 자라서 유품들을 가리고 있었다. 실크로 만든 양산은 아직 양호한 상태였지만 안쪽에는 실밥이 풀려 있었고 이중으로 겹쳐진 부분의 표면은 곰팡이가 슬고 삭아서 양산을 펼치자 찢어졌다.

덤불에 걸려 찢겨진 옷은 폭 8센티미터, 길이 15센티미터의 크기인데 그중 하나는 상의의 가장자리 부분으로 바느질되어 있었다. 또 하나는 치마의 일부분으로 가장자리는 아니었다. 이것들은 가시덤불에 걸려 찢겨진 것으로 보이며 지면에서 약 30센티미터 높이에 걸려 있었다. (중략)

따라서 이제 흉악한 범죄의 현장이 발견된 것이다.'

이 발견에 이어서 새로운 증거가 나타났다. 마담 드뤽의 증언에 따르면 그녀는 룰르관문 건너편 강변 근처에서 작은 여관을 운영하고 있는데 그 부근은 외진 곳으로 일요일에는 불량배들이 보트를 타고 강을 건너와 모임을 갖는다고 했다. 문제의 일요일 오후 3시쯤, 한 젊은 아가씨가 까무잡잡한 청년과 함께 나타났다. 아가씨와 청년은 잠시 그곳에 머물렀는데 돌아갈 때 그들은 근처의 깊은 숲 쪽으로 걸어갔다.

마담 드뤽은 아가씨가 입고 있던 옷이 죽은 친척 아이의 것과 매우 비슷해서 기억하고 있다고 했다. 특히 스카프가 눈에 띄었다. 두 사람이 떠나고 나서 곧 불량배들 한 무리가 나타나 시끄럽게 먹고 마신 후 돈도 내지 않고 두 사람이 간 방향으로 사라졌다가 해질 무렵에 다시 나타나 몹시 서두르며 강을 건너갔다고 한다.

바로 이날 저녁 어두워지고 나서 마담 드뤽과 그의 장남이 여관 근처에서 여자의 비명 소리를 들었다. 자지러지는 듯한 비명이었으나 곧 그쳤다. 마담 드뤽은 숲에서 발견된 스카프뿐 아니라 시체가 입고 있던 옷도 본 기억이 있다고 증언했다.

또 승합마차의 마부인 발랑스도 문제의 그 일요일에 마리 로제가 얼굴이 까만 청년과 함께 센 강을 건너는 것을 봤다고 증언했다. 발랑스는 마리를 잘 알고 있어서 결코 잘못 볼 리는 없었다. 숲에서 발견된 유품은 마리의 친척들에 의해 그녀의 것임이 확인되었다.

뒤팽의 지시로 내가 여러 신문에서 수집한 증거와 정보에는 또 한 가지 중요한 사실이 있었다. 피해자의 옷가지가 발견된 직후, 약혼자 생퇴스타시가 거의 숨이 끊어져 가는 상태로 이 범죄의 현장 근처에서 발견되었다. 그리고 그 옆에는 '아편'이라는 꼬리표가 붙은 빈 병이 떨어져 있었다. 그의 호흡으로 보아 분명 독극물을 마신 듯했다. 나중에 조사해 보니 그는 편지를 한 장 지니고 있었고 거기에 마리에 대한 애정과 자살 동기가 짤막하게 적혀 있었다.

내 메모들을 본 뒤팽은 이렇게 말했다.

"말할 필요도 없는 일이지만, 이번 사건은 모르그 가 살인사건보다 훨씬 복잡하군. 첫째, 가장 중요한 점이 달라. 두 사건 모두 잔인하기는 하지만 평범한 범죄야. 특이한 점은 없네. 그래서 사건은 쉽게 해결될 거라고 예상했지만 실은 만만치 않다는 걸 생각해야 하지. 처음에는 현상금을 내걸 필요도 없다고 하지 않았나. G의 부하들은 이런 잔인한 범죄를 저지를 만한 동기나 방법을 금세 떠올릴 수 있지. 그리고 그 방법이나 동기 하나하나가 가능성이 없는 게 아니기 때문에 당연히 그중 하나일 거라고 단정해 버린 거야. 그래서 이렇게 여러 가지를 상상할 수 있다는 점, 그리고 그것들이 모두 다 진짜처럼 보인다는 점이 바로 사건을 더욱 꼬이게 하는 이유라고 해야 할 걸세.

전에 내가 말하지 않았나. 만일 이성이란 것이 진실을 찾아 나서려면 상투적이고 진부한 것에서 한 걸음 떨어진 특별한 것을 근거로 해야 한다고. 이번 사건도 진짜 문제는 '무슨 일이 있어났는가' 가 아니라 오히려 '지금까지 일어난 적이 없는 무엇이 일어났는가' 여야 하는 거지. 레스파네 부인 집을 수색했을 때도 G의 부하들은 눈에 보이는 그 비정상성을 놓쳐 버리고 어이없이 물러나지 않았나. 이번 향수 가게 아가씨의 경우도 눈에 보이는 것은 전부 평범한 것이라서 절망을 느꼈을지도 모르지. 하지만 경찰청 사람들은 그저 '좋았어, 문제없어' 하고 있지 않나.

레스파네 모녀의 경우에는 수사 초기부터 이미 타살이라는 것이 분명했네. 자살은 처음부터 생각도 하지 않았지. 이번에도 자살이 아닐까 하는 의문은 일체 배제된 거야. 룰르관문에서 발견된 시체는 그 상황에서 의심의 여지가 없을 정도로 분명한 상태였지. 그런데 그 시체가 마리가 아니라는 의견이 나돌았네. 현상금이 걸렸다는 건 마리의 살해자나 공범들을 찾아내기 위한 것이고, 우리가 경찰청장과 맺은 계약도 오로지 마리에 대한 것뿐이지. 우리 모두 경찰청장을 잘 알고 있지만 그를 너무 믿어서는 안 돼.

혹시 우리의 수사가 마리가 아닌 다른 사람의 시체에 집중되었다면 어떻게 되겠나? 마찬가지로 마리는 살아 있다는 전제에서 시작했는데 정말 살아 있는 그녀를 찾게 되면 어떻게 될까? 둘 다 헛고생만 하는 셈이지. 우리의 거래 상대는 바로 G니까. 재판이야 어떻게 되든 우리의 첫째 목적은 과연 그 시체가 행방불명된 마리인지를 밝혀내는 거라네.

'레투알'지의 논조가 세간에 상당한 영향력이 있지. 또 그 신문이 그런 논조에 대해 자신 있어 한다는 것은 이번 문제의 기사의 첫 부분을 보면 알 수 있지. 여기 보게. '오늘자 조간신문들은 모두 월요일자 본지의 결정적 기사에 대해 언급하고 있다'고 쓰여 있네. 내가 보기에는 이 기사가 그저 기자 본인이 열심히 썼다는 사실 외에는 별로 단정적인 것이라고 생각되지 않네.

대체 신문의 목적이 무엇인가? 진실 추구보다는 센세이션을 불러일으키는 것, 단지 화제를 불러일으키고자 한다는 걸 절대 잊어서는 안 되지. 그저 평범하고 일반적인 여론에 동의하는 신문은 아무리 근거가 있다 해도 결코 우매한 대중의 신뢰를 얻을 수 없다네. 대중은 일반 여론에 신랄한 반대 의견을 내놓는 인간을 사려 깊다고 착각하거든. 문학이나 추리에서도 마찬가지야. 가장 즉각적이고 널리 이해되는 것은 다름 아닌 경고 문구지. 사실은 아주 수준 낮은 것인데도 말이야.

내가 하고 싶은 말은 이거네. 즉 '레투알'지가 마리 로제가 아직 살아 있다는 생각을 해냈고 대중도 이 생각을 환영하고 있다는 것. 이것은 결코 사실로 보이기 때문이 아니라 단지 그 안에 경고성과 연극적인 흥미가 뒤섞여 있기 때문이지. 그럼 이 신문의 논조를 하나하나 검토해 볼까?

첫째로 이 기자는 마리가 실종된 후 시체가 발견되기까지의 시간이 짧다는 것을 들어 이 시체가 마리가 아니라는 것을 입증하려고 했지. 따라서 시간을 가능한 짧게 만드는 것이 이 추리가가 원하는 바야. 이 목표를 좇느라 너무 급한 나머지 처음부터 지나친 단순가정론에 빠져 버린 거지. '만일 그녀가 살해됐다고 해도 범행이 그렇게 빨리 끝났다고 생각하는 것에는 무리가 있다'라고. 우린 즉시 왜냐고 반문해야 해.

예를 들어 마리가 집을 나선 후 5분 이내에 살해되었다고 가정한들 왜 무리란 말인가? 그날 하루 중 어느 때든 범행이 일어났다고 가정하는 게 왜 무리한 일이지? 살인은 무시로 일어나고 있네. 범행이 일요일 아침 9시부터 밤 11시 45분 사이에 언제 일어났든 '한밤중이 되기 전에 시체를 강물에 던질' 시간은 얼마든지 있었을 거야. 결국 이 기자의 가설은 결국 범행이 일요일에 자행되지 않았다는 말이 되네.

만일 '레투알'지가 이런 가설도 허용한다면 이들이 무슨 얘기를 꾸며내든 모두 인정해야 할지도 몰라. 그러니까 '만일 그녀가 살해됐다고 해도'로 시작되는 구절은 그저 신문지상에 인쇄한 것일 뿐 실제로 기자의 머릿속에 있었던 말은 이게 아니었을까?

'만일 그녀가 살해됐다고 해도 가해자들이 한밤중이 되기 전에 시체를 강물에 던졌다고 즉 범행이 그렇게 빨리 끝났다고 생각하기에는 무리가 있다. 즉 한편으로 이런 상상을 하면서 동시에 시체가 한밤중이 된 후에도 던져지지 않았다고 상상하는 것도 분명 무리가 있다.'

하하, 전혀 앞뒤가 맞지 않는 문장이지만 그래도 이 신문에 실린 문장보다는 좀 낫지 않나?

만일 내 목적이 오로지 '레투알'지의 논평을 반박하는 것이라면 그건 그냥 내버려 두어도 상관없지. 하지만 우리의 목표는 신문이 아니라 진실일세. 이 문장은 하나의 의미밖에 없어. 이 말의 의도보다는 끝내 전하지 못한 의사와 배후 전체를 찾아내는 것이 중요하지. 기자들이 말하고 싶었던 건 범행이 일요일 낮과 밤 언제 일어났든 가해자들이 시체를 한밤중이 되기 전에 강으로 옮기는 건 엄두도 못 냈을 거라는 거야. 내가 불만스러운 부분도 바로 이 점 때문이고.

즉 이 기사에서는 범행이 반드시 시체를 강까지 옮겨야 하는 장소에서, 그리고 그런 가정하에서 일어났다고 처음부터 단정 짓고 있어. 하지만 자네도 알다시피 범행은 강가든, 강 위에서든 행해질 수 있는 것이고 그럴 경우 가장 손쉬운 시체 처리법은 낮이든 밤이든 강물에 던지는 게 아니겠나? 오해는 없겠지? 반드시 이랬을 거라는 건 아니고 내 의견이 그렇다는 것도 아니야. 단지 '레투알'지의 논조 전체가 처음부터 한쪽에 치우쳤다는 걸 말하고 싶은 거야. 이 신문은 이런 식으로 자기 선입관에 딱 들어맞게 미리 틀을 짜놓고 만일 그 시체가 마리라면 그것이 물속에 가라앉아 있었던 시간이 너무 짧았다는 가설을 세우고 논지를 펼쳤어.

'여러 경험에 비추어 보아 익사체, 혹은 타살된 직후 물속에 던져진 시체가 부패되어 물 위로 떠오르기까지는 6일에서 10일이 걸린다고 한다. 시체가 있는 곳에 대포를 발사하면 5, 6일이 되기 전에 떠오르는 경우가 있기는 하지만 방치하면 다시 가라앉는다.'

이 주장은 '르 모니퇴르'지만 빼고 파리의 모든 신문들이 말없이 받아들였지. '르 모니퇴르'지만은 익사체가 '레투알'지의 주장보다 빨리 떠오른 실례 대여섯 건을 들어서 '익사체' 운운하는 부분을 반박하려고 했지. 하지만 '레투알'지의 일반적인 주장을 반박하기 위해서 단순히 그와 반대되는 특수한 예를 드는 식의 수법은 너무 비논리적이라고 생각되지 않나?

설령 2, 3일 만에 떠올랐다는 사례 50개를 든다 해도 그것도 전부 예외 취급을 받으면 어쩔 수 없지. 적어도 '레투알'지의 원칙 자체가 논파되지 않는 한 말이야. 이 원칙을 인정하는 한, '르 모니퇴르'지는 그것을 결코 부정한 게 아니라 단지 원칙의 예외를 주장한 것에 지나지 않고, '레투알'지의 주장 또한 효력을 발휘하는 거지.

왜냐하면 그 논쟁은 단지 사흘 이내에 시체가 떠오를 가능성만 따지고 있거든. 따라서 이런 유치한 사례 열거가 반대원칙을 확립하기에 충분한 수가 되지 않는 한 오히려 '레투알'지의 주장이 더 유리하다고 할 수 있지.

이제 자네도 알았을 테지만 이 점에 대해서 논쟁하고 싶다면 오로지 그 원칙 자체에 대해서 그래야 하네. 그러기 위해서는 원칙의 이론적 근거를 먼저 검토해야 하고. 본래 인간의 몸은 센 강물보다 가볍지도 무겁지도 않아. 다시 말해 인체의 비중은 자연적 상태에서 그것이 배제하는 담수의 양과 거의 같지. 뼈가 가늘고 살이 찐 남자나, 뼈가 굵고 마른 여자 둘 중에서 여자가 남자보다 가벼운 것이 원칙이네.

강물의 비중은 바닷물의 조수에 따라 조금씩 달라지지. 바닷물의 유입량 문제를 무시하면 아무리 해수가 아닌 담수라고 해도 인체가 저절로 가라앉는 일은 없다고 할 수 있어.

강에 빠지더라도 대개는 물의 비중과 자신의 비중 사이의 평형을 잡을 수 있지. 그러니까 자기 몸의 많은 부분을 물속에 푹 담그면 몸이 떠오르게 마련이거든. 헤엄을 못 치는 사람은 땅에서 걸을 때처럼 똑바로 서서 머리를 뒤로 젖히고 입과 콧구멍만 물 밖으로 내놓는 것이 가장 좋은 자세지. 이렇게 하면 힘들이지 않고도 떠 있을 수 있어. 그러려면 체중과 물의 무게가 균형을 이뤄야 하는데 이 균형은 아주 작은 일로도 깨질 수 있지.

예를 들어 팔 하나만 물 밖으로 내놓아도 금방 몸이 기울어지면서 머리가 가라앉게 되거든. 대신 작은 나무 조각 하나라도 붙잡을 것이 있으면 고개를 들고 주위를 둘러보겠지. 그런데 헤엄을 못 치는 사람일수록 양팔을 휘저으며 머리를 똑바로 들려고 한다네.

게다가 물속에서 숨을 쉬다 보니 폐로 물이 들어가고 위 속에도 다량의 물이 들어가지. 이렇게 되면 원래 몸속에 차 있던 공기의 무게와 새로 들어온 물의 무게 차이만큼 체중이 무거워지지. 이 정도의 무게 차이면 몸이 가라앉기에 충분하고 말이야. 하지만 뼈가 가늘고 살이 많은 체질인 경우는 예외야. 익사 후에 계속 물에 떠 있기도 하지.

일단 강바닥에 가라앉은 후에는 몸의 비중이 물의 무게보다 가벼워질 때까지 계속 가라앉아 있다네. 그걸 떠오르게 하는 원인으로는 부패작용이 있어. 부패하면서 가스가 발생하지. 이 가스가 세포조직뿐만 아니라 온몸의 공간이란 공간을 모두 팽창시켜 무섭게 부풀어 오르게 하거든. 이 팽창작용이 계속되어 질량의 변화 없이 시체의 크기만 점점 늘어나면 다시 물 위로 떠오르는 거라네. 이 부패작용은 여러 가지 요인의 영향을 받아서 더 빨라지기도 하고 느려지기도 해.

예를 들어 더위나 추위, 물속에 잇는 광물질의 함유량, 수심, 물의 흐름, 시체의 체질. 사망 전의 질병 유무 등 다양한 원인이 있어. 그러니 시체가 부패작용에 의해 언제 떠오를지는 정확하게 예측할 수 없는 거라네. 몇몇 조건이 맞으면 한 시간 안에도 떠오를 수도 있고 다른 조건 때문에 끝끝내 떠오르지 않는 경우도 있거든. 게다가 동물 박제를 위해서 쓰는 방부제도 있어. 염화제2수은이 그런 화학약품이지.

이런 부패작용 말고도 위 속에 있던 식물성 물질이 발효하면서 생기는 가스도 흔한 현상이라네. 이런 작용은 다른 체강에서도 자주 일어날 수 있는데 그러면 체강이 넓어지면서 시체가 떠오르는 원인이 되기도 하지. 대포를 발사하는 효과는 단순한 진동의 결과에 지나지 않아. 강바닥의 진흙 속에 묻혀 있던 시체가 진동을 받아 뒤흔들려서 다른 여러 조건과 맞으면 시체는 바로 떠오르겠지. 아니면 진동 때문에 세포조직의 점성이 사라지고 가스의 힘으로 체강이 팽창하는 경우도 있다네.

이런 이론들을 열거하면 '레투알'지의 주장 같은 건 검토하기 쉬워지지. 그 신문은 '여러 경험에 비추어보아 익사체, 혹은 타살된 직후 물속에 던져진 시체가 부패되어 물 위로 떠오르기까지는 6일에서 10일이 걸린다고 한다. 시체가 있는 곳에 대포를 발사하면 5, 6일이 되기 전에 떠오르는 경우가 있기는 하지만 방치하면 다시 가라앉는다'라고 했지?

이제 이 기사가 모순덩어리라는 걸 알 수 있지. '익사체'가 부패나 분해 작용에 의해 떠오르는데 6일에서 10일이 걸린다니, 도대체 어떤 경험에 의한 것이지? 과학적으로든, 경험에 비추어보든 우리가 얻을 수 있는 답은 오직 하나, 떠오르는 시기는 알 수 없다. 게다가 대포를 쏴서 시체가 떠올랐다고 해도 '그대로 방치하면 다시 가라앉는다'고? 그야 부패가 너무 진행된 나머지 발생한 가스가 운 좋게 다 빠져나왔다면 모를까 다시 가라앉지는 않지.

단 한 가지 주목해야 할 것은 이 기사도 '익사체'와 '살해된 직후 물속에 던져진 시체'를 구별했다는 거야. 물론 기자는 이렇게 구별해 놓고도 두 경우 모두 동일한 범주에 넣고 말았지만.

물에 빠진 사람의 비중이 같은 용적의 물보다 무겁다는 것과 허우적거리며 팔을 물 밖으로 내밀거나 가라앉으면서 숨 쉬려다 폐 속에 물이 들어가는 사태만 아니라면 결코 가라앉지 않는다는 건 앞서도 말한 바 있네.

단 살해된 직후 물속에 던져진 시체라면 허우적거리거나 호흡할 수 없지. 그러니 시체는 원칙적으로 가라앉지 않는다는 사실을 '레투알'지는 몰랐던 거야. 물론 부패작용이 상당히 진행된 경우, 예를 들어 다량의 살이 뼈에서 떨어져 나간 경우에는 가라앉을 수도 있겠지만 그러기 전에는 결코 가라앉지 않아.

자, 이렇게 되면 '레투알'지의 주장, 즉 시체는 사흘 만에 떠올랐으니 마리 로제가 아니라는 논법을 어떻게 해석하면 좋겠나? 만일 익사했다면 여자이기 때문에 가라앉지 않았을지도 모르고, 가라앉았더라도 24시간 내에 다시 떠올랐을지도 몰라. 하지만 그녀가 익사했다고 생각하는 사람은 한 명도 없네. 그렇다면 강에 던져지기 전에 살해당했고 정확한 시간은 모르지만 어느 정도 시간이 흐른 후에 떠 있는 상태로 발견되었다는 얘기 아닌가?

'레투알'지는 이렇게도 썼네. '만일 살해된 후 시체가 화요일 밤까지 기슭에 방치되었다고 하면 강변에서 범인들의 흔적이 발견되었을 것이다'라고. 처음에는 이 추리가의 의도를 이해하기 어려운 문장이지. 이건 마치 자기 이론을 스스로 반박하는 거나 마찬가지 아닌가. 시체를 이틀이나 지상에 방치하면 물속보다 훨씬 빨리 부패할 거야.

그래서 이 필자는 생각했겠지. 그렇다면 수요일에 떠올랐을 수도 있을 것이다. 그렇지 않으면 떠오를 리가 없다고. 그러다가 이번엔 지상에 방치되지는 않았다고 생각했겠지. 만일 그랬다면 '당연히 강변에서 범인들의 흔적이 발견'되었을 테니까. 이 황당한 추론은 웃음이 나지. 생각해 보게. 단지 시체를 강변에 놔두었다고 해서 왜 범행의 증거가 늘어나겠나? 말도 안 되는 소리 아닌가?

이 신문은 계속 괴변을 늘어놓고 있네. '독자들이 상상하는 흉악한 범죄를 저지른 범인들이 시체를 가라앉히기 위해 무거운 물건을 매달지 않고 강에 던졌다고는 생각하기 어렵다. 이 방법은 누구나 매우 쉽게 생각할 수 있는 방법이기 때문이다'라고도 썼지. 황당한 생각이지. 아무도 타살을 부정하지 않았어. 폭력의 증거가 너무도 뚜렷했으니까. 기자의 목적은 그것이 마리의 시체가 아니라는 걸 증명하려는 거야. 마리는 살해당하지 않았다는 걸 증명하고 싶었지. 시체가 타살된 것이 아니라는 걸 증명하고자 하는 게 아닐세.

그런데 기자의 글은 사실 후자 쪽을 증명할 뿐이야. 여기 무거운 추도 매달지 않은 시체가 있다. 만일 범인들이 그것을 던졌다면 설마 무거운 것을 다는 걸 잊었을 리가 없다. 그러니 시체는 범인들이 던져 넣은 것이 아니다, 이거 아닌가? 그것이 과연 마리의 시체인지 아닌지 하는 점은 문제 삼지도 않았어. 이래서는 '레투알'지가 스스로 한 말을 그 자리에서 식은땀을 흘리며 부정하고 있는 꼴이지. '발견된 시체가 피해 여성의 시체라는 것을 확신한다'라고 할 정도니까.

이 기자가 자기도 모르게 자가당착적인 설을 내세우는 예는 이것뿐만이 아니라네. 앞서도 말했다시피 이 기자의 목적은 분명 마리의 실종부터 시체 발견까지의 시간을 되도록 단축시키려는 거야. 그런데 마리가 집을 나선 순간부터 누구 하나 그녀를 본 사람이 없다는 것을 계속해서 강조하고 있어. '6월 22일 오전 9시 이후 그녀가 생존해 있었다는 증거는 하나도 없다'라고.

그의 주장이 너무 일방적인 것인 만큼 그는 적어도 이 문제는 끄집어 내지 말았어야 했을 걸세. 월요일이나 화요일에 마리를 본 자가 있다면 문제의 시간은 크게 단축되고, 따라서 그의 추리에 따르면 시체가 마리라는 확률도 훨씬 적어질 테니까 말일세. 그런데 우습지 않은가? 이 기사는 전체 주장을 뒷받침하려다가 오히려 완전히 역효과인 점을 강조하게 됐으니까.

다음으로 보베가 시체 검증을 한 것도 언급하고 있네. 다시 읽어 보게. 팔의 털 운운은 '레투알'지의 불성실한 보도였지. 보베가 바보가 아닌 이상 그저 팔에 털이 있다고 그것으로 마리라고 단정할 리는 결코 없지. 팔에 털이 없는 사람이 어디 있다고. 요컨대 '레투알'지의 이 막연한 표현은 증인의 말을 고의적으로 왜곡한 거야. 아마 보베는 그 털의 어떤 특징을 증언했을 게 틀림없네. 털의 색깔, 양, 길이 또는 위치 등 뭔가 특징적인 점을 들었을 거야.

이 신문은 또 이렇게도 썼다네. '피해자의 발은 작았다고 하는데 발이 작은 사람은 많다. 양말대님이나 구두도 증거가 될 수 없다. 똑같은 것이 대량으로 생산되고 판매되기 때문이다. 모자의 꽃장식도 마찬가지다. 또 보베가 강조하는 증거 중 하나는 양말대님을 줄이기 위해 고리를 거꾸로 당겨 조여 놓았다는 것인데 이 또한 증거가 될 수 없다. 여성들은 집에 가서 자신의 허벅지에 맞춰 조절하지 그것을 산 가게에서 조절하지는 않는다'라고 말하고 있지.

이 문장에서는 기자의 진실이 의심스럽군. 보베의 입장에서는 마리의 시체를 찾던 중 체격이 비슷한 시체를 발견하면 바로 찾았다는 생각이 드는 게 당연하지 않은가? 게다가 팔에 전에 본 적이 있는 특징적인 털까지 있으니 어떻겠나? 확신과 동시에 특이점까지 확인하게 되면 자신감이 붙는 것은 당연하지.

또 마리는 발이 작았는데 시체도 발이 작으니 이쯤 되면 틀림없이 마리일 가능성은 기하급수적으로 늘어나겠지. 게다가 구두까지 실종된 날 아침에 신고 나간 것과 같다면 아무리 똑같은 구두를 대량으로 팔고 있다고 해도 의심이 확신으로 바뀌게 되지. 하나만 떼어 내서 보면 전혀 증거가 될 수 없는 것이라도 적절한 위치에 늘어놓으면 확실한 증거가 되기도 하니까.

게다가 모자의 꽃장식까지 마리와 같다니 이제 더 따질 필요도 없겠지? 자, 꽃 한 송이에 상황은 끝난 셈이야. 그렇다면 그것이 하나가 아니라 두 개, 세 개 아니 그 이상이 되면 어떻겠나? 하나 하나가 곱절의 증거가 될 수밖에 없지. 더하기가 아니라 곱하기지. 그냥 곱하기가 아니라 몇백 배, 몇천 배의 곱하기. 그런데 거기다 마리가 생전에 쓰던 양말대님까지 하고 있다네. 그리고 그 마리가 집을 나가기 바로 전에 한 것과 똑같이 고리를 조여 짧게 줄여 놓았다는데 이것조차 의심한다면 바보거나 위선자겠지. 그런데도 '레투알'지는 그런 건 흔한 일이라고 의심했어.

고리가 달린 양말대님은 원래 탄력성이 있어서 그걸 더 줄이는 일은 드물지. 자연스럽게 조절이 가능한 걸 일부러 조여 놓았다는 건 꼭 필요해서 그랬던 거야. 그러니 만약 마리의 양말대님이 여기 쓰여 있는 대로 조여져 있었다면 그야말로 아주 특별한 경우인 거지. 이것만으로도 마리의 시체라고 단정하기에 충분한 증거가 틀림없지. 정말 중요한 것은 시체에 마리의 양말대님과 구두, 모자 그리고 모자의 꽃장식이 있었다는 게 아니야. 작은 발에 팔에 있었던 특징, 체형이나 키도 아니고. 바로 이런 것들이 모두 '한꺼번에' 시체에서 발견되었다는 거야. 이래도 아직 '레투알'지의 기자가 의문을 품는다면 정신 감정도 아까울 정도겠지.

그는 법조인들의 말투를 흉내 내서 자신이 총명하다는 걸 과시하고 싶어 하는 모양이야. 원래 법률가들이란 법정에서 판에 박은 문구를 되풀이하는 걸로 만족하는 작자들이니까. 사실 법정에서 기각되는 증거란 똑똑한 사람들이 보기에는 최상의 증거라는 점이지. 왜냐하면 법정에서는 증거의 일반적 원칙 즉, 공인되어 기록된 원칙을 따르고 있어. 예외 때문에 그 원칙을 빗나가는 걸 싫어하지. 또 이런 식으로 어디까지나 원칙을 고집하고 그것과 모순되는 예외는 무시하는 것도 긴 안목으로 본다면 최대의 진실에 이르는 가장 확실한 방법이라네. 따라서 이 방식은 전체적으로는 이치에 맞지. 그러나 개별적으로는 숱한 오류를 범할 수 있다는 것도 그에

못지않은 사실이지.

또 보베에 대한 말들이 많은데 자네는 전혀 신경 쓰지 않겠지? 그 사람의 선한 됨됨이는 자네도 잘 알고 있으니까. 꽤나 낭만적이면서 남의 일에 참견하기 좋아하는 사람인데 머리는 좀 떨어지지. 이런 사람은 잘 흥분해서 과민한 사람이나 심술궂은 인간들에게 자칫 의심받을 행동을 하기 쉬운 법이지. 보베 씨는 '레투알'지 기자와 인터뷰에서 기자의 주장은 어쨌든지 간에 그 시체가 마리의 것이 틀림없다고 주장해서 상대방을 화나게 한 모양이야. 신문은 '보베 씨는 어디까지나 시체가 마리의 것이라고 고집하지만, 우리기 위에 논평한 것 외에 제3자를 확신시킬 만한 사실은 하나도 들지 못한다'라고 썼네. 그런데 남을 이해시킬 만한 충분한 증거는 없다 해도, 자기 자신은 확신하는 경우가 얼마든지 있지 않나? 사람에 대한 인상만큼 애매한 것도 없지. 누구든지 옆집 사람은 알아보지만 그렇게 알아보게 된 이유를 제대로 대답할 수 있는 사람은 드물지. 그렇다고 보베 씨의 맹목적인 믿음에 대해서 기자가 화를 낼 권리는 없었던 거야.

보베에게 의심스러운 점이 있다고는 하지만 그에게 혐의를 두려는 기자의 설보다는 그의 낭만적이고 오지랖 넓은 성격일 뿐이라는 내 가정이 훨씬 맞아떨어진다고 생각하네. 좀 더 관용적인 해석을 해보자고. 그러면 열쇠 구멍에 꽂혀 있었던 장미꽃도, 칠판에 쓴 '마리'라는 글자도, 남자 친척을 멀리했다는 것도, 그들에게 시체를 보여 주는 것을 싫어했던 일도, 자기가 돌아올 때까지는 헌병과 말하지 말라고 한 것도 그리고 사건의 처리에 누구도 관여하지 못하게 하려는 그의 태도도 쉽게 설명될 수 있지.

보베가 마리를 좋아했다는 것, 마리도 그를 제법 마음에 두고 있었다는 것, 보베가 마리와 아주 가깝게 지냈던 사이라고 모두에게 인정받고 싶어 했다는 것, 이런 것들이 모두 풀리지 않나? 그러니 더 이상 말하지 않겠네.

또 한 가지, 어머니나 다른 친척들이 냉담했다는 것 말인데, 만일 그 시체가 마리가 확실하다면 이 문제는 이제 확실한 반증이 있지 않나? 그러니 우리는 이제 시체 확인 문제는 완전히 해결된 것으로 생각하세."

나는 여기서 질문을 하나 했다.
"그럼 '르 코메르시에르'지의 의견은 어떻게 생각하나?"
"음, 이 사건에 대해 발표된 어떤 의견보다도 훨씬 주목할 가치가 있다고 생각하네. 전제를 연역적으로 풀어 나가는 과정이 이지적이고 날카로워. 그러나 그 전제는 적어도 두 가지 점에서 불완전한 관찰에 근거하고 있더군.
'르 코메르시에르'지는 마리가 어머니 집 근처에서 불량배들에게 잡혀 갔다고 주장하고 싶은 것 같아. 그래서 '피해자처럼 얼굴이 꽤 알려진 사람이 누구의 눈에도 띄지 않고 세 블록이나 걸어간다는 것은 있을 수 없는 일'이라고 한 거야. 그러나 이것은 파리에 오랫동안 공인으로서 살고 주로 관청이나 회사 근처만 다니는 사람의 경우에만 해당되지.
이 기자는 자기의 얼굴이 알려진 정도와 마리의 얼굴이 알려진 정도를 대충 비교해 보고 별 차이가 없으려니 한 거야. 이 아기씨도 거리를 걷고 있으면 적어도 나 정도는 아는 사람을 만났을 거라고 결론을 내린 거지. 그런데 이런 이론은 마리가 이 기자처럼 항상 같은 시간에 외출하고 그 범위도 한정도 있을 때나 가능한 거라네. 이 기자는 일정한 지역을 매일 일정한 시각에 왕복하고 있어. 게다가 그가 다니는 길은 직업이 비슷하다는 이유로 그를 주목하는 사람이 많은 곳이야.
반면 마리의 외출은 전혀 다른 것이지. 이번 경우에는 평소와 다른 길로 지나갔겠지. 그러니 '르 코메르시에르'지가 자신 있게 주장하는 이 대비는 혹 두 사람이 파리 전체를 돌아다녔다면 입증될지도 몰라. 그러면 두 사람을 아는 사람의 수가 같다고 가정했을 때 만나는 횟수도 같아질 테니까.

하지만 내 생각으로는 마리가 어머니 집과 숙모 집 사이의 여러 개 길 중 하나를 지나가면서 그녀가 아는 지인이나 그녀를 아는 사람 중 아무도 만나지 못했을 경우도 충분히 있을 것 같거든. 즉 이 문제를 제대로 생각하려면 아무리 유명한 사람이라도 개인이 아는 사람의 수는 파리 시민 전체에 비하면 미미하다는 사실을 염두에 두어야 하네.

'르 코메르시에르'지의 주장은 다소 설득력이 있는 것처럼 보이기도 하지만 그것도 마리가 외출한 시각을 고려해 보면 좀 약하네. '그녀가 집을 나섰을 때는 거리가 붐비는 시간'이었다고 하는데 그 날은 출근 시간대의 평일이 아니라 일요일 아침 9였지. 그 시간대에는 언제나 시내가 텅 빈 것 같지. 사람들은 집 안에서 교회 갈 준비를 하고 있고. 10시부터 11시까지는 좀 붐비지만, 문제의 이른 시간에는 그렇지 않아.

게다가 또 한 가지! '르 코메르시에르'지의 기사에는 '관찰 부족'으로 보이는 결점이 있다네. '피해자의 페티코트 일부가 폭 30센티미터, 길이 60센티미터 크기로 찢겨져 후두부를 한 바퀴 감아 턱 밑에서 묶어 놓은 것은 아마도 비명을 지르지 못하게 하기 위한 것으로 보인다. 이는 분명 손수건을 갖고 있지 않은 자들의 소행'이라고? 이 주장이 충분한 근거가 있는지 없는지는 앞으로 검토해 볼 문제지만, '손수건을 갖고 있지 않는 자들'이란 최하층의 건달들이라는 뜻이겠지. 그런데 사실 이들이야말로 셔츠는 안 입어도 손수건만은 꼭 챙겨 다니네. 자네도 알겠지만 요즘엔 악당들의 유행이자 필수품이 되지 않았나?"

"그럼 자네는 '르 솔레이유'지의 기사는 어떻게 생각하나?"

"그 기사를 쓴 기자 선생이 왜 앵무새로 태어나지 않았는지 유감이네. 앵무새로 태어났더라면 가장 유명한 일류 앵무새가 됐을 텐데 말이야. 그 신문은 지금까지 발표된 기사를 하나하나 그대로 복창하고 있을 뿐이야. 여러 신문에서 꼼꼼히 주워 모아서 짜깁기했더군. '분명 이 유품들은 적어도 3, 4주간은 거기 있었던 것으로 보인다. 따라서 이제 흉악한 범죄의 현장이 발견된 것이다'라고 하지만 '르 솔레이유'의 재탕 기사는 영 도움이 안 되네. 이 점은 다른 문제들과 나중에 더 자세히 살펴보기로 하세.

당장 조사해 봐야 할 다른 문제가 있어. 첫째, 검시가 너무 무성의하게 끝났다는 사실은 자네도 알고 있겠지? 시체의 신원은 확인되었지만 그 밖에도 또 확인해야 할 점들이 있었다고 보네. 예를 들어 소지품 중에 없어진 것이 있는지, 피해자가 집을 나설 때 보석을 지니고 있었는지, 만약 그랬다면 발견된 당시에 그것도 있었는지…… 이런 것들은 매우 중요한 문제지만 증거 조사에서는 전혀 언급되지 않았네.

그 외에도 중요한 문제가 많았는데도 전혀 관심을 두지 않더군. 이런 점들은 우리가 직접 조사해 봐야겠어. 특히 생퇴스타쉬 문제도 재검토할 필요가 있지. 이 사람을 특별히 의심하는 건 아니지만 조사는 확실히 해야겠네. 일요일의 알리바이에 대한 진술서도 의혹이 남지 않게 밝혀내야겠어. 이런 진술서는 대충 얼버무리기 마련이니까. 이 점만 해결되면 그는 이 사건에서 제외해도 좋을 거야. 문제는 그가 자살했다는 것인데, 허위 기재라면 혐의가 짙어지겠지만 설명이 불가능한 문제는 아니니까 통상적인 분석에서 벗어날 필요는 없다고 보네.

그런데 지금 우리가 하려는 조사는 이 참극의 내부 문제들은 제쳐 놓고 오직 사건의 주변부에 집중하려는 거네. 이런 범죄 조사에서 곧잘 하는 실수는 당면한 문제에 대해서만 조사하고 부수적인 사항들은 일체 무시해 버리는 거라네. 증거나 변론의 범위를 명백히 관련이 있는 것에만 한정하는 건 법정의 나쁜 버릇이야. 실제 경험에 따르면 진실은 대부분 겉보기에 무관한 것에서 나오는 법이라네. 근대 과학이 예측하기 어려운 것을 예상할 수 있는 건 바로 이 원리를 따르고 있기 때문이지.

하지만 자네는 아직 내 말을 잘 이해하지 못할 거야. 지식의 역사에서 가장 가치 있는 많은 발견들이 대개 우발적이고 부수적인 사건에서 일어났다는 것을. 따라서 미래의 진보를 기대한다면 평범한 예상의 범위에서 벗어나 우연에 의해서 생겨나는 발명을 집중적으로 연구해야 해. 과거의 사실이라는 기초 위에 그럴 듯한 미래의 환상을 구축하는 것은 더 이상 이론이라고 부를 수 없어. 우연이라는 것이 기초 구조의 일부로 자리를 잡은 거야.

다시 말하지만, 온갖 진실의 과반수가 간접적이고 부수적인 것에서 생겨났다는 것은 사실이지. 그래서 나는 이 사실에 포함된 원칙에 따라 이번 사건도 아무 성과 없었던 사건 그 자체보다는 사건을 둘러싼 당시의 정황 쪽으로 수사 방향을 돌리려고 하네.

자네는 구술서의 진위를 확인해 주게나. 나는 신문들을 좀 더 광범위하게 검토하겠네. 지금까지 우리가 점검한 것은 기존의 조사에서 벗어나지 못했어. 하지만 여러 신문을 하나도 남김없이 재조사한다면 수사의 방향을 잡아 줄 작지만 결정적인 단서가 보일 걸세. 보이지 않는 것이 더 이상한 일이겠지. 하하."

뒤팽의 지시에 따라 나는 진술서의 내용을 면밀하게 살펴보았다. 그 결과 진술서에는 거짓이 없으며 생퇴스타쉬는 무죄라는 것을 확신했다. 그동안 뒤팽은 모든 신문을 빠짐없이 조사하고 있었다. 1주일 후 그는 이런 발췌 기사를 내 앞에 내놓았다.

'마리 로제는 3년쯤 전에 르 블랑 씨가 경영하는 팔레 로와얄의 향수 가게에서 실종되어 이번과 똑같은 소동을 일으킨 적이 있었다. 물론 그때는 1주일쯤 지나 약간 안색이 창백해지긴 했지만 평소처럼 가게의 계산대 앞에 다시 나타났다. 르 블랑 씨와 어머니에 따르면 그녀는 시골의 친지한테 가 있었다고 했다. 이 사건은 곧 잠잠해졌고 잊혀졌다. 따라서 이번 실종도 잠시 그녀의 변덕이 발동한 것으로

1주일이나 한 달쯤 지나면 다시 그녀를 보게 되지 않을까 생각된다.'

— '이브닝페이퍼' 6월 23일 월요일자.

'어제 한 석간신문은 전에도 로제 양의 수수께끼 같은 실종사건이 있었다고 보도했다. 르 블랑 씨의 향수 가게에서 실종된 후 그녀가 바람둥이 해군장교와 함께 있었다는 것은 널리 알려진 사실이다. 그런데 두 사람 사이에 말다툼이 있었고 그녀는 다시 집에 돌아온 것으로 추측된다. 현재 파리에 근무하고 있는 이 청년 장교의 이름은 다른 이유가 있어 밝힐 수 없음을 양해하기 바란다.'

— '르 메르퀴르'지 6월 24일 화요일 조간.

'엊그제 파리 근교에서 흉악한 폭행사건이 일어났다. 해질 무렵 아내와 딸을 동반한 한 신사가 우연히 센 강 근처에서 보트를 타고 놀던 청년 여섯 명에게 돈을 주고 강을 건넜다. 건너편 기슭에 닿아 세 사람은 보트에서 내리고 보트가 보이지 않는 지점까지 갔을 때, 딸이 보트 안에 파라솔을 두고 왔다는 것을 알았다. 그녀는 즉시 양산을 가지러 갔으나 그만 그 청년들에게 잡혀 보트에서 입에 재갈이 물린 채 폭행당한 후 처음에 부모와 함께 보트를 탄 지점 근처의 강가에 버려졌다. 폭행범들은 현재 도주 중이며 경찰은 이들을 뒤쫓고 있어 며칠 내에 체포될 것으로 보인다.

— '모닝 페이퍼' 6월 25일.

'이번 범행에 대해 본지에 므네 씨의 짓이라는 한두 통의 투서를 받았지만, 당국의 조사 결과 무죄로 판명되었다. 이 투서가들의 근거 없는 투서는 발표하지 않는 편이 좋겠다고 생각된다.'

— '모닝 페이퍼' 6월 28일 토요일.

'본지는 각각 다른 사람이 보냈음이 분명한 격렬한 어투의 투서 몇 통을 받았다. 이들 투서는 불행한 마리 로제가 일요일에 시 변두리의 불량배 일당에게 희생되었음이 틀림없다고 반복해서 강조했다. 본지도 이 추측을 지지하는 바이며 앞으로

지면을 할애하여 이 중 몇 가지는 곧 본지에 게재할 예정이다.'

— '이브닝 페이퍼' 6월 31일 화요일.

'월요일에 있었던 일이다. 세무서 소속의 거룻배 선원 한 명이 센 강에 떠다니는 빈 보트를 한 척 발견했다. 그 보트의 돛은 바닥에 쓰러져 있었다. 선원은 그 보트를 거룻배 사무소까지 끌어다 놓았으나 다음 날 아침 보트는 사라졌다. 현재 보트의 열쇠는 거룻배 사무소에서 보관하고 있다.'

— '르 딜리장스' 6월 26일 목요일.

이 발췌문들을 읽고 난 나는 아무리 봐도 문제의 사건과 연관성이나 결부할 만한 것을 찾을 수가 없었다. 나는 잠자코 뒤팽의 설명을 기다렸다.

"첫째와 둘째 기사에 대해서는 자세히 설명하지 않겠네. 이걸 베껴 둔 것은 단지 경찰들이 얼마나 태만한지를 보여 주려는 뜻이었으니까. 경찰청장의 얘기로는, 여기 언급된 해군 장교에 대한 조사를 전혀 하지 않은 것 같더군. 그런데 마리가 두 번이나 실종됐던 일 말인데, 두 번의 실종 사이에 아무 연관이 없다고 생각하는 게 바보 같단 말일세.

예를 들어 처음에 겨우 사랑의 도피를 해놓고도 두 사람이 싸우고 말았고 배신당한 쪽은 곧장 집으로 돌아왔다고 생각하면 어떻겠나? 그렇다면 두 번째 사랑의 도피는(또다시 사랑의 도피가 있었다면 말이지만) 새로운 사람과 새로운 사랑에 빠졌다기보다 배신했던 과거의 남자가 다시 나타나 사랑을 만회하려고 한 게 아닐까?

여기서 주의를 기울여야 하는 사실이 하나 있네. 첫 번째 확인된 사랑의 도피와 두 번째 가상의 사랑의 도피까지 사이의 시간이 우리 해군 군함의 항해 시간보다 불과 두어 달밖에 더 많을 뿐이네. 그렇다면 마리의 정부는 처음에는 출항 시간에 쫓겨 범행을 실행에 옮기지 못했지만 항해에서 돌아오자마자 자기가 완전히 성취하지 못한 악랄한 계획을 즉시 실행한 것이 아닐까? 이렇게 진행됐다면 현재 우리가 아는 것은 하나도 없는 셈이지.

물론 자네는 말하겠지. 내가 상상하는 두 번째 가출은 아예 처음부터 없었다고. 과연 그럴지도 모르지. 생퇴스타쉬와 보베 씨를 제외하고 세상이 다 아는 구혼자는 아직 나오지 않았어. 그렇다면 사건이 일어난 일요일 아침 마리가 만났다는 비밀의 남자가 날이 저물 때까지 한적한 숲 속에 같이 있었던 걸 보면 마리가 안심할 만한 사람이었겠지. 친척들 대부분이 알지 못하는 그 비밀의 연인은 대체 누구냐는 것이 내가 하고 싶은 말일세. 그리고 또 마리가 집을 나간 날 아침 '이제 그 아이는 두 번 다시 보지 못할 거야'라고 마담 로제가 한 예언의 의미는 무엇일까?

마담 로제가 마리의 가출 계획은 몰랐더라도 적어도 마리가 그런 계획을 품고 있었다고는 상상하지 않았을까? 집을 나설 때 마리는 데 드롬가의 숙모 집에 간다고 했고 저녁 때 데리러 오라고 생퇴스타쉬에게 말했어. 얼핏 생각하기에 이건 내 생각과 완전히 어긋나 있네.

마리가 분명 누군가와 만났고 그와 함께 강을 건너 오후 3시쯤 룰르관문에 도착했다는 것은 밝혀진 사실이지. 그녀가 어떤 목적으로 그 남자와 함께 갔고, 어머니에게 그 사실을 알렸는지 여부는 알 수 없지만 그 남자와 떠날 생각이면서도 그녀는 집을 나설 때 행선지를 얘기했고 약혼자인 생퇴스타쉬는 약속 시간에 데 드롬가로 마중을 나갔지.

하지만 그녀는 오지 않았고 이 놀라운 소식을 전하려고 하숙집에 돌아왔는데 그녀가 집에 오지 않았으니 얼마나 놀라고 또 의심을 품었겠나. 마리도 약혼자의 실망과 사람들의 의심은 충분히 예상했을 거야. 집에 돌아가면 이 의심과 싸워야 한다는 예상까지는 못했을지도 모르지만. 만약 그녀가 처음부터 집으로 돌아갈 생각이 전혀 없었다고 가정하면 그런 의심쯤은 대수롭지 않았겠지. 따라서 난 그녀가 이렇게 생각했을 거라고 상상해 봤지.

'나는 가출할지도 몰라. 그렇지 않더라도 누구에게도 말하지 않은 목적을 위해 한 남자를 만날 거야. 그러기 위해서는 먼저 아무 방해도 받지 않도록 해야 해. 나를 쫓아오는 사람들을 따돌릴 수 있는 시간적 여유도 필요하고. 그러려면 우선 오늘은 숙모 집에 가서 하루 있다가 오겠다고 말해 두자. 그리고 생퇴스타쉬에게 어두워지기 전에는 마중 오지 말라고 하면 되겠지. 그럼 내가 오랫동안 집을 비워도 크게 의심받지 않고 나중에 설명하기도 쉬울 거야. 나로서는 다른 어떤 방법보다 충분히 도망칠 시간을 벌 수 있어.

물론 생퇴스타쉬에게 아무 말도 하지 않고 집을 나갔다가 어두워진 다음에 돌아와서 데 드룀가의 숙모 집에 갔다 왔다고 말하면 영원히 비밀로 덮어 둘 수도 있지. 하지만 나는 두 번 다시, 아니 적어도 몇 주 동안, 아니 숨어 있을 만한 집을 구할 때까지는 절대 집에 돌아오지 않을 셈이니까 당장 생각해야 할 일은 단 한 가지, 시간을 버는 것뿐이야.' 이렇게 말일세.

그런데 이 안타까운 사건에 대해 세상 사람들이 갖고 있는 생각은 이 아가씨가 무지비한 놈들에게 당했다는 거였어. 그건 자네가 수집한 메모에도 있었지. 세상의 견해는 무시할 수 없는 거니까. 특히 그것이 어디서 시작됐는지 모르게 발생한 경우, 즉 자연 발생한 경우에는 분명 그것이 천재의 직감처럼 작용하니까 존중해야 하지. 나라면 백에 아흔아홉까지는 세상의 결정에 따르겠네. 그러려면 암시의 흔적을 찾아볼 수 없어야 한다네. 의견 자체가 어디까지나 대중의 판단이 아니면 안 돼. 게다가 그것을 확실히 구별하고 끝까지 유지한다는 것은 아주 어려운 일이지.

이번 경우에 불량배 일당에 대한 '세상의 견해'에는 내 발췌문 중 세 번째에 상세히 적혀 있는 부수적인 사건이 엮인 것으로 보이네. 미인이라고 소문난 마리의 시체가 인양되었다는 보도에 온 파리가 들끓었지. 게다가 그 시체는 폭행당한 흔적이 역력했지.

그런데 이번에는 마리가 살해된 걸로 추정되는 그 시각에 비슷한 폭행을 당한 다른 여성이 발견됐어. 이렇게 되면 이미 알려진 범행이 아직 알려지지 않은 범행에 대한 세상 사람들의 판단에 영향을 미칠 것은 당연하지 않나? 이른바 판단이 방향 지시를 기다리고 있었는데, 거기에 이 기존의 살해 사건이 기다렸다는 듯이 방향을 제시했지.

게다가 이 폭행 사건도 마리의 시체가 발견된 바로 그 강에서 일어났지. 두 사건의 연관성은 명백한 것이고 세상 사람들이 그것을 인정하지 않는 편이 더 이상하지 않겠나. 그러나 하나의 범행이 그런 식으로 행해졌고 증거가 된다면, 거의 동시에 이루어진 제2의 범행은 결코 그런 식이 아니라는 증거가 될 뿐이지.

예를 들어 어떤 장소에서 한 무리의 불량배들이 전대미문의 범행을 저지르고 있을 때 또 다른 불량배들이 비슷한 장소에서 같은 방법과 수단으로 같은 시각에 똑같은 범행을 저질렀다면 그것이야말로 기적이라고 할 수 있겠지? 그런데 우연의 암시를 받은 세상의 견해(여론)가 지금 우리에게 믿으라는 것은 이런 기적 같은 우연의 일치란 말이야.

자, 얘기를 더 진행하기 전에 살해 현장으로 간주되는 룰르관문의 숲에 대해 생각해 보기로 하세. 그곳은 울창한 숲이면서 거리에서도 멀지 않은 곳이지. 숲속에는 서너 개의 커다란 돌이 있는데 마치 등받이와 발받침이 있는 의자 형태를 하고 있지. 위쪽 돌에는 하얀 페티코트가 그리고 아래쪽 돌에는 실크 스카프가 놓여 있었어. 그녀의 양산과 장갑, 손수건도 역시 거기서 발견되었다지? 손수건에는 마리 로제라는 이름이 수놓아져 있었고 주위의 가시덤불에는 찢어진 옷 조각이 걸려 있었고 땅바닥에는 발자국이 어지럽게 나 있고 가시덤불은 꺾이고 쓰러져 있었어. 격투가 벌어졌다는 분명한 증거들이지.

이 숲이 발견되자 신문들은 환호성을 올렸고 이곳이야말로 범행 현장이라고 누구나 생각했지. 그러나 여기에도 의문점이 많았어. 과연 이곳이 현장이었을까? 믿을 수도 있고 믿지 않을 수도 있지만 의심을 품을 만한 이유는 확실히 있었지.

우선 진짜 범행 현장이 '르 코메르시에르'지가 주장하는 것처럼 파베 생탕드레가 근처라고 가정해 보세. 만약 범인들이 아직 파리에 숨어 있다면 세상의 주목이 정답을 향해 착착 움직이는 것이 두려웠겠지. 그렇다면 누군가가 주의를 다른 곳으로 돌리도록 손을 써야겠다는 생각이 즉시 들었을 걸세. 그렇게 되면 룰르관문의 숲은 이미 의심을 받고 있으니 거기에다 유품을 놔두면 되겠다고 생각이 당연히 떠올랐을지도 모르지.

물론 '르 솔레이유'지의 억측에 의하면, 발견된 유품은 며칠 동안 그 숲에 있었다고 하지만 확실한 증거는 없었네. 오히려 그 유품들이 문제의 일요일에서 아이들에게 발견되기 전까지 20일 동안이나 눈에 띄지 않았다는 것이 이상해. 정황 증거는 충분히 있네. '르 솔레이유'지는 다른 기사들을 짜깁기해서 '이 유품들은 비를 맞아 곰팡이가 심하게 슬고 서로 들러붙어 있었다고 한다. 주위의 풀은 무성히 자라 유품의 일부를 가리고 있었다. 실크로 만든 양산의 천은 아직 양호한 상태였지만 안쪽의 실밥은 풀려 있었고 양산의 표면은 곰팡이가 슬고 삭아서 양산을 펼치자 찢어졌다'고 썼지.

그런데 '풀이 무성히 자라 유품의 일부를 가리고 있었다'는 건 두 어린아이의 말이었으니까 아이들의 불완전한 기억일 뿐이야. 생각해 보게. 아이들은 다른 사람들이 보기 전에 유품을 집에 가져갔지? 그런데 사건이 일어난 덥고 습한 날씨에는 풀이 하루에 5~8센티미터 정도 자라는 건 보통이지. 1주일이면 풀이 쑥쑥 자라 양산이 안 보이게 될 거야. 그리고 '르 솔레이유'지의 이 짧은 문장에서 세 번이나 강조한 곰팡이 말인데, 이 기자는 곰팡이의 성질을 전혀 모르는 것 같네. 곰팡이란 보통 24시간 내에 생겼다가 죽어버리는 균류 중의 하나거든.

뭐 이런 이유로 그 유품들이 '적어도 3, 4주 동안' 동안은 숲 속에 있었다는 판단을 뒷받침할 증거라고 의기양양하게 나열했지만 말이 안 되는 얘기야. 유품들이 문제의 숲 속에서 1주일 이상, 아니 그 이상 방치되어 있었다고 믿기는 어려워. 파리 근교에서 사람이 거의 가지 않거나 눈에 띄지 않는 장소는 드물 테니까.

직장인의 예를 들어 보자고. 자연을 사랑하지만 일 때문에 대도시의 먼지와 열기 속에 붙잡혀 있는 사람이 있어. 그에게 어디든 평일이라도 가장 가까이에 있는 자연에 찾아가 조금이라도 고독에 대한 갈망이 채워지는지 시험해 보라고 해보자고. 숲의 어디든 한 발 옮길 때마다 수상한 작자들과 주정꾼들이 떠드는 소리에 모처럼의 흥취가 금방 깨지게 되지. 그는 깊은 숲 속으로 들어가 고독을 즐기려고 하지만 그건 불가능해. 결국 그는 답답한 마음으로 오욕의 파리로 도망쳐 오겠지. 같은 구정물이라도 파리는 그런대로 조화를 이루고 있으니 그나마 나은 셈이지.

평일에도 이 정도니 일요일은 더하겠지! 특히 일에서 해방되었거나 평소 악행의 기회를 잃은 시내의 불량배들이 교외로 몰려드니까. 그들이 마음속으로 경멸하는 자연을 사랑해서가 아니라 사회의 구속과 관습에서 벗어나려고 찾아오는 거야. 신선한 공기나 나무가 아닌 자유 방종을 찾아오는 거지.

길가 주점이나 나무 그늘에 앉아 술과 방탕이 주는 광적인 도가니 속으로 빠져드는 거야. 파리 근교의 어떤 숲 속에서라도 1주일 동안 문제의 유품들이 아무에게도 발견되지 않았다면 그거야말로 기적이라고 나는 강조하고 싶네. 물론 이건 냉정한 관찰자라면 누구나 다 아는 사실이겠지만.

그런데 그 유품들이 세간의 주목을 범행 현장에서 다른 곳으로 돌리기 위해 그 숲에 놓아둔 것이라고 의심하는 데는 또 다른 근거가 있기 때문이야. 첫째 그것이 발견된 날짜를 보자고. 그 날짜와 내가 신문에서 발췌한 것 중 다섯 번째 기사의 날짜를 비교해 보게. 유품이 발견된 것은 석간에 긴급 투서가 도착한 직후였어. 신문사에 각각 다른 사람이 보낸 것처럼 보이는 투서가 몇 통 접수됐는데 요점은 모두 똑같네. 범인들은 불량배들이고 현장은 룰르관 문 근처라는 사실로 사람들의 주의를 돌리려고 했지만 투서의 영향은 미미한 것 같아.

유품이 발견되지 않은 것은 단지 그때까지 덤불 속에 존재하지 않았기 때문이야. 즉 투서와 같은 시기거나 약간 먼저 투서를 써 보낸 범인들의 손에 의해 그곳에 옮겨진 것이 아닐까?

그 숲은 정말 기묘한 숲이거든. 유별나게 울창한 숲이야. 이른바 천연의 성벽으로 둘러싸인 가운데 신기한 모양의 돌이 세 개, 마치 등받이와 발받침이 있는 의자 모양을 하고 있지. 게다가 마담 드뤽과 아이들이 사는 집에서 수십 미터밖에 떨어지지 않은 곳에 위치하고 있고. 아이들이 나무껍질을 뜯기 위해 이 주변의 숲을 샅샅이 누비고 다닌다지 않나. 그렇다면 거의 매일 이 나무 그늘이나 천연의 왕자에 앉아서 놀았겠지. 내기를 해도 좋아. 어떤가? 이런 내기를 주저하는 사람은 아마도 어린 시절이 없거나, 이미 동심을 다 잊어버린 사람일 거야.

다시 말하지만 그 유품들이 하루 이틀 이상 발견되지 않고 그 숲에 있었다는 건 도저히 있을 수 없어. 그러니 '르 솔레이유'지의 무지에도 불구하고 그 유품들이 훨씬 뒤에 그 장소로 옮겨졌다는 가능성은 충분히 있다는 소리네.

또 하나 이유를 들지. 유품들이 놓여 있는 상태가 너무 부자연스럽다는 점이야. 돌 위쪽에는 흰 페티코트가, 돌 아래쪽에는 실크 스카프가 놓여 있었지. 그 외의 것은 그 주변에 흩어져 있었고. 이건 머리 나쁜 인간이 제 딴에는 자연스럽게 보이려고 할 때나 쓰는 수법이라네.

나 같으면 오히려 유품들을 마구 짓밟힌 상태로 해놓겠네. 그 좁은 숲속에서 여러 사람들이 격투를 벌였다면 옷들이 돌 위에 얌전

195

히 놓여 있다는 게 말이 될까?

게다가 '르 솔레이유'지는 옷 찢어진 옷 상태를 애매하게 설명했어. 기사에 쓰여 있는 대로 옷이 꼭 '가시덤불에 걸려 찢겨진' 것처럼 보이기야 했겠지. 사실은 일부러 손으로 잡아 찢은 건데 말이야.

문제가 된 상의는 '가시덤불에 걸려 찢어지는' 일은 절대로 없다네. 그런 감이 가시덤불이나 못에 걸렸다면 반드시 직각으로 찢어지지. 즉 가시에 찔린 부분을 정점으로 해서 직각으로 교차되는 두 개의 긴 직선 방향으로 찢어진다는 소리야. 기사처럼 천의 일부가 '찢겨져 나가는' 일은 절대 없어. 그렇게 일부를 '떼어 내자면' 서로 다른 방향으로 작용하는 두 개의 힘이 필요해.

예를 들어 손수건은, 가늘고 긴 조각을 찢어 내려면 하나의 힘으로 충분하지. 그러나 지금의 경우는 한쪽밖에 가장자리가 없는 의복이란 말일세. 전혀 가장자리가 없는 의복의 안쪽에서 조각을 찢어 낸다는 것은 가시가 하나만 있어서는 절대 할 수 없지. 혹시 그것이 가장자리라도 역시 두 개의 가시가 필요해. 가시 한 개는 분명히 두 개의 서로 다른 방향으로 작용하고 다른 한 개는 한 방향으로 걸려야 하네. 그것도 가장자리에 바느질로 마무리가 안 되어 있다는 가정하에서만 성립되는 얘길세. 마무리가 되어 있으면 문제 삼을 수도 없지. 그러니 이렇게 따져 보면 단지 가시덤불의 힘만으로 그 옷감이 '찢겨져 나갔다'는 건 억지야.

지금 우리가 맞닥뜨린 문제는 그 천 조각 하나가 아니라네. 그 많은 천 조각이 모두 이런 식으로 찢겨져 나갔다는 걸 믿으라니! 더구나 뭐라고? '그중 하나는 상의의 가장자리'였고 또 하나는 '치마의 일부로 가장자리가 아니'라고? 그럼 옷 중에서 가장자리가 아닌 가운데 부분이, 가시덤불에 걸려 완전히 찢겨져 나갔다는 말 아닌가? 이런 거짓말은 그만 좀 하라고 하고 싶군. 다 이상하지만 특히 이상한 것은 시체를 옮길 만큼 조심스러운 범인들이 왜 그런 물건을 숲 속에 놔뒀을까 하는 점이야.

그렇다고 그 숲이 범행 현장이 아니라고 말하는 건 아닐세. 범행은 거기서 일어났을지도 모르고 그보다는 마담 드뢱의 집에서 사건이 일어났을 가능성도 있네. 아무튼 우리가 해야 할 일은 범행 현장을 알아내는 게 아니라 범인을 잡는 거지.

내가 너무 시시콜콜하게 얘기했나? 이렇게 자세히 말한 건 첫째, '르 솔레이유'지의 그 성급하고 독단적인 주장이 얼마나 어리석은지를 증명하기 위해서였고 둘째는 과연 이 사건이 불량배들의 짓인가 하는 점을 의심해 봐야 한다는 걸 자네에게 자연스럽게 일깨워 주기 위해서였네.

그럼 다시 문제가 돌아가지. 우선 부검을 한 외과의사의 허술한 보고서 얘기부터 하지. 파리의 이름난 해부학자들은 모두 범인의 수에 대한 그의 추론을 전혀 근거 없는 망설이라고 비웃었다는 사실만 얘기하면 충분하겠지. 달리 추리할 게 그렇게도 없었던 걸까?

이번엔 그 일대의 '격투의 흔적'들을 검토해 보세. 여기서 그 흔적이 무얼 가리키는 것 같나? 불량배 일당이겠지. 그것은 사실 불량배 따위는 전혀 없었다는 말 아닐까? 가냘픈 아가씨와 가상의 불량배들 사이에 무슨 격투가 필요할까? 난폭한 남자들이 말없이 움켜잡으면 그걸로 끝이었을 텐데. 피해자는 절대 복종할 수밖에 없었을 거야.

여기서 기억해야 할 사실은 그 숲이 절대 범행 현장이 아니라는 주장은 그것이 두 명 이상의 범인에 의해 저질러진 범행 현장이 아닌 경우에만 말이 되는 걸세. 만일 범인이 한 명이라고 가정하면, 흔적이 남을 정도로 격렬한 싸움을 생각할 수 있겠지만 말이야.

그리고 또 한 가지. 문제의 유품들이 발견된 덤불 속에 계속 그대로 있었다는 사실 자체가 의심스럽다는 건 이미 말했지. 이런 범죄의 증거물들이 그 장소에 우연히 남겨지게 되었다는 것은 거의 불가능한 일 아닐까? 범인들에겐 시체를 치울 만큼의 침착성이 있었다는 얘기니까. 시체의 얼굴은 금방 부패해서 못 알아볼 수도 있어. 어떻게 보면 시체보다 더 확실한 증거품을 보란 듯이 범행 현장에 놔뒀단 말이지.

내가 말하는 건 손수건인데, 만일 이것이 우연이라면 불량배들이 아니라 단 한 사람이 저지른 우연이네. 그러니까 한 남자가 사람을 죽였어. 남자 곁엔 죽은 사람의 망령밖에 없다. 움직이지 않게 된 시체와 자기 단둘뿐이다. 두려움으로 온몸이 떨리고 당황스럽지만 시체는 치워야만 된다. 그래서 시체만 강으로 운반하고 범행의 증거는 뒤에 남겨 놓게 되지. 한꺼번에 모든 걸 가져가기란 혼자서 어려웠을 테고, 나머지 것을 가지러 돌아오기는 쉬운 일이었겠지. 그러나 강변까지 낑낑대며 가는 사이에 마음속의 공포는 점점 커지지. 길의 사방에서 인기척이 들려오고 누군가 다가오는 듯한 느낌이 들면서 시내의 불빛에도 놀라게 되지. 그렇게 몇 번씩 걸음을 멈춘 끝에 물가에 이르러 그 몸서리쳐지는 짐을 처리하려고 보트를 이용했을지도 모르지.

그런데 문제는 여기부터야. 세상의 어떤 보물이나 위협이 이 외로운 살인자를 다시 그 소름끼치는 숲 속으로 힘들고 위험한 길을 되돌아가게 할 수 있을까? 그는 되돌아가고 싶어도 갈 수가 없는 거야. 당장 달아나고 싶은 생각뿐이지. 그 무시무시한 숲에서 영원히 등을 돌리고 닥쳐올 천벌을 피하려고 도망칠 거란 말일세.

만약 그에게 일당들이 있었다면 어떻겠나? 그들의 머릿수가 배짱이 생기게 했겠지. 배짱이 없는 악당도 있다 해도 말이야. 여럿이었다면 좀 달랐을 거야. 한두 사람 아니 세 사람까지는 실수를 했더라도 네 번째 불량배는 정신을 차리고 실수를 바로잡았을 걸세. 유품을 놔두고 가지는 않았겠지. 인원수가 많으면 한꺼번에 몽땅 옮길 수 있었을 테고 되돌아갈 필요도 없으니까.

자, 다음은 시체가 발견될 당시의 정황을 보자고. 시체의 겉옷에서 '밑단에서 허리 부분까지 30센티미터 정도의 천 조각이 길게 찢겨졌고 그것으로 허리를 세 번 돌려 감고 등에서 매듭을 지어 놓았다'고 했어. 이것은 분명 시체를 나를 '손잡이'를 만들 셈으로 한 짓일세.

만약 남자 여럿이 있었다면 이 방식을 생각이나 했을까? 이런 궁리는 딱 한 사람일 경우에나 하는 거지. 여기서 생각나는 것은 풀숲과 강 사이에 있는 나무 울타리는 망가져 있고 바닥에는 무언가 무거운 것을 끈 자국이 보였다는 사실일세. 그러나 여러 명이었다면 한 번에 들어서 넘길 수 있었을 시체를 일부러 울타리를 부수고 그 사이로 끌어내는 수고를 할 리가 있었을까? 정말 여러 명의 사내가 '끈 자국'을 뚜렷이 남길 정도로 시체를 끌고 갔을까?

여기서 또 한 번 '르 코메르시에르'지의 기사를 언급해야겠네. '피해자의 페티코트의 일부가 찢겨져 후두부에서 한 바퀴 감아 턱 밑에서 묶어 놓은 것은 아마도 소리를 지르게 못하게 하기 위한 것으로 보인다. 이는 분명 손수건을 갖고 있지 않은 자들의 소행임에 틀림없다'라고.

전에도 말했듯이 진짜 악당이 손수건을 갖고 다니지 않는 경우는 절대 없다네. 그건 내가 말하고자 하는 건 아니고. 이 페티코트가 찢어진 방식이 '르 코메르시에르'지가 주장하는 비명 방지용으로 손수건 대신 찢어낸 것은 절대 아니라는 거지. 왜냐하면 실제로 숲 속에 손수건이 떨어져 있었으니까. 안 그런가? 비명 방지용이었다면 천 조각 말고도 적당한 방법이 있었을 거야.

그런데 증인의 말은 이 문제의 천 초각이 '목 주위를 느슨히 감아 풀어지지 않게 꼭 묶어 놓았다'고 했어. 이건 애매한 표현이지. 게다가 '르 코메르시에르'지의 기사와는 크게 달라. 문제의 천은 45센티미터나 되지. 그러니 모슬린 천이라고 해도 세로로 접거나 꾸깃꾸깃하게 꼬면 꽤 튼튼한 끈이 될 수 있지. 게다가 발견된 상태도 그렇게 돼 있었다고 하고.

내 추리는 이렇다네. 범인은 시체의 허리에 느슨하게 두른 끈으로 시체를 짊어지고 어느 정도의 거리를 혼자 옮긴 거야. 그러다가

199

아무래도 힘에 부친 거야. 그래서 시체를 끌고 가는 편이 더 낫겠다고 생각한 거야. 시체가 '끌렸다'는 건 증언에도 나와 있으니까. 줄로 시체를 묶어야 했지. 그러자면 목에다 감는 게 제일이야. 머리에 걸려 끈이 빠지지 않을 테니까. 제일 먼저 떠오른 것이 허리에 감았던 끈이었지. 그것이 시체에 감겨 꽤 까다로운 매듭으로 매어 있고, 게다가 의복에서 '찢겨져 나온' 것이었다면 그는 분명 그 끈을 썼을 거야.

하지만 그것보다는 페티코트에서 새로 찢어 내는 게 훨씬 간단했겠지. 그래서 그것을 찢어 목에 묶은 뒤 강가까지 시체를 끌고 간 거야. 다시 말하면 범인이 숲을 뒤로 하고 강으로 가던 중간에 그 천이 필요해졌다는 걸 보여 주는 게 아닐까? 물론 그 숲이 범행 현장이라는 가정하에 말일세.

하지만 자네는 이렇게 말하겠지. 그럼 마담 드뤽의 증언은 어떻게 되는 거냐고. 살인이 일어난 시각을 전후해서 숲 부근에 불량배들이 모여 있었다는 그 증언 말일세. 그건 나도 인정하네. 그 참극이 벌어진 시각을 전후해서 룰르관문의 부근에 마담 드뤽이 보았다는 불량배 무리가 열 명 이상 있었을지도 몰라. 그런데 다소 시기가 늦고, 상당히 의심스런 증언이기는 하지만, 어쨌든 마담 드뤽을 화나게 만들었다는 불량배들은 단 한 무리였어. 그녀의 여관에서 과자와 브랜디를 공짜로 먹고 가려는 한 무리뿐이야.

대체 마담 드뤽의 증언이란 뭔가? '한 패의 건달들이 나타나 소란을 피우며 먹고 마시다가 돈도 치르지 않고 앞서의 청년과 아가씨가 간 방향으로 걸어갔는데, 해질 무렵에 다시 여관으로 돌아와서는 몹시 서두르며 다시 강을 건너갔다'로 되어 있지.

'몹시 서두르며'라고 했는데, 마담 드뤽의 눈에는 '극도로' 서두르는 걸로 보였을 거야. 그녀로서는 많은 과자와 술을 공짜로 뺏긴 게 원통했을 거고, 또 그때까지만 해도 과자와 술값을 치러 줄지도 모른다는 가냘픈 희망을 품고 있었을지도 모르니까. 그렇지 않다면 해질 무렵인데 구태여 '서둘러'라는 말을 할 이유가 없지 않은가? 큰 강을 작은 보트로 건너가야 하고, 폭풍우는 몰려오고, 밤은 다가오고 있는데, 아무리 불량배들이라 할지라도 빨리 집에 돌아가려고 쫓기듯 서두르는 건 당연하지 않은가?

나는 '밤은 다가오고'라고 했네. 그건 밤이 아직 안 됐기 때문이지. 불량배들이 마담 드뤽의 고지식한 눈에 서두르는 걸로 보인 건 겨우 '해질 무렵'이었어. 마담 드뤽과 그의 장남이 근처에서 여자의 비명 소리를 들은 건 바로 이날 저녁이었고, 마담 드뤽은 '어두워지고 난 직후'쯤 비명 소리가 들렸다고 했는데 그때는 적어도 밤이지. 해질 무렵은 분명히 해가 떠 있는 낮이고. 그러니까 마담 드뤽의 귀에 비명이 들리기도 전에 그 불량배 일당은 룰르관문을 떠났음이 명백해. 지금 자네와 내가 말한 시각의 차이에 대해서 어느 신문이나 증언 기사를 보도했지만, 신문도 경찰조차도 이 큰 차이를 전혀 인식하지 못하고 있어.

범인은 불량배 일당이 아니라는 내 주장에 한 가지만 덧붙이겠네. 이 한 가지가 내가 알기로는 결정적이라고 생각하네. 막대한 상금이 걸려 있고 공범자를 고발하는 자에게는 무죄 방면까지도 약속하고 있는 상황에서, 불량배 일당이건 다른 집단이건 간에 그중 한 사람이라도 벌써 오래전에 공범들을 배신하지 않았을까? 이런 입장이라면 일당 중 누구나 상금에 욕심이 나거나 면책되길 바라기보다는 동료한테 배신당할까 두려워지지. 결국 자신이 배신당하지 않기 위해 먼저 선수를 쳐야 해. 비밀이 아직 누설되지 않았다는 것이야말로 그것이 비밀이라는 것을 가장 잘 증명해 주는 거니까. 이 흉악한 범죄의 진상은 단 한 명 또는 두 명의 살아 있는 인간과 하느님밖에는 모른다는 거지.

자, 이제 우리의 오랜 분석의, 빈약하지만 확실한 성과를 종합해 보세. 우리는 마담 드뤽의 집 지붕 밑에서나 또는 룰르관문의 덤불

속에서, 피해자의 애인이라든가 남 몰래 가까이 사귄 친구에 의해 살인이 저질러졌다는 생각에 도달했네. 이 친구는 까무잡잡한 얼굴의 남자지. 검은 얼굴, 감은 천 조각의 매듭, 그리고 모자의 끈이 '선원매듭'으로 되어 있었다는 것 등은 뱃사람을 가리키는 걸세. 들떠 있긴 했지만 결코 천박한 아가씨가 아니었던 피해자와 교제했다는 사실은, 그가 일개 선원보다는 더 신분이 높았다는 것을 말해주고 있지. 신문사에 들어온 긴급 투서가 달필이었음도 이를 확증해 주고. '르 메르퀴르'지에 실린 최초의 사랑의 도피의 내막은 이 뱃사람이 불행한 아가씨를 죄악의 길로 빠지게 한 해군 장교가 아닐까 하는 의심을 품게 하네.

자, 마침 여기서 하나 떠오르는 생각이 있네. 이 까무잡잡한 사나이가 그 후 내내 모습을 감추었다는 거야. 발랑스와 마담 드뤽이 기억하는 신체 특징은 이것 하나뿐이니까 보통 검은 게 아닌 모양이야. 대체 이 남자는 왜 나타나지 않는 걸까? 혹시 불량배들에게 살해된 걸까? 그렇다면 왜 살해된 아가씨의 증거만 있는 걸까? 두 범행 현장은 당연히 같은 장소라고 생각되는데 도대체 남자의 시체는 어디로 갔단 말인가?

만약 그가 마리와 함께 살해됐다면 범인들은 둘 다 같은 방법으로 처리했을 게 틀림없는데 말이야. 어쩌면 남자는 살아 있는데, 살인 누명을 쓸까 두려워 나타나지 못하고 있는 거라고 볼 수도 있겠지. 사건에서 이렇게 많은 시간이 흘렀으니 그 남자는 더욱더 나타날 수 없을 거야. 왜냐하면 마리와 함께 있는 걸 보았다는 증언도 있으니까. 만약 이것이 사건이 일어난 당시였다면 별것 아니었을지도 몰라. 그 남자가 범인이 아니라면 우선 이 사건을 세상에 알리고 범인을 잡는 데 협력하고 싶었겠지.

그는 실제로 마리와 함께 있는 것을 목격 당했어. 그녀와 함께 지붕이 없는 배를 타고 강을 건넜다고. 그렇다면 범인을 찾아내는 것만이 자기가 혐의를 벗는 가장 확실하고 유일한 방법이라는 것쯤은 바보라도 알 수 있을 거야. 자신은 마리의 사건과 전혀 무관하고 범행이 일어난 것도 몰랐다고 할 수는 없을 테니까. 그가 살아 있으면서도 나타나지 않는다면 그건 그럴 수밖에 없는 무슨 사정이 있기 때문이겠지.

자, 대체 어떻게 해서 그 진상을 파악할 수 있을까? 그 방법은 얘기를 풀어 나가면 자연히 드러날 걸세. 먼저 최초의 가출 사건을 철저히 따져 보세. 그 '해군 장교'의 자세한 경력과 현재 상황 그리고 범행이 일어난 시각에 어디 있었는지 등을 알아보자고. 그다음에 불량배 일당에게 죄를 뒤집어씌우기 위해 석간신문에 보낸 여러 투서들을 하나하나 비교해 보세.

그 일이 끝나면 그 투서들보다 먼저 조간신문에 보내진 투서 그러니까 므네의 유죄를 강력하게 주장한 투서와 이번 투서들을 나란히 놓고 문체와 필적을 비교해 봐야 해. 그걸 마치면 이번엔 다시 한 번 이 투서들과 그 장교의 필적을 비교해 보는 거지. 그 후 마담 드뤽과 그 아이들, 그리고 합승 마차의 마부 발랑스를 심문해서 그 까무잡잡하다는 남자에 대해 좀 더 알아보고. 그러다 보면 이들 중 누군가는 우리가 알고 싶어 하는 점이나 놓친 정보들을 말해 줄지도 몰라.

그리고 6월 23일 월요일의 아침에 거룻배지기가 발견했다는 보트의 행방을 알아보세. 시체가 발견되기 전에 조종 열쇠도 없는 채로 직원도 모르는 사이에 사무소에서 없어졌다는 보트 말일세. 신중하고 끈기 있게 찾으면 반드시 찾을 수 있을 거야. 보트를 발견한 거룻배지기가 보면 금방 알 수 있을 테고 조종 열쇠도 여기 있으니까 말이야. 거리낄 게 없는 인간이라면 범선의 열쇠도 챙기지 않고 그냥 갈 리는 없지.

여기서 질문을 하나 하겠네. 혹시 그 거룻배지기가 보트를 주웠다고 광고라도 했었나? 아니야. 아무 말도 없이 거룻배 사무소에 갖다 놓은 걸 누군가가 조용히 훔쳐갔어. 그런데 생각해 보면 그 보트의 소유주인지 사용자인지 그 보트가 거기 있다는 걸 어떻게 알았을까? 광고를 한 것도 아닌데 월요일에 발견된 보트가 거기 있다는 걸 다음 날인 화요일 아침에 어떻게 알 수 있었냐고? 이건 해군과 관계되는 정보를 자세히 알 수 있는 사람이 아니라면 도저히 불가능한 일이지.

단독 범인이 시체를 강가까지 끌고 갈 때 어쩌면 보트를 이용했을지도 모른다는 건 이미 말했지. 사실 마리 로제는 보트에서 강물 속으로 던져진 거야. 그럴 수밖에 없었겠지. 시체를 기슭의 얕은 곳에 팽개쳐 놓을 수는 없었을 테니까 말이야. 피해자의 어깨와 등에 있던 독특한 상처는 보트 바닥에 긁힌 거야. 시체에 무거운 것을 매달지 않았다는 사실도 이 생각을 뒷받침해 주지.

범인이 만약 시체를 강가에서 그냥 던져 넣었다면 무거운 걸 달았을 거야. 그게 없었다는 건 범인이 추를 준비하는 걸 깜빡했다고 설명할 수 있겠지. 범인은 시체를 물속에 던져 넣으려다가 자기의 실수를 깨달았을 거야. 그러나 그때 당장은 어떻게 할 도리도 없었겠지만 때는 이미 늦었고. 어쨌든 기분 나쁜 짐을 처리한 범인 급히 시내로 돌아갔을 거야. 그리고 어딘가 사람 눈에 잘 띄지 않는 부두에서 보트를 내렸겠지.

하지만 과연 그때 그가 부두에 보트를 매어 두었을까? 너무 마음이 급해서 보트를 매어 둘 여유는 없었을 거야. 게다가 부두에 보트를 매어 두는 건 오히려 자기에게 불리한 증거를 남기는 것 같았겠지. 범인은 원래 범죄와 관련 있는 물건은 되도록 없애 버리려고 하거든. 자기 자신도 부두에서 멀리 도망간데다가 보트가 그대로 남아 있는 건 끔찍하게 싫었겠지. 그러니 아마 보트를 그냥 떠내려 보냈을 거야.

좀 더 상상해 볼까? 다음 날 아침 이 불쌍한 남자는 일 때문에 자주 지나다녀야 하는 장소에 그 보트가 매어 있는 걸 발견하고 말할 수 없는 공포를 느꼈을 거야. 그날 밤 그는 보트를 어딘가로 옮겼어. 그때 차마 열쇠까지 가져 갈 용기는 없었지. 그렇다면 이 열쇠를 잃은 보트는 어디로 갔을까? 그걸 찾아내는 것이 우리의 첫째 목표라네. 이것만 발견하면 성공의 서광이 보이는 거지. 이 보트가 길잡이가 되어 빠른 속도로 운명의 일요일 밤에 보트를 사용한 남자를 찾게 될 거야. 확증은 확증을 낳아 범인은 저절로 드러나게 될 걸세."

(특별히 여기 쓰지 않아도 아마 독자들은 잘 아시리라 믿기에 본지가 입수한 원고에서 뒤팽 씨가 사소한 실마리를 근거로 독특한 추론을 한 과정 중 일부분을 임의로 생략하기로 했다. 다만 소기의 목적이 달성되었고 경찰청장이 뒤팽 씨와 계약한 조건을 마지못해 틀림없이 이행했다는 것을 전한다. 포 씨의 글은 다음과 같은 말로 끝을 맺는다. ─ 편집자 주)

내가 말하고자 하는 것은 우연의 일치에 대해서지 그 이상의 무엇도 아니라는 것을 알아주시기 바란다. 이 명제에 대해서는 지금까지 말한 것으로 충분하리라 믿는다. 내 마음속에는 초자연에 대한 신앙 따위는 없다. 적어도 생각이 있는 인간이라면 자연과 신은 별개의 것임을 부정하지는 않을 것이다. 신은 자연의 창조자로서 자기 뜻대로 자연을 지배하고 바꿀 수 있다는 것은 의심할 여지가 없다.

내가 '뜻대로'라고 한 것은 이것이 의지가 문제가 되는 것이지 잘못된 논리가 가정하든 힘의 문제는 아닌 것이다. 신은 그 법칙을 바꾸지 못하는 것이 아니다. 우리가 마치 변화가 필요한 것처럼 생각하는 자체가 신을 모독하는 것이다. 태초에 신의 법칙들은 미래에 일어날 수 있는 온갖 우연한 사건들을 모두 포함할 수 있도록 만들어졌던 것이다. 신에게는 모든 것이 바로 지금이다.

다시 말하지만 내가 지금까지 한 이야기는 모두 우연의 일치일 뿐이다. 또 한 가지, 나의 이야기, '불행한 메리 세실리아 로저스의 운명과 마리 로제의 운명이 일종의 평행선을 그리고 있다'는 사실과 그 놀랄 만한 정확성을 생각하면 눈앞이 아찔할 정도다.

그렇다. 이제 이 모든 것을 알게 되리라. 그러나 마리의 불행한 이야기를 지금 말한 시기에서 다시 앞으로 밀고 나가고, 그녀와 얽힌 수수께끼를 결말까지 더듬어 나가도 이 평행선은 계속될 것이라고 암시하려는 것 또는 이 여점원의 살해자를 발견하기 위해서 파리에서 채용된 방법, 혹은 그와 유사한 추리에 바탕을 둔 방법이 그와 비슷한 결과를 가져올 것이라고 암시하려는 것이 내 속셈일 거라고는 생각하지 말아 주기 바란다.

왜냐하면 후자의 가정에 대해 말하자면, 두 사건의 사실에 사소한 차이가 있더라도 그것이 양자의 진로를 철저하게 바꾸어 마침내 중대한 오산을 낳을 수도 있음을 생각해야 하기 때문이다. 마치 수학에서 그 자체로는 사소한 잘못이 계산의 전 과정에서 여러 번 되풀이되는 동안 사실과는 전혀 어긋난 결과를 낳는 것과 마찬가지다.

그리고 전자의 가정에 대해서는 이미 내가 언급한 확률로 그 자체가 평행선의 연장 같은 걸 일체 생각해선 안 된다고 가르치고 있음을, 그것도 두 개의 평행선이 이미 충분히 길고도 정확하게 계속되었던 그만큼 더욱더 단호하게 그런 생각을 해서는 안 된다고 가르치고 있음을 잊어서는 안 된다.

이것은 얼핏 보기에 수학적인 사고와는 전혀 거리가 먼 사고에 호소하는 것 같지만 실은 수학자만이 이해할 수 있는 변칙적 명제 중의 하나다. 이를테면 주사위 놀이에서 한 사람이 두 번 던져 두 번 연속 6이 나왔을 경우, 세 번째에는 6이 나오지 않는다고 장담해도 거의 틀림없겠지만, 단순한 일반 독자에게 이것만큼 이해시키기 어려운 일은 없다.

이런 취지의 암시는 일반적으로 지성에 의해 즉각 거부당하고 만다. 처음에 두 번 던진 것은 이미 끝난 일이고 지금에 와서는 그야말로 과거의 일이므로 그것이 미래의 일에 속하는 다음 주사위의 결과에 영향을 미칠 수 있으리라고는 생각되지 않는다.

6이 나올 확률은 그야말로 다른 어느 경우하고나 똑같을 것으로 보인다. 즉 같은 주사위로 나올 수 있는 다른 숫자에도 좌우될 것 같다. 그리고 이런 생각은 너무도 자명한 것으로 보이기 때문에 이것을 반박하려고 하면 진지하게 귀를 기울이기보다는 비웃음을 보이는 경우가 월등하게 많다.

여기에 포함되어 있는 오류, 독성이 든 오류를, 지금의 나에게 허락된 지면으로는 폭로하려야 할 수 없으며 또한 현명한 사람들에게는 폭로할 필요도 없을 것이다. 여기에서는 이 오류가 부분적인 진리만을 찾으려는 인간의 경향 때문에 이성 앞에서 일어나는 무수한 착오 중의 하나라고 말해 두는 것으로 충분하리라.

3부 환상

포는 미국이 낳은 가장 창조적인 천재다.
－알프레드 테니슨

적사병 가면

적사병은 오랫동안 그 나라를 휩쓸었다. 이처럼 사람의 생명을 빼앗아 가는 무서운 역병은 지금껏 없었다. 피가, 새빨간 피가 적사병의 화신이자 증거였다. 격렬한 고통과 함께 현기증을 일으키면서 입에서 피를 쏟으며 죽고 만다. 환자의 몸에 생긴, 특히 얼굴에 생긴 진홍색 반점이 이 병의 표시였고, 사람들은 이 표시만 보면 도움과 동정을 거두어들였다. 병의 발작과 진행 그리고 죽음까지 30분 정도밖에 걸리지 않았다.

그러나 프로스페로 왕자는 행복하고 용감하고 현명했다. 그의 영토의 인구가 절반이나 줄자, 궁정의 기사와 여자들 중 천성이 쾌활한 신하들을 천 명 정도 불러들여 성으로 둘러싸인 어느 사원으로 깊이 은둔해 버렸다.

이 장엄하고 거대한 사원은 괴상하고도 위엄 있는 왕자의 안목이 돋보이는 곳이었다. 튼튼하고 높은 담이 사원을 둘러쌌는데 담에는 철문이 나 있었다. 신하들은 그들이 안으로 들어간 후 용광로와 해머를 가져다 자물쇠를 아주 용접해 버렸다. 그들은 사원 안에서 어떤 절망과 광란의 충동이 일어난다 해도 아예 출입을 못하게 봉쇄하기로 결심했던 것이다.

사원 안에는 충분한 식량이 저장되어 있었다. 이만한 준비가 되어 있어서 그들은 마음이 제법 든든했다. 바깥세상은 될 대로 되라지. 그곳에서는 세상일을 애써 슬퍼하고 생각하는 것이 어리석은 일이었다. 왕자는 모든 오락거리를 갖춰 놓았다. 광대, 즉흥시인, 발레 무용가, 음악가, 미인, 술까지 모두 있었다. 사원에는 안전함도 있었다. 없는 것은 다만 적사병뿐이었다.

은둔한 지 오륙 개월 후에도 바깥세상에서는 적사병이 여전히 횡행하고 있었다. 왕자는 세상에서 가장 성대한 가면무도회를 열고 그의 친구들을 초대하였다. 먼저 무도회가 열릴 방부터 설명하자면 방이 일곱 개나 되고 궁전처럼 꾸며졌다. 보통 구조의 궁전 같으면 일곱 개의 궁실이 한 줄로 연결되어 있고, 여닫이문이 벽 양쪽으로 열리게 되어 있어서 모든 방이 한눈에 들어오게 되어 있었다. 그러나 왕자의 특이한 취향에서 짐작할 수 있듯이 이 궁의 구조는 사뭇 달랐다.

방은 매우 불규칙적으로 배치되어, 한 번에 겨우 방 하나가 보일 정도지 일곱 방을 전부 내다볼 수는 없었다. 복도는 20미터마다 급하게 구조가 꺾였는데, 그때마다 신기한 모습이었다. 좌우 양쪽 벽의 한복판에 좁고 긴 고딕식 창이 나 있었다. 창은 굽어져 있는 방들을 따라 나 있는 복도를 향해 나 있었다. 창은 스테인드글라스로 되어 있었는데 그 빛깔은 창을 열면 실내의 전체 색조와 잘 어울렸고 방마다 다양했다.

예를 들어 동쪽 끝에 있는 방은 푸른빛으로 꾸며져 있었고 그 창은 선명한 파란빛이었다. 두 번째 방은 장식과 융단 그리고 창까지도 자줏빛이었다. 세 번째 방은 전부 초록빛이었다. 네 번째 방은 가구와 조명이 모두 오렌지 빛, 다섯 번째 흰빛, 여섯 번째는 보랏빛이었다. 일곱 번째 방은 천장에서 벽 전체에 검정 벨벳 융단이 걸려 있었고, 그 큰 주름이 검은 벨벳 카펫 위로 드리워져 있었다. 그러나 이 방의 창만은 실내 장식과는 달랐다. 이 방의 유리는 새빨갰다. 붉은 핏빛이 도는.

일곱 개의 방에는 이곳저곳에 황금 장식이 벽에 걸려 있거나 천장에서부터 늘어뜨려져 있었지만, 램프나 촛대는 어느 방에도 없었다. 방 안에는 램프나 촛불에서 나오는 빛도 없었다. 그러나 방을 따라 난 복도에 보면 창 맞은편에 거대한 삼각대가 서 있는데, 거기서 환한 불빛이 나오 스테인드글라스를 통해 방을 환히 비추고 있었다. 그래서 방 안에는 기이하고 황홀한 무수한 그림자가 어른거렸다.

그러나 서쪽에 있는 검은 방에서는, 핏빛 유리창의 빛이 벽에 걸린 융단 위에 무시무시한 그림자를 만들어 냈다. 방 안에 들어온 사람의 얼굴에 소름끼치는 빛을 던졌으므로, 감히 이 방에 들어오려는 담대한 사람은 아무도 없었다.

이 방에는 큰 흑단 시계가 서쪽 벽에 걸려 있었다. 시계의 추는 단조로운 소리를 내며 육중하게 좌우로 흔들거렸다. 분침이 한 바퀴를 돌아 시간을 알릴 때는 자명종의 심장에서 맑고 힘찬 소리가 흘러나왔다. 오케스트라 연주자들은 한 시간 간격으로 잠깐 연주를 중지하고 시계의 기이한 음에 귀를 기울였다. 그러므로 흥이 나서 왈츠를 추던 사람들도 어쩔 수 없이 춤을 멈추었고, 흥겹던 분위기에 짧은 적막이 흘렀다.

시계추가 울리는 동안, 흥에 겨워 있던 사람들도 창백해졌고, 나이 든 침착한 사람들은 환상이나 명상에 빠진 듯 이마에 손을 얹었다. 그러다가 추의 울림이 완전히 사라져 버리면 가벼운 웃음소리가 방 안에 떠돌고 연주자들은 서로 얼굴을 쳐다보며 자기들의 신경과민과 어리석음에 웃음 지었다. 다음 시계추가 울릴 때에는 너무 동요하지 말자고 낮은 소리로 다짐했다. 그러나 60분이 지나 즉 3,600초의 시간이 흘러 다시 시계가 울리면, 한 시간 전과 똑같은 정적과 전율과 명상이 찾아왔다.

어쨌거나 흥겹고 성대한 연회였다. 왕자의 취향은 특이했다. 그는 색채와 효과에 세련된 식견이 있어서 일시적인 유행 따위는 거들떠보지도 않았다. 왕자의 계획은 대담하고 열렬했으며 그의 구상은 야수적인 광채로 빛났다. 왕자를 미쳤다고 생각하는 사람도 있었다. 그러나 그의 추종자들은 그렇게 생각하지 않았다. 그 사실을 확실히 하려면 왕자와 직접 대면해서 그의 말을 들어볼 필요가 있었다.

이 화려한 무도회를 위해 왕은 일곱 방의 이동 장식을 손수 지시했다. 그리고 가면마다 캐릭터를 정해 준 것도 그의 취향이었다. 그것은 모두 괴이한 것뿐이었음은 말할 것도 없다. 찬란한 광채가 넘치고 환상적이었다. 빅토르 위고의 비극 〈에르나니〉에 나오는 캐릭터 같았다. 이상한 팔다리가 달린 아라베스크풍의 의상도 있었다. 광인 같은 모습, 아름다운 것, 음탕한 것, 기이한 것 그리고 끔찍하고 혐오감을 일으키는 것도 적지 않았다.

일곱 개의 방에는 꿈에서나 나올 법한 환상적인 무리들이 이리저리 활보했다. 이 환상의 무리들은 방 안의 색채를 온몸으로 받으며, 오케스트라의 음악 소리에 발을 맞추어 이곳저곳을 뛰어다녔다. 그러다가 그 검정 벨벳 방에 걸린 흑단 시계가 울리면 잠깐 동안 모든 방에서 쥐 죽은 듯한 침묵이 흘렀다. 시계 소리 외에는 아무 소리도 들리지 않고 환상의 무리들은 꿈을 꾸듯 얼어붙어 서 있었다.

그러나 자명종의 메아리는 일순간에 지나지 않았다. 밝고 약간 숨죽인 웃음소리가 사라지는 시계 소리의 뒤를 따라 떠오른다. 그러면 다시 음악 소리는 높아지고 꿈의 무리들이 되살아나서 삼각대에서 흘러나오는 가지각색의 찬란한 빛을 받으며 마음껏 뛰어다닌다. 그러나 일곱 방 중 서쪽 끝에 있는 방으로 들어가려는 사람은 한 사람도 없었다.

밤은 점점 깊어가고 핏빛 스테인드글라스에서는 더욱 붉은 빛이 흘러들어왔다. 새까만 융단은 사람을 소스라치게 했다. 검정 담비 카펫 위로 발을 들여 놓는 사람의 귓전에는 흑단 자명종 소리가, 다른 방에서 춤추는 사람들보다 더욱 장중하고 무겁게 들려왔다.

다른 방들은 사람들이 가득 차 있고, 그곳에서는 생의 심장이 뜨겁게 고동치고 있었다. 연회는 소용돌이치듯 계속되었다. 드디어 자정을 알리는 시계 소리가 들려왔다. 그러고는 이전처럼 음악소리가 뚝 그치고 왈츠를 추던 사람들도 조용해졌다. 일시에 모든 것이 정지되었다.

자명종은 열두 번을 울렸다. 춤추던 사람들 중에도 생각이 깊은 사람들에게는 좀 더 많은 생각이 떠올랐을 것이다. 자명종의 마지막 여운이 아직 사라지도 전에 군중 가운데 눈에 띄지 않던 가면이 섞여 있다는 사실을 깨닫게 되었다. 이 새로운 존재에 대한 수군거림이 사방으로 퍼지면서 공포와 혐오감이 담긴 불평이 새어나왔다.

이런 환상적인 무리 속에서는 웬만한 가장으로는 소동이 일어나지 않는다. 가면의 선택에는 은 거의 제한이 없었는데 문제의 가장 인물은 무시무시한 기운이 있었다. 이 가장한 남자는 큰 키에 몹시 말랐으며, 머리에서 발끝까지 썩은 수의를 두르고 있었다. 얼굴을 가린 가면은 굳어 버린 시체의 얼굴 같아서 자세히 들여다보아도 분간할 수 없을 지경이었다.

광분한 무도회의 여흥꾼들은 그의 가장을 인정할 수는 없다 해도 그의 존재를 참아 낼 수는 있었을지 모른다. 그러나 이곳저곳에서 적사병과 흡사하다고 소곤대는 소리가 들려오기 시작했다. 그의 옷은 피로 젖어 있고 그의 넓은 이마는 피의 반점으로 얼룩져 있었기 때문이다.

프로스페로 왕자의 시선이 이 괴물에게 떨어졌을 때 (괴물은 자기의 역할을 다하려는 듯 근엄한 걸음걸이로 왈츠를 추는 사람들 사이를 걸어다녔다) 처음에는 공포와 혐오로 부들부들 떨더니 곧이어 이마가 분노로 진홍빛이 되고 말았다. 왕자는 쉰 목소리로 옆에 있는 신하에게 물었다.

"누가 감히 이런 불경스러운 장난으로 우리를 모욕하는 것이냐? 저놈을 잡아 가면을 벗겨라. 내일 동이 틀 때 교수형을 처할 테니!"

프로스페로 왕자가 이런 말을 하며 서 있던 방은 동쪽 푸른 방이었다. 왕자는 대담하고 건장한 사람이었으므로 그 목소리가 일곱 개의 방을 통해 크고 우렁차게 울렸다. 그가 손을 들자 음악소리도 그쳤다.

왕자의 옆으로는 새파랗게 질린 신하들의 무리가 있었다. 왕자가 말할 때 신하들의 무리는 그 침입자의 방향으로 살짝 몰려갔다. 그 침입자는 이제 당당한 걸음으로 왕자에게 다가왔다. 그가 풍기는 알 수 없는 두려움 때문에 누구 하나 선뜻 그를 잡지 못했다.

방 안의 모든 사람들이 방 한가운데서 벽 쪽으로 슬금슬금 뒷걸음질 치는 동안, 이 남자는 전과 다름없이 엄숙하고 안정된 발걸음으로 파란 방에서 자주색 방으로, 자주색에서 초록색으로, 초록색에서 노란색으로, 노란색에서 흰색으로, 거기서 또다시 보라색 방으로 서슴없이 걸어갔다. 그러기까지 아무도 그를 막거나 붙잡지 못했다.

그러나 이때 프로스페로 왕자는 자기가 순간적으로 겁을 먹은 것에 대한 수치와 분노로 발끈하여 여섯 방을 차례로 내달렸다. 다른 사람들은 얼빠진 듯 벌벌 떨고만 있을 뿐 한 사람도 그 뒤를 쫓는 사람은 없었다. 왕자는 단검을 뽑아 높이 쳐들고 헐떡거리면서 괴물의 거의 1미터 가까이까지 다가갔다. 괴물은 검정 벨벳 방의 마지막 벽에서 갑자기 홱 돌아서며 추격자와 마주 섰다. 그 순간 날카로운 비명과 함께 단검이 번쩍이며 까만 양탄자 위에 떨어졌다. 그 위로 프로스페로 왕자도 쓰러졌다.

처절한 절망에 오히려 용기를 얻은 무리들은 즉시 검은 방으로 몰려들어와 그 괴물을 잡았다. 흑단 시계 그림자 뒤에서 꼼짝도 않고 꼿꼿이 서 있는 괴물의 목덜미를 붙잡고, 다 썩은 수의와 시체 같은 가면을 닥치는 대로 쥐어뜯고 흔들어 보았지만, 손에 잡히는 것이라고는 주검 같은 가면과 수의뿐이었다. 사람들은 말할 수 없는 공포로 숨이 막혀 부들부들 떨고만 있었다.

그들은 이제야말로 적사병이 나타난 것을 알 수 있었다. 적사병은 밤도둑처럼 슬쩍 스며든 것이다. 이제까지 즐겨 날뛰던 무리들이 하나씩 하나씩 피를 토하며 쓰러졌다. 모두 처참한 모습으로 죽어갔다. 흑단 시계의 생명도 이 성대한 연회의 막과 동시에 사라졌다. 삼각대의 불꽃도 꺼졌다. 다만 암흑과 부패와 적사병만이 모든 것을 무한히 지배하고 있을 뿐이었다.

리지아

여기에 영원불멸의 의지가 있다.

그 누가 그 의지의 신비함을 전부 알 수 있을까?

신이란 하나의 위대한 의지이며 그 강렬함으로 모든 만물을 다스린다.

인간은 의지의 나약함에 의지하지 않는 한

천사에게도, 죽음에게도 굴종하지 않는 법이다.

- 조셉 글렌빌

리지아를 언제, 어떻게, 심지어 어디서 처음 알게 되었는지 도무지 생각나지 않는다. 그 뒤 많은 세월이 흘렀고, 나의 첫 기억은 숱한 고뇌로 희미해졌다. 아니 어쩌면 지금 내가 그러한 일들을 생각해 낼 수 없는 이유는 내 애인의 성격, 비할 데 없는 학식, 특이하면서도 잔잔한 미모, 사람의 마음을 사로잡고야 마는 웅변적인 힘을 지닌 그 낮은 음악적 음성 등이 거의 의식하지 못할 만큼 한결같고 은밀한 보조로 내 가슴속으로 스며들어 왔기 때문인지도 모른다.

아무튼 내가 그녀를 처음 만났고 또 가장 자주 만났던 곳은 라인 강가의 어느 쇠락해 가는 크고 오래된 도시였다고 생각된다. 그녀의 가계에 대해서 확실히 그녀의 입으로 들은 일이 있다. 아주 오래된 가문이었음은 의심할 여지가 없다. 리지아! 리지아!

세상의 번거로움을 잊어버리는 데 무엇보다 알맞은 연구에 몰두하면서 지금은 없는 그녀의 모습을 마음속에 떠올리자면, 아름다운 이름, 리지아란 호칭에 의지할 수밖에 없다. 지금 펜을 잡고 있으니 문득 생각나는 것이 있는데, 그것은 나의 벗이요, 약혼녀였던 그리고 내 연구의 반려자가 되고 마침내 마음을 허락한 아내가 된 그녀의 아버지 이름을 나는 한 번도 들어본 적이 없다는 점이다.

　내가 이 점에 대해서 아무것도 묻지 않게 된 것이 리지아 편에서는 어떤 흥미로운 것이었을까? 혹은 내 애정의 강도에 대한 일종의 시험이었을까? 아니면 가장 정열적인 애정의 재단에 거칠도록 낭만적으로 바치는 나 자신의 변덕이었을까? 내가 분명히 회상할 수 있는 사실은, 그것을 파생시켰고 그것을 둘러쌌던 상황에 대해서 나는 완전히 잊어버렸다는 것이다.

　우상을 숭배하는 땅, 이집트의 가냘프고 몽롱한 날개를 가진 로맨스의 정령 아슈트페트가 결혼을 저주한다는 것이 사람들의 말처럼 사실이라면, 나의 결혼도 저주한 것이리라.

　그러나 내 기억을 떠나지 않는 그리운 이야기가 하나 있다. 그것은 리지아라는 사람이다. 그녀는 키가 크고 날씬했으며 여윈 뒤태를 가지고 있었다. 그 태도의 고상함, 그 조용하고 차분함, 또 소리가 나지 않을 만큼 가벼운 발걸음은 정말 뭐라고 표현할 수가 없다. 그녀는 그림자처럼 왔다가 그림자처럼 떠났다. 서재의 문을 열고 들어올 때조차도, 대리석 같은 손을 내 어깨에 얹고 나직하고 아름다운 그 목소리로 나를 다정하게 부를 때까지는 한 번도 알아차리지 못했다.

　얼굴의 아름다움은 어떤 아가씨도 따를 수 없었다. 그것은 아편 같은 꿈의 광휘였고 선잠을 자는 델로스의 딸들의 영혼을 선회하는 환상보다 더 신성해서 마음을 순화시켜 주는 미모였다. 그러나 이교도에서 그릇되게 숭배하는 틀에 맞춘 듯한 균형미와는 달랐다. 미의 모든 형식과 장르에 대해 '약간의 낯설음이 없는 절묘한 미란 없다'고 베르렘 경 베이컨은 적절하게 말하고 있다.

그러나 리지아의 얼굴이 고전적 균형미에 속하지 않음을 알면서도 그 아름다움이 대단히 빼어난 것임을 감지하고, 거기에 '기이함'이 많이 배어 있다고 느끼면서도 그 불균형이 어디에 있으며 그 기이함이 어디서 나오는가는 아무리 규명하려 해도 규명할 수가 없었다. 오똑하면서 창백한 이마의 윤곽을 자세히 살펴도 보았다. 그것은 흠잡을 데가 없었다.

그러나 그토록 신성하고 거룩한 모습을 표현하기에는 얼마나 모자란 형용사란 말인가! 가장 순수한 상아에나 비길 수 있을 살결, 위엄 있게 넓은 잔잔함, 관자놀이 윗부분의 밋밋한 융기, 그리고 자연스럽게 물결치는 윤기 흐르고 숱 많은 새까만 머리채는 '히아신스와 같도다'라고 노래한 시인 호머의 수식어를 생생하게 떠올리게 했다.

그 코의 섬세한 선도 보았다. 그것은 히브리인의 우아한 메달에서나 그 비슷한 것을 본 적이 없을 만큼 완벽한 모습이었다. 히브리인의 메달처럼 풍부한 매끄러움, 겨우 알아볼 정도의 갈고리 모양, 자유로운 영혼을 말해 주는 균형 잡힌 곡선을 그린 콧구멍.

나는 그 사랑스러운 입을 보았다. 여기에는 그야말로 모든 천상의 승리가 있었다. 짧은 윗입술의 멋진 굴절, 부드럽고 육감적이고 잠자는 것만 같은 아랫입술, 보일 듯 말 듯한 보조개, 호소하는 듯한 입술 빛깔, 조용하고도 침착하게, 더구나 세상에서는 드문 밝은 기쁨을 담은 미소를 띨 적마다 그곳에 넘쳐흐르는 빛을 모두 반사하며 눈부시게 반짝이는 치아. 나는 턱 모양도 살폈다. 여기서도 또한 그리스인의 잔잔한 입김에 담긴 부드러움과 장려함, 풍만함과 영성(아폴로 신이 아테네인의 아들 클레오메네스에게 꿈속에서 계시한 윤곽)을 보았다. 그다음에 나는 리지아의 두 눈을 응시했다.

그 눈에 맞는 모델은 먼 옛날에서도 찾을 수가 없다. 하긴 내 애

인의 눈이야말로 베를람 경이 말하는 그 비밀이 깃들어 있었는지
도 모른다. 확실히 보통 사람들의 눈보다는 훨씬 컸다. 심지어 누
르자하드의 골짜기에 사는 영양 중에서 가장 큰 눈보다도 더 컸다.
그러나 리지아의 큰 눈이 두드러지게 눈에 띄게 되는 경우는 어쩌
다가 극도로 흥분할 때뿐이었다. 그리고 그런 순간에 반짝이는 그
녀의 아름다움은, 열렬한 내 환상 속에서는, 지상의 것과는 동떨어
진 아름다움, 터키의 전설적인 극락의 여신 하우리의 아름다움으
로 보였다.

　눈동자는 더할 수 없을 만큼 새까맣고, 그 훨씬 위로 흑옥색 진
주 빛의 긴 속눈썹이 돋아나 있었다. 약간 불규칙한 선의 눈썹도
같은 빛깔을 띠고 있었다. 그러나 내가 그 눈에서 찾아 낸 '기이함'
은 그 형태나 빛깔, 또는 눈매의 찬란함과는 분명히 다른, 따라서
표정이라고 밖에는 할 수 없는 것이었다. 표정이라니? 아, 얼마나
동떨어진 말인가! 우리는 이 말의 단순하고도 먹먹한 울림의 그늘
속에 수많은 영적인 것에 대한 우리의 무지를 숨기고 있는 것이다.
리지아의 눈의 표정! 나는 얼마나 오랜 시간을 시간 가는 줄도 모
르고 그 문제를 생각했던가? 한여름 밤을 꼬빡 새면서 그것을 규
명하려고 얼마나 안간힘을 썼던가! 나의 애인의 눈동자 속에 깊이
숨어 있는 것(데모크리토스의 우물보다도 깊은 그 무엇), 그것은 무엇이었을
까? 그것은 과연 무엇이었을까? 나는 그것을 발견하려는 마음에
한동안 들떠 있었다. 그 눈! 그 커다란, 그 빛나는, 그 신성한 눈동
자! 그것은 나에게 레다의 쌍둥이자리였고 나는 그 별의 가장 열렬
한 점성술사가 되었다.

　무엇인가 오래전에 잊어버린 일을 생각해 내려고 애쓸 때 금방
생각이 날 듯 날 듯하면서도 끝내 선명해지지 않는 사실, 내가 알
기로 심리학의 숱한 변칙적 현상 중에서 학자들이 전혀 문제 삼지
않는 사실 만큼 깊은 흥미를 끄는 것은 없다. 그런 식으로 리지아

의 눈을 줄기차게 응시하다 보면 그 표정에 대해서 완전히 이해가 될 듯하다. 금세 될 듯하다가 완전히 되지 않고, 오히려 깨끗이 사라져 버린 적이 몇 번이었던가!

그리고 이상하게도, 정말 이상한 미스터리 같이, 세상의 극히 흔해 빠진 사물에서 나는 그 인상과 유사한 것을 발견했다. 즉 리지아의 아름다움이 내 마음으로 들어와 있었을 때는, 그녀의 크고 빛나는 눈동자로 내 마음이 깨어 있는 듯한 느낌을, 외부 세계의 수많은 것으로부터 느낄 수 있었다. 그러나 더 이상 그 감상을 정의하거나 분석할 수 없었으며 심지어 계속 주시할 수도 없었다.

가끔은 빠르게 자라는 포도나무를 보면서, 때로는 나비나 번데기, 흐르는 시냇물을 응시하다가 그것을 느꼈다. 바다에서 그것을 느꼈고 유성의 낙하에서도 그런 기분을 느꼈다. 지긋이 늙은 노인의 시선에서도 그것을 느꼈다. 하늘을 망원경으로 응시하면 그런 기분을 자아내는 한두 개의 별이 있었다. 특히 거문고자리의 큰 별 근처에 보이는, 한 쌍을 이루고 빛을 발하는 육등성이 그러했다. 현악기에서 나오는 어떤 음이 나에게 그런 기분을 충만하게 하기도 했고, 책 속의 어떤 문장이 그런 느낌을 주는 적도 적지 않았다. 다른 무수한 예 가운데 조셉 글랜빌의 어떤 문장을 나는 잘 기억하고 있는데, (아마도 그 기이함 때문이겠지만) 변함없이 그런 분위기를 자아냈다.

"정신은 있되 죽음은 없다. 움직일 수 있는 힘을 가진 그 정신의 미스터리를 누가 알겠는가? 신이란 위대한 정신일 뿐이며, 스스로 자연의 모든 것에 걸쳐 있는 것이다. 인간은 연약한 의지가 꺼지지 않는다면, 천사에 굴복하지 않으며 죽음에도 굴복하지 않는다."

오랜 세월이 흐르고 생각을 거듭하는 사이에 나는 이 영국 도덕주의자의 구절과 리지아의 성격 사이에 어떤 희미한 연관성을 발견하게 되었다. 생각, 행동 혹은 말에서의 강인함은 거대한 결의의 결과 혹은 적어도 그것의 지침이었을 것이다. 우리가 서로 알았던 긴 기간 동안, 그 느낌이 존재한다는 다른 증거는 없었다. 내가 이제까지 알았던 여자 중에 가장 조용하고 평온한 리지아는 독수리같이 강렬한 열정에 온몸을 던지는 여자였다.

그런 열정을 나는 전혀 가늠할 수 없었지만, 단번에 나를 그렇게 기쁘게 하고 소름끼치게 했던 그 눈이 기적같이 커지는 것을 보고 알 수 있었다. 거의 마술 같은 그녀의 낮은 목소리의 멜로디, 음조, 분명함과 편안함 그리고 습관적으로 내뱉던 힘찬 말의 강렬한 에너지(온화하게 말하는 것과 대비되어 두 배로 효과가 난다)에 의해서도 알 수 있었다.

리지아의 학식은 이미 말한 바 있지만, 그것은 여성에게서 일찍이 보지 못한 박학이었다. 고전어에 능통했고 유럽의 근대어에서도 내가 아는 한 실수하는 것을 본 적이 없다. 학술의 전당이 자랑으로 여기는 학식 중 단지 가장 난해하기 때문에 가장 존중을 받는 어떠한 문제에 대해서도 리지아가 실수한 적이 있었던가? 내 아내의 자질 가운데 이 한 가지 점이 지금에 와서 얼마나 이상하고 또 즐겁게 나의 관심을 불러일으키는지!

그녀의 지식은 내가 그 어떤 여성에게서도 보지 못한 수준이라고 말했지만, 남자라도 정신과학, 자연과학, 수학의 모든 광범한 영역을 그렇듯 멋들어지게 답파한 사람이 과연 있었을까? 지금은 똑똑히 깨닫고 있지만, 그 당시는 리지아의 지식이 초인적, 아니 경이적이라는 것을 몰랐다.

우리의 결혼 초기에 내가 가장 몰두하고 있었던 형이상학적 탐구의 미궁 속을 어린애 같은 신뢰감을 갖고 그녀가 이끄는 대로 따라갈 만큼 난 그녀가 나와는 비할 수 없이 뛰어났다는 건 충분히 인식하고 있었다.

세상에서 찾는 사람이 드물고, 세상에 알려진 일은 더욱 드문 연구에 몰두하고 있는 나에게 그녀가 기웃거리듯 몸을 기대어 오면, 거기에 길게 삐친 화려한, 그리고 아무도 밟지 않았던 길을 따라가노라면, 인간의 접근을 금할 수밖에 없을 만큼 신성하고 고귀한 지혜의 궁극점에 마침내 도달할 것만 같은 그 상쾌한 풍경이 내 앞에 서서히 펼쳐지는 듯한 느낌이 들어, 얼마나 생생한 승리감과 탈속적 희망이 내 속에서 용솟음쳤던가!

그러니 몇 년 후 나의 부푼 기대가 날개를 달고 날아가 버리는 것을 보았을 때 내 비탄이 얼마나 격심했겠는가! 리지아를 떠난 나는 어두운 밤길을 더듬거리는 어린애에 지나지 않았다. 그녀가 곁에 있어 주어야만 우리가 몰두했던 선험 철학의 숱한 난문제를 명쾌하게 밝혀 낼 수 있었다. 그녀 눈의 그 찬란한 광채가 사라지자 황금빛으로 빛나던 문자가 토성의 납빛보다 더 흐려졌다. 곧이어 그녀의 눈동자가 내가 탐독하는 책장을 비추는 일이 줄어들었다.

리지아는 병에 걸렸던 것이다. 그 광적인 눈은 찬란한 광채로 이글거렸고, 파리한 손가락은 송장처럼 투명한 밀랍 빛이 되었으며, 높은 이마에 솟은 파란 정맥들은 희미한 마음의 동요에도 격렬하게 꿈틀거렸다.

나는 그녀의 죽음이 피할 수 없는 것임을 느끼고는, 마음속으로 소름끼치는 죽음의 천사 아즈라엘과 필사적으로 싸웠다. 그런데 놀랍게도 정열적인 아내의 싸움은 나 자신의 그것을 훨씬 능가하는 것이었다. 그녀의 엄격한 자질에는 죽음도 어쩌면 그 공포를 수반하지 않는 것이 아닐까 하는 생각이 들었다. 그러나 사실은 그렇지가 않았다.

그녀가 '죽음의 그림자'와 씨름하는 그 저항의 격렬함은 어떠한 말로도 적절히 전할 수 없을 정도였다. 그 애처로운 광경에 나는 몸부림치며 슬퍼했다. 위로하고도 싶었다. 사리를 따져 보고도 싶었다. 오직 한마음으로 살아남으려고 하는, 그 광적인 생에 대한 욕구에는 위로의 말이나 어떤 이치도 어리석은 시도에 지나지 않았다. 그럼에도 최후의 순간까지 그녀의 사나운 정신은 발작을 일으키듯 몸부림치면서도 외면의 차분함만은 조금도 흔들리지 않았다. 그 목소리는 더욱 부드러워지고 더욱 낮아졌다. 그러나 그 입에서 조용히 흘러나온 말들의, 그 격렬한 의미를 여기서 자세히 말하고 싶지는 않다. 인간의 것이라고 할 수 없을 만큼 아름다운 멜로디에 도취된 채 세상 사람이 일찍이 생각지도 못했을 만큼 외람된 말과 야심에 귀를 기울이고 있노라면 미칠 듯 머리가 어질어질해졌다.

그녀가 나를 사랑한다는 것을 의심한 적이 없었고, 그녀 같은 여성의 가슴에 깃든 사랑의 정열은 결코 평범한 것이 아니라는 것도 나는 쉽게 짐작할 수 있었다. 그러나 나는 그녀의 임종에 이르러서야 비로소 그녀의 애정의 깊이를 뼈저리게 느낄 수 있었다. 그녀는 몇 시간이고 계속 나의 손을 꼭 붙잡은 채 넘치는 가슴속을 내 앞에 줄곧 쏟아 놓았다. 그것은 열렬한 애정을 넘어서 우상 숭배에 가까웠다.

도대체 나에게 그러한 사랑의 고백을 받을 만한 가치가 있었단 말인가? 내가 그런 고백을 듣는 순간에 이 애인을 빼앗겨야 할 만큼 저주받을 이유가 있단 말인가? 그러나 이 문제에 대해서는 차마 더 이상 설명할 수가 없다. 다만 내가 말할 수 있는 것은, 가엾게도 그만한 가치도 덕도 없는 나에게 바쳐진, 단순한 여성의 사랑이라고 할 수 없을 만큼 열렬한 리지아의 사랑 속에서 그토록 급속히 꺼져 가는 생명에 대한 그녀의 격렬한 갈구의 근원을 비로소 발견했다는 점이다. 이 미친 듯한 갈구(생에 대한 통절한 욕구) 이것이야말로 뭐라고 표현해야 좋을지 도무지 알 수 없는 그 무엇이다.

그녀가 세상을 떠나던 날 자정, 그녀는 나를 곁에 와 있도록 손 짓하고서는 며칠 전에 자신이 지은 시를 또 한 번 읽어 달라고 부 탁했다. 나는 그녀의 시를 낭송했다. 시는 다음과 같다.

아, 외로웠던 여러 해 지나
오늘은 축제의 밤!
베일을 쓰고 눈물을 흘리는
한 천사가 날개를 흔들며 아름답게 오고 있네.
희망과 공포의 연극을 보러
극장에 들어와 앉네.
오케스트라는 천상의 음악을
단속적으로 연주하네.

천상의 신의 형상을 꾸민 어릿광대들은
나직한 소리로 중얼거리며 속삭이네.
그리고 여기저기에서 날아다니지만
꼭두각시에 지나지 않는 그 운명은
형태 없는 거대한 것들이 명하는 대로
이 장면 저 장면으로 옮겨 다닌다
거대한 독수리가 날개 치는 대로
아, 보이지 않는 슬픔이여!

그 광대 같은 연극. 분명
잊혀지지 않을 것이다
영원히 뒤를 쫓는 환영을
관객들은 잡지 못한다.
늘 바로 그 지점으로
되돌아오는 원, 그리고 수많은 광기와 죄

그리고 공포는 이 극의 줄거리

그러나 보라, 어릿광대 사이로
기어다니는 것이 침입하는 것을!
피처럼 붉은 것이
무대의 정적으로부터 몸부림치는 것을!
단말마의 고통으로 몸부림치고 또 몸부림친다!
어릿광대들은 그것의 먹이가 되고
악마의 송곳니에 천사는 흐느끼고
그것은 사람들에게 침투한다.

끝이다. 조명은 꺼지고 모든 것은 끝났다!
흔들리는 모든 것은 끝났다
연극의 막, 장례식의 장막은
폭풍우처럼 거세게 내려온다.
창백하고 핏기 없는 천사들은
베일을 벗고 일어나 외친다.
'인간' 그 연극은 비극이라고.
그 영웅은 지옥의 정복자라고.

낭독을 끝내자, 리지아는 "오, 주여!" 하고 절규하듯 외치며 벌떡 일어나 발작적으로 두 팔을 높이 쳐들었다.

"오오, 주여! 오 거룩하신 아버님이시여. 이러한 일이 언제까지나 계속될 것인가요? 이 정복자가 단 한 번도 정복당하는 일이 없을까요? 우리 인간은 주님의 일부요, 한 덩어리가 아닌가요? 의지의 신비와 그 힘을 누가, 대체 누가 알고 있나요? 인간은 스스로 연약한 의지에 의하지 않고는 천사에게도 그리고 죽음에게도 완전히 몸을 내맡기는 일이 없사옵니다."

그리고 그녀는 흥분으로 기진맥진한 듯이 하얀 팔을 툭 떨어뜨리더니 엄숙한 표정으로 임종의 자리로 돌아갔다. 마지막 한숨과 함께 낮은 중얼거림이 새어나왔다. 그녀의 입에 내 귀를 대었더니 글랜빌의 마지막 말이 분명히 들렸다.

"인간은 스스로 연약한 의지에 의지하지 않고는 천사에게도 그리고 죽음에게도 완전히 몸을 내맡기는 일이 없다."

리지아는 세상을 떠났고, 극도의 슬픔에 빠진 나는 라인 강가의 그 몰락해 가는 침침한 도시에서 더 이상 쓸쓸하고 외로운 생활을 견뎌 낼 수가 없었다. 나는 세상 사람들이 말하는 재산이라는 면에서 조금도 궁할 것이 없었다. 리지아는 대부분의 인간이 좀처럼 혜택 받을 수 없을 만큼의 재산을 나에게 물려주었다.

그래서 몇 달 동안의 쓸쓸하고 정처 없는 방랑 끝에 아름다운 잉글랜드의 가장 황량하고 인적이 드문 지방에서 한 사원(그 이름은 밝히지 않겠다)을 사들여 어느 정도 수리를 했다. 그 건물의 침울하고 으스스한 장엄함, 주변 일대의 황량함 그리고 그 건물과 주변에 얽힌 우울하고 유서 깊은 숱한 전설은 인가가 드문 외떨어진 곳으로 나를 몰아간 완전한 자포자기의 심정과 상통하는 바가 있었다.

나는 파릇파릇한 초목에 둘러싸여 썩어가는 이 사원의 외관에는 아무런 변경도 가하지 않았지만, 내부만은 어린애 같은 외고집으로 그리고 어쩌면 슬픔을 덜어 보려는 가냘픈 욕망에서, 궁궐을 능가할 만큼 화려하게 장식했다. 아주 어릴 때부터 나는 그런 어리석은 취미를 길렀는데, 그것이 슬픔의 망령 탓인지 되살아났던 것이다. 호화롭고 기발한 휘장, 장엄한 이집트풍의 조각, 요란스러운 코르니스(처마 장식의 벽에 수평으로 낸 돌림띠 장식)며 가구, 황금빛 술을 단 양탄자의 광적인 무늬 등에 내 유년의 광기가 얼마나 많이 스며들었던가!

나는 꼼짝달싹할 수 없을 정도로 아편의 노예가 되어 버렸으며, 내가 직접 하는 일이나 남에게 시키는 일은 모두 나의 '꿈'이 시켜서 하는 일이었다. 그러나 이런 어리석은 짓들을 상술하느라 시간을 허비할 필요는 없으리라. 여기서는 저 영원히 저주받은 하나의 방에 대해서 이야기하는 것으로 그치자. 내 신부로 (잊을 수 없는 리지아 대신으로) 제정신이 아닌 상태에서 아름다운 금발과 푸른 눈을 가진 트레마인의 토비나 트레바뇽을 제단에서 이 방으로 데리고 왔던 것이다 .

이 신부 방의 구조나 장식 가운데 지금 내 눈앞에 역력히 떠오르지 않는 부분은 하나도 없다. 그토록 애지중지하던 딸을 황금에 눈이 어두운 나머지 그렇게 장식된 방의 문턱을 넘게 놔뒀다니, 대관절 그 오만한 신부 가문의 정신은 그때 어디로 갔더란 말인가? 나는 그 방의 세부를 빠짐없이 모두 자세히 기억하고 있다고 말했다. 그러나 유감스럽게도 나는 아주 중요한 문제들을 잊어 버려 이 방의 환상적인 장식에 대한 기억 중에 꼭 남아 있어야 할 일관된 체계 같은 것이 없다.

그 방은 성곽 모양의 승원에 붙은 높은 탑 안에 있는, 오각형의 널찍한 방이었다. 오각형의 남쪽 면은 그 전체가 단 하나의 창문, 즉 자르지 않은 베니스산 거대한 통유리 한 장과 그것을 둘러싼 하나의 창틀로 되어 있었다. 유리는 납빛이었기 때문에 그것을 통과하는 햇빛이나 달빛이 실내의 물체 위로 기분 나쁜 빛깔을 던져 주었다. 이 커다란 창문의 상부에는 오래된 포도덩굴들이 그물눈을 이루고, 그 덩굴은 다시 탑의 육중한 벽을 기어오르고 있었다. 우중충한 떡갈나무로 만든 천장은 지나치게 높은 반원형으로, 반은 고딕풍이고 반은 드루이드풍의 요란스럽고도 그로테스크한 격자무늬를 이루고 있었다. 이 우울한 반원형 천장의 한가운데 움푹 들어간 곳에서부터 긴 고리를 연이은 한 가닥의 황금사슬이 내려뜨려져 있고, 그 끝에 역시 금제 사라센 무늬의 커다란 향로가 매달려 있다. 이 향로에는 많은 구멍이 뚫려 있고 그 구멍들에서는 얼룩 빛깔의 불길들이 마치 살아 있는 배처럼 쉴 새 없이 혓바닥을 날름거리고 있었다.

동양풍의 오토만과 가지 장식이 달린 황금 촛대 몇 개가 방 여기저기에 놓여 있고, 침대용 소파와 신부의 소파도 있었다. 신부의 소파는 인도풍으로 나지막했고, 단단한 흑단으로 조각되었으며, 관(棺)을 연상시키는 천개가 덮여 있었다. 방의 구석구석에는 검은 화강암의 거대한 석관이 꼿꼿하게 세워져 있었는데, 룩소르 지방의 여러 제왕의 분묘에서 운반해 온 것으로, 해묵은 관 덮개는 고대 조각으로 가득 차 있었다.

그러나 모든 것 중에 가장 환상적인 것은 놀랍게도, 건물 휘장에 있었다. 어울리지 않을 정도로 무섭게 높은 벽에는 그 꼭대기에서부터 밑바닥까지 무겁고 두툼해 보이는 휘장이 넓게 주름 잡혀 늘어져 있었다. 마룻바닥의 양탄자나, 오토만과 흑단 침대의 깔개, 침대의 깔개 그리고 창문을 반쯤 가려 주고 있는 호화로운 나선형 커튼과 같은 천으로 만든 휘장이었다. 그것은 가장 값비싼 금실의 천이었다. 이 주단에는 전체적으로 불규칙한 간격으로 점이 있었는데, 지름 30센티미터 정도의 아라베스크 문양이 있었고 흑단 같은 감으로 공들여 만든 것이었다.

그런데 이런 문양들은 어느 한 각도에서 볼 때만 진정한 아라베스크풍이 느껴졌다. 지금은 일반적이고, 매우 먼 고대 시기까지 거슬러 올라가는 고안에 의해, 주단은 각도에 따라 변하도록 만들어졌다. 방에 처음 들어서는 자의 눈에는 단순히 괴기스러워 보이지만 안으로 한 발씩 더 들어가면 북유럽 신화에 나오는, 혹은 죄 많은 수도사의 꿈에 나타나는 유령 같은 형체들의 끝없는 행렬에 둘러싸인 듯한 오싹한 느낌을 받게 된다. 그 느낌은 휘장의 뒤에서 끊임없이 기분 나쁘고 불안한 기운을 불어넣는 인위적인 바람 때문에 더 한층 고조되었다.

기괴한 신혼의 침실에서 나는 트레마인의 숙녀와 더불어 결혼 첫 달의 부정한 시간들을 보냈다. 별로 이렇다 할 마음의 불안을 느끼지 않고서 말이다. 내 아내가 나의 광폭한 신경질을 무서워한다는 것, 그녀가 나를 피한다는 것을 나는 느꼈지만 나로서는 그것이 오히려 즐거웠다. 나는 인간적이라기보다 악마적인 증오를 가지고 내 아내를 미워했다.

나의 추억은, (아아, 얼마나 커다란 미련을 가지고 있었던가?) 지금은 지하에 잠든, 저 그립고 위엄 있고 아름다운 리지아에게 날아갔다. 그녀의 지혜, 소녀의 고매하고도 탈속적인 기질, 그녀의 열렬한 우상숭배적인 사랑에 대한 회상 속에 나는 함빡 빠졌다. 그러한 때야말로 내 영혼은 그녀 자신의 온갖 불꽃보다도 더욱 강렬한 불꽃이 되어 활활 마음껏 타올랐다. 아편의 꿈과 같은 흥분에 사로잡혀(나는 이미 마약 중독자가 되어 있었다) 한밤중 적막 속에서 혹은 한낮의 골짜기에서 나는 리지아의 이름을 소리 높이 부르곤 했다. 마치 가버린 리지아를 미칠 듯이 간절하게, 몸을 불태울 만큼 격렬하게 사모하면, 저버린 (아아, 과연 영원한 것일까?) 지상의 세계로 또다시 그녀의 모습을 불러올 수 있기나 하듯 그 이름을 불렀다.

결혼 두 달째로 접어들 무렵, 로비나는 갑자기 병이 들었는데 회복이 매우 느렸다. 그녀의 몸을 좀먹는 열에 들떠 밤에도 잠들지 못했다. 그녀는 그 탑 안의 방 안팎에서 온갖 소리가 들리고 물체가 움직이는 것이 보인다고 말했는데, 나는 그것이 그녀의 불안한 심리 상태, 아니면 이 방 자체의 환각적인 영향에 기인한 것에 지나지 않는다고 간과했다. 다행히 그녀는 회복되기 시작했고 결국 완쾌되었다.

그러나 불과 얼마 지나지 않아 그녀는 전보다 더 심한 병에 걸려 또다시 병석에 눕게 되었다. 원래 허약한 몸은 끝내 완전한 회복을 보지 못했다. 이 시기부터 그녀의 병은 빈번하게 재발하면서 의사들의 지식도, 줄기찬 치료도 아무런 효험이 없었다. 사람의 힘으로 어찌 할 수 없을 만큼 그녀의 육체에 집요하게 달라붙는 고질이 심해짐에 따라 그녀의 짜증내는 빈도나 사소한 일에도 질겁하고 흥분하는 회수도 늘어났다. 그녀는 또다시 뭔가 희미한 소리가 들린다든가, 휘장 그림자의 심상치 않은 움직임에 대해 말하게 되었는데 전보다 더욱 빈번히 그리고 더욱 끈질기게 그 말을 하는 것이었다.

6월이 끝나가던 어느 날 밤, 그녀는 전에 없이 끈질기게 이 심란한 문제로 내 주의를 끌었다. 그녀는 뒤숭숭한 잠에서 막 깨어 난 참이었고, 나는 근심과 막연한 공포가 뒤섞인 심정으로 수척해진 아내의 얼굴을 지켜보고 있었다. 나는 그녀의 흑단 침대 곁, 인도풍 오토만(팔걸이와 등받이가 없는 쿠션 달린 긴 의자)에 앉아 있었다.

그녀는 반쯤 몸을 일으키고는 나직하고 진지한 어조로, 그녀는 들었지만 나는 듣지 못한 소리 그리고 그녀는 보았지만 내 눈에는 보이지 않았던 움직임에 대해서 말했다. 휘장 뒤에서 바람이 소란하게 불어대고 있었다. 나는 명료하지 않은 숨소리와 벽 위에 그려진 도형들의 미미한 움직임은 바람이 불면 자연적으로 생기는 현상에 지나지 않는다고 그녀에게 말하고 싶었다. (솔직히 고백하건대 나 자신도 그렇게 믿지는 않았다). 그러나 송장과 같이 창백한 아내 얼굴은 내가 그녀를 안심시키려고 아무리 노력해 봤자 아무 소용이 없으리라는 것을 말해 주고 있었다. 그녀는 의식을 잃어 가는데, 하인은 소리쳐 부를 수 있는 거리에 있지 않았다. 나는 의사가 지시했던 포도주병을 놓아 둔 장소를 생각해 내고 그걸 가지러 허겁지겁 방 건너편으로 달려갔다.

향로의 빛 아래로 다가갔을 때 놀랄 만한 일 두 가지가 내 주의를 끌었다. 눈에는 보이지 않지만, 틀림없이 감촉이 있는 어떤 물체가 내 몸을 가볍게 스쳐 지나가는 것을 나는 느꼈다. 그리고 황금빛 양탄자 위의 향로가 던지는 짙은 불빛의 꼭 한복판에 어떤 그림자(천사의 모습 같은 어렴풋한 그림자), 그들의 그림자라고도 여길 만한 그림자가 누워 있는 걸 보았다. 그러나 아편의 과용으로 마음이 흐트러져 있던 나는 그런 일에 크게 신경 쓰지 않았고 로비나에게 말하지도 않았다. 포도주를 찾아 낸 나는 방을 건너가 잔이 넘치도록 술을 따라 그녀에게 건네주었다. 얼마쯤 정신을 차린 뒤라 그녀는 자기 손으로 잔을 받았다. 나는 오토만에 털썩 주저앉아 아내의 모습을 지켜봤다.

바로 그때 양탄자를 밟고 소파로 다가오는 가벼운 발소리가 내 귀에 똑똑히 들려오는 것이었다. 로비나가 포도주를 막 입술로 가져가는 순간, 방의 대기 중에 있는 어떤 보이지 않는 샘에서 찬란한 루비 빛깔의 액체가 서너 방울 잔 속으로 떨어지는 걸 나는 보았다. 아니 보았다고 착각했는지도 모른다. 아무튼 내가 보았다 해도 로비나는 보지 못했던 것이다. 그녀는 서슴지 않고 포도주를 마셔 버렸고 나는 내가 본 것에 대해 함구했다. 그것은 아내의 공포, 나의 아편 그리고 병적으로 예민해진 내 상상의 장난이었음에 틀림없다고 마음을 돌려 먹었던 것이다.

그 루비 방울이 떨어진 후, 아내의 병세는 갑자기 악화되었다. 나는 인정하지 않을 수 없었다. 그로부터 사흘째 되는 날 밤, 하인들은 그녀를 매장할 준비를 갖추어야 했고, 나흘째 되는 밤엔 그녀를 신부로 맞이했던 그 환상적인 방에서 수의에 싸인 그녀의 시신을 옆에 두고 나 홀로 앉아 있게 되었다. 아편의 자극으로 엉뚱한 환영들이 눈앞에 그림자처럼 어른거렸다.

나는 불안한 눈초리로 방 안 한구석에 있는 석관이며 휘장에 그려진 각양각색의 도형들 그리고 머리 위의 향로에서 꿈틀거리는 얼룩덜룩한 불꽃들을 응시했다. 그 전날 밤의 일이 문득 떠오르자

나의 시선은 그림자 형체를 보았던 향로 불빛 아래의 바로 그 지점으로 떨어졌다. 그러나 이미 그것은 보이지 않았다. 해방이라도 된 기분으로 크게 숨을 내쉬면서 나는 침대 위의 그 파리하게 굳은 형체로 시선을 옮겼다. 그러자 리지아에 대한 숱한 추억이 참을 수 없이 되살아났고, 그와 동시에 수의에 싸인 그녀를 보면서 느꼈던 형언할 수 없는 비애가 봇물처럼 나의 마음속으로 와락 밀려오는 것이었다. 밤은 깊어 갔고 나는 그지없이 사랑했던 단 한 사람에 대한 비통함으로 로비나의 시체를 꼼짝 않고 지켜보고 있었다.

자정 무렵이었을 것이다. 아니 내가 시간의 흐름에 전혀 관심을 두지 않았던 만큼 그보다 좀 더 빨랐거나 좀 더 늦었을지도 모른다. 나는 나직하고 가냘픈 그러나 아주 또렷하게 들리는 흐느낌 소리에 흠칫 놀라 추억의 망상에서 깨어났다. 그 소리는 흑단의 침대, 시체가 안치된 침대에서 난다고 생각됐다. 나는 까닭 모를 공포에 사로잡혀 가만히 귀를 기울였다. 그러나 그 소리는 두 번 다시 들리지 않았다. 나는 시체가 움직이지나 않나 하고 눈살을 좁히고 노려보았다. 조금도 움직이는 기미는 없었다. 그렇다고 내가 잘못 들었을 리는 없다. 희미하기는 했으되 분명 그 소리는 들렸다. 그래서 내가 정신이 들었던 게 아닌가.

나는 단호하고 끈질기게 시체를 들여다보았는데, 상당한 시간이 지나서야 그 수수께끼를 풀어 줄 만한 사태가 일어났다. 그녀의 볼과 눈꺼풀의 움푹 파인 작은 정맥 등에 경미한, 거의 눈에 띄지 않을 만큼 미미한 붉은 기운이 떠올라 있음을 알아냈던 것이다. 인간의 언어로는 도저히 표현할 수 없을 만큼 극심한 공포와 외경심에 사로잡혀 나는 심장의 박동이 멎고 손발이 앉아 있는 자세 그대로 굳어 버리는 듯한 느낌이 들었다. 마침내 어떤 의무감 때문에 나는 침착함을 되찾았다. 우리가 준비를 너무 서둘렀다는 것, 로비나는 아직 살아 있다는 것을 더 이상 의심할 수 없었다. 당장 어떤 조치를 취해야만 했다. 그러나 이 탑은 사원 내의 하인들이 거처하는 곳에서 너무 멀리 떨어져 있었다. 소리치면 들리는 거리에 있는 사람은 아무도 없었다. 하인들을 불러서 그 손을 빌리자면 몇 분이나 방을 비워 둘 수밖에 없다. 그러나 나로서는 그렇게 할 수가 없었다. 나는 아직 그 부근에서 맴돌고 있는 아내의 혼백을 되돌아오게 하려고 혼자 갖은 힘을 다했다.

잠시 후에 시체는 또 원상태로 되돌아갔다. 눈꺼풀도, 볼도 다시 빛을 잃고 대리석보다 더 창백할 뿐이었다. 입술은 무서운 송장의 형상으로 더욱더 오그라들고 뒤틀렸다. 기분 나쁜, 끈끈한 차가움이 몸 전체로 급속히 퍼졌고 뒤 이어 몸이 굳어지기 시작했다. 너무도 놀라 벌떡 일어섰던 의자 위로 나는 털썩 주저앉았다. 그러고는 머리에 떠오르는 리지아의 정열적인 모습들에 다시 취하기 시작했다.

그렇게 한 시간쯤 지났을까? (대체 있을 수 있는 일일까?) 침대 언저리에서 무언가 분명치 않은 소리가 들리는 걸 깨달았다. 나는 극도의 공포에 사로잡힌 채 귀를 기울였다. 소리는 다시 들렸다. 한숨 소리였다. 시체에 달려가서 나는 보았다. 똑똑히 보았다. 입술이 떨리고 있다. 1분이 지나자 입술은 진주처럼 반짝이는 이를 드러낸 채 다시 잠잠해졌다. 그때까지 깊은 외경심에 사로잡혀 있던 나의 마음속에 경악의 느낌이 뒤섞였다.

나는 눈이 침침해지고 골이 흔들리는 걸 느꼈다. 정신을 차리려고 필사의 노력을 기울인 뒤에야 나는 겨우 마음을 돌려 잡고, 또다시 의무감이 시키는 작업에 착수할 수 있었다. 이마에도, 볼에도, 목에도 얼마쯤 붉은 기운이 떠올라 있었다. 감지할 정도의 온기가 몸 전체에서 느껴지고, 심장이 약간 뛰기까지 했다. 아내는 확실히 살아 있었다. 나는 좀 전의 갑절이나 되는 열성으로 생명을 되돌리는 작업에 착수했다. 두 손으로 아내의 관자놀이를 마사

지하고 뜨거운 물로 씻는 등 적잖은 의학서 탐독으로 알게 된 온갖 방법을 다 써보았다. 그러나 허사였다. 갑자기 붉은 기가 사라진데다 맥박은 멎었고, 입술은 다시 송장의 것으로 되돌아갔으며, 잠시 후에는 온몸이 얼음 같은 차가움과 검푸른 납빛, 심한 경직, 움푹 팬 윤곽 그리고 무덤 속에 며칠이나 누워있던 시체 같은 기분 나쁜 표정을 남김없이 드러냈다.

나는 다시금 리지아의 모습을 꿈꾸기 시작했다. 그러자 또다시 (지금 팬을 잡고 있는 내 손이 떨린다고 해서 이상할 것이 뭐가 있겠는가?) 흑단 침대의 언저리에서 낮은 흐느낌이 들려오는 것이었다. 그날 밤의 말할 수 없는 공포를 나는 무엇 때문에 이렇게 자세히 말하려는 것일까? 무엇 때문에 나는 시간을 낭비하며 길게 설명하려고 하는 것일까? 새벽빛이 어슴푸레 떠오를 때까지 이 소름끼치는 소생극이 어떻게 시시각각 되풀이되었나?

가공할 만한 역전이 있을 때마다 한층 더 심하게, 재생할 수 없어 보이는 죽음으로 떨어졌을 뿐 아니라, 진통이 있을 때마다 그것은 눈에 보이지 않는 적과 벌이는 심한 격투의 양상을 띠었다. 격투에 뒤이어 시체의 표정에는 뭐라 말할 수 없는 극심한 변화가 일어났다. 그러니 이제 빨리 이야기나 끝맺도록 하자.

그 무서운 밤도 거의 끝나려 하는데, 죽은 그녀는 다시 몸을 움직였다. 그리고 이번에는 전혀 가망성이 없는, 어느 때보다도 소름끼치는 괴멸 상태에서 깨어나는 것인데도 지금까지와는 다르게 몸을 힘차게 움직였던 것이다. 나는 이 격렬한 감정의 소용돌이 속에서 속수무책으로 몸을 내맡긴 채 굳은 자세로 오토만 위에 앉아 있었다. 나는 그 무서움이나 강렬함에 대해서는 극도의 두려움마저 아무것도 아닐 정도로 온갖 감정에 사로잡혀 있었다. 거듭 말하건대 시체는 움직였고, 이번에는 어느 때보다도 힘차게 움직였다. 얼굴에는 이제까지 없었던 힘찬 생기가 되살아났다. 손발은 느슨해졌다. 그러나 여전히 묵직하게 감겨 있는 눈꺼풀과 그 몸에 감은 붕대와 피륙이나마 무덤의 시체를 연상시켜 주지 않았더라면 나는 로비나가 죽음의 쇠사슬에서 완전히 빠져 나왔다고 생각했을지도 모를 정도였다. 그 순간에는 그런 생각이 전혀 안 들었다고 해도, 수의에 둘러싸인 그녀가 침대에서 일어나 마치 꿈속을 헤매는 사람처럼 눈을 꼭 감고 힘없는 발걸음으로 비틀거리며 방 한가운데로 대담하게 걸어 나왔을 때는 나는 더 이상 소생을 의심할 수가 없었다.

나는 떨지도 몸을 움직이지도 않았다. 왜냐하면 그 자태가 풍기는 모양에 얽힌 뭐라 형언할 수 없는 수많은 상상이 내 머릿속으로 왈칵 몰려오면서 나를 돌처럼 굳어 버리게 했다. 나는 꼼짝 않고 오직 그 유령을 응시하고만 있었다. 나의 머릿속은 극도로 혼란했다. 어떻게 진정시킬 도리가 없는 혼란 상태였다.

지금 눈앞에 서 있는 것이 정말 살아 있는 로비나일 수가 있을까? 아니, 살아 있지 않다고 해도 좋다. 그것이 로비나, 금발과 푸른 눈의 트레마인의 숙녀 로비나 트레바농일 수가 있나? 아니 도대체 나는 왜 보고도 의심하는 걸까? 입은 두터운 붕대로 감겨 있지만 그렇다고 그것이 살아 있는 트레마인의 숙녀 입이 아니라고 어떻게 말할 수 있단 말인가? 그리고 저 볼, 거기에는 그녀의 한창 때와 같은 장밋빛이 떠돌고 있었다. 그렇다. 확실히 생전의 트레마인의 숙녀, 그 어여쁜 볼이 아닌가? 건강했을 때와 같은 보조개가 패는 뺨, 어찌 그녀의 것이 아니라고 할 수 있을까?

'그렇다면 병에 걸린 이후로 그녀의 키가 자랐다는 말인가?' 하는 생각이 드는 순간, 얼마나 말할 수 없는 광기가 나를 사로잡았던가? 나는 한달음에 그 발밑으로 달려갔다! 그녀가 나를 피하려는 바람에 그 머리에 감겨 있던 기분 나쁜 수의가 풀려 떨어졌다.

그러자 길게 흐트러진 풍부한 머리채가 방의 세찬 공기 속으로 우수수 흘러 내렸다. 아아, 그것은 심야의 까마귀 날개보다도 더욱 새까만 머리채였다.

마침내 눈앞에 선 그 사람의 눈이 천천히 뜨였다.

'아, 드디어.'

나는 큰 소리로 외쳤다.

"아니, 이건. 이건 절대로 틀림없어. 이 커다란, 이 새까만, 이 신비스러운 눈이야말로 내 잃어버린 애인 리지아가 아닌가!"

윌리엄 윌슨

대체 무엇이란 말이냐? 내 앞길을 가로막는 망령을,
이 '엄숙한 양심'을 뭐라고 부를까?
　　- 체임벌린 〈파로니다Pharronida〉

　내 이름을 우선 윌리엄 윌슨이라 해두자. 지금 눈앞에 놓인 이
새하얀 종이를 굳이 내 본명으로 더럽힐 필요는 없을 테니. 그 이
름은 이미 내 형제들의 비웃음, 공포, 아니 혐오의 과녁이 되었다.
분노에 타는 풍문은 그 이름에 따르는 유례없는 치욕을 이 세상 끝
까지 퍼뜨려 놓지 않았던가? 누구 한 사람 돌아보는 자조차 없는
추방자 중의 추방자여! 이 세상의 숱한 영예, 행복, 빛나는 희망에
대해서 이미 그대는 영원히 송장이 되어 버리지 않았는가? 짙고 음
산한 무한대의 구름이 그대의 희망과 천국 사이에 영원히 드리워
지지 않았는가?

　나의 이를 데 없는 비참함과 용서 받을 수 없는 죄악에 대해서는
여기서, 아니 지금 쓸 수 있다고 해도 쓰고 싶지 않다. 최근 수년간
나는 내 타락의 속도를 갑자기 높이기는 했지만 지금은 단지 그 근
원이 어디에 있는지 그것만을 밝히고 싶다. 흔히 인간은 서서히 타
락하는 법이다. 그런데 내 경우는 외투가 몸에서 툭 떨어지듯 온갖
미덕이 순식간에 떨어져 나가고 말았다. 사소한 사악에서 단숨에

거인이 한 걸음을 성큼 옮겨 놓듯이, 잔인했던 로마 황제 엘라가발루스(Elah-Gabalus)보다도 더 흉악한 경지로 나는 뛰어들었다. 그럼 무슨 계기로, 어떤 단 하나의 사건이 그 불행을 몰고 왔는지 내 이야기에 잠시 귀 기울여 주기 바란다. '죽음'은 시시각각 다가오고 있었고 그 앞잡이인 어두운 그림자가 이미 내 마음을 덤덤하게 해 주었다.

그 침침한 골짜기를 가기에 앞서 나는 형제들의 등정을 간절히 바라고 있다. 어떤 점에서는 내가 인간의 힘으로는 어쩔 수 없는 환경의 노예였다는 걸 사람들에게 믿게 하고 싶은 것이다.

이제부터 털어 놓으려고 하는 자세한 사연에서 과오만으로 꽉 찬 사막 속에서 작은 오아시스를, 결국 숙명이 할 수 있는 조그마한 구원을 나를 위해 찾아 주길 바라는 것이다. 그리고 그것을 인정할 수밖에 없겠지만, 지금까지 유혹이 큰 힘으로 존재해 왔을지라도 적어도 사람이 이런 식으로 유혹당한 일은 여태껏 없었다는 걸, 확실히 이런 식으로 타락한 일은 결코 없었다는 걸 사람들이 인정해 주길 바라는 것이다. 아니 인간이 이렇듯 괴로워 한 적이 없었던 것은 바로 그 때문일까? 사실 나는 꿈속에서 살아온 것이 아닐까? 그리고 이 세상의 온갖 망상 중에서도 가장 터무니없는 망상의 공포에 희생되어 죽어 가는 것이 아닐까?

나는 대대로 유명했던 가문의, 풍부한 상상력과 화를 잘 내는 기질의 자손이다. 아주 어릴 때부터 조상의 기질을 그대로 물려받았음이 뚜렷했다. 나이가 들수록 그 기질은 더욱더 심해졌고 여러 이유로 친구들에게 심한 불안감을 주면서 내 자신을 해치는 원인이 되었다. 나는 고집불통에다 변덕스럽고 주체할 수 없는 감정의 노예로 자랐다. 부모님은 마음이 여리고 허약한 체질이어서 이런 나의 못된 성질을 휘어잡지 못했다. 그렇다고 부모님의 노력이 전혀 없었던 건 아니지만 겨냥이 빗나가 결국 내 쪽의 완전한 승리로 끝나고 말았다. 그 후로는 내 말이 집안의 법률이었다. 대개의 어린 아이가 잘 걷지도 못할 무렵부터 나는 내 멋대로 굴면서 실질적으로 내 행위의 주체자가 되었던 것이다.

내 학창 생활에서 가장 오래된 기억은 안개 자욱한 영국 어느 마을의 크고 불규칙적인 엘리자베스 왕조풍의 저택과 닿아 있다. 마을은 마디가 울퉁불퉁하게 튀어나온 거대한 나무들로 울창했고 어느 집이나 그윽하고 고풍스러워서 꿈결처럼 마음이 편안해지는 곳이었다.

지금 이 순간에도 나는 마음속으로 그늘이 짙은 가로수 길의 싱싱한 서늘함을 느끼고, 관목 숲의 진한 향기를 마시며, 고딕풍의 뾰족탑을 둘러싸고 잠들어 있는 어스레한 정적 속에서 한 시간마다 나른하게, 느닷없이 울려 퍼지는 교회의 깊고 그윽한 종소리에 새삼스레 뭐라 말할 수 없는 즐거움이 되살아나 가슴이 두근거리는 것이다. 그 학교와 그에 관련된 일들을 하나하나 돌이켜보는 일은 지금의 내가 맛볼 수 있는 가장 큰 기쁨이다.

비참, 아아 너무나 생생한 비참의 구렁텅이에 빠진 내 몸은 쓸모없는 추억에 잠겨, 사소하고 일시적인 것에서 마음의 구원을 찾는다고 해서 잘못은 없으리라. 우스꽝스럽기조차 한 이 추억이, 나중에 나를 완전히 휘감아 버린 숙명의 심상치 않은 첫 경고라고 인정되는 시기와 장소에 연결되는 것이니, 내게는 무언가 중요성을 띠는 셈이다. 그러니 아무쪼록 이 추억의 실마리를 펼쳐 나가는 것을 용서하시라.

이 저택은 앞서 말했듯이 고풍스러웠지만 불규칙적이어서 통일성이 없었다. 대지는 넓고 석회에 유리조각을 박아 놓은 높고 두터운 벽담이 주위를 둘러싸고 있었다. 이 감옥 같은 요새가 우리의 세상 끝이 되어 있어, 담 너머는 1주일에 세 번밖에 볼 수 없었다.

매주 토요일 오후에는 주변의 들판을 두 사람의 강사와 한 무리가 되어서 산책하는 일이, 일요일에는 이 마을에 하나뿐인 교회의 아침과 저녁 예배에 역시 같은 대열을 짓고 가서 참석하는 일이 허락되었다. 우리 학교의 교장이 이 교회의 목사였다. 교장이 엄숙하고 느린 발걸음으로 단상에 올라가는 모습을 2층의 아득히 먼 좌석에서 나는 얼마나 깊은 경이와 당혹감으로 지켜보곤 했던가! 저토록 점잖고 자애로운 얼굴 생김, 옷자락이 긴 의복의 경건함, 머릿기름의 윤기가 자르르 흐르는 큰 가발을 쓴 이 존엄한 인물. 이 사람이 바로 얼마 전까지 뚱한 표정으로 담배 냄새가 잔뜩 밴 옷을 입고서, 회초리를 한 손에 들고 가혹한 학교 규칙을 집행하던 사람이었으니 이 얼마나 터무니없는 모순일까!

이 육중한 담 한 귀퉁이에 더욱 육중한 철문이 상을 잔뜩 찌푸린 채 서 있었다. 이 문에는 문빗장이 징으로 못질되어 있었고, 그 꼭대기엔 날카로운 쇠창살이 꽂혀 있었다. 우리는 얼마나 큰 두려움을 느꼈던가! 이 문은 지금 말한 세 번의 정기적인 출입 때가 아니면 결코 열리는 일이 없었다. 그리고 커다란 문에 돌쩌귀가 긁히는 소리를 들을 적마다 우리들은 넘칠 듯한 신비감에 싸이거나 진지한 생각에 빠져들곤 했다.

학교 교정에는 모양이 일정치 않게 깊숙이 박힌 넓은 장소가 여기저기 흩어져 있었다. 그 중 가장 넓은 서너 곳이 운동장으로 쓰였다. 운동장은 자잘한 자갈이 평평하게 깔려 있었다. 지금도 기억하고 있지만 거기에는 나무도 벤치도 전혀 없었다.

교사 정면에는 회양목과 그 밖의 관목을 심은 화단이 있었는데, 이 신성한 장소를 우리들이 지나가는 일이란 좀처럼 없었다. 처음 입학할 때나 마지막으로 졸업할 때, 어쩌다 크리스마스나 여름방학 때 부모와 친척이 찾아와 우리들이 즐겁게 집으로 돌아갈 때나 지나갈 뿐이었다.

그러나 교사는, 이건 얼마나 기묘하게 낡은 건물이었던가! 나에게 교사는 그야말로 마법의 궁전이었다. 사실 건물은 한도 없이 꾸불꾸불하고 잘게 나누어져서 구조를 도무지 종잡을 수 없었다. 언제 어떤 경우에도 2층 건물인 교사의 1층과 2층을 확실히 구별해 말하기가 곤란할 정도였다. 한 방에서 다른 방으로 이동할 때는 언제라도 층계를 서너 개 오르내려야만 했다.

게다가 통로마저 셀 수 없을 만큼 많은데다 기묘하게 서로 얽혀 있어 이 건물 전체에 대한 우리들의 생각은 마치 무한 속을 헤매는 듯했다. 5년 동안 나와 스무 명 남짓한 학우들이 머물렀지만 기숙사가 도대체 어느 구석에 위치하고 있는지조차 알아낼 수가 없었다.

교실은 이 건물에서 가장 큰, 아니 나에게는 이 세상에서 가장 큰 것 같은 방이었다. 놀랍도록 기다랗고 폭이 좁은, 천정이 낮아 더 음울해 보이는 이 방은 끝이 뾰족한 고딕풍의 창문이 있고 천장은 떡갈나무로 되어 있었다. 교실 구석에는 3미터 정도의 칸막이 방이 있었는데, 그것은 교장이자 목사인 브랜스비의 성소인 교장실이었다. 그 방은 육중한 문짝이 달린 방이었다. 우리는 누구나 교장선생이 안 계실 때라도 그 문을 열기보다는 차라리 곤장을 맞고 죽기를 택했을 것이다.

다른 구석에도 비슷하게 음산한 칸막이 방이 두 개 있었다. 역시 크나큰 공포의 대상이었다. 그 하나는 고전 담당 교사의 교단이었고, 다른 하나는 영어와 수학을 가르치는 교사의 교단이었다. 방가운데는 거무죽죽하고 고풍스럽고 낡아빠진 책상과 걸상이 불규칙하게 사방으로 흩어져 있었다. 책상 위에는 손때가 덕지덕지 묻은 책들이 무질서하게 쌓여 있고, 이니셜이나 기다란 이름, 괴상한 무늬, 그 밖의 칼 흔적이 어지러웠다. 그 옛날에는 조금이라도 남아 있었을 원 모습은 완전히 자취를 감추고 없었다. 물을 담은 큰 양동이가 한쪽 구석에 놓여 있고 거대한 시계가 벽 끝에 걸려 있었다.

나는 이 신성한 학교의 육중한 담에 둘러싸여 10대의 절반인 5년을 보냈다. 그러나 그것은 지겹거나 혐오스러운 시간은 아니었다. 유년 시절의 활발한 두뇌는 사물에 몰두하거나 흥미를 느끼는 데 굳이 사건 많은 바깥세상을 필요로 하지 않는다. 겉보기엔 단조롭고 음울한 학교생활이었으나 그것은 졸업 후의 사치스러운 생활이나 성인이 되어 얻은 범죄의 자극보다도 더 강렬한 흥분이 가득했다. 그때의 나의 정신적 발전에는 비정상적인 것들을 다분히 내포하고 있었다.

대개 아주 어렸을 때의 사건이 성인이 되어서도 뚜렷하게 기억나는 일은 좀처럼 드문 법이다. 모든 것이 형체가 없는 잿빛 추억이거나 덧없는 쾌락이나 환상 같은 고통을 막연하게 긁어모은 것에 불과한데 내 경우는 그렇지가 않았다. 현재 나의 기억 속에 카르타고의 메달에 새겨진 무늬처럼 생생하고 영구적으로 각인된 것들은 유년 시절에 이미 어른과 같은 강한 인상을 받았기 때문일 것이다.

그러나 평범한 사실에 대해서는 거의 기억나지 않는다. 아침의 눈뜸, 밤의 취침, 암기와 시 낭송, 토요일의 산책과 방학, 놀이와 싸움과 음모가 넘쳤던 운동장. 이런 것들이 아주 오랫동안 잃어버린 마음속에 마술을 걸어 흥분에 들뜬 감정의 밀림을 헤매게 한다.

"아, 즐거웠던 시절, 아름다웠던 철부지 시절이여!"

나의 격렬하고 광적이고 오만한 성격 때문에 나는 금방 두드러진 인물로 부각되었다. 천천히 그리고 자연스럽게 나는 모든 학생들 위에 군림하게 되었다.

그러나 한 사람의 예외가 있었다. 그는 친척도 아무것도 아닌데도 나하고 성과 이름까지 같았다. 그것은 사실 별로 이상할 게 없는 일이었다. 귀족의 자손이라고는 하지만, 내 이름은 시효가 지난 법처럼 이미 오랜 옛날부터 서민들에게 흔한 이름이 되었기 때문이다. 그래서 이 이야기의 서두에 나는 스스로 윌리엄 윌슨이라고 밝혔다. 우리 패거리 중에서 나의 동명이인만이 학교 공부와 운동장 놀이에서 감히 나와 겨루려 했다. 게다가 내 주장에 대한 신봉이나 복종을 거부하면서 거의 모든 면에서 나에게 반기를 들었다. 세상에 절대적인 독재주의가 있다면 심약한 친구들에게 휘두르는 골목대장의 독재가 그것일 것이다.

월슨의 반항은 나에게 더할 수 없는 골칫거리였다. 겉으로는 그의 주장에 대해 허세를 부려 보였지만 마음속으로는 그에 대한 두려움을 느꼈다. 그가 쉽사리 나와 맞서는 그 대등성, 실은 나보다 우월하다는 증거인 그 대등성 때문에 더욱더 골치가 아팠다. 그의 반항을 누르느라 나는 항상 안간힘을 써야만 했다. 이 우월 아니 대등성은 나 이외에는 아무도 눈치 채지 못하고 있었다. 친구들은 눈뜬장님마냥 그런 사실을 의심하는 낌새조차 없었다.

그의 경쟁심과 저항감, 특히 내 의도에 대한 건방지고도 고집 센 방해는 우리 둘의 문제일 뿐 남의 눈에는 띄지 않았다. 그에게는 나와 맞서려는 야심이나 나를 앞서려는 정렬이 없는 것 같았다. 때때로 그가 나와 맞서는 것은 오로지 나에게 좌절감이나 굴욕감을 주려는 변덕스러운 마음이 동기의 전부가 아닐까 싶었다. 그는 박해나 반항 같은 이중적인 태도를 취하고 있다는 것을 나는 굴욕과 분통이 뒤섞인 심정으로 깨닫게 되었다. 그리하여 나는 그의 오만이 나의 보호자연하는 비열함을 띠고 나타나는 것이라고 생각했다.

학교의 상급생들 사이에 우리 둘이 형제라는 소문이 퍼진 것도 어쩌면 우리가 같은 날 입학한데다가 이름이 똑같고, 월슨의 태도에 나를 두둔하는 면도 있었기 때문일 것이다. 상급생들은 보통 하급생들의 일을 꼬치꼬치 캐지 않는다.

이미 말했듯이 아니면 당연히 말해 둬야 했듯이 월슨은 나와는 전혀 혈연관계가 아니다. 그러나 만일 우리가 형제였다면 둘은 틀림없이 쌍둥이였을 것이다. 왜냐하면 브랜스비 교장이 학교를 떠난 뒤 우연한 기회에 나는 내 동명이인이 1813년 1월 19일생임을 알게 됐다. 내 생일과 같았다. 이상하게 들릴지 모르지만 윌슨의 경쟁과 그 참을 수 없는 반항 기질이 나를 줄곧 불안하게 했음에도 불구하고 나는 아무리 해도 그를 아주 미워할 수는 없었다. 우리들은 거의 매일처럼 싸웠는데, 싸울 때마다 그는 표면적으로는 나에게 승리를 안겨 주면서도 진짜로 승리한 것은 자기 쪽이라는 느낌을 어떻게든 내게 교묘하게 심어 주었다. 어쨌든 내게는 자존심이 있고 그에겐 진짜 위엄이 있어서 우리는 이른바 대화가 통하는 관계를 유지했다. 한편 기질에도 공통점이 많아서 우리의 그런 입장만 아니었으면 내 가슴속에 우정을 불러일으켰을 것이다.

그에 대한 내 심정은 정의하기도 설명하기도 어렵다. 그것은 온갖 이질적인 요소가 마구 뒤섞인 상태였다. 얼마간 짜증스러운 적개심도 있었지만 증오라고까지는 할 수 없었고, 상대를 존중하는 마음도 다소 있었지만 그보다는 존경하는 마음이 더 컸고, 또 그보다는 두려움이 더욱 컸으며, 거기에 불안한 호기심까지 꽉 차 있었다. 거기다 도덕가인 점에서는 나하고 떼려야 뗄 수 없는 동료였다는 말도 덧붙여야 한다.

그에 대한 나의 온갖 공격(터놓거나 은밀하거나 그 공격은 빈번하게 실행되었다)이 단호한 적대 행위라기보다 야유나 장난(농담인 척 고통을 주는)이 되기 쉬웠던 것은 우리 둘 사이에 존재하는 불편한 사정 때문이었다. 이런 방면에서 나의 교묘한 노력이 언제나 성공하지는 않았다. 왜냐하면 나의 동명이인은 스스로 날카로운 농담을 던지면서도 자신의 허점은 전혀 드러내지를 않아 절대로 남에게 비웃음을 당하지 않는, 의연함이 있었기 때문이다.

사실 그의 약점이라곤 딱 한 가지밖에 없었다. 선천적인 병에서 오는 인후기관의 특이성이라서 그것만은 공격하지 말았어야 했다. 경쟁 상대는 속삭임 이상으로 목소리를 높게 낼 수가 없었다. 나는 비겁하게도 이 결함의 애용을 게을리 하지 않았다.

윌슨 쪽에서도 같은 방식의 보복이 많았다. 그중 신경이 한껏 곤두서게 하는 짓궂은 장난 한 가지가 있었다. 그런 사소한 것으로 날 괴롭히리라는 걸 어떻게 알아냈는지는 수수께끼지만, 어쨌든 습관적으로 그 장난을 쳐 나를 화나게 했다.

나는 아들(son) 자가 붙은 눈꼴사나운 성(Wilson)과 흔해빠진 이름에 항상 혐오감을 갖고 있었다. 이 이름을 들으면 귀에 독이라도 부어넣은 것 같은 느낌이 들었다. 내가 입학하던 날, 제2의 윌리엄 윌슨 또한 이 학교에 들어왔다. 나는 울화통이 치밀어 이름에 대한 혐오감이 갑절로 불어났다.

남이 이 이름을 씀으로써 내 이름이 이중으로 되풀이되고, 매일의 학교생활에서 당연히 그와 내가 자주 혼동되리라고 생각했기 때문이다. 이렇게 시작된 짜증은 이 경쟁 상대와 나 사이에 정신적으로나 육체적으로 비슷한 점이 사사건건 눈에 뜨이면서 더욱 커졌다.

그 당시는 두 사람이 생일까지 똑같다는 사실은 미처 몰랐다. 물론 키, 몸짓, 얼굴 생김새까지도 신기하게 꼭 닮은 사실은 나도 인정하고 있었다. 그래도 상급생들 사이에 쫙 퍼진 친척이라는 소문은 내 비위를 거슬렀다. 한마디로 둘이 안팎으로 닮았다는 소리를 남에게서 듣는 것이 나를 무척 짜증나게 했다(꼭꼭 숨기고는 있었지만). 그러나 사실 친척 관계라는 것 외에는 둘의 유사점이 동급생들 사이에 화젯거리가 되지는 않았다. 윌슨도 그의 날카로운 통찰력을 발휘해서 그런 낌새를 알아차린 것 같았다.

그가 나에게 써먹는 앙갚음이란 나의 말투나 행동을 그대로 흉내 내는 것이었다. 내 복장은 흉내 내기가 쉬웠고, 걸음걸이나 평소 태도 역시 별로 어렵지 않게 그는 자기 것으로 만들었다. 체질적인 결함에도 불구하고 그는 목소리마저도 놓치지 않았다. 나의 큰 목소리를 흉내 낼 수는 물론 없었지만, 목소리의 리듬은 거의 똑같았다. 그의 사뭇 색다른 속삭임은 이제 내 목소리의 메아리가 되고 말았다.

이 참으로 절묘한 초상화(캐리커처라는 표현을 쓰기에는 너무도 꼭 닮았다)가 얼마나 나를 괴롭혔는지는 굳이 말하고 싶지 않다. 그나마 한 가지 위안이 되었던 것은 이 흉내를 눈치 채고 있는 것은 나 혼자라는 점 따라서 이 동명이인의 자못 회심에 찬 미소만 참으면 된다는 사실이었다. 그가 노렸던 효과 즉 나에게 고통을 준 걸 그는 몰래 즐기고 있는 듯했다. 그 약삭빠른 음모가 멋지게 성공한 걸 안다면 다른 녀석들도 틀림없이 손뼉을 치며 기뻐할 텐데 오히려 다들 무관심했다. 학우들은 그의 음모를 깨닫기는커녕 그의 성공도 몰랐다. 하물며 그와 한패가 되어 나를 냉소하는 일도 없었다. 불안스러운 몇 달 내내 나로서는 풀기 어려운 수수께끼였다. 어쩌면 나의 흉내를 차차 늘려 갔던 일이 남의 눈에 쉽게 띄지 않아서인지도 모른다. 아무에게도 눈치 채이지 않고 무사히 넘어갔던 건, 나를 모사하는 그의 방식에 대가의 솜씨가 있었고 원작의 빈 껍질(둔감한 감상자는 그림에서 이것만 본다) 따위는 무시해 버리고 오직 나만 알아차리고 분하게 하려고 원작의 진수만을 묘사했기 때문인지도 모른다.

나를 두둔하는 듯한 그의 꼴사나운 태도나 내 의견에 꼭꼭 간섭하는 등의 일은 이미 여러 번 말했다. 이 참견은 달갑지 않은 충고 그러니까 넌지시 풍기는 듯한 것이 많았다. 나는 이걸 매우 싫어했는데 나이가 들수록 더욱 심해졌다. 오랜 세월이 지난 지금, 그에 대한 공평성을 잃지 않도록 이 하나만은 인정하고 싶다. 내 경쟁 상대의 충고가 풋내기 또래의 어리석음이나 미숙함에서 나온 경우는 없었다는 점이다. 또한 세상사의 사리 분별 아니 적어도 그의 도의감이 나보다는 훨씬 나았다. 그 당시 내가 마음속으로 경멸했던 그 의미심장한 속삭임, 그 충고들을 마냥 물리치지만 않았더라면 나는 좀 더 선량하고 행복한 인간이 되어 있을지도 모를 일이다.

어쨌든 나는 그 가증스러운 감시 아래 침착성을 잃었고, 참을 수 없는 그의 교만에 대해 더욱 공공연하게 화를 내게 되었다. 이미 말했듯이 두 사람이 학우로 만난 처음 몇 년인가는 그에 대한 내 마음이 경우에 따라서 쉽게 우정으로까지 성장할 수 있는 것이었 다. 그런데 학교생활의 마지막 몇 달 동안은 그의 간섭 비슷한 태 도가 얼마쯤 누그러진 듯했다. 반면 내 쪽의 증오심이 더욱 뚜렷해 졌다. 그 역시 이를 눈치 챘는지 그 후부터는 나를 피했다. 아니 피 하는 척했다.

내 기억이 틀리지 않았다면 역시 같은 무렵의 일이다. 언젠가 그 와 심한 말다툼을 벌였는데, 그때 그는 전에 없이 흥분해서 그와 어울리지 않는 노골적인 언동을 보였다. 그때 그의 말투, 태도에 서 나는 문득 무언가를 발견하고는 (혹은 발견한 듯한 느낌이 들어서) 흠 칫 놀랐고 곧이어 말할 수 없는 흥미를 느꼈다. 왜냐하면 그것이 나의 아주 어릴 적의 희미한 환상, 아직 기억력조차 생기지 않았을 때의 혼란하고 잡다한 기억들을 일깨워 주었기 때문이다. 그때 가 슴속을 짓누르던 심정을 어떻게 설명해야 할까. 다만 지금 내 앞에 서 있는 자와 아주 오랜 옛날에, 무한대라고까지 할 만큼 먼 과거 의 때부터 이미 서로 알고 있었다는 확신이 들었다고 할 수밖에 없 다. 그렇지만 이 착각은 갑자기 떠올랐던 것처럼 또 갑자기 사라졌 으며, 지금 그걸 언급하는 이유는 다만 이 기묘한 동명이인과 내가 이 학교에서 최후의 대화를 나눈 날을 밝히기 위해서다.

수없이 세분되어 있는 이 거대한 낡은 건물엔 서로 통하는 큰 방 이 여러 개 있었는데 학생들은 거기서 기숙했다. 특이하게 설계된 건물인지라 건물 구석에 튀어나오거나 움푹 들어간 공간들이 있었 다. 경제성을 최고로 치는 브랜스비 교장은 그 공간을 학생들의 기 숙사로 사용하게 했다. 그런 작은 방 하나를 윌슨이 차지하고 있 었다.

마지막 5학년이 끝나는 무렵의 어느 날 밤, 말다툼이 있었던 직 후였다. 모두가 깊은 잠에 빠져 있는 것을 확인한 나는 잠자리에서 일어나 등불을 손에 들고 무수히 얽힌 좁은 복도들을 지나 이 경쟁자의 침실로 살그머니 걸어갔다. 번번이 실패만 했으니 이번은 그를 혼내 주려고 짓궂은 장난을 오랫동안 계획하고 있었다. 이제 그 계획을 실행해서 내가 얼마만큼의 악의를 품고 있는지 톡톡히 알려 주리라 결심했다. 그의 방에 이르렀다. 등불에 덮개를 덮어서 밖에 놓아두고 살그머니 안으로 들어갔다. 조용한 숨결에 귀를 기울였다. 그가 잠들어 있음을 확인하고 나는 되돌아 나와서 등불을 집어 들고 침대에 다가섰다. 침대 주위에는 커튼이 둘러쳐져 있다. 나는 계획대로 커튼을 조용히 밀어젖혔다. 순간 불빛이 잠자고 있는 그를 비췄고 동시에 내 눈길은 그의 얼굴 위에 멈췄다. 그러자 곧 저리는 듯, 얼어붙는 듯한 한기가 온몸을 휩쌌다. 가슴은 두근거리고 무릎은 덜덜 떨렸다. 왠지 모를 참기 어려운 공포가 내 영혼을 사로잡았다. 숨을 죽이며 나는 등불을 잠자는 얼굴에 바싹 가져갔다.

이것이, 대체 이것이 윌리엄 윌슨의 얼굴이란 말인가? 그건 확실히 그의 얼굴이었지만, 왠지 그의 얼굴이 아닌 듯한 망상에 내 몸은 부들부들 떨었다. 그 얼굴의 어떤 점이 나를 이렇게 경악하게 하는 걸까? 그의 얼굴을 주시하는 동안 무질서하게 떠오르는 온갖 상념으로 머리가 어지러워졌다. 그의 평소 표정은 이렇지가 않았다. 눈을 뜨고 쾌활하게 돌아다닐 때의 얼굴은 분명 이렇지 않았다. 이름도 같다. 생김새도 똑같다! 입학 일자도 똑같다! 그리고 내 걸음걸이, 목소리, 버릇, 태도에 대한 그의 집요하고도 까닭 모를 흉내! 그리고 지금 내 눈에 보인 것은 그런 조소 섞인 모방을 늘 되풀이해 온 결과에 지나지 않는 것일까? 그런 일이 인간 세상에서 실제로 가능한 일일까? 겁에 질린 나는 등불을 끄고 살그머니 침실에서 나와 즉시 이 낡은 학교 건물을 떠나 버렸다. 그리고는 되돌아가지 않았다.

집에서 하는 일 없이 몇 달을 보낸 뒤 나는 이튼스쿨에 입학했다. 그 짧은 휴양기간은 브랜스비 교장의 학교에서 얻은 기억을 약화시키기에, 아니 최소한 그 일들을 생각할 때의 감정에 질적 변화를 가져다주기에 충분했다. 이미 그 드라마의 박진성이나 비극성은 없었다. 나는 그 당시의 내 감정을 도리어 의심하는 여유를 갖게 되었다. 그 일을 생각할 때마다 인간이란 무엇이건 쉽게 믿어 버리는 걸까 하는 의아심과 동시에 나의 타고난 상상력에 미소 짓게 되었다. 그러나 이러한 회의는 새로운 이튼 생활로 상쇄될 만한 것이 아니었다. 이튼에 가자마자 번개같이 뛰어든 무분별한 방탕의 소용돌이는 나의 과거를 몽땅 쓸어갔다. 심각한 인상들은 모두 삼켜 버려 예전의 놀이들이나 겨우 기억에 남게 되었다.

학교의 감시의 눈을 교묘하게 피해 교칙 따위는 아랑곳하지 않았던 방종한 생활을 여기다 자세히 늘어놓고 싶지는 않다. 소득 없이 보낸 3년 동안 내게 남은 것은 뿌리 깊은 악덕의 습관과 이상하리만큼 자란 키뿐이었다.

그 무렵의 어느 날, 정신없이 방종한 1주일을 보낸 뒤 나는 가장 형편없는 학생들로 구성된 작은 그룹을 내 방의 비밀 파티에 초대한 일이 있었다. 우리들은 밤이 깊어서야 모였다. 우리의 난장판은 새벽까지 이어질 게 틀림없었기 때문이다. 술은 넘쳐흘렀고 유흥 거리도 부족함이 없었다. 우리들의 난잡하기 그지없는 놀이가 절정에 달할 무렵, 동녘 하늘이 희미하게 밝아 오고 있었다. 트럼프 놀이와 취기로 얼굴이 시뻘게진 채 평소보다 더 건배에 열을 올리던 나는 문득 문밖으로 관심이 쏠렸다. 조금 열렸던 방문이 갑자기 활짝 열리면서 밖에서 하인의 다급한 목소리가 들려왔기 때문이다. 하인은 누군가 나를 만나러 왔다고 전했다.

이 뜻하지 않은 방해는 술로 미칠 만큼 흥분되어 있었던 나를 놀라게 하기보다는 오히려 기쁘게 해주었다. 나는 즉시 비틀거리며 건물의 현관으로 나갔다. 그곳은 천장이 낮고 좁은 곳으로 등이 하나도 없었다. 반원형의 창문으로 스며드는 희미한 새벽빛 외에는. 방 안에 들어서자 나와 키가 비슷하고 내가 입고 있는 것과 똑같은 스타일로 재단한 흰 캐시미어 프록코트를 입은 청년의 모습이 눈에 들어왔다. 그러나 빛이 어두워 얼굴은 알아볼 수 없었다. 내가 방에 들어가자 청년은 급히 다가와서 내 팔을 잡더니 "윌리엄 윌슨!" 하고 내 귀에 속삭였다.

순간 나는 술이 확 깨고 말았다.

이 낯선 사나이의 태도와 창문의 빛을 가로막고 선 그 손가락의 떨림에는 나를 경악케 한 그 무엇이 있었다. 그러나 더욱 나를 흔들어 놓은 것은 나직이 지껄이는 경고의 함축성이었다. 무엇보다 그것은 짧고도 귀에 익숙한, 그러면서도 속삭이는 듯한 말투, 어조, 그 리듬이었다. 그것은 수없이 많은 옛날의 기억을 불러일으켜서 감전당한 듯한 큰 충격을 주었다. 그리고 내가 정신을 차렸을 때 사나이의 모습은 이미 사라지고 없었다.

이 사건은 나의 혼란된 상상력에 뚜렷한 인상을 남겼지만 뚜렷한 만큼 속절없는 것이기도 했다. 사실 몇 주일 동안 나는 이 문제에 골몰했다. 아니 병적인 사색에 빠져 있었다. 이렇듯 끈질기게 내일에 간섭하고 넌지시 충고하며 괴롭히는 이 괴기한 인물, 그가 누구인지 짐작도 안 된다고 스스로를 속일 수는 없었다.

그러나 윌슨이란 대체 누구일까? 어디서 온 걸까? 그리고 그의 목적은 무엇일까? 어떤 물음에도 나는 만족한 해답을 얻을 수 없었다. 다만 내가 브랜스비 교장의 학교를 빠져나온 날 오후, 그 역시 집에 급한 일이 생겨서 그 학교를 떠났다는 사실을 확인할 수 있었다. 당시 나의 관심은 옥스퍼드에 쏠려 있어서 그 문제를 더 이상 생각하지 않았다. 나는 곧 옥스퍼드로 떠났고, 허영심에 들뜬 부모님은 내가 호화로운 방탕을 마음껏 누릴 수 있도록 영국에서도 가장 부유한 백작의 교만한 후계자들과 낭비 경쟁을 할 수 있을 만큼의 돈을 아낌없이 대주었다. 이러한 악덕의 도구에 자극을 받아 나의 타고난 기질은 맹렬하게 불타올랐다. 환락의 도가니에 흠뻑 빠져 버린 나는 최소한의 절도마저 헌신짝처럼 내팽개치고 말았다.

나의 방종을 일부러 자세하게 밝히는 것은 어리석은 일이리라. 여기서는 내가 돈을 물 쓰듯 하는 점에선 헤롯왕을 능가할 정도였고, 나의 기발하고도 못된 짓들을 일일이 꼽는다고 하면, 그 무렵 유럽의 방종한 대학에서 흔히 벌어지던 악덕의 목록에다 만만치 않은 부록을 추가할 수 있을 정도였다는 것으로 그쳐 두자.

그렇다고 해도 내가 전문 노름꾼의 기술을 배우느라 신사의 품위를 완전히 잃어버렸고 얼간이 대학생들의 돈을 뜯어내려고 분주했다는 건 믿기 어려울지도 모른다. 사실이었다. 수치를 아는 남자라면 그런 짓은 도저히 할 수 없다는 사실이 바로 내가 그 일에 몰두했던 원인이기도 했다. 명랑하고 솔직한 윌리엄 윌슨, 옥스퍼드에서 가장 고상하고 돈에 자유로운 자비 유학생(주위 추종자의 입을 빌린다면)의 방탕은 젊음과 자유분방한 공상에 대한 탐닉이었다.

이런 식으로 2년을 보내는데, 글렌디닝이라는 젊은 벼락부자가 대학에 들어왔다. 그는 쉽게 어마어마한 재산을 모았다들 했다. 나는 그가 별로 머리가 좋지 않은 것을 곧 알게 되었고 내 솜씨를 발휘하는 데 안성맞춤의 상대로 점찍었다. 나는 그를 자주 노름판에 끌어들였고 초반에 꽤 많은 돈을 따게 해서 내 덫에 걸리게끔 해놓았다.

내 계획은 무르익어 갔고 나는 (이 승부를 결정적인 마지막으로 만들 배짱으로) 동료 자비생인 프레스턴의 방에서 그를 만났다. 프레스턴은 우리 둘 모두와 친한 사이였다. 그의 명예를 위해서 미리 말해 두겠지만 그는 내 음모를 꿈에도 모르고 있었다. 더 한층 그럴 듯하게 자리를 꾸미기 위해서 나는 열 명 남짓의 사람을 모이게 했고, 트럼프 놀이를 하자는 말이 우연히, 그것도 내가 눈독 들인 그 얼간이 자신의 입에서 나오게 작전을 짜두었다. 이 나쁜 사건을 간단히 요약하면, 이렇게 낡은 수법에도 걸려드는 정신 나간 친구가 있다는 게 놀라울 뿐이라고 하겠다.

우리들은 밤늦도록 게임을 계속했다. 나는 글렌디닝과 단둘만의 대결로 판을 유도하는 데 성공했다. 게다가 게임은 내가 제일 좋아하는 에카르테(32장의 카드 게임)였다. 다른 녀석들은 우리 둘의 승부가 궁금한지 자기들의 게임은 놔두고 우리 주위를 빙 둘러서 구경했다. 나의 농간에 빠져 초저녁부터 술을 잔뜩 마신 벼락부자는 꽤 신경질적인 태도로 카드를 섞고 돌리면서 승부를 다투고 있었다. 그의 취기에도 원인이 있기는 하겠지만 결코 취기 탓만은 아니었다. 눈 깜짝할 사이에 나에게 큰 빚을 지게 된 그는 포트와인을 꿀꺽꿀꺽 들이키더니, 내가 냉정하게 기다리고 있던 말을 했다. 이미 엄청나게 커진 판돈을 배로 올리자고 제안했던 것이다. 나는 영 마음이 내키지 않는다는 태도로 몇 차례나 거절했다. 그의 입에서 성난 소리가 나온 뒤에야 어물쩍 동의해 주었다.

물론 결과는 상대가 나의 올가미에 얼마나 철저히 걸려들었는가를 확인하는 데 지나지 않았다. 한 시간도 지나기 전에 그의 빚은 네 배가 되었다. 얼마 전부터 불그레한 술기운이 사라지던 그의 얼굴이 이제 무섭게 창백해진 것을 깨달았다. 나는 깜짝 놀랐다. 이제까지 내가 열심히 조사한 바로는 글렌디닝이 엄청난 부자여서, 그가 지금까지 잃은 거액에 그렇게 마음을 쓸 정도라고는 생각하지 않았다. 그에게 그렇게까지 심한 충격을 주리라고는 전혀 예상치 못했다. 단지 엄청 마신 술 탓일 거라고 생각했다. 그래서 나는 순수한 동기에서가 아니라 다만 친구들 눈에 나쁜 놈으로 보이지 않아야 된다는 생각에 이 승부는 끝났다고 단호히 말하려던 참이었다.

그때 일행 중 내 옆에 있던 자가 무슨 말을 했고, 글렌디닝의 입에서 완전한 절망에 눌린 절규가 터져 나왔다. 나는 내가 그를 완전히 파산시키고 말았다는 것을 깨달았다. 아, 이럴 때 나는 어떻게 처신하는 게 좋을까? 나의 속임수에 걸려든 자의 가련한 몰골에 일동은 갈피를 잡을 수 없는 침울한 분위기에 휩싸이고 말았다. 한동안 깊은 침묵이 계속되었다. 그 일행 가운데 덜 타락한 자들이 내게 던지는 경멸이나 비난에 찬 불길 같은 눈초리에 내 볼이 경련을 일으키는 것을 어찌할 수 없었다. 그때 뜻하지 않은 사건이 생겨서 가슴을 억누르던 불안감을 한순간에 덜어 주었다.

이 방의 넓은 두 문이 왈칵 열리고, 그 기세에 요술처럼 온 방 안의 불이 일제히 바람에 꺼졌다. 꺼지는 순간의 불빛으로 우린 나와 비슷한 키에 외투로 몸을 감싼 낯선 사내가 방 안에 들어왔음을 알 수 있었다. 불은 없지만 칠흑 같은 어둠은 아니었기에 우린 그 사나이가 좌중 한가운데 서 있다는 것을 알 수 있었다. 이 무례한 침입은 우리들을 극도의 경악에 빠뜨렸다. 누구 한 사람 놀라움에서 헤어나기도 전에 침입자의 목소리가 들려왔다.

"여러분."

그는 나직하고 명료하게 뼛속 깊이 스며드는 속삭임으로 말했다.

"여러분, 저의 무례한 행동을 양해해 주시기 바랍니다. 왜냐하면 저는 지금 어떤 의무를 수행하는 것이기 때문입니다. 여러분은 오늘 밤 글렌디닝 경과 에카르테로 거액의 돈을 딴 남자의 정체를 모르시는 게 분명합니다. 그래서 저는 꼭 필요한 지식을 얻을 수 있는 아주 쉽고 결정적인 방법을 여러분께 가르쳐 드리는 겁니다. 부디 그의 왼쪽 소맷자락의 안감을, 그리고 수놓은 실내복의 커다란 주머니에 감춘 작은 트럼프들을 자세히 살펴 주십시오."

방 안은 깊은 정적에 싸여 마룻바닥에 바늘이 떨어지는 소리도 들릴 정도였다. 그는 말을 마치자마자 들어올 때와 마찬가지로 불쑥 떠나 버렸다. 그때의 내 심정을 설명해야 될까? 아니 설명할 수 있을까? 저주받은 자의 온갖 공포를 느꼈다고 말해야 할까? 분명히 말할 수 있는 것은 나에겐 생각할 틈이 거의 없었다는 점이다.

즉각 여럿의 손이 나를 거칠게 움켜잡았고 불은 곧 켜졌다. 그러고 나서 수색이 시작되었다.

내 소맷자락 안에서 에카르테에 필요한 모든 카드가 발견되었다. 실내복 주머니에서는 도박에 사용했던 것과 꼭 같은 몇 조의 트럼프가 나타났다. 노름꾼들 사이에서 아롱데라고 불리는 것으로 끗수가 높은 패들은 위아래가 약간 도톰하고 끗수가 낮은 패들은 양옆이 약간 도톰하다. 이렇게 해두면 얼간이 쪽은 트럼프를 세로로 떼어 가니까 상대는 반드시 끗수 높은 패를 갖게 된다. 전문가는 트럼프를 가로로 떼놓기 때문에 상대방에게 게임의 득점에 유리한 패는 일체 들어가지 않게 되는 것이다.

그런 수작을 발견했을 때 그들이 분노를 터뜨렸더라면 그래도 좀 나았을 것이다. 내게 돌아온 것은 차가운 경멸과 냉담한 무시였다. 프레스턴은 화려한 모피 외투를 방바닥에서 주워 올리면서 말했다.

"윌슨 군, 이거 자네 옷이지. (추운 날이라 나는 실내복 위에 외투 걸치고 와서 노름판에 앉자마자 벗어 던졌다). 나는 여기서 (그는 외투의 옷깃을 신랄한 미소를 띠고 힐끗 쳐다보면서) 자네의 기술에 대한 증거를 더 이상 찾을 필요는 없을 것 같네. 우린 이미 충분히 보았으니까. 자네는 이제 옥스퍼드를 떠나야 할 거야. 당장 내 방에서 나가 주게."

체면이 구겨지고 콧대가 완전히 꺾인 나였지만 비위를 거스르는 그의 말에는 분통이 터져 주먹이 부르르 떨렸다. 그러나 그 순간 나의 관심은 놀라운 것에 쏠리게 되었다. 내가 입고 있던 외투는 좀처럼 찾아볼 수 없는 모피로 만든 것이었다. 얼마나 진기하고 비싼 것이었는지는 말하지 않겠다. 디자인 또한 내가 독창적으로 만들어 낸 것이었다. 나는 그런 사소한 것까지 멋을 부리지 않고는 못 배기는 성미였다.

프레스턴이 내게 외투를 내밀었을 때 내가 입고 있는 외투와 너무나 똑같다는 걸 깨닫고는 거의 공포에 가까운 놀라움을 느꼈다.

나의 부정을 폭로한 기괴한 남자도 다시 생각해 보니 확실히 외투를 입고 있었으며, 우리 일행 중에는 나 외에는 아무도 외투를 입고 있지 않았다.

나는 되도록 침착하게 그가 내민 외투를 받아 들고, 아무도 모르게 그것을 외투 위에 걸친 뒤 잔뜩 찌푸린 얼굴로 방에서 나왔다. 이튿날 아침 나는 동이 트기도 전에 허겁지겁 옥스퍼드를 떠났고, 공포와 수치로 몸부림치며 유럽 대륙으로 향했다.

하지만 나의 도주는 허사였다. 내 불운은 재미있어 죽겠다는 듯이 나를 뒤쫓았으며, 그 질긴 지배력은 이제 겨우 시작됐을 뿐이었다. 파리에 도착하자마자 예의 윌슨이 나의 일에 저주스러운 간섭을 하고 있음을 새삼 깨닫게 되었다. 마음이 뒤숭숭한 몇 년이 그렇게 흘렀다. 아, 이 악당놈! 로마에선 내가 최악일 때 유령처럼 몰래 나타나서 나의 야심을 꺾어 놓았지! 그리고 비엔나, 베를린 또 모스크바에서까지도! 끓어오르는 마음으로 그를 저주하지 않고 지냈던 장소가 어디에 있었던가? 나는 그 헤아릴 수 없는 압제로부터 마치 전염병을 피하듯 허둥지둥 도망 다니기에 바빴다. 그렇게 이 세상 끝까지 달아나고 또 달아나도 허사였다.

나는 내 영혼을 향해 여러 번 은밀하게 물었다.

"대체 그는 누구인가? 어디서 왔는가? 도대체 그의 목적은 무엇인가?"

아무런 대답도 없었다. 이번에는 그의 주제넘은 감시의 방법이나 특징들을 곰곰이 음미해 보았다. 여기서도 추측의 근거조차 찾지 못했다. 그가 불쑥 나타났던 숱한 예를 생각해 보면 모두 나의 계획을 좌절시키거나 방해하기 위한 것이었다. 대체 그가 무슨 권리로 그런 독재 행위를 한단 말인가?

나는 또한 이런 사실을 깨달았다. 이 박해자가 꽤 오랫동안 나를 방해할 때마다 (나하고 똑같은 복장으로 나타났음에도) 그 얼굴을 전혀 보지 못했다는 점이다. 윌슨은 어쩌면 자기 멋에 취한 녀석이거나 바보인지도 모른다.

학교 시절의 동명이인이자 브랜스비 교장의 학교에서 끔찍한 라이벌이었던 그를 알아보지 못하고 있는 건 아닐까? 이튼스쿨에서는 참견쟁이로, 옥스퍼드에서는 내 명예의 파괴자로, 로마에서는 내 야심을 꺾은 자로, 파리에서는 복수를 방해한 자로, 나폴리에서는 열정적인 사랑을 방해한 자로, 이집트에서는 내 탐욕을 방해한 자로…… 이 모든 것을 좌절시킨 그자를 내가 모른다고 생각한 것일까? 그럴 리 없다. 이제 서둘러 이야기의 대단원으로 가야겠다.

이제까지 나는 그의 절대적인 지배에 맥없이 굴복해 왔다. 윌슨의 통찰력을 볼 때마다 나는 깊은 경외심을 느꼈다. 게다가 그의 태도에 나타나는 다른 특징들은 나를 두렵게 했다. 두려움을 느끼는 내 자신의 연약함과 초라함을 직시할 때마다 억울하지만 그의 절대적인 의지를 따를 수밖에 없다는 체념에 빠지게 되었다.

그 당시 나는 완전히 술에 빠져 있었다. 사람을 미치게 하는 술의 힘은 나를 극단으로 몰아붙였다. 나는 말을 더듬기 시작했고 주저하면서 반항하기도 했다. 나 스스로 확고한 신념을 가지면 나를 괴롭히는 힘이 줄어들 거라고 믿었는데, 이것은 망상이었을까? 어쨌든 내 가슴속에는 희망의 불꽃이 타오르기 시작했고 더 이상 어떤 것에도 노예가 되지 않겠다는 굳은 결심을 했다.

18xx년 로마에서 사육제가 벌어졌을 때, 나는 나폴리 출신의 디 브롤리오 공작의 가면무도회에 참석했다. 여느 때보다도 더 마음 놓고 폭음을 했기 때문에 사람들로 꽉 찬 공기를 참을 수가 없었다. 인파 속을 겨우 뚫고 밖으로 나왔으나 신경은 더욱 예민해졌다.

여기서 불순한 동기를 말하지는 않겠다. 나는 늙은 디 브롤리오 공작의 젊고 아름다운 부인을 열심히 찾고 있었다. 대담한 그녀는 그날 자기가 입을 의상을 미리 나에게 알려 주었다. 지금 얼핏 그녀를 발견한 나는 서둘러 그녀에게 다가가고 있었다. 바로 그때 나는 가벼운 손이 내 어깨 위에 얹히는 걸 느꼈다. 곧이어 결코 잊을 수 없는 그 저주스러운 낮은 속삭임이 내 귓전에 울렸다.

분노의 화염에 싸여 나는 즉시 나를 방해하는 자 쪽으로 돌아서 그의 옷깃을 움켜잡았다. 예상했던 대로 그는 나와 똑같은 복장을 하고 있었다. 스페인풍의 푸른 벨벳 외투를 걸치고 허리에는 주홍빛 허리띠를 매고 단검을 차고 있었다. 검정빛 비단 가면이 그 얼굴을 가리고 있었다.

"이, 악당놈!"

나는 격분해서 쉰 목소리로 소리를 질렀다. 차오른 분노는 폭발하듯 터져 나왔다.

"이 악당, 사기꾼! 네가 나를 죽음까지 따라오게 할 수는 없지! 더 따라오면 이 자리에서 찔러 죽이겠다!"

나는 급히 무도회장을 빠져나와 그 옆에 있는 작은 방으로 그를 끌고 갔다. 그는 저항도 거의 하지 않았다.

방에 들어가자마자 나는 그를 거칠게 밀어 버렸다. 그는 비틀거리며 벽에 부딪혔다. 나는 문을 닫고 그에게 칼을 뽑으라고 명령했다. 그는 일순간 주저했지만 이내 가벼운 한숨을 쉬며 말없이 칼을 빼어 방어태세를 취했다.

싸움은 싱거웠다. 나는 있는 대로 흥분하여 미쳐 날뛰고 있었고 순식간에 상대를 벽에 밀어붙이고 야수 같은 기세로 계속해서 그의 가슴을 찔렀다.

그 순간, 문의 손잡이가 덜커덕거리는 소리가 들려왔다. 나는 급히 아무도 들어오지 못하게 하고 나서 곧 숨을 거두려고 하는 적에게 돌아왔다. 그때 내 앞에 펼쳐진 광경에서 솟아나오는 놀라움과 두려움을 어떻게 표현할 수 있을까?

잠시 눈을 돌린 짧은 순간에 방 안쪽에서는 큰 변화가 일어났다. 처음에는 보이지 않았던 커다란 거울이 있었는데, 혼란한 틈에 짧게 들여다본 것이었다. 극도의 공포에 사로잡혀 그쪽으로 걸어가자 내가 보였다. 창백한 얼굴에 피투성이가 된 정신 나간 남자가 비틀거리며 다가오고 있었다.

확실히 그렇게 보였지만 실은 그게 아니었다. 그것은 내 상대인 윌슨이었다! 그는 몹시 고통스러워하면서 내 앞에 서 있었다. 가면과 외투는 바닥에 떨어져 있었다. 그가 입은 옷의 실 한 오라기, 준수하고 섬세한 얼굴선, 모든 것이 나와 일치했다. 윌슨이 틀림없었다. 그러나 이제 그는 더 이상 속삭이지 않았다. 마치 나 자신이 말하고 있는 것 같은 환영을 느꼈다.

"네가 이겼다. 나는 졌다. 하지만 지금부터는 너도 역시 죽은 인간이다. 이 세상에 대해서도 천국에 대해서도 희망에 대해서도 죽은 것이다! 너는 내 안에 존재했었다. 그리고 나의 죽음으로…… 바로 너의 것인 이 모습을 보라. 너는 너 자신을 완전히 죽여 버린 것이다."

어셔가의 몰락

그의 마음은 걸어둔 비파,
손이 닿기만 해도 둥둥 울리네.
— 드 베랑제르(De Beranger)

그해 가을, 구름이 잔뜩 하늘을 덮어 어둡고 소리 하나 없이 고
요한 어느 날의 일이었다. 나는 홀로 하루 종일 말을 달려 황량한
시골길을 지나 어둠의 장막이 내릴 무렵에야 겨우 음침한 어셔 집
안의 저택이 보이는 지점에 도착했다.

그 집을 한번 바라본 순간, 견딜 수 없는 침울한 기분이 내 마음
속으로 스며들었다. 견딜 수 없다고 한 것은, 그 기분이 스산한 경
치라도 항상 받아들이는, 시적이고도 유쾌한 평소의 감정으로도
나아지지 않았기 때문이다.

나는 눈앞의 풍경을 그러니까 한 채의 집과 보잘것없는 담, 크고
텅 빈 눈처럼 보이는 창, 몇 줄의 사초 더미, 썩은 나무들이 풍기는
공허를 침울한 기분으로 바라보았는데, 그때의 내 기분은 마치 아
편 중독자가 아편기가 사라졌을 때 느끼게 되는 달콤한 꿈에서 막
깨어나는 기분(현실 생활로 다시 돌아올 때 느끼는 비통한 타락의 느낌)으로, 덮
은 장막이 무시무시하게 떨어질 때 느끼는 그것밖에는, 이 세상 어
떤 감정에도 비할 수 없는 것이었다. 마음이 얼음장처럼 싸늘해지
면서 기운이 빠지고 속이 메스꺼워지는 것 같았다. 그것은 어떤 강

렬한 상상력을 펼쳐 본다 하더라도 도저히 밝은 마음으로 돌아갈 수 없는, 이겨 낼 수 없는 적막감이었다.

'웬일일까?'

나는 숨을 돌리며 생각했다. 어셔 저택을 바라보고 있는 내 마음을 이토록 어지럽게 하는 기운은 대체 무엇일까? 마치 아무리 생각해도 풀 수 없는 수수께끼 같고 그걸 생각하는 동안 무수히 몰려드는 어두운 환상들을 쫓아낼 수가 없었다.

'그 안에 엉겨 있는 무엇이 나를 괴롭히는 것인데, 그 힘의 본체를 분석한다는 건 도저히 사람이 어찌할 수 없는 것이다.'

불만족스럽긴 하지만 겨우 이런 결론에 도달했다. 각각의 경치나 그림을 좀 다르게 배열해 보면 슬픈 인상을 주는 힘을 어느 정도 융화할 수도 있고, 혹은 아주 없앨 수도 있을 거라고 생각해 보았다. 나는 집 옆에 있는 수면이 시커멓게 빛나는 늪의 절벽으로 말을 몰고 가서 잔잔한 늪을 내려다보았다. 그러나 회색 사초와 무시무시한 나무줄기, 멍하니 뜬 눈과 같은 창들이 거꾸로 물 위에 비치는 모습을 보니 더욱더 몸서리만 치게 될 뿐이었다.

나는 이 음산한 집에 몇 주일 머물 예정으로 왔다. 이 집 주인인 로드릭 어셔는 어렸을 때 내 친구였는데 헤어진 뒤로는 오랫동안 만나지 못했다. 그랬던 것이 먼 시골에 떨어져 살고 있는 나에게 한 통의 편지가 왔는데 사연이 매우 중대해서 내가 직접 와 봐야 할 것 같았다. 그의 필적에서 그가 극도로 흥분 상태에 놓여 있음이 여실히 드러나 있었다.

그의 편지에는 몸이 극도로 쇠약해진 것과 정신 이상이 그를 괴롭혀 견딜 수 없다는 것 그리고 그가 가장 사랑하는, 그에게 하나밖에 없는 벗인 나를 한번 만나 다정하게 말을 주고받으면 얼마쯤 병이 나을 것 같다고 적혀 있었다. 편지에 쓴 사연과 그 밖의 애틋함 또는 간청과 아울러 표시된 그의 열성이 나에게 주저할 틈을 주지 않았다. 나는 대단히 이상한 초청이라고 생각하면서도 대번에 응하게 되었다.

　우리가 어렸을 때는 꽤 친밀한 사이였지만, 나는 이 친구에 대해서 별로 아는 것이 없다. 그는 말수가 거의 없었다. 내력이 매우 긴 그의 가문은 특이하게 예민한 기질로 먼 옛날부터 유명했다. 그러나 그는 그 기질을, 오랜 시간에 걸쳐 뛰어난 예술 작품으로, 최근에는 너그럽고 겸손한 자선 사업으로 발휘하고 있었다. 또한 쉽게 들을 수 있는 전통에 따른 음계보다는 복잡하게 얽힌 음악에 더 열정적으로 몰두했다.
　어셔 가는 오래된 가문이었지만, 어느 시대에도 오래 지속된 분가(分家)가 없었던 매우 특이한 가문이다. 집안 전체가 직계이며 아주 사소하고 드문 변화는 있었지만 그대로 지속되었다. 집안사람들의 기질과 일치하는 이 저택이 완벽하게 보존되었다는 생각이 문득 들었다. 긴 세월을 통해 이 저택이 어셔 집안사람들에게 끼쳤을 영향에 대해 곰곰이 생각하자 이런 생각이 들었다.
　분가가 없다는 사실과 상속 재산이 부자지간에 계속 전해졌다는 사실이, 결국 어셔가라는 기묘하고 애매한 명칭 속에 어셔가 저택이라는 명칭이 포함될 정도로 저택과 집안사람을 동일하게 아우르게 되었다. 어셔가라는 명칭을 쓰던 농부들은 그 명칭에는 가족과 저택이 모두 포함되어 있다고 생각했다.

　늪 속을 들여다본 어리석은 경험이 내가 느낀 맨 처음의 기괴한 인상을 더욱 강하게 했다고 앞에서 이미 말했다. 나의 미신이(미신이라고 부르면 안 될 이유가 어디 있을까?) 갑자기 강해졌다는 자각이 도리어 그 미신을 더 강하게 믿게끔 하였다는 것도 사실이다.
　내 오랜 경험을 통해 이미 알고 있는 것이었지만, 공포라는 감정은 모두 이처럼 모순된 경로를 밟는 것이다. 내가 늪에 비친 집의 그림자에서 눈을 들어 실제의 집을 쳐다보았을 때, 이상한 공상이 (싱겁기 짝이 없는 공상이었지만 그때 나를 괴롭혔던 감각의 위력을 기록하고자 한다) 내 뇌리에 선뜻 떠오른 것도 이러한 이유에서였는지도 모르겠다. 나름 이리저리 궁리하여 본 결과, 집과 그 근처의 특이한 대기(하늘의 대기와는 딴판인 썩은 나무와 흰 벽과 혹은 잠잠한 늪에서 솟아난 수증기)가, 우중충한 빛깔을 띤 독기어린 증기가 집 주위를 떠돌고 있다고까지 믿게 되었다.

오싹한 악몽 같은 질긴 망상을 마음속에서 쫓아내 버리고 나는 좀 더 자세히 집을 살펴보았다. 오랜 세월과 비바람을 견뎌 온 집이었다. 집 외부는 온통 자잘한 곰팡이로 덮여 있고 추녀 끝에는 섬세하게 뒤얽힌 곰팡이들이 거미줄처럼 축 늘어져 있었다. 그러나 그것만 보고는 대단한 황폐라고 할 수 없었다. 주춧돌의 어느 한 부분도 허물어지진 않았지만, 손질한 완전한 부분과 퍼석퍼석 바스러져 쌓아올린 돌들은 서로 어울리지 않았다. 이런 부조화에는, 외부 공기에는 전혀 노출되지 않은 채 오랜 세월 동안 버려진, 겉모양만 그럴 듯한 오래된 목공예를 연상시키는 데가 있었다.

이런저런 모든 것이 황폐의 빛을 띠고 있었지만, 집이 넘어질 염려는 없어 보였다. 바싹 들여다보니 머리카락처럼 얇은 균열이 건물 앞쪽 지붕에서 담까지 꾸불꾸불 내려와 음침한 늪 속으로 사라져 버린 것이 보였다. 나는 짧은 포장도로를 지나 집 쪽으로 말을 몰았다. 기다리고 있던 하인에게 말을 맡기고 나는 고딕풍의 현관 아치 속으로 들어갔다. 거기서부터 발소리를 죽이며 걷는 과묵한 하인이 어둡고 길고 복잡한 복도를 지나 주인의 서재로 나를 안내했다.

왜 그런지 도중에 눈에 띈 물건들조차 두터운 적막감에 싸여 있는 듯했다. 주위의 물건들, 천장의 조각, 벽에 걸려 있는 어두운 양탄자, 마루의 흑단, 발을 옮길 때마다 덜컥덜컥 울리는 환영을 새겨 넣은 것 같은 전리품 갑옷 등 어렸을 때부터 익숙한 물건들이 이렇게 생생하고 기이한 환상을 불러일으킨다는 것이 오히려 놀랍기만 했다. 계단에서 나는 이 집의 의사를 만났다. 그의 얼굴에는 경험에서 나온 교활함과 당황의 표정이 반반씩 떠돌고 있었다. 그는 당황하면서 나에게 인사를 하고는 지나가 버렸다. 얼마 안 되어 하인은 방문을 열고 나를 그의 주인 앞에 안내하였다.

내가 들어간 방은 넓고 천장도 높았다. 창문들은 길고 좁고 뾰족했는데, 그것은 까만 떡갈나무 가지에서 높고 떨어진 곳에 있어서 방 안에서는 거기까지 닿을 수 없을 것 같았다. 가는 진홍빛 햇살이 격자창으로부터 흘러 들어와 그런 대로 주위의 사물들을 알아볼 수 있었다. 그러나 방의 저쪽 구석과 반원형 완자무늬로 장식된 천장은 잘 보이지 않았다. 벽에는 짙은 색의 금수단이 걸려 있었다. 가구는 지나치게 많았고, 칙칙하고 오래된 낡은 것들이었다. 여러 책과 악기들이 흩어져 있었지만 방에 생기를 주지는 못했다.

나는 슬픔의 대기를 호흡하는 것 같았다. 엄숙하고 억누를 수 없는 슬픈 기운이 방 안 전체를 메우고 있는 것 같았다.

내가 들어가자 로드릭 어셔는 몸을 쭉 펴고 누워 있던 소파에서 일어나 반갑게 나를 맞이했다. 처음에는 과장된 진심, 삶이 지루해진 사람이 억지로 노력하는 것 같은 느낌이 들었다. 그러나 그의 얼굴을 보자 진심을 확인할 수 있었다. 우리는 자리에 앉았다. 그리고 잠시 그가 말없이 있는 동안, 나는 연민과 두려움이 섞인 마음으로 그를 바라보았다. 로드릭 어셔처럼 이렇게 짧은 시간 내에 이렇게 끔찍하게 변한 사람은 아무도 없을 것이다. 내 앞에 앉아 있는 사람과 내 어릴 적 친구가 같은 사람으로 보이지 않았다.

그러나 얼굴은 여전히 두드러졌다. 시체 같은 얼굴빛. 유난히 크고 부드럽고 빛나는 눈. 다소 가늘고 파리하지만 부드러운 곡선의 입술. 섬세한 히브리인형의 코와 그런 코에서는 보기 드문 넓은 콧구멍. 쑥 들어간 턱. 거미줄보다 더 부드럽고 가는 머리칼 등. 게다가 관자놀이 윗부분이 몹시 넓었다는 점이 특이한 인상을 주고 있었다.

이런 용모의 특징이며 너무나 과장된 표정 변화가 내가 지금 누구와 이야기하고 있는지 의심할 만큼 나를 놀라게 하였다. 소름이 끼칠 만큼 창백한 피부 빛깔이며 이상한 광택을 발하는 눈이 나를 놀라게 하는 동시에 공포감마저 주었다. 비단결 같은 머리카락 역시 제멋대로 자라서 굵게 짠 명주처럼 얼굴 주위에 떨어져 있다기보다는 오히려 두둥실 떠 있는 듯했다. 이 아라비아풍의 용모를 보통 사람의 것이라고는 도저히 믿을 수 없었다.

나는 친구의 태도에서 전후가 맞지 않는 모순이 있음을 대번에 알아챘다. 그것은 습관적인 경련(극도의 신경 흥분)을 억제하려는 연약하고 쓸데없는 노력에서 나온 것임을 알았다. 이런 것은 그의 편지와 자주 기절했던 그의 특이한 체질, 유년의 추억 등으로 미루어 이미 예견하고 있었지만.

그는 쾌활하다가도 갑자기 침울해졌다. 목소리는 마치 숨이 멎을 때처럼 불안하게 떠는 목소리에서, 만취한 술주정꾼이나 아편 중독자가 흥분해서 지르는 소리까지 다양했다. 후자는 갑작스럽고 무겁고 느릿하고 공허한 목소리로 침울하고 낮게 가라앉은 목소리였다.

그는 나를 부른 목적과 나를 만나고 싶어 한 열망과 또는 내가 그에게 줄 것이라고 기대하고 있었던 위안에 대해서 대충 말한 다음 그의 병의 본질로 생각되는 화제로 돌려 제법 길게 이야기했다. 그의 병은 유전적으로 내려오는 것이고 치료 방법이 전혀 없는 것이라서 단념하고 있다는 것, 그러나 간단한 신경 질환에 불과하니 틀림없이 나을 것이라고 그는 그 말이 떨어지기 무섭게 덧붙이는 것이었다.

병세는 여러 부자연스러운 느낌으로 나타났다. 그런 느낌들은 그가 그 증세에 대해 말하는 동안에도 나타났는데, 그런 말투와 태도가 흥미롭기도 하고 당황스럽기도 했다.

그는 병적 과민성으로 대단히 고통 받고 있었다. 음식물은 아주 깨끗한 것이라야만 했고, 옷도 일정한 색채의 것이 아니면 안 되었다. 꽃의 향내는 어떤 것이든 간에 숨이 막히고, 약한 광선에도 눈이 아프다고 했다. 그에게 공포심을 일으키지 않는 음향은 몇몇 현악기 정도였다. 그가 일종의 변태적인 공포에 항상 시달리고 있다는 걸 나는 알아챘다.

"나는 이렇게 통탄스러울 만큼 우스운 병으로 죽을 거야. 아무런 이유도 없이 이 모양으로 죽어 버리겠지. 내가 무서워하는 것은 미래에 일어날 사건이 아니라 그 결과일세. 비록 사소한 사건이라 할지라도 그놈이 내 영혼에 이렇게 참을 수 없는 충동을 일으킨다는 걸 생각하면 소름이 끼치네.

나는 위험 같은 것은 무서워하지 않아. 다만 공포를 일으키는 절대적 영향을 무서워하는 것일세. 이렇게 기진맥진한 가련한 상태에 빠져 공포의 무시무시한 환영과 싸우다가는 생명도 이성도 모두 버려야 할 시기가 조만간 올 것만 같아."

그는 힘없이 말했다. 그의 때때로 터져 나오는 한 토막 한 토막의 애매한 암시에서 나는 그의 정신 상태의 기이한 특징을 발견했다. 여러 해 동안 한 걸음도 문 밖에 나가 보질 않은 그의 집에 대해서, 그의 말이 너무도 애매하여 풀어서 설명하기에는 퍽 어려운, 실제로는 있을 수 없는 어떤 힘의 영향(대대로 살아온 그의 집이 그의 영혼에 끼친 영향) 즉 회색 벽과 지붕의 소탑 또는 이 두 물체가 내려다보고 있는 어둠침침한 늪 수면이 그의 정신에 끼친 영향에 대해 그는 일종의 미신적 착각의 포로가 되어 있었다.

그는 주저하면서도 그에게 번민을 준 우울증은 더 알기 쉬운 근원 (여러 해 동안 그의 유일한 동무이며 하나밖에 없는 누이동생의 오랜 병과 그의 죽음이) 확실히 목전에 닥쳐왔다는 사실에 기인한 것이라고 고백했다.

"누이동생이 죽어 버리면 내가, 절망적이고 허약한 내가, 유서 깊은 어셔가의 최후의 생존자일 거야."

그는 잊을 수 없는 비통한 어조로 말했다. 그가 한숨 쉬듯 말하고 있을 때, 레이디 메들라인(이것이 그 여자의 이름이었다)이 내가 있는 것도 모르고 조용히 방 저쪽을 걸어서 사라져 버렸다. 나는 공포와 경악에 휩싸여 그녀를 주시했다. 왜 그렇게 놀라고 두려움마저 느꼈는지 도저히 알 수가 없었다. 저쪽으로 사라지는 발소리를 머릿속에서 좇고 있는 동안 머리가 아득해졌다. 마침내 그 여자가 문 뒤로 사라져 버렸을 때 나는 본능적으로 어셔의 표정을 살폈다. 그는 얼굴을 두 손에 파묻고 있었고 나는 다만 빼빼 마른 손가락이 그전보다 훨씬 더 창백해진 것과 그 사이로 뜨거운 눈물이 뚝뚝 떨어지는 것밖에는 볼 수가 없었다.

메들라인의 오랜 병에 대해선 유능한 의사들도 혀를 내둘렀다. 고질이 된 무감각증, 신체의 점진적 쇠약, 빈번하고 짧게 일어나는 부분적인 강직 현상 등이 그녀의 증상이었다. 지금까지 그녀는 자기의 병고를 꾹 참고 누우려고도 하지 않았지만, 내가 도착한 그날 저녁 무렵 끝내 병마의 무서운 힘에 쓰러지고 말았다는 것이었다. 그때 슬쩍 쳐다본 그것이 그만 최후의 모습 같았고, 적어도 그녀가 살아 있는 동안 다시 그녀를 보지 못할 것만 같았다.

그 후 며칠 동안 나도 어셔도 그녀의 이름을 입 밖에 내지 않았다. 그동안 나는 이 친구의 우울증을 위로해 주려고 애를 썼다. 우리는 같이 그림도 그리고 책도 읽었다. 그가 즉흥적으로 격렬하게 뜯는 기타 소리에 꿈을 꾸듯 귀를 기울였다.

차츰 사람의 관계가 친밀해짐에 따라 그는 자기 속을 허물없이 털어놓게 되었지만 그러면 그럴수록 그의 마음을 즐겁게 하려는 나의 모든 노력이 허사임을 더욱 비통하게 깨닫게 되었다. 왜냐하면 그 마음의 암흑이, 마치 선천적으로 타고난 확고한 본질처럼 모든 것 위에 우울하게 방사되어 나왔기 때문이다.

어셔가의 주인과 둘이서 보낸 엄숙한 시간의 기억들을 나는 영원히 마음에 품고 잇을 것이다. 그러나 우리가 숙고하고 몰두했던 것 그리고 나를 몰두하게 했거나 열중하게 했던 것에 대한 정확한 생각은 쓸 수 없다.

흥분된 본성을 상상력이 모든 것 위에 푸른빛을 던지고 있었다. 그가 즉흥적으로 연주했던 긴 비가(悲歌)는 영원히 내 귀에 울릴 것이다. 무엇보다 폰 베버의 마지막 왈츠의 격렬한 음조를 특이하게 변주했던 것이 고통스럽게 가슴속에 남아 있다.

그의 치밀한 공상에 기대어 한 붓 한 붓 색칠해 나가다 보니 한층 더 몽롱한 감을 일으키는 그의 그림은 웬일인지 더 무서웠다. 이런 그림은 아직도 내 눈앞에 아물거리지만, 도저히 무어라고 표현할 수는 없다. 매우 단순하지만 그의 의도가 노골적으로 표현되어 보는 사람에게 위압감을 느끼게 했다. 만약 자기의 사상을 그림으로 표현한 사람이 있다면 그는 바로 이 로드릭 어셔이리라.

적어도 나에게는, 그때 내 주위의 환경과 이 우울병자가 캔버스 위에 그리려고 애쓴 순수한 추상 관념에서 프젤리의 그 타오르는 듯하면서도 구체적인 환상화를 조용히 내려다보았을 때에도 느껴지지 않던, 극심한 공포가 느껴졌다.

어셔의 환상적인 그림 중에서 희미하나마 말로 표현할 수 있는 것이 하나 있다. 그것은 한 장의 소품인데, 아무 장식도 없는 긴 벽이 있고 무한히 긴 장방형의 천장 혹은 굴의 내부가 그려져 있었다. 의도적으로 굴을 지면보다 더 얕은 곳에 있는 것처럼 보이게 그렸다. 넓은 내부 어느 곳에도 문은 없고, 횃불이나 등 하나 보이지 않았지만, 넘칠 듯한 강렬한 광선이 사면에 충만하여 이상한 광휘로 공간을 똑똑히 드러나게 하고 있었다.

어셔의 병적인 청각이 현악기를 제외한 다른 악기는 참을 수 없을 만큼 그를 괴롭혔다는 것은 전에도 말한 바 있다. 제한된 곡으로 그가 기타를 연주했다는 것은 기이했다. 간혹 그가 흥에 겨워 즉흥적으로 작곡해 내는 재주는 놀라웠다. 그의 환상적인 멜로디와 노랫말은 예술적 감격에 깊이 취한 순간에나 볼 수 있는 강렬한 집중의 소산이다.

그 즉흥시의 구절을 나는 쉽게 기억할 수 있다. 나는 그가 시를 읊을 때 그 시에서 강렬한 인상을 받았다. 그 의미의 신비로운 흐름 속에서 나는 그의 고고한 이성이 그 높은 옥좌 위에서 비틀거리고 있다는 것을 어셔 스스로 완전히 의식하고 있다는 것을 처음으로 깨달았기 때문이다. 그가 읊은 '유령의 궁전'이라는 시는 대략 다음과 같은 의미였다.

1
푸른빛 짙은 골짜기에
천사들 깃들여 살던
아름답고 웅장한 궁전,
빛나는 궁전 우뚝 솟아 있도다.
사상의 제국,
거기에 궁전은 솟아 있노라!
천사도 이처럼 아름다운 궁전에는 임해 본 적 없으리라!

2.
노랗게 빛나는 황금빛 기둥과 지붕 위에 휘날렸도다.
(이는 모두 아주 먼 옛날)
그리운 그날
엄숙하고 창백한 보루를 스쳐
솔솔 부는 부드러운 바람
향내 나는 날개로 살며시 스쳤노라.

3

행복의 골짜기를 헤매는 방랑의 무리들
빛나는 두 개의 창에서 들리는
은은한 비파 소리에
춤추며 옥좌를 돌고 도는
신들을 보네.
옥좌에는 남빛 옷 입은 임금!
높은 위엄을 띠고
상제의 영토가 보이도다.

4

아름다운 궁전의 문은
진주와 루비 빛으로 빛나고
그 문으로 흐르고 흘러
영원히 반짝이는
산울림의 무리 들어오도다.
세상에서 드문 아름다운 소리로
임의 크신 공덕의 찬미를
유일의 의무로 삼고.

5

악마들은 슬픔의 옷을 입고
상제의 옥좌를 부쉈도다.
(슬프다. 상제를 다시 보지 못하리)
궁터에 떠도는
빨갛게 피어오른 영광도
이제는 다만 묻힌 옛날의
남은 추억 한 줄기.

6
골짜기를 지나는 여행자의 무리들
이제는 다만
붉게 비치는 창에서
미친 듯이 터져 나오는 음악의 소리에 맞춰
희미하게 흔들리는 커다란 그림자를 볼 뿐
무서운 급류와 같이
창백한 문을 지나
괴물의 무리 영원히 터져 나와
큰 소리로 웃는다.
미소는 이제 볼 수 없구나.

지금도 머릿속에 똑똑히 남아 있지만, 이 짧은 시가 준 암시는 내게 여러 생각의 조합을 일으키게 했고 마침내 어셔가 품은 생각을 확실히 알 수 있게 하였다. 그의 생각은(그가 거기에 너무 집착했기 때문에 언급하는 것이지만) 모든 식물이 감각을 가지고 있다는 것이었다. 그의 무질서한 공상 속에서 이 생각은 더 대담해졌고, 어떤 조건 아래에서는 무기체에까지 그 감각을 뻗친다고 했다.

나는 어렴풋하게나마 그의 신념이 대대로 내려온 이 집의 잿빛 돌담과 무슨 관계가 있는 듯싶었다. 그런 것이 감각을 지니고 있다는 증거는 주춧돌이 배열된 양식에 있다고 그는 상상했다. 돌을 덮고 있는 수많은 곰팡이, 또는 돌담 근처에 서 있는 썩은 나무들의 배열, 특히 이 순서가 오랫동안 그대로 유지되고 있다는 것과 그 자태가 고요한 늪 위에 반영되고 있다는 사실로 알 수 있다고 했다. 식물에 감각이 있다는 증거는, 물과 벽 근처의 대기가 저절로 서서히 그러나 확실히 굳어지는 것으로 알 수 있다고 그는 말했다.

이 말을 듣고 나는 깜짝 놀랐다. 수 세기 동안 그 집의 운명을 좌우하고 또 자기를 이런 인물로 만들어 버린 것은 암울하고 무서운 힘의 결과라고 그는 덧붙였다. (그의 견해에 대해서는 자세히 설명하지 않 겠다.)

여러 해 동안 이 환자의 정신세계의 대부분을 지배해 온 책들은 이런 환상적 생활에 딱 어울리는 것들뿐이었다. 그레쎄의 〈베르베르와 샤르트뢰즈〉, 마키아벨리의 〈벨프고르〉, 스베덴보리의 〈천국과 지옥〉, 홀베르그의 〈니콜라스 클림의 지하여행〉, 로버트 플러드의 〈수상술(손금 보기)〉, 쟝 당다진, 들라 샹브르의 〈티크의 창공 여행〉, 캄파넬라의 〈태양의 도시〉를 우리는 탐독했다. 도미니크회 신부인 에이메릭 드 지론느의 〈종교 재판법〉의 문고판도 우리의 애독서 중 하나였으며 폼포니우스 멜라의 작품 중 고대 그리스의 사티로스와 아이기판에 대한 기사는 어셔가 몇 시간이고 꿈꾸듯 탐독하는 것이다. 그가 가장 심취해서 탐독한 책은 고딕체의 희귀본인 〈깨어 있는 죽음의 파수꾼의 철야기도〉로 지금은 잊혀진 한 교회의 기도서였다.

나는 이 책에 기록된 광폭한 의식이 이 우울병자에게 끼친 영향을 생각하지 않을 수 없었다. 그러던 어느 날 밤 갑자기 그는 내게 누이동생 메들라인이 죽었다는 것을 알리고, 매장하기 전에 2주일 동안은 시체를 안방 벽 뒤에 있는 지하실에 안치할 작정이라고 말했다. 그런 별난 방법을 취하는 데에 내가 굳이 반대할 이유는 없었다. 고인의 이상한 병증과 의사들이 주제넘게 꼬치꼬치 캐는 것 그리고 가족 묘지가 멀고 황폐한 것들을 고려해서 그렇게 결정한 것이라고 어셔는 말했다. 나 역시 내가 이 집에 온 첫날, 계단에서 본 그녀의 불길한 모습을 회상할 때 조금도 해가 될 것이 없고, 오히려 자연스러울 수도 있는 조처라고 생각되어 그에게 반대하고 싶은 마음이 조금도 없었다.

어셔의 부탁으로 나는 가매장 준비를 도와주었다. 시체를 관에

넣은 다음 단둘이서 관을 메고 가매장할 곳으로 갔다. 우리가 관을 내려놓은 지하실은(오랫동안 닫혀 있어서 숨이 막힐 듯한) 좁고 축축하고 빛 줄기 하나 들어올 틈조차 없는 곳으로, 내가 쓰는 방 바로 밑 꽤 깊은 곳에 있었다. 먼 옛날 봉건시대에는 지하 감옥으로 사용했고, 그 후에는 화약이나 불붙기 쉬운 물질의 저장소로 사용했는지 마루 한쪽과 우리가 들어온 아치문의 내부가 동판(銅板)으로 빈틈없이 짜여 있었다. 큰 철문도 그 모양으로 되어 있었다. 철문은 거대하고 무거운 돌쩌귀 위에서 움직일 때마다 삐이걱 소리를 냈다.

이 무시무시한 방 안에 있는 안치대 위에 관을 올려놓고 우리는 못 박지 않은 관 뚜껑을 살짝 열고 망인의 얼굴을 들여다보았다. 두 남매의 얼굴이 너무도 꼭 닮은 데에 내 주의가 끌렸다. 내 느낌을 짐작했는지 어셔도 몇 마디 중얼거렸다. 그들이 쌍둥이였으며, 그들 사이에는 뭐라고 해명할 수 없는 교감이 항상 존재했다고. 우리는 이 시체를 오랫동안 내려다보지 못했다. 무서워서 내려다볼 수 없었던 것이다. 꽃 같은 청춘 시절에 그녀의 생명을 앗아간 병은, 강직 현상에서 으레 볼 수 있는, 가슴과 얼굴에 희미한 붉은 점을 남겨 놓았다. 입술 위로는 무섭고 끔찍한 미소가 떠돌고 있었다. 우리는 뚜껑을 맞추어 못을 박은 뒤 철문을 꼭 닫고 토굴과 다름없는 음침한 위층 방으로 돌아왔다.

이럭저럭 슬픈 며칠이 지나가자 어셔의 신경병에 현저한 변화가 나타났다. 평상시의 태도는 어디로 갔는지 사라져 버렸다. 여태까지 하던 일도 등한히 하거나 잊어버렸다. 그는 걷잡을 없이 바쁘게, 비틀거리면서 괜히 이 방 저 방을 돌아다녔다. 창백한 얼굴은 한층 더 무섭게 창백해지고 눈은 썩은 생선마냥 퀭했다. 쉰 목소리 대신 공포로 떨리는 목소리로 변했다. 걷잡을 수 없이 흔들리는 그의 마음은 어떤 참을 수 없는 비밀과 맹렬히 싸우고 있고, 그것을 고백하기에 필요한 용기를 그가 찾고 있는 것일까? 하고 나는 생각했다. 어떤 때는 미친 사람이 환상에 쫓긴다고 밖에 보이지 않는 행동도 했다. 그는 마치 무슨 소리가 들리는 것처럼 허공을 멍하니 바라다보고 있었다. 이러한 어셔의 행동은 나에게 공포감을 주었고, 마침내는 나에게도 그 기분이 감염되었다. 나는 어셔 자신의 환상 또는 기운이 점점 그리고 확실히 내게 스며들어오는 것을 느꼈다.

내가 그 기운을 온몸으로 느낀 때는 레이디 메들라인을 지하실에 가매장하고 칠팔 일째 되던 밤이었다. 밤늦게 잠자리에 들었지만 잠이 오지 않았다. 밤의 시간은 흐르고 또 흘렀다. 나는 나를 지배하는 신경과민증을 이성으로 이겨 보려고 애를 썼다. 내가 느낀 기운은 방 안의 침울한 가구나 침대머리 부근의 벽에서 음침하게 흔들리는 퇴색한 양탄자 탓이려니 넘겨 보려고 노력했지만 그건 헛수고였다.

어찌할 수 없는 전율이 전신에 번지면서 공포의 악마가 내 심장을 꽉 눌렀다. 나는 헐떡거리며 겨우 베개 위로 몸을 일으켜 방 안의 어둠 속을 뚫어져라 바라보았다. 본능적으로, 아무 이유도 없이. 그리고 알지 못하는 곳에서 들려오는 막연한 소리에 귀를 기울였다. 갑자기 참을 수 없는 격렬한 감정에 사로잡혀 나는 옷을 걸치고 일어나 방 안을 이리저리 서성대며 이 처참한 상태에서 벗어나려고 애를 썼다.

그렇게 방 안을 두서너 번 오락가락하고 있을 때, 문 밖 계단을 올라오는 가벼운 발소리가 들려 왔다. 곧 그것이 어셔의 발소리임을 깨달았다. 다음 순간 그는 가볍게 내 방문을 두드리더니 한 손에 램프를 들고 방 안으로 들어왔다.

얼굴빛은 여전히 시체처럼 창백했지만 두 눈에는 이글이글 타오르는 기쁨의 빛이 떠돌았고, 거동에는 히스테리의 발작을 억지로 참고 있는 듯한 낌새가 보였다. 나는 사뭇 놀랐지만 아무튼 그때까지 내가 오래 참고 있던 불안감보다는 나을 것 같아 그의 방문을 하늘이 돌보신 양 기쁘게 맞아들이기까지 하였다.

"혹시 자네는 그것을 보지 않았나? 그걸 보지 않았어? 그래, 가만히 있게. 내가 보여 줄 테니."

그는 주위를 휘둘러보더니 이렇게 말했다. 그리고 조심해서 램프를 내려놓은 다음 창가로 달려가 창문 하나를 활짝 열었다.

창문 사이로 휙 불어 들어온 폭풍은 두 사람을 날려 보낼 듯했다. 폭풍은 온 하늘을 뒤흔들고 있었다. 그날 밤은 공포와 아름다움이 뒤섞인 이상한 밤이었다. 회오리바람은 확실히 이 집 주위로 힘을 집중하고 있었다.

바람은 시시각각 맹렬한 기세로 방향을 바꿨고, 지붕 위의 소탑을 내리누를 듯 덮인 구름의 과도한 밀집과 사방에서 맹렬한 속도로 달려들어 서로 부딪치는 구름의 장관을 볼 수 있었다. 그러면서도 멀리 달아나거나 흩어지지는 않았다. 그렇다고 해서 별과 달이 떠 있거나 번개가 번쩍이거나 천둥이 울린 것도 아니었다. 그러나 우리를 둘러싸고 있는 주변은 물론 바람에 흔들리는 대기까지도 집 주위를 떠도는 희미한 가스의 반사광선을 받고 있었다.

"안 돼, 이런 것을 봐선 안 돼. 자네를 괴롭히는 이런 경치는 어디서든 흔히 볼 수 있는 전기 현상에 불과한 거야. 어쩌면 늪에서 올라오는 썩은 독기가 발산하는 것일지도 몰라. 자! 창문을 닫게. 바람이 차서 자네 몸에 해가 될 것이니. 여기 자네가 좋아하는 소설이 있네. 내가 읽을 테니 듣고 있게. 이런 뒤숭숭한 밤을 잊을 수 있을 거야."

나는 창가에서 정중히 그러나 억지로 벌벌 떨고 있는 어셔를 끌어다 앉혔다. 내 손에 든 오래된 책은 랜슬럿 캐닝 경의 〈미친 트리스트〉였다. 물론 농담이었다. 어셔의 애독서라고 한 것은. 사실 그 미숙한 이야기에는 그의 고상한 영성에 감흥을 줄 만한 것이라고는 아무것도 없었다. 단지 그때 손앞에 있던 책이었을 뿐. 혹시나 이 싱거운 이야기로도 우울증 환자의 흥분이 좀 가라앉지나 않을까 하는 막연한 기대가 떠올랐다. 색다른 것으로 주의를 돌려놓는 것도 때로 정신 이상자를 진정시키는 데 효과가 있으니까. 내가 읽어 주는 이야기를 하나하나 빼놓지 않고 귀담아 듣는 듯한 그의 태도로 미루어 보아 내 계획이 일단은 성공했다고 기뻐해도 좋았던 것이다.

나는 주인공 에들레드가 은자(隱者)의 집에 들어가려고 공손히 그가 찾아온 뜻을 고했으나 거절당하자 폭력으로 침입하려는 그 유명한 구절에 이르렀다.

"…… 천성이 용맹스러운 데다 술기운까지 오른 에들레드는 완고하고 짓궂은 자와 이 이상 더 담판해도 소용없음을 깨달았다. 마침 굵은 빗방울이 뚝뚝 떨어지면서 폭풍우가 일어날 기세가 보였다. 이에 선뜻 쇠망치를 들어 문 널빤지를 몇 번 후려갈기니 순식간에 수갑 찬 손이 들어갈 만한 구멍이 생겼다. 구멍에 손을 틀어넣고 닥치는 대로 잡아채어 꺾고 분지르니 바짝 마른 널빤지 깨지는 소리가 멀리까지 퍼졌다."

여기까지 읽었을 때 나는 깜짝 놀라 숨을 멈췄다. 그때 집의 먼 구석에서 랜슬럿 경이 자세하게 묘사한 그 찢어발기는 듯한 소리가 희미하게 들려오는 것만 같았기 때문이다. 아마도 우연의 일치일 거라고 나는 생각했다. 창문이 덜커덕대는 소리나 계속해서 몰아치는 폭풍 소리는 더 이상 심란할 것도 없었다. 나는 읽기를 계속했다.

"…… 그러나 용사 에들레드가 문 안으로 들어가 보니 흉악한 은자는 보이지 않았다. 그는 버럭 화가 나면서도 한편 놀랐다. 은자가 있어야 할 자리에는 비늘이 번쩍거리고 불타는 혀를 가진 어마어마한 용이 쭈그리고 앉아 은 마루가 깔린 황금 궁전을 경호하고 있었다. 벽에는 찬란한 놋쇠 방패가 걸려 있었는데 거기에는 이렇게 쓰여 있었다.

이곳으로 들어온 자는 승리할 것이다.
용을 죽이는 자는 이 방패를 얻을 것이다.

그것을 본 에들레드가 쇠망치를 들고 용의 머리를 내리치니 용은 그 앞에 푹 쓰러져 독기를 내뿜으며 죽어갔다. 그 음침하고 무서운 통곡소리에 장사 에들레드도 그만 두 손으로 귀를 막았다. 그 어떤 동물에서도 들어본 적 없는 소리였으니……."

여기서 나는 또다시 깜짝 놀라 읽기를 그쳤다. 어디서 들려왔는지는 알 수 없으나 먼 곳에서 낮게 들려오는, 그러나 날카롭고 길게 외치는 듯하면서도 애원하는 듯한 소리, 이 소설의 작가가 묘사한 용의 기괴한 통곡소리란 이런 것이 아니었을까 하고 내가 상상한 소리를 확실히 들었기 때문이다.

나는 이 두 번째의 그리고 가장 기괴한 우연의 일치에 적이 놀라며 극도로 공포를 느꼈지만, 어셔의 과민한 신경을 자극해서는 안 되겠다고 생각하고 마음을 꾹 가라앉혔다. 어셔가 이 이상한 소리를 들었는지는 확실히 알 수 없다.

하지만 최후의 몇 분 동안 그에게 이상한 변화가 나타난 것은 분명했다. 처음에는 나와 마주 앉아 있던 그가 점점 의자를 돌려 나중에는 방문 쪽을 향해 앉게 되었고, 그래서 그가 중얼대는 것처럼 입술이 부들부들 떨리는 것 같았지만, 그의 모습 일부밖에는 볼 수가 없었다. 그는 머리를 가슴에 푹 박고 있었다. 얼핏 옆모습을 보니 눈을 크게 뜨고 있는 것으로 보아 자고 있는 건 아니었지만 그는 쉴 새 없이 일정하게 몸을 좌우로 흔들고 있었다. 아무튼 나는 책을 계속 읽었다. 이야기는 다음과 같았다.

"…… 무서운 용의 격노를 모면한 용사 에들레드는 놋쇠 방패를 떠올렸다. 그 위에 씌어 있는 마력을 없애 버릴 생각으로 눈앞에 있는 용의 시체를 한쪽에 치워 놓은 뒤 배에다 힘을 주고 용감하게 성의 은 마룻바닥을 쿵쿵 굴리며 방패 걸린 벽으로 달려들었다. 그가 가까이 오기도 전에 놋쇠 방패는 쿵 하는 무서운 소리를 내며 장사가 서 있는 마루 위에 떨어졌다……."

이 구절이 내 입술 사이로 흘러나오자마자 마치 놋쇠 방패가 실제 은 마룻바닥에 떨어지는 것 같이 뚜렷하고도 무거운 금속성의, 분명히 뭔가가 눌러 덮치는 듯한 반향이 들려왔다. 나는 깜짝 놀라 벌떡 일어났다. 그러나 어셔는 조금도 변화가 없었다. 나는 그가 앉아 있는 의자로 달려갔다.

그의 두 눈은 앞을 뚫어져라 응시하고 있고 얼굴에는 돌처럼 엄숙한 빛이 떠돌고 있었다. 내가 그의 어깨에 손을 얹었을 때 그는 전신을 부들부들 떨며 병적인 미소를 입가에 띠었다. 그는 내가 있는 것도 모르는지 들리지도 않는 소리로 뭐라고 급히 중얼거렸다. 그에게 바싹 상체를 구부리고서야 겨우 그의 말의 의미를 이해할 수 있었다.

"저 소리가 안 들려? 아냐, 들리네. 아직까지도 들리는걸. 오랫동안, 오랫동안, 여러 시간, 여러 날, 그 소리가 들렸어. 하지만 나는 감히 입 밖에 내지 못했네. 이 비참한 놈을 불쌍히 여겨 주게! 나는, 나는 감히 입 밖에 내지 못한 거야! 누이동생을 생매장해 버렸단 말이야! 내 감각이 예민한 것은 자네도 잘 알지 않나. 알겠나? 그 텅 빈 관에서 누이동생이 꿈틀거리는 희미한 소리가 들려왔네. 며칠 전에도 그 소리를 들었어.

그러면서도 나는, 나는 감히 말을 못한 거야! 그러나 이제, 오늘 밤…… 에들레드, 하하. 은자의 집 문이 터지는 소리, 용이 죽는 소리, 방패가 쨍 하고 울리며 떨어지는 소리! 그것은 바로 누이동생의 관이 터지는 소리, 아니 지하실 철문의 돌쩌귀가 삐걱거리는 소리, 굴 속의 동판 깐 마룻바닥에서 그 애가 나오려고 기를 쓰는 소리라고 하는 것이 맞을 거야! 아, 어디로 도망해야 할까? 그 애가 곧 이리 오지나 않을까? 내 조급한 행위를 책하러 달려오는 게 아닐까? 계단을 올라오는 그 애의 발소리가 들리지 않았냐 말이야! 그 애 심장이 무섭게 뛰는 것을 모를 줄 알고? 응, 이 미친놈아!"

그는 갑자기 후다닥 일어나 죽을힘을 다하여 버럭버럭 소리를 질렀다.

"이 미친놈아! 누이동생이 바로 지금 문 밖에 와 서 있어!"

어셔의 초인간적 외침의 기세에는 마법이 서려 있는지, 그가 가리킨 오래되고 커다란 벽판(壁板)이 갑자기 무거운 흑단의 한 모퉁이를 서서히 뒤로 열어젖혔다(때마침 확 불어 들어온 폭풍의 탓이었겠지만).

그때 문 밖에는 수의를 몸에 감은, 키가 크고 호리호리한 메들라인이 서 있었다. 흰옷에는 붉은 피가 묻었고 몸 군데군데에는 격렬한 몸부림의 자취가 역력히 보였다. 그녀는 잠시 문지방 위에서 부들부들 떨며 이리저리 비틀거리더니 얕은 신음소리와 함께 방 안에 있는 오빠 쪽으로 꽝 하고 쓰러졌다. 그녀의 격렬한 원한은 오빠를 마룻바닥에 내팽개쳤고 오빠는 그 자리에서 시체가 되어 버렸다. 어셔는 그가 예기했던 바와 같이 공포의 희생이 되고 말았다.

나는 질겁하여 그 방에서 도망쳤다. 오래된 포석도로를 달려 나가는데 폭풍은 더욱 광폭하게 사면을 휩쓸었다. 갑자기 한 줄기 이상한 빛이 길 위에 번쩍였다. 어디서 이 빛이 오는지 나는 뒤돌아보았다.

내 뒤에는 다만 황량한 큰 집과 그 그림자밖에는 아무것도 없었기 때문에. 그것은 막 가라앉고 있는, 피 흐르듯 새빨갛고 둥그런 만월의 빛이었다. 달은 내가 전에 이야기한, 그전에는 보일까 말까

한 벽의 갈라진 틈새를 밝게 비치고 있었다. 못 박히듯 서서 벽을 바라다보고 있으니까 이 갈라진 부분은 점점 넓어지고 그 사이를 회오리바람이 한 번 휙 붙더니 달의 전체가 내 눈앞에 둥그렇게 나타났다. 거대한 벽이 무너지며 산산조각으로 쏟아져 내렸다. 정신이 아득해졌다. 거센 파도소리 같은 길고도 요란한 고함소리가 들리더니, 내 발밑에 있는 깊고 어둠침침한 늪은 어서 저택의 파편을 소리도 없이 삼켜버리고는 그 음침한 수면을 닫았다.

그림자 - 한 편의 동화

이 글을 읽는 그대들은 아직 살아 있겠지마는, 글을 쓰는 나는 이미 오래전에 어두운 황천으로 가 버렸을 것이다. 이 기록이 사람들의 눈에 띄기까지, 세상에는 참으로 기구한 사건이 발생할 것이고, 감춰 두었던 것들이 모두 드러날 것이며 유구한 세월이 말없이 흐를 테니까. 그러니 이 기록이 사람들에게 읽힌다 하더라도 의심을 잔뜩 품는 사람도 있을 게다. 간혹 이런 사람도 있을 것이다. 예민한 쇠끝으로 쪼아내듯 심혈을 기울여 쓴 한 자 한 자를 유심히 눈으로 쫓으며, 그 안에 숨은 의미를 찾으려는 사람들도……

그 해는 무서운 해였다. 지구상의 언어로 무섭다는 것보다 더 강렬하게 표현할 수 없는 시간이었다. 불가사의한 일과 징후들이 무수히 나타났으며, 역병은 바다와 땅 위로 그 검은 날개를 펴서 훨훨 날아다녔다. 천문학에 정통한 자들은 하늘에 무서운 흉조가 깃들어 있다고 경고했다.

그중의 하나인 나, 그리스 신화의 오이노스도 이제 그 주기가 다 된 목성이 백양궁자리 입구에서 무서운 토성의 붉은 바퀴와 부딪칠 때가 왔다는 것을 알 수 있었다. 내 판단이 틀리지 않았다면, 하늘의 이상한 기운이 지구 바깥뿐만 아니라 인류의 영혼과 상상에까지 뚜렷이 나타난 것 같았다.

프톨레마이스라는 어두운 도시에 있는 어느 훌륭한 집의 사랑방에서 우리 일곱 명은 밤에 붉은 포도주를 기울이며 밤을 보내고 있었다. 그 방은 놋쇠로 만든 높은 문 외에 다른 입구는 없었다. 그 문은 코리노스라는 장인이 만든 보기 드문 세공물로 안쪽에서부터 단단히 조여져 있었다. 새까만 양탄자가 침침한 방의 벽에 걸려 있고, 달과 별과 인기척 없는 거리는 내다볼 수 없었지만, 무거운 대기와 질식할 듯한 불안감이 떠돌아다녔다. 물질적이고 정신적인 것이 혼용된 상태로.

우리를 둘러싼 주위에는 똑똑히 설명하기 어려운 가지가지의 현상이 일어났다. 물질적이며 정신적인 현상, 대기의 압박, 질식감, 불안감, 그리고 특히 신경과민에 빠진 사람의 감각은 활발하게 움직이고 있는데 이해력이 정지되어 있을 때 느끼는 무서운 생활 상태, 죽은 듯 무거운 억압감이 우리를 꽉 누르고 있었다.

그것은 우리의 사지를, 가구를, 심지어는 우리가 주고받는 술잔까지도 무겁게 누르고 있었다. 그리고 방 안의 모든 것, 우리가 둘러앉은 술상을 환히 비치고 있는 램프 일곱 개의 불꽃을 제외한 모든 것은 무한한 적막감에 눌려 있었다. 호리호리하고 가는 광선을 던지며 일곱 개의 램프 불은 미동도 하지 않고 창백하게 타고 있었다. 둥근 흑단으로 만든 술상 위로 떨어진 빛은 술상 위에 자연적인 거울을 만들어 그 위에 떨어진 각자의 창백한 얼굴과 친구들의 내리뜨고 있는 무서운 시선을 비춰 주었다.

우리들은 괜히 큰 소리로 웃어 대며 제멋대로 지껄이고 있었지만, 사뭇 신경질적인 것이었다. 아나크레온의 노래를 불렀지만, 그것은 미친 지랄 같았다. 술을 실컷 마셨지만 자줏빛 술은 웬일인지 피를 연상케 했다. 왜냐하면 조일러스라는 젊은 남자가 방 안에 있었기 때문이었다. 죽은 남자는 이 방의 수호신처럼 다 썩은 수의를 몸에 감은 채 네 활개를 뻗고 드러누워 있었다.

슬프다! 이 친구는 우리의 술자리에 한몫 끼지도 못하고, 역병에 일그러진 얼굴로 죽어 넘어져, 죽음의 신이 반쯤 지워 놓은 그의 두 눈은 이제 곧 황천길을 떠나려는 사람이 최후의 환락을 즐기는 듯 우리의 환락을 지켜보고 있었다.

나, 오이노스는 죽은 사나이의 시선이 내게로 쏠려 있는 것을 느꼈지만, 무서운 그의 표정을 애써 보지 않으려고 술상 위의 거울을 뚫어져라 들여다보며 큰 소리로 떠들다가 테이오스 아들의 노래를 불렀다. 노랫소리는 차츰 가늘어져서 그 반영은 멀리 벽에 걸린 양탄자까지 굴러가 점점 약해지고 희미해지더니 마침내는 사라져 버렸다.

그러나 보라! 노랫소리가 사라져 버린 바로 그 양탄자 사이로 거무스름한 그림자(하늘에 얇게 걸린 달이 사람의 모양을 비춰서 만들어 낸 듯한)가 나타났다. 그러나 그것은 사람의 그림자도 아니요, 신의 그림자도 아닌 전혀 정체 모를 그림자였다. 잠시 동안 양탄자 위에서 떨고 있더니, 드디어 놋쇠문 전면에 쓰윽 그 모양을 나타내었다. 걷잡을 수 없이 애매하여 정체를 알 수 없는 그것은 사람의 그림자도 아니요, 그 어떤 신의 그림자도 아니었다.

그림자는 놋쇠문 위에 걸린 채 문의 둥근 옥반 아래에서 죽은 듯 고요히 달라붙어 있었다. 이 그림자가 덮인 문은 다 썩은 수의를 입은 젊은 조일러스의 발이 놓여 있는 반대쪽이었다. 그러나 우리 일곱 명은 그 그림자가 양탄자 사이로 나타난 것을 알면서도 그 정체를 밝히려고도 하지 않고 눈을 내리뜬 채 술상 위의 거울만 뚫어져라 들여다보았다. 겨우 나 오이노스만이 얇은 목소리로 그림자에게 주소와 이름을 물었다.

"나는 그림자다. 그리고 내 주소는 저 더러운 카론의 수로에 가까운 어둠침침한 헬루션 광야 근처의 프톨레마이스 지하 묘지 부근이다."

그림자는 이렇게 대답했다. 이 말을 듣고 질겁한 우리들은 대번에 후닥닥 일어나 얼굴이 파랗게 질려 부들부들 떨며 서 있었다.

그 소리는 그림자 하나의 목소리가 아니라 많은 사람들의 목소리로 한마디씩 소리가 달라지며, 이미 죽어 없어진 많은 친구들의 귀에 익은 음성이 되어 우리의 귀에 침울하게 들려왔기 때문이다.

갈가마귀

언젠가 어느 쓸쓸한 한밤중, 내가 힘없이 지친 채
잃어버린 전설에 대한 진기하고 기이한 책에 대해 생각하다가
졸음에 겨워 고개를 끄덕이고 있을 때
갑자기 문에서 똑똑 하는 소리,
누군가 부드럽게 똑똑 방문을 두드리는 소리가 들렸다.
나는 혼자 중얼거렸다.
"누가 찾아와 내 방문을 두드리나 보군.
그뿐, 그것뿐이야."

아, 나는 분명히 기억난다. 그날은 음산한 12월,
사그라져 가는 장작불 하나하나에서
그림자가 소리 없이 마루에 너울거릴 때
나는 그렇게도 절절이 아침이 오기를,
책을 읽으며 슬픔을 잊을 수 있기를,
레노어를 잃어버린 슬픔을 잊기를, 헛되이 바라고 있었다.
천사가 레노어라 이름 붙인 귀하고 빛나던 소녀,
이젠 이곳에서 이름 부를 수 없는 그녀.

보라색 커튼 하나하나가 부드럽고 애잔하게 바스락거리는 소리에

나는 전에 한 번도 느껴 본 적 없는 기이한 공포로 몸을 떨었다.
내 심장의 고동소리를 진정시키기 위해 바로 자리에서 일어나
말을 되뇌었다.
"누군가 방문 앞에서 문을 열어 주기를 청하는군.
늦게 찾아 온 방문객이 문 앞에서 문을 열어 주기를 청하는군.
그뿐, 그것뿐이야."

이윽고 나는 용기를 내어 망설이지 않고 말했다.
"신사 분인지, 숙녀 분인지, 진심으로 용서를 청합니다.
사실 전 선잠이 들어 있었고, 당신은 너무 부드럽게 문을 두드려
너무 조심스럽게 방문을 두드려
소리가 너무 희미해 잘 들을 수 없었답니다."
이렇게 말하며 나는 문을 활짝 열었다.
거기엔 어둠뿐, 그뿐이었다.

어둠 속을 뚫어지게 바라보며,
나는 오랫동안
의아해하며, 두려워하며, 궁금해 하며,
어떤 이도 감히 꿈꾸지 못한 꿈을 꾸며 거기 서 있었다.
하지만 아무 소리도 들리지 않고 어둠 속엔 적막감만 짙어
난 읊조리듯, "레노어?" 한마디만 했다.
내 말에 메아리가 "레노어!" 하고 되받았다.
그뿐, 그것뿐이었다.

마음이 격해져 방으로 되돌아왔을 때,
나는 전보다 더 크게 똑똑 문 두드리는 소리를 들었다.
나는 혼자 중얼거렸다.
"틀림없이, 창문틀에서 나는 소리일 거야.

하지만 뭐 때문인지, 뭐가 문제인지 알아보자.
마음을 잠시 진정시키고 뭐가 문제인지 알아보자.
바람소리겠지, 그것뿐이야!"

내가 덧문을 활짝 열어젖혔을 때,
파닥파닥 날갯짓과 함께 들어선 것은
성스러운 태곳적 갈가마귀였다.
예를 갖추는 행동은 전혀 없었다.
잠시 멈추거나 머뭇거리지도 않았다.
새는 귀족이나 귀부인 같은 자태로 내 방문 위에 앉았다.
내 방문 바로 위의 팔라스 흉상에 내려앉았다.
내려앉았을 뿐, 그것뿐이었다.

나는 슬픈 상념 중에도
이 흑단처럼 새까만 새의 엄숙하고 당당한 태도에
슬며시 미소가 지어졌다.
나는 중얼거렸다.
"볏이 깎이고 잘렸지만 넌 비굴하지 않구나.
밤의 해안에서 떠나와 방랑하는,
무섭도록 냉혹한 태곳적 갈가마귀여,
밤의 지옥 해변에서 부르던 고매한 그대의 이름을 말해 주오!
갈가마귀는 소리쳤다.
"더 이상은 아냐."

볼썽사나운 조류가 이렇게 명료하게 대답하는 소리를 듣고
나는 적지 않게 놀랐다.
물론 대답은 아무런 의미가 없었고 내 질문과 상관도 없었지만.
살아 있는 사람 중에

자기 방문 위에 앉은 새를 볼 행운이 있는 자는 없으니까,
방문 위 조각 흉상에 앉은 새인지 짐승인지
이름이 "더 이상은 아냐"인.

평온하고 표정 없는 조각상 위에 갈가마귀는 처연히 앉아
마치 자기 영혼을 토로하듯 그 말만 하고는
다른 말 한마디, 날갯짓 한 번 없었다.
하지만 내가
"전에 다른 친구들이 떠났던 것처럼,
전에 내 희망이 그랬던 것처럼,
그도 아침이면 떠나리라"라고 읊조리자
갈가마귀가 소리쳤다.
"더 이상은 아냐."

적절한 대답으로 정적이 깨진 데 놀라
나는 중얼거렸다.
"아마, 배워 할 줄 아는 말은 저것뿐인 게지.
무자비한 재앙을 연이어 겪은
불행한 주인이 읊조리듯 늘 내뱉던,
모든 희망을 잃고 마침내 구슬프게 뇌까리던 말,
'결코, 더 이상은 아냐' 하던 말을."

하지만 갈가마귀로 인해 나는 슬픈 상념 중에도
여전히 미소가 지어졌다.
나는 곧장 새와 흉상, 문이 있는 쪽으로 푹신한 의자를 밀고 가
벨벳 쿠션에 편안히 묻혀 앉아 상상의 나래를 폈다.
이 태곳적 불길한 새가,
이 냉혹하고, 볼썽사납고, 유령 같으며, 여윈,

태곳적 불길한 새가 내뱉은
"더 이상은 아냐"의 의미에 대해.

상상에 골몰하며,
나는 갈가마귀의 불타는 눈빛이 내 심장 깊숙이 파고들어도,
그에게는 한마디 말도 하지 않았다.
나는 이런저런 짐작을 하면서 앉아 있었다.
등불이 따스하게 감싸 안은 보라색 벨벳 쿠션에
머리를 편안히 기대어,
하지만 등불이 따스하게 감싸 안은 보라색 벨벳 쿠션에
그녀는 머리를 기대지 못한다.
아, 더 이상은 아냐.

문득 나는 보이지 않는 향로에서 흘러나온 향기가
방을 점점 채운다는 생각이 들었다.
올이 촘촘한 방바닥을, 발에 달린 방울을 딸랑거리며 걷는
천사가 흔드는 향로에서.
나는 소리쳤다.
"아! 신이 천사의 손을 빌어 나더러 쉬라고,
잃어버린 레노어에 대한 기억을 잊고 쉬라는 거구나!
아, 이 망각의 향을 들이키고 또 들이켜 레노어를 잊자!
갈가마귀는 소리쳤다.
"더 이상은 아냐."

나는 소리쳤다.
"선지자여! 악마여! 새든 악마든, 어쨌든 선지자여!
악마가 보냈든, 태풍에 휩쓸려 여기로 밀려 왔든,
마법에 빠진 이 황량한 곳에, 귀신들린 이 집에,

고독하지만 당당한 모습으로 찾아든 이여,
청하노니 진실을 말해 주오!
영원의 땅은 아늑한가요?
청하노니 말해 주오!
갈가마귀는 소리쳤다.
"더 이상은 아냐."

나는 소리쳤다.
"선지자여! 악마여! 새든 악마든, 어쨌든 선지자여!
우리를 내려다보고 있는 천국에 맹세코,
우리 둘 다 사랑하는 신의 이름을 걸고,
슬픔에 겨운 내 영혼에 알려 주오.
저 멀리 천국에
천사가 레노어라 이름 붙인 성스러운 소녀를 보호하고 있는지!
천사가 레노어라 이름 붙인 귀하고 빛나던 소녀를
보호하고 있는지!"
갈가마귀는 소리쳤다.
"더 이상은 아냐."

나는 벌떡 일어나며 소리쳤다.
"그 말을 작별 인사라 치자! 그대가 새든 악령이든.
태풍 속으로, 밤의 지옥 해변으로 돌아가.
네 혼이 말한 거짓의 징표로 검은 깃털 하나 남기지 말고.
내 고독을 깨지 마라! 내 방 위 흉상에서 썩 꺼져!
내 심장에 깊이 박힌 네 부리를 빼어 내 방에서 썩 꺼져!"
갈가마귀는 소리쳤다.
"더 이상은 아냐."

그리고 갈가마귀는 날갯짓 한 번 없이 그대로,
내 방문 바로 위 팔라스 흉상에 그대로 앉아 있었다.
그의 눈빛은 꿈을 꾸는 악마의 눈빛 그대로였다.
그를 비추는 등불은 마루에 그림자를 드리우고 있었다.
이제 내 영혼은 마루에 너울거리는 그 그림자로부터 벗어날 수 없
을 것이다.
더 이상은 아냐.

포의 생애와 작품 세계

고독과 빈곤의 일생

에드가 앨런 포는 1809년 1월 19일 미국 동부의 보스턴에서 가난한 유랑극단 배우의 둘째 아들로 태어났다. 아버지는 아일랜드계 출신으로 켈트인의 피가 흐르고 있었고, 이것이 포의 환상적 기질에 영향을 끼친 것 같다. 세 살도 되기 전에 부모를 여의고 고아가 된 포는 리치먼드에 사는 담배 수출상 집안의 양자가 되어 유복한 유년 시절을 보냈다. 여섯 살 때 양부모를 따라 영국으로 건너간 포는 런던 근교에 있는 기숙학교에 들어갔다.

영국에서 5년을 지낸 후 리치먼드로 온 그는 어린 나이에 친구의 젊은 어머니에게 뜨거운 사랑을 느끼는데, 이것이 나중에 그의 작품의 근원이 되기도 했다.

열일곱 살 때, 버지니아 대학에 입학했으나 약혼의 실패와 양부의 송금 거절로 학자금 마련을 위해 도박에 손을 대 막대한 빚을 지게 되어 10개월 만에 퇴학을 당했다. 괴로움을 달래려고 술에 빠졌으며 양부모와의 불화로 보스턴으로 옮겨 은거했다. 결국 생활고에 몰리자 군에 입대하여 설리번 섬 요새에서 군대 생활을 했고 제대 후에는 숙모의 집에서 지내며 가난과 고투했다.

포가 창작을 시작하게 된 때는 바로 이 무렵이었다. 1833년 그의 나이 스물네 살 되던 해에 문예 잡지 '볼티모어 새터디 비지터'의 현상 공모에 '병 속의 수기'가 당선된 이후 그는 73편의 단편 소설과 여러 권의 시집을 남겼다.

1836년에 포는 열네 살 어린 사촌 누이동생 버지니아 클렘과 결혼하나, 노름벽과 주벽으로 그나마 쌓았던 사회적 지위를 잃게 되었다. 1847년 아내 버지니아가 폐병으로 세상을 떠나자 그의 절망은 이루 말할 수 없었다. 임종의 자리에 누워 있는 아내 버지니아를 덮고 있는 것은 다 떨어진 포의 헌 외투와 한 마리의 고양이뿐이었을 정도로 빈곤했다.

포는 생계를 꾸리기 위한 방편으로 몇 군데 잡지에서 편집자와 정기 기고가로서 일했고, 유능한 편집자로 인정받기도 했지만 고질적인 그의 습관은 그를 사회인이나 직업인으로 붙잡아 두지 않았다.

아내가 죽은 뒤로 포는 술과 가난과 실연 속에 파묻혔고, 고통을 잊기 위해 아편과 여자에게 탐닉하게 된다. 1849년 10월 7일 미망인이 된 옛 애인 로이스터와의 결혼식에 숙모를 초청하기 위해 여행하던 중, 볼티모어의 한 술집에서 과음으로 인사불성이 되었고 그곳 공립병원에 옮겨져 40년간의 쓸쓸한 일생을 마친다. 행려병자로 인생의 막을 내린 포의 생애는 한마디로 그가 자서전에 쓴 바 있는 다음의 글로 요약된다.

"되는 대로 사는 것…… 충동과 정열과 고독에의 열정……
미래를 향한 열망 속에 나타나는 모든 것을 경멸한다."

포 소설의 무국적성

에드가 앨런 포의 단편 소설은, 그 소설이 나온 지 100년 이상이 지난 오늘날에도, 여전히 새롭고 애독되고 있다. '어셔가의 몰락', '리지아', '검은 고양이' 등의 단편은 작가에 대한 사전 지식 없이 대했다면, 19세기 전반의 미국 작가에 의해 쓰인 것이라고 상상하기 힘들 것이다. 포가 글을 쓸 무렵은 아직 미국 문학의 전통이란 것이 성립되지 않았을 때였다. 그러므로 포는 국민 문학의 전통 없이, 이른바 국토적 진공 속에서 작품을 썼는데 그것이 역설적으로 포의 문학을 독자적인 것으로 만든 원인이 되었다. 그는 미국식 작가가 아니었기 때문에 오히려 미국 작가가 된 것이다. 이 같은 조건은 오늘날의 미국 작가들에게서는 이미 볼 수 없게 된 것이다. 이미 미국 문학의 전통이 확립되어 있어 작가들은 좋든 싫든 이 전통의 토대 위에 서야만 하기 때문이다.

포의 시대, 즉 미국 문학의 발흥기인 미국 낭만주의 시대는 이상한 시대였다. 포에게 그런 작품을 쓰게 한 조건은 세계 문학사에서 19세기 전반의 미국에 꼭 한 번 나타났을 뿐이며, 앞으로도 두 번 다시 나타나지 않을 성질의 것이다.

미국 낭만주의 문학을 만들어 낸 풍토적 · 문화적 요인을 들자면 여러 가지를 들 수 있겠지만 그중 하나인 개척자 정신이란 것이 포에게 어떤 영향을 끼쳤다고는 보기 어렵다. 또한 멜빌과 같은 칼빈적인 신에 대한 의혹과 도전도 포에게서는 볼 수 없다. 또한 에머슨처럼 칼빈주의에 대립하는 유니테리언주의(unitarianism)에서 출발하여 자신의 마음속에서 신의 목소리를 듣는다는 일도 포와는 전혀 무관했다. 그는 자기 나라와 자기 시대의 과제와는 아예 동떨어져 있는 작가처럼 보인다.

포의 단편 '윌리엄 윌슨'과 '검은 고양이' 등은 인간성의 선악을 깊이 파헤친 동시에 도스토옙스키에 의해 발전한 미묘한 심리 분석을 일찍부터 시도하고 있다. 그리고 이 같은 주제를 다루는 데 19세기 전반의 미국이라는 배경에 일체 구애받지 않았다.

이 밖에도 '군중 속의 사람'에서 볼 수 있듯이 근대적 자아 문제를 재빨리 의식하고 있으면서도 멜빌과는 달리 그것을 미국 풍토에서 취급했다는 것 그리고 국적이 없는 작품을 만들어 냈다는 것이 기묘하다. 그것은 당시의 미국 문학 전통의 결여와 작가 자신, 즉 몸은 미국에 담고 있으면서도 정신적으로는 유럽 문학이라는 추상적인 풍토 속에 있었다는 데 기인한다. 그러나 쿠퍼나 호손이나 멜빌에게는 일어나지 않은 일이 어째서 포에게만 일어났는지 그 원인을 찾아내기란 그리 쉬운 일이 아니다. 아마 그것은 다분히 그의 기질 때문일 것이며 동시에 그의 생활도 한 요인이 되었을 것이다.

포의 생애에서 소년 시절을 남부 버지니아 주에서 보낸 일과 남부의 귀족이라 할 만한 부유한 집안에서 자랐다는 일은 주목할 만하다. 남부는 옛 영국의 기사적 정신을 이상으로 삼아 왔고 귀족적인 질서 유지를 존중하고 있었다. 이 일은 어렸을 때 영국에서 교육을 받은 일과 아울러 포를 미국 북부의 '민주주의'에서 멀리한 것 같다.

포는 자기가 살고 있는 미국에서 구세계의 아름다움과 풍요를 동경했을 것이다. 그러나 포에게 눈앞에 있는 미국에서 도피하여 복귀할 수 있는 과거의 미국은 없었다. 그러므로 그는 오로지 옛 대륙의 아름다움에 몰입할 수밖에 없었던 것이다.

순수 미와 심층 심리

'리지아', '어셔가의 몰락', '적사병 가면' 등에서 볼 수 있는, 세속에서 완전히 격리된 새로운 세계의 창조는 에드가 앨런 포의 자질에 의해서만 가능한 것이다.

그가 구축한 미의 세계는 영국식도, 프랑스식도, 독일식도, 이탈리아식도 아니라는 점에 주의해야 한다. 그것은 어느 나라 식도 아니었기 때문에 미국식이었던 것이다. 혹은 널리 인간적이라고 하는 편이 좋을는지도 모른다. 포가 미국에 태어난 일은 인간적인 순수한 세계의 광범위한 창조를 가능케 한 사건이다.

'윌리엄 윌슨', '검은 고양이' 등에 나타나는 인간 심리 탐구의 시도에 대해서도 같은 말을 할 수 있다. 그의 작품에 등장하는 인간은 어느 나라의 국민으로서가 아니라 단지 일반적인 인간으로서 반응한다. 그리고 작가가 지니고 있는 흥미는 이 인간 일반에 걸친 심리 구조의 움직임에 불과했다.

포는 그의 단편집 〈그로테스크한 이야기와 아라베스크한 이야기〉의 서문에서 다음과 같이 말하고 있다.

"몇몇 비평가가 나의 견실한 단편에 아라베스크한 것이 넘친다는 이유로 부당하게도 독일식이라고 부르고 있으나, 이 비난은 악취미일 뿐만 아니라 그 근거도 확실치 않다…… 만일 나의 많은 작품의 테마가 공포라면, 그 공포는 독일식인 것이 아니라 심리적인 것이다. 나는 모든 합리적인 원인에서 이야기를 끌어내어 합리적인 결과로 밀고 나간 것이다."

극한 상황의 의식

'소용돌이 속으로 떨어지다'나 '함정과 진자'에서는 이 점이 더욱 명확하게 나타난다. 이 두 작품의 설정 상황은 모두 다 극단적이다. 하나는 해양의 소용돌이 속으로 휩쓸려 들어간다는 것이고, 또 하나는 종교 재판소의 지하 감옥에 투옥된다는 것으로 둘 다 죽음이 거의 확실하게 임박해 있는 상황이다. 그처럼 극단적인 상황에서 인간은 극도로 의식적이 된다. 그리고 극단적으로 긴장된 심리는 누구에게나 같은 심리적 반응을 끌어낼 것이다. 포는 그것을 잘 알고 있었던 것 같다.

일상생활에서는 영국인이나 독일인, 또 같은 영국인이라 하더라도 런던 시민이나 에든버러 시민이 각각 다를 것이다. 또 런던에 사는 시민이라 해도 A라는 인간과 B라는 인간으로 구별될 것이다.

그리고 영국인과 독일인, 런던시민과 에든버러 시민, A와 B와는 다소나마 각기 다른 기분의 움직임이 있을 것이다. 일반적인 소설은 이 같은 뉘앙스의 차이에 그 구상의 근거를 두고 있다.

그러나 소용돌이 속이나 종교 재판소의 지하 감옥 속에서는, 즉 죽음이 임박한 상황에서 인간은 대부분 비슷한 반응을 보일 것이다. 그런 상황에 처해 있는 인간은 국적이나 경력을 넘어선 추상적인 인간 즉 일반적인 의식으로 화한다.

이리하여 '큰 소용돌이에 휘말려'나 '함정과 진자'에서 포는 인간 심리의 일반적인 움직임을 도식으로 나타내는 시도를 성공적으로 이뤄 냈고 또 하나의 놀랄 만한 성과를 얻게 되었다. 그것은 바로 '지속하는 시간'이란 것이 문학에서도 표현된 것이다. 문학에서 시간의 지속을 표현하려 한다면 그것을 인간 심리의 흐름과 바꿔 놓는 방법밖에는 없다. 포는 우선 극한 상황을 설정하고, 거기에 반응하는 일반적인 의식의 흐름을 묘사하여 시간 그 자체의 표현에 성공한 것이다.

포가 죽은 지 수십 년이 지난 뒤 제임스 조이스는 〈율리시즈〉에서 역시 인간 심리의 흐름을 그리려고 했다. 그러나 조건은 전혀 달랐다. 조이스가 선택한 상황은 더블린 시의 평범한 일상의 하루였다. 거기 등장하는 사람들은 일반적인 인간이 아니라 더블린 시민이며 더블린 시민 개인이라는 갖가지 특이성을 지니고 있었다. 조이스는 이 같은 특이성을 통하여, 즉 개인을 통하여 일반적인 인간성을 나타내려고 했다. 따라서 〈율리시즈〉는 획기적인 기법을 사용했다 하더라도 세상에 있는 보통의 소설과 같은 길을 걸었을 뿐이다.

반면 포는 그렇지 않다. 단지 조이스는 〈율리시즈〉의 끝머리에 나오는 블룸 부인의 독백에서 포와 같은 성과(심리에 의한 시간의 치환 표현)에 이르고 있다. 포는 극한 상황에서 인간 심리는 같은 상태가 된다고 생각하였고, 따라서 그것이 신빙성을 갖는 것이며 시간의 지속을 가져오는 가장 확실한 수단이라고 믿었다. 그리고 조이스는 평범한 상황에서도, 의식적이 아닌 무의식적인 상태라고 한다면, 즉 심층 심리를 다룬다면, 시간의 지속에 대응할 만한 심리 지속을 제공할 수 있다는 점에 착안했던 것이다.

포의 추리소설

추리소설의 시조로서 포는 특기해야 할 작가다. '모르그 가 살인사건', '도난당한 편지' 등은 추리소설의 고전일 뿐더러 이 분야에서 이 작품들을 능가할 만한 것은 그 뒤 나타나지 않았다고 해도 과언이 아니다. 확실히 포 이후 오늘날에 이르기까지 추리소설이 제기하는 수수께끼는 한층 복잡해져 독자도 탐정과 함께 수수께끼를 풀기에 여념이 없다. 그러나 포의 작품들처럼 지력의 활동 자체가 작품의 주제가 된 것은 없을 것이다.

보통 추리소설에서는 범인이 판명되면 그것으로 끝난다. 그렇기 때문에 결말은 의외여야 하고 작가는 반전을 준비해 두지 않으면 안 된다. 포의 작품에는 그 같은 요소는 불필요하며, 흥미는 추리의 결과에 있는 것이 아니라 추리의 과정 자체 즉, 지력의 활동 자체에 있는 것이다.

'모르그 가 살인사건'은 '밀실'을 취급한 최초의 것이지만, 그 사실보다는 오히려 뒤팽이 많은 증인의 증언을 분석하여, 거기서 오랑우탄의 살인을 캐어 내는 과정이 흥미의 중심이다. '도난당한 편지'에서는 시인이고 수학자인 범인이 어디에 편지를 숨기고 있는가, 그것을 추리해 가는 과정이 흥미롭다. 이 작품들을 통하여 우리는 어느 구체적인 상황에 근거를 두고 일반적인 지력이 활동하는 과정을 확대경으로 들여다보는 듯한 인상을 받는다. 포의 추리소설은 매우 독창적이기 때문이다.

그리고 이 '추리소설들'(당시에는 이런 말이 없었겠지만)의 주인공인 오귀스트 뒤팽 또한 국적 없는 인물이라는 것을 주시해야 할 것이다. 리지아가 일반적인 미의 조형이라고 한다면 뒤팽은 일반적인 지성의 조형이다. 폴 발레리의 〈테스트 씨〉의 원형이(테스트 씨는 일반적인 지성의 조형이지만) 바로 오귀스트 뒤팽이라 해도 무방할 것이다.

포의 문학 세계

포의 문학 활동은 시, 비평, 소설의 세 분야에 걸쳐 있는데 모두 중요하고 독자적인 위치를 차지하고 있다.

그의 시로서는 대표작인 '갈가마귀'(1845), '헬렌에게'(1831), '이즈라펠'(1831), '율라룸'(1847), 철학적 산문시 '유레카'(1848), 기법의 극치를 보여 준 '종'(1849), '애너벨 리'(1849년 사후 발표) 등이 있다.

비평으로는 자작시 '갈가마귀'를 분석한 '시작의 철학'(1846)과 강연 원고 '시의 원리'(1849) 등이 있으나 여기서는 단편 작가로서의 포만을 다루기로 하겠다.

그는 일생 동안 74편의 단편을 썼는데 그중 널리 알려진 것으로는 '검은 고양이', '어셔가의 몰락', '모르그 가 살인사건', '황금벌레', '윌리엄 윌슨', '적사병 가면'이 있다.

그의 작품 경향으로는 '병 속의 수기'와 '때 이른 매장', '소용돌이 속으로 떨어지다' 등 특이한 공포감을 주는 것, '적사병 가면', '함정과 진자'처럼 죽음의 공포를 다룬 것, '어셔가의 몰락'과 같이 나른하고 어두운 분위기의 탐미적 작품, '윌리엄 윌슨'과 같이 일상생활 속의 특이한 기괴함을 다룬 것 등이 있으며 어느 것이나 공포, 우울, 기괴함을 느끼게 한다.

'모르그 가 살인사건', '마리 로제 수수께끼', '도난당한 편지' 등은 추리소설이라는 장르를 확립시킨 것으로서 세 작품을 통해 활약하는 탐정 뒤팽의 추리는 추리소설의 바이블이 되었다.

작가 연보

에드가 앨런 포(Edgar Allan Poe, 1809~1849)

1809년　1월 19일 보스턴에서 출생. 부모는 모두 극단의 배우.

1810년　아버지, 리치먼드에서 실종.

1811년　어머니, 리치먼드에서 사망. 리치먼드의 사업가 존 앨런의 양자가 됨.

1815년　양부모와 함께 영국 런던으로 건너감.

1820년　양부모와 함께 미국 리치먼드로 돌아옴.

1823년　친구의 어머니인 제인 클레이그 스태너트 부인에게 사랑을 느낌.

1826년　버지니아 대학에 입학. 양아버지의 반대로 로이스터와의 약혼에 실패. 도박과 음주로 빚을 짐.

1827년　양아버지와의 불화로 보스턴으로 떠남. 에드가 A. 페리라는 가명으로 군 입대. 처녀시집 간행.

1830년　웨스트포인트 육군사관학교 입학.

1831년　명령 위반으로 퇴교. 〈포 시집〉 간행.

1832년　단편 '메첸거슈타인' 발표.

1833년　'병 속에서 발견된 수기'가 현상공모에 당선.

1835년　'베레니스', '모렐러' 등을 발표. 리치먼드로 가서 잡지 편집에 참여.

1836년　조카 버지니아와 결혼.

1837년   뉴욕으로 옮김. '리지아' 발표.

1838년   장편 〈아서 고든 핌의 모험〉 출판. 필라델피아로 옮김.

1839년   '어셔가의 몰락', '윌리엄 윌슨' 발표.

1840년   〈그로테스크한 이야기와 아라베스크한 이야기〉를 출판.

1841년   '모르그 가 살인사건', '소용돌이 속으로 떨어지다' 발표.

1842년   '마리 로제 수수께끼' 발표 시작.

1843년   '황금벌레'를 신문에 투고. '검은 고양이' 발표.
         〈에드가 앨런 포 산문소설집〉 출판.

1844년   '갈가마귀' 발표.

1845년   '아몬틸라도 술통' 발표.

1847년   아내 버지니아 사망.

1849년   로이스와 결혼 추진. 시 '엘도라도', '애너벨 리', '애니를 위
         하여', '종' 등과 단편 '절름발이 개구리' 발표. 술집 앞에서
         쓰러져 있는 포를 병원으로 옮겼으나 숨을 거둠.

에드가 앨런 포 단편집 **더 레이븐**

초판 1쇄 인쇄일 ㅣ 2012년 5월 25일
초판 1쇄 발행일 ㅣ 2012년 5월 30일

지은이 ㅣ 에드가 앨런 포
옮긴이 ㅣ 심은경
교정교열 ㅣ 이현정
발행처 ㅣ 현대문화센타
발행인 ㅣ 양장목
출판등록 ㅣ 1992년 11월 9일
등록번호 ㅣ 제3-448호
주소 ㅣ 경기도 고양시 일산동구 백석동 1449-5
대표전화 ㅣ 031-907-9690~1   팩시밀리 ㅣ 031-813-0695
이메일 ㅣ hdpub@hanmail.net
ISBN 978-89-7428-384-1 (03840)

잘못 만들어진 책은 구입하신 서점에서 교환해 드립니다.

이 도서의 국립중앙도서관 출판시도서목록(CIP)은 e-CIP홈페이지(http://www.
nl.go.kr/ecip)와 국가자료공동목록시스템(http://www.nl.go.kr/kolisnet)에서
이용하실 수 있습니다.(CIP제어번호: 2012002053)

브론테 자매 컬렉션

현대문화센타에서만 만나실 수 있습니다

빌레트(전 2권)

샬럿 브론테 지음/ 안진이 옮김

19세기의 사회적 제약 속에서 '여자가 한 남자의 아내로 살아가며 자유로운 삶을 추구하는 것이 가능한가?'
라는 시대를 앞선 문제의식을 던지는 〈빌레트〉는, 샬럿 브론테의 자전적 소설인 동시에
탄탄한 줄거리와 탁월한 심리묘사로 독자들을 매료시키는 최후의 걸작이다.

폭풍의 언덕

에밀리 브론테 지음/ 안진이 옮김

여성 특유의 섬세함과 돋보이는 서정성으로 셰익스피어의 리어 왕과 비교되는 폭풍의 언덕
음산하고 황량한 요크셔의 황야를 배경으로 악마적이라고 할 정도로 난폭한 인간의 애증을,
3대에 걸친 특이한 성격의 일가족이 펼치는 사랑과 증오와 복수를 강력한 필치로 묘사하고 있다.
고전(古典) 중의 3대 비극으로도 일컬어진다.

제인 에어(전 2권)

샬럿 브론테 지음/ 서유진 옮김

태어나자마자 부모를 잃게 된 제인 에어. 반항적인 기질을 타고난 그녀는 온갖 구박을 당하는 어린 시절을 보낸 뒤,
불우한 소녀들을 교육하는 로우드 기숙학교에 보내진다.
열여덟 살의 숙녀로 성장한 제인은 가정교사로 첫 걸음을 내딛게 되고,
그곳에서 저택의 주인이며 추남이지만 폭풍 같은 열정의 소유자인 로체스터를 만나게 된다.

아그네스 그레이

앤 브론테 지음/ 문희경 옮김

일인칭 화자의 목소리를 통해 위선적인 인간군상을 명쾌하면서도 익살스럽게 기록함으로써
빅토리아 시대의 여성과 계층문제를 사실적으로 다루고 있다.
특히 교육수준이 높아 자존심이 강하지만 하녀와 다를 바 없는 처우를 받아야 했던
가정교사의 고뇌가 이 작품 속에 고스란히 담겨 있다.

제인 오스틴 컬렉션

영국 BBC의 '지난 천 년간 최고의 문학가' 조사에서 셰익스피어에 이어 2위를 차지했던 제인 오스틴.
현대문화센타는 오스틴의 모든 작품을 만날 수 있습니다.

오만과 편견

사랑이 시작될 때 남자들은 '오만'에 빠지기 쉽고 여자들은 '편견'에 곧잘 빠진다는데……
아름답고 총명한 엘리자베스와 무뚝뚝해 보이지만 내면은 섬세하고 자상한 성격의 다아시,
그들의 오만과 편견 그리고 사랑의 행보는 어떻게 될 것인가.

엠마

엠마는 자신이 주변 사람들을 엮어주는데 천부적인 소질이 있다고 믿는다. 천진난만한 그녀는 친구와 이웃들의 삶에 감 놔라 배 놔라 사사건건 참견하면서
정작 자신이 사랑에 빠졌다는 사실은 깨닫지 못한다. 〈엠마〉는 사랑과 결혼에 관한 한 편의 놀라운 희극으로 평가받는 작품이다.

이성과 감성

거센 폭풍우에도 흔들리지 않는 지성의 표상 엘리너, 사랑하는 사람을 통째로 삼켜버려야만 직성이 풀리는 정열의 화신 메리앤.
서로 다른 삶의 방식을 통해 진실한 사랑을 찾아가는, 이성과 감성에 관한 두 자매의 고도의 역전 드라마가 펼쳐진다.

설득

한 번 헤어졌던 연인들이 8년 후 다시 만나면서 겪게 되는 복잡다단한 감정의 곡선을, 얽히고 설킨 남녀의 미묘한 감정선의 파장을
꼼꼼하면서도 무척 클래식하게 잘 그려내고 있다. 제인 오스틴의 여섯 작품 중에서 마지막 작품이다.

노생거 사원

그녀 특유의 아이러니와 유머, 그 시대 문학가들에 대한 풍자가 곁들여진 〈노생거 사원〉은 사랑과 결혼, 재산을 추구하는 젊은이들에 대한
흥미로운 주제를 담고 있다. 원제는 〈수잔〉인데, 완성된 지 13년 동안 방치되어 있다가, 후에 〈노생거 사원〉으로 개작되어 출간되었다.

맨스필드 파크(전 2권)

가난하지만 예리한 지성이 넘치는 여주인공 패니는 맨스필드의 부유한 친척 집에서 지내고 있다.
어느 날 매력적인 크로퍼드 남매가 등장해 곧 삼각관계를 형성하고, 한편 맨스필드 파크는 간통과 배반의 소용돌이에 휘말리게 된다.